西南聯大诗词课

Southwest Associated University Poetry Class

闻一多 等著

北京联合出版公司
Beijing United Publishing Co.,Ltd.

新流出品

目录

第一部分　先秦两汉诗词——朱自清、闻一多、萧涤非

第二部分　魏晋南北朝诗词——浦江清、萧涤非、闻一多

第三部分　隋唐及五代的诗词
——萧涤非、闻一多、浦江清、朱自清

第四部分　宋元诗词——罗庸、浦江清

第五部分　明清诗词——浦江清

第一部分

先秦两汉诗词

诗 / 《诗经》

《楚辞》与神仙思想 / 《离骚》与“仙真人诗” /

论五言出于西汉民间乐府不始班固 / 古诗十九首释

第一章 诗

汉武帝立乐府，采集代、赵、秦、楚的歌谣和乐谱；教李延年做协律都尉，负责整理那些歌辞和谱子，以备传习唱奏。当时乐府里养着各地的乐工好几百人，大约便是演奏这些乐歌的。歌谣采来以后，他们先审查一下。没有谱子的，便给制谱；有谱子的，也得看看合适不合适，不合适的地方，便给改动一些。这就是"协律"的工作。歌谣的"本辞"合乐时，有的保存原来的样子，有的删节，有的加进些复沓的甚至不相干的章句。"协律"以乐为主，只要合调；歌辞通不通，他们是不大在乎的。他们有时还在歌辞里夹进些泛声；"辞"写大字，"声"写小字。但流传久了，声辞混杂起来，后世便不容易看懂了。这种种乐歌，后来称为"乐府诗"，简称就叫"乐府"。北宋太原郭茂倩收集汉乐府以下历代合乐的和不合乐的歌谣，以及模拟之作，成为一书，题作《乐府诗集》；他所谓"乐府诗"，范围是很广的。就中汉乐府，沈约《宋书·乐志》特称为"古辞"。

汉乐府的声调和当时称为“雅乐”的三百篇不同，所采取的是新调子。这种新调子有两种：“楚声”和“新声”。屈原的辞可为楚声的代表。汉高祖是楚人，喜欢楚声；楚声比雅乐好听。一般人不用说也是喜欢楚声的。楚声便成了风气。武帝时乐府所采的歌谣，楚以外虽然还有代、赵、秦各地的，但声调也许差不很多。那时却又输入了新声；新声出于西域和北狄的军歌。李延年多多采取这种调子唱奏歌谣，从此大行，楚声便让压下去了。楚声的句调比较雅乐参差得多，新声的更比楚声参差得多。可是楚声里也有整齐的五言，楚调曲里各篇更全然如此，像著名的《白头吟》《梁甫吟》《怨歌行》都是的。这就是五言诗的源头。

汉乐府以叙事为主。所叙的社会故事和风俗最多，历史及游仙的故事也占一部分。此外便是男女相思和离别之作，格言式的教训，人生的慨叹等等。这些都是一般人所喜欢的题材。用一般人所喜欢的调子，歌咏一般人所喜欢的题材，自然可以风靡一世。哀帝即位，却以为这些都是不正经的乐歌；他废了乐府，裁了多一半乐工——共四百四十一人——大概都是唱奏各地乐歌的。当时颇想恢复雅乐，但没人懂得，只好罢了。不过一般人还是爱好那些乐歌。这风气直到汉末不变。东汉时候，这些乐歌已经普遍化，文人仿作的渐多；就中也有仿作整齐的五言的，像班固《咏史》。但这种五言的拟作极少；而班固那一首也未成熟，钟嵘在《诗品序》里评为“质木无文”，是不错的。直到汉末，一般文体都走向整炼一路，试验这五言体的便多起来；而最高的成就是《文选》所录的《古诗十九首》。

旧传最早的五言诗，是《古诗十九首》和苏武、李陵诗；说“十九首”里有七首是枚乘作的，和苏、李诗都出现于汉武帝时代。但据近来的研究，这十九首古诗实在都是汉末的作品；苏、李诗虽题了苏、李的名字，却不合于他们的事迹，从风格上看，大约也和

“十九首”出现在差不多的时候。这十九首古诗并非一人之作，也非一时之作，但都模拟言情的乐府。歌咏的多是相思离别，以及人生无常当及时行乐的意思；也有对于邪臣当道、贤人放逐、朋友富贵相忘、知音难得等事的慨叹。这些都算是普遍的题材；但后一类是所谓“失志”之作，自然兼受了《楚辞》的影响。钟嵘评古诗，“可谓几乎一字千金”；因为所咏的几乎是人人心中所要说的，却不是人人口中笔下所能说的，而又能够那样平平说出，曲曲说出，所以是好。“十九首”只像对朋友说家常话，并不在字面上用功夫，而自然达意，委婉尽情，合于所谓“温柔敦厚”的诗教。到唐为止，这是五言诗的标准。

汉献帝建安年间（公元 196—219 年），文学极盛，曹操和他的儿子曹丕、曹植两兄弟是文坛的主持人；而曹植更是个大诗家。这时乐府声调已多失传，他们却用乐府旧题，改作新词；曹丕、曹植兄弟尤其努力在五言体上。他们一班人也作独立的五言诗。叙游宴，述恩荣，开后来应酬一派。但只求明白诚恳，还是歌谣本色。就中曹植在曹丕做了皇帝之后，颇受猜忌，忧患的情感，时时流露在他的作品里。诗中有了“我”，所以独成大家。这时候五言作者既多，开始有了工拙的评论；曹丕说刘桢“五言诗之善者，妙绝时人”，便是例子。但真正奠定了五言诗的基础的是魏代的阮籍，他是第一个用全力作五言诗的人。

阮籍是老、庄和屈原的信徒。他生在魏晋交替的时代，眼见司马氏三代专权，欺负曹家，压迫名士，一肚皮牢骚只得发泄在酒和诗里。他作了《咏怀诗》八十多首，述神话，引史事，叙艳情，托于鸟兽草木之名，主旨不外说富贵不能常保，祸患随时可至，年岁有限，一般人钻在利禄的圈子里，不知放怀远大，真是可怜之极。他的诗充满了这种悲悯的情感，“忧思独伤心”一句可以表见。这里《楚辞》的影响很大；钟嵘说他“源出于《小雅》”，似乎是皮相之谈。本来五言诗自始就脱不了《楚辞》的影响，不过他尤其如此。他还没有用心琢句；但语既浑括，譬喻又多，旨趣更往往难详。这许是当时的不得已，却因此增加了五言诗文人化的程度。他是这样扩大了诗的范围，正式成立了抒情的五言诗。

晋代诗渐渐排偶化、典故化。就中左思的《咏史诗》，郭璞的《游仙诗》，也取法《楚辞》，借古人及神仙抒写自己的怀抱，为后世所宗。郭璞是东晋初的人。跟着就流行了一派玄言诗。孙绰、许询是领袖。他们作诗，只是融化老、庄的文句，抽象说理，所以钟嵘说像“道德论”。这种诗千篇一律，没有“我”；《兰亭集诗》各人所作四言五言各一首，都是一个味儿，正是好例。但在这种影响下，却孕育了陶渊明和谢灵运两个大诗人。陶渊明，浔阳柴桑人，做了几回小官，觉得做官不自由，终于回到田园，躬耕自活。他也是老、庄的信徒，从躬耕里领略到自然的恬美和人生的道理。他是第一个人将田园生活描写在诗里。他的躬耕免祸的哲学也许不是新的，可都是他从真实生活里体验得来的，与口头的玄理不同，所以亲切有味。诗也不妨说理，但须有理趣，他的诗能够做到这一步。他作诗也只求明白诚恳，不排不典；他的诗是散文化的。这违反了当时的趋势，所以《诗品》只将他放在中品里。但他后来确成了千古“隐逸诗人之宗”。

谢灵运，宋时做到临川太守。他是有政治野心的，可是不得志。他不但是老、庄的信徒，也是佛的信徒。他最爱游山玩水，常常领了一群人到处探奇访胜；他的自然的哲学和出世的哲学教他沉溺在山水的清幽里。他是第一个在诗里用全力刻画山水的人；他也可以说是第一个用全力雕琢字句的人。他用排偶，用典故，却能创造新鲜的句子；不过描写有时不免太繁重罢了。他在赏玩山水的时候，也常悟到一些隐遁的超旷的人生哲理；但写到诗里，不能和那精巧的描写打成一片，像硬装进去似的。这便不如陶渊明的理趣足，但比那些“道德论”自然高妙得多。陶诗教给人怎样赏味田园，谢诗教给人怎样赏味山水；他们都是发现自然的诗人。陶是写意，谢是工笔。谢诗从制题到造句，无一不是工笔。他开了后世诗人着意描写的路子；他所以成为大家，一半也在这里。

齐武帝永明年间（公元483—493年），“声律说”大盛。四声的分别，平仄的性质，双声叠韵的作用，都有人指出，让诗文作家注意。从前只着重句末的韵，这时更着重句中的“和”；“和”就是念起来顺口，听起来顺耳。从此诗文都力求谐调，远于语言的自然。这时的诗，一面讲究用典，一面讲究声律，不免有侧重技巧的毛病。到了梁简文帝，又加新变，专咏艳情，称为“宫体”，诗的境界更狭窄了。这种形式与题材的新变，一直影响到唐初的诗。这时候七言的乐歌渐渐发展。汉、魏文士仿作乐府，已经有七言的，但只零星偶见，后来舞曲里常有七言之作。到了宋代，鲍照有《行路难》十八首，人生的感慨颇多，和舞曲描写声容的不一样，影响唐代的李白、杜甫很大。但是梁以来七言的发展，却还跟着舞曲的路子。不跟着鲍照的路子，这些都是宫体的谐调。

唐代谐调发展，成立了律诗绝句，称为近体；不是谐调的诗，称为古体；又成立了古近体的七言诗。古体的五言诗也变了格调。这些都是划时代的。初唐时候，大体上还继续着南朝的风气，辗转在艳情的圈子里。但是就在这时候，沈佺期、宋之问奠定了律诗的体制。南朝论声律，只就一联两句说；沈、宋却能看出谐调有四种句式。两联四句才是谐调的单位，可以称为周期。这单位后来写成“仄仄平平仄，平平仄仄平，平平平仄仄，仄仄仄平平”的谱。沈、宋在一首诗里用两个周期，就是重叠一次；这样，声调便谐和富厚，又不致单调。这就是八句的律诗。律有“声律”“法律”两义。律诗体制短小，组织必须经济，才能发挥它的效力；“法律”便是这个意思。但沈、宋的成就只在声律上，“法律”上的进展，还等待后来的作家。

宫体诗渐渐有人觉得腻味了；陈子昂、李白等说这种诗颓靡浅薄，没有价值。他们不但否定了当时古体诗的题材，也否定了那些诗的形式。他们的五言古体，模拟阮籍的《咏怀》，但是失败了。一般作家却只大量地仿作七言的乐府歌行，带着多少的排偶与谐调。——当时往往就这种歌行里截取谐调的四句入乐奏唱。——可是李白更撇开了排偶和谐调，作他的七言乐府。李白，蜀人，明皇时做供奉翰林；触犯了杨贵妃，不能得志。他是个放浪不羁的人，便辞了职，游山水，喝酒，作诗。他的乐府很多，取材很广；他是借着乐府旧题来抒写自己生活的。他的生活态度是出世的；他作诗也全任自然。人家称他为“天上谪仙人”；这说明了他的人和他的诗。他的歌行增进了七言诗的价值；但他的绝句更代表着新制。绝句是五言或七言的四句，大多数是谐调。南北朝民歌中，五言四句的谐调最多，影响了唐人；南朝乐府里也有七言四句的，但不太多。李白和别的诗家纷纷制作，大约因为当时输入的西域乐调宜于这体制，作来可供宫廷及贵人家奏唱。绝句最短小，贵含蓄，忌说尽。李白所作，自然而不觉费力，并且暗示着超远的境界；他给这新体诗立下了一个标准。

但是真正继往开来的诗人是杜甫。他是河南巩县人。安禄山陷长安，肃宗在灵武即位，他从长安逃到灵武，做了“左拾遗”的官，因为谏救房琯，被放了出去。那时很乱，又是荒年，他辗转流落到成都，依靠故人严武，做到“检校工部员外郎”，所以后来称为杜工部。他在蜀中住了很久。严武死后，他避难到湖南，就死在那里。

他是儒家的信徒；“致君尧舜上，再使风俗淳”是他的素志。又身经乱离，亲见了民间疾苦。他的诗努力描写当时的情形，发抒自己的感想。唐代以诗取士，诗原是应试的玩意儿；诗又是供给乐工歌妓唱了去伺候宫廷及贵人的玩意儿。李白用来抒写自己的生活，杜甫用来抒写那个大时代，诗的领域扩大了，价值也增高了。而杜甫写“民间的实在痛苦，社会的实在问题，国家的实在状况，人生的实在希望与恐惧”，更给诗开辟了新世界。

他不大仿作乐府，可是他描写社会生活正是乐府的精神；他的写实的态度也是从乐府来的。他常在诗里发议论，并且引证经史百家；但这些议论和典故都是通过了他的满腔热情奔迸出来的，所以还是诗。他这样将诗历史化和散文化；他这样给诗创造了新语言。古体的七言诗到他手里正式成立；古体的五言诗到他手里变了格调。从此“温柔敦厚”之外，又开了“沉着痛快”一派。

五言律诗，王维、孟浩然已经不用来写艳情而用来写山水；杜甫却更用来表现广大的实在的人生。他的七言律诗，也是如此。他作律诗很用心在组织上。他的五言律诗最多，差不多穷尽了这体制的变化。他的绝句直述胸怀，嫌没有余味；但那些描写片段的生活印象的，却也不缺少暗示的力量。他也能欣赏自然，晚年所作，颇有清新的刻画的句子。他又是个有谐趣的人，他的诗往往透着滑稽的风味。但这种滑稽的风味和他的严肃的态度调和得那样恰到好处，一点也不至于减损他和他的诗的身份。

杜甫的影响直贯到两宋时代；没有一个诗人不直接间接学他的，没有一个诗人不发扬光大他的。古文家韩愈，跟着他将诗进一步散文化；而又造奇喻，押险韵，铺张描写，像汉赋似的。他的诗逞才使气，不怕说尽，是“沉着痛快”的诗。后来有元稹、白居易二人在政治上都升沉了一番；他们却继承杜甫写实的表现人生的态度。

他们开始将这种态度理论化；主张诗要“上以补察时政，下以泄导人情”，“嘲风雪，弄花草”是没有意义的。

他们反对雕琢字句，主张诚实自然。他们将自己的诗分为“讽谕”的和“非讽谕”的两类。他们的诗却容易懂，又能道出人人心中的话，所以雅俗共赏，一时风行。当时最流传的是他们新创的谐调的七言叙事诗，所谓“长庆体”的，还有社会问题诗。

晚唐诗向来推李商隐、杜牧为大家。李一生辗转在党争的影响中。他和温庭筠并称；他们的诗又走回艳情一路。他们集中力量在律诗上，用典精巧，对偶整切。但李学杜、韩，器局较大；他的艳情诗有些实在是政治的譬喻，实在是感时伤事之作。所以地位在温之上。杜牧做了些小官儿，放荡不羁，而很负盛名，人家称为小杜——老杜是杜甫。他的诗词采华艳，却富有纵横气，又和温、李不同。然而都可以归为绮丽一派。这时候别的诗家也集中力量在律诗上。一些人专学张籍、贾岛的五言律，这两家都重苦吟，总捉摸着将平常的题材写得出奇，所以思深语精，别出蹊径。但是这种诗写景有时不免琐屑，写情有时不免偏僻，便觉不大方。这是僻涩一派。另一派出于元、白，作诗如说话，嬉笑怒骂，兼而有之，又时时杂用俗语。这是粗豪一派。

这些其实都是杜甫的鳞爪，也都是宋诗的先驱；绮丽一派只影响宋初的诗，僻涩、粗豪两派却影响了宋一代的诗。

宋初的诗专学李商隐；末流只知道典故对偶，真成了诗玩意儿。王禹偁独学杜甫，开了新风气。欧阳修、梅尧臣接着发现了韩愈，起始了宋诗的散文化。欧阳修曾遭贬谪；他是古文家。梅尧臣一生不得志。欧诗虽学韩，却平易疏畅，没有奇险的地方。梅诗幽深淡远，欧评他“譬如妖韶女，老自有余态”“初如食橄榄，其味久愈在”。宋诗散文化，到苏轼而极。他是眉州眉山（今四川眉山）

人，因为攻击王安石的新法，一辈子升沉在党争中。他将禅理大量地放进诗里，开了一个新境界。他的诗气象宏阔，铺叙婉转，又长于譬喻，真到用笔如舌的地步；但不免“掉书袋”的毛病。他门下出了一个黄庭坚，是第一个有意的讲究诗的技巧的人。他是洪州分宁（今江西修水）人，也因党争的影响，屡遭贬谪，终于死在贬所。他作诗着重锻炼，着重句律；句律就是篇章字句的组织与变化。他开了江西诗派。

刘克庄《江西诗派小序》说他“荟萃百家句律之长，究极历代体制之变，搜猎奇书，穿穴异闻，作为古律，自成一家；虽只字半句不轻出”。他不但讲究句律，并且讲究运用经史以至奇书异闻，来增富他的诗。这些都是杜甫传统的发扬光大。王安石已经提倡杜诗，但到黄庭坚，这风气才昌盛。黄还是继续将诗散文化，但组织得更经济些；他还是在创造那阔大的气象，但要使它更富厚些。他所求的是新变。他研究历代诗的利病，将作诗的规矩得失，指示给后学，教他们知道路子，自己去创造，发展到变化不测的地步。所以能够独开一派。他不但创新，还主张点化陈腐以为新；创新需要人才，点化陈腐，中才都可勉力作去。他不但能够“以故为新”，并且能够“以俗为雅”。其实宋诗都可以说是如此，不过他开始有意地运用这两个原则罢了。他的成就尤其在七言律上；组织固然更精密，音调也谐中有拗，使每个字都斩绝地站在纸面上，不至于随口滑过去。

南宋的三大诗家都是从江西派变化出来的。杨万里为人有气节；他的诗常常变格调。写景最工；新鲜活泼的譬喻，层见叠出，而且不碎不僻，能从大处下手。写人的情意，也能铺叙纤悉，曲尽其妙；所谓“笔端有口，句中有眼”。他作诗只是自然流出，可是一句一转，一转一意；所以只觉得熟，不觉得滑。不过就全诗而论，范围究竟狭窄些。范成大是个达官。他是个自然诗人，清新中兼有拗峭。

陆游是个爱君爱国的诗人。吴之振《宋诗钞》说他学杜而能得杜的心。他的诗有两种：一种是感激豪宕，沉郁深婉之作，一种是流连光景，清新刻露之作。他作诗也重真率，轻“藻绘”，所谓“文章本天成，妙手偶得之”。他活到八十五岁，诗有万首；最熟于诗律，七言律尤为擅长。——宋人的七言律实在比唐人进步。

向来论诗的对于唐以前的五言古诗，大概推尊，以为是诗的正宗；唐以后的五言古诗，却说是变格，价值差些，可还是诗。诗以“吟咏情性”，该是“温柔敦厚”的。按这个界说，齐、梁、陈、隋的五言古诗其实也不够格，因为题材太小，声调太软，算不得“敦厚”。七言歌行及近体成立于唐代，却只能以唐代为正宗。宋诗议论多，又一味刻画，多用俗语，拗折声调。他们说这只是押韵的文，不是诗。但是推尊宋诗的却以为天下事物穷则变，变则通，诗也是如此。变是创新，是增扩，也就是进步。若不容许变，那就只有模拟，甚至只有抄袭；那种“优孟衣冠”，甚至土偶木人，又有什么意义可言！即如模拟所谓盛唐诗的，末流往往只剩了空廓的架格和浮滑的声调；要是再不变，诗道岂不真穷了？所以诗的界说应该随时扩展；“吟咏情性”“温柔敦厚”诸语，也当因历代的诗辞而调整原语的意义。诗毕竟是诗，无论如何地扩展与调整，总不会与文混合为一的。诗体正变说起于宋代，唐、宋分界说起于明代；其实历代诗各有胜场也各有短处，只要知道新、变，便是进步，这些争论是都不成问题的。

授课人：朱自清

第二章 《诗经》

诗的源头是歌谣。上古时候，没有文字，只有唱的歌谣，没有写的诗。一个人高兴的时候或悲哀的时候，常愿意将自己的心情诉说出来，给别人或自己听。日常的言语不够劲儿，便用歌唱；一唱三叹的叫别人回肠荡气。唱叹再不够的话，便手也舞起来了，脚也蹈起来了，反正要将劲儿使到了家。碰到节日，大家聚在一起酬神作乐，唱歌的机会更多。或一唱众和，或彼此竞胜。传说葛天氏的乐八章，三个人唱，拿着牛尾，踏着脚，似乎就是描写这种光景的。歌谣越唱越多，虽没有书，却存在人的记忆里。有了现成的歌儿，就可借他人酒杯，浇自己块垒；随时拣一支合式的唱唱，也足可消愁解闷。若没有完全合式的，尽可删一些、改一些，到称意为止。流行的歌谣中往往不同的词句并行不悖，就是为此。可也有经过众人修饰，成为定本的。歌谣真可说是“一人的机锋，多人的智慧”了。

歌谣可分为徒歌和乐歌。徒歌是随口唱，乐歌是随着乐器唱。徒歌也有节奏，手舞脚蹈便是帮助节奏的；可是乐歌的节奏更规律化些。乐器在中国似乎早就有了，《礼记》里说的土鼓、土槌儿、芦管儿，也许是我们乐器的老祖宗。到了《诗经》时代，有了琴瑟钟鼓，已是洋洋大观了。歌谣的节奏，最主要的靠重叠或叫复沓；本来歌谣以表情为主，只要翻来覆去将情表到了家就成，用不着费话。重叠可以说原是歌谣的生命，节奏也便建立在这上头。字数的均齐，韵脚的调协，似乎是后来发展出来的。有了这些，重叠才在诗歌里失去主要的地位。

有了文字以后，才有人将那些歌谣记录下来，便是最初的写的诗了。但记录的人似乎并不是因为欣赏的缘故，更不是因为研究的缘故。他们大概是些乐工，乐工的职务是奏乐和唱歌；唱歌得有词儿，一面是口头传授，一面也就有了唱本儿。歌谣便是这么写下来的。我们知道春秋时的乐工就和后世阔人家的戏班子一样，老板叫作太师。那时各国都养着一班乐工，各国使臣来往，宴会时都得奏乐唱歌。太师们不但得搜集本国乐歌，还得搜集别国乐歌。不但搜集乐词，还得搜集乐谱。那时的社会有贵族与平民两级。太师们是伺候贵族的，所搜集的歌儿自然得合贵族们的口味；平民的作品是不会入选的。他们搜得的歌谣，有些是乐歌，有些是徒歌。徒歌得合乐才好用。合乐的时候，往往得增加重叠的字句或章节，便不能保存歌词的原来样子。除了这种搜集的歌谣以外，太师们所保存的还有贵族们为了特种事情，如祭祖、宴客、房屋落成、出兵、打猎等等作的诗。这些可以说是典礼的诗。又有讽谏、颂美等等的献诗；献诗是臣下作了献给君上，准备让乐工唱给君上听的，可以说是政治的诗。太师们保存下这些唱本儿，带着乐谱；唱词儿共有三百多篇，当时通称作“诗三百”。到了战国时代，贵族渐渐衰落，平民渐渐抬头，新乐代替了古乐，职业的乐工纷纷散走。乐谱就此亡失，但是还有三百来篇唱词儿流传下来，便是后来的《诗经》了。

“诗言志”是一句古话；“诗”(䛖)这个字就是“言”“志”两个字合成的。但古代所谓“言志”和现在所谓“抒情”并不一样；那“志”总是关联着政治或教化的。春秋时通行赋诗。在外交的宴会里，各国使臣往往得点一篇诗或几篇诗叫乐工唱。这很像现在的请客点戏，不同处是所点的诗句必加上政治的意味。这可以表示这国对那国或这人对那人的愿望、感谢、责难等等，都从诗篇里断章取义。断章取义是不管上下文的意义，只将一章中一两句拉出来，就当前的环境，做政治的暗示。如《左传》襄公二十七年，郑伯宴晋使赵孟于垂陇，赵孟请大家赋诗，他想看看大家的“志”。子太叔赋的是《野有蔓草》。原诗首章云：“野有蔓草，零露漙兮，有美一人，清扬婉兮。邂逅相遇，适我愿兮。”子太叔只取末两句，借以表示郑国欢迎赵孟的意思；上文他就不管。全诗原是男女私情之作，他更不管了。可是这样办正是“诗言志”；在那回宴会里，赵孟就和子太叔说了“诗以言志”这句话。

到了孔子时代，赋诗的事已经不行了，孔子却采取了断章取义的办法，用诗来讨论做学问、做人的道理。“如切如磋，如琢如磨”，本来说的是治玉，他却将玉比人，用来教训学生做学问的功夫。“巧笑倩兮，美目盼兮，素以为绚兮”，本来说的是美人，所谓天生丽质。他却拉出末句来比方作画，说先有白底子，才会有画，是一步步进展的；作画还是比方，他说的是文化，人先是朴野的，后来才进展了文化——文化必须修养而得，并不是与生俱来的。他如此解诗，所以说“思无邪”一句话可以包括“诗三百”的道理；又说诗可以鼓舞人，联合人，增加阅历，发泄牢骚，事父事君的道理都在里面。孔子以后，“诗三百”成为儒家的六经之一，《庄子》和《荀子》里都说到“诗言志”，那个“志”便指教化而言。

但春秋时列国的赋诗只是用诗，并非解诗；那时诗的主要作用还在乐歌，因乐歌而加以借用，不过是一种方便罢了。至于诗篇本来的意义，那时原很明白，用不着讨论。到了孔子时代，诗已经不常歌唱了，诗篇本来的意义，经过了多年的借用，也渐渐含糊了。他就按着借用的办法，根据他教授学生的需要，断章取义地来解释那些诗篇。后来解释《诗经》的儒生都跟着他的脚步走。最有权威的毛氏《诗传》和郑玄《诗笺》差不多全是断章取义，甚至断句取义——断句取义是在一句、两句里拉出一个两个字来发挥，比起断章取义，真是变本加厉了。

毛氏有两个人：一个毛亨，汉时鲁国人，人称为大毛公，一个毛苌，赵国人，人称为小毛公；是大毛公创始《诗经》的注解，传给小毛公，在小毛公手里完成的。郑玄是东汉人，他是专给毛《传》作《笺》的，有时也采取别家的解说；不过别家的解说在原则上也还和毛氏一鼻孔出气，他们都是以史证诗。他们接受了孔子"无邪"的见解，又摘取了孟子的"知人论世"的见解，以为用孔子的诗的哲学，别裁古代的史说，拿来证明那些诗篇是什么时代作的，为什么事作的，便是孟子所谓"以意逆志"。其实孟子所谓"以意逆志"倒是说要看全篇大意，不可拘泥在字句上，与他们不同。他们这样猜出来的作诗人的志，自然不会与作诗人相合；但那种志倒是关联着政治教化而与"诗言志"一语相合的。这样的以史证诗的思想，最先具体地表现在《诗序》里。

《诗序》有《大序》《小序》。《大序》好像总论，托名子夏，说不定是谁作的。《小序》每篇一条，大约是大、小毛公作的。以史证诗，似乎是《小序》的专门任务；传里虽也偶然提及，却总以训诂为主，不过所选取的字义，意在助成序说，无形中有个一定方向罢了。可是《小序》也还是泛说的多，确指的少。到了郑玄，才更详密地发展了这个条理。他按着《诗经》中的国别和篇次，系统地附合史料，编成了《诗谱》，差不多给每篇诗确定了时代；《笺》中也更多地发挥了作为各篇诗的背景的历史。以史证诗，在他手里算是集大成了。

《大序》说明诗的教化作用；这种作用似乎建立在风、雅、颂、赋、比、兴，所谓“六义”上。《大序》只解释了风、雅、颂。说风是风化（感化）、讽刺的意思，雅是正的意思，颂是形容盛德的意思。这都是按着教化作用解释的。照近人的研究，这三个字大概都从音乐得名。风是各地方的乐调，《国风》便是各国土乐的意思。雅就是“乌”字，似乎描写这种乐的呜呜之音。雅也就是“夏”字，古代乐章叫作“夏”的很多，也许原是地名或族名。雅又分《大雅》《小雅》，大约也是乐调不同的缘故。颂就是“容”字，容就是“样子”；这种乐连歌带舞，舞就有种种样子了。风、雅、颂之外，其实还该有个“南”。南是南音或南调，《诗经》中《周南》《召南》的诗，原是相当于现在河南、湖北一带地方的歌谣。《国风》旧有十五，分出二南，还剩十三；而其中邶、鄘两国的诗，现经考定，都是卫诗，那么只有十一《国风》了。颂有《周颂》《鲁颂》《商颂》，《商颂》经考定实是《宋颂》。至于搜集的歌谣，大概是在二南、《国风》和《小雅》里。

赋、比、兴的意义，说数最多。大约这三个名字原都含有政治和教化的意味。赋本是唱诗给人听，但在《大序》里，也许是“直铺陈今之政教善恶”的意思。比、兴都是《大序》所谓“主文而谲谏”；不直陈而用譬喻叫“主文”，委婉讽刺叫“谲谏”。说的人无罪，听的人却可警诫自己。《诗经》里许多譬喻就在比兴的看法下，断章断句地硬派作政教的意义了。比、兴都是政教的譬喻，但在诗篇发端的叫作兴。《毛传》只在有兴的地方标出，不标赋、比；想来赋义是易见的，比、兴虽都是曲折成义，但兴在发端，往往关系全诗，比较更重要些，所以便特别标出了。《毛传》标出的兴诗，共一百十六篇，《国风》中最多，《小雅》第二；按现在说，这两部分搜集的歌谣多，所以譬喻的句子也便多了。

授课人：朱自清

第三章 《楚辞》与神仙思想

用宗教观点解释文学，在中国是很少见的，其实，宗教与文学在古代确有不可分的密切关系。整部《楚辞》作品，就充满着不少的神仙思想。

现据出土大多数铜器铭文的记载，除表示敬虔的意愿之外，常见的多是“祈眉（秀眉）寿”之类字样。敬与寿的关系究竟何在？“敬”字可说是典型儒家人生观的核心。我认为古人是以敬为手段，作为他们达到长寿的目的。按“敬”字古文包含惊、警的意思，而“祈眉寿”三字只是救命的呼声。人在有惊或警的情况下，必然精神紧张，不敢松懈，这便表现出“敬”的意蕴。我们现在认为这是弱者的态度，而古人却以它作为得以保全生命的重要手段。所以金文有“霝”，《诗》有“令终”等字样，这是表示“善终”的祝福语。可见上古时代，古人随时随地皆有危险，因此人们的理想便以求得缓死、善终为满足，这就是前面说的“眉寿”了。为了求得不死于中年、强敌或猛兽，诗又有“祈黄发”“祈黄耇”的词语，这表明古人希望缓死，而准备接受缓死的条件，死可缓而不可却，故愿缓死而受老之痛苦以迁就难于违抗的天命，这大概是古人的一般想法。但齐国人却提出了“难老”的观念，表现于铭文和诗句中的有：

> 以祈眉寿，霝冬难老。（齐甾盘）
>
> 永锡难老。（《诗·鲁颂·泮水》）
>
> 用祈眉寿，其万年霝冬难老。（殳孚良父壶）

难老较不老是进了一步，再进一步便有了不死的观念。不死观念，古人罕有，如何产生，尚是疑问，它也是齐国的产物。齐器黔镈有“用祈老而勿死”的铭文，《左传》也载有齐侯（景公）宴于齐山同晏子的对话，他说：“使古而无死，其乐何如？”晏子听了很惊异，即时对他做了一番严肃的进谏。这个故事里齐侯的话如果仅仅是酒后戏言偶然提到，那么黔镈的铭文何以也有同样思想，并且都产生在齐国，这难道是偶然的吗？

有些学者一致认为战国的神仙学说和方士的发源都在齐国，他们的理由是：齐国濒海，海上多岛屿，又有蜃楼海市，容易刺激人的幻想，这种推断未免简单。按战国的神仙学说与春秋齐国的不死观念并无必然联系，而且神仙思想也并非发源于齐国。要说明这一问题，我以为当从种族的发展变化方面求得解答。

齐国的王族原本姓姜，是四岳的后代，又有姜戎也自称四岳之后，看来齐和戎必有联系。当时同姓之国，或在内地，或在四夷，这现象在春秋时极为普遍，假使齐与戎是出于同一祖先，可是他们的祖先是属于诸夏或是四夷，却难于确定。有主张是诸夏而四夷化的，也有主张是诸夷而夏化的，通常多倾向于前一说。那么反过来看，又未尝不可以说齐人是夏化了的诸夷？我是赞成后一说法的。

春秋之所谓戎，本是共同的大名，其中包括若干外族，以血素言，一部分西戎为羌族，而羌与姜古代是一个字，姜从女，羌从人，从人者表男性，从女者表女性，故羌与姜在意义上的区别，一是指外族的男子，一指外族女子而已。姬周与羌素有婚姻之谊，最早有后稷之母姜嫄，太王、武王都曾娶于羌族。《尚书·牧誓》记武王盟国中有西土之人，其中就包有羌人在内。周代开国功臣太公望，当是西土之酋长，可能是成王的舅父行辈，可以算是宗亲，因伐纣有功而封于吕，由是迁至豫南，这也许是羌人内徙夏化的开端。太公的儿子丁公始封于齐，因为周灭纣后，南夷之楚相与作乱，于是大封功臣以屏藩周室。太公封吕即由于此。又山东有蒲氏为纣的余裔，为了对它监视，就封丁公于齐，又令伯禽平燕而封于鲁。这是齐、鲁受封的简单情况。按齐是古代汉族在山东半岛的文化中心，羌人封居到这里，自然很容易接受汉化了。

《墨子·节葬下》：

> 秦之西有仪渠之国者，其亲戚死，聚柴而焚之，燻上谓之登遐。

仪渠，一作义渠，即羌族，有《吕氏春秋·义赏》一文可证：

> 氐羌之民，其虏也，不忧其系累，而忧其死不焚也。

《太平御览》七九四引《庄子》佚文：

> 羌人死，燔而扬其灰。

这种风俗乃含有宗教意义，它的先决条件是相信有灵魂。灵魂观念或由于梦中活动的景象推测而成，古人不知分辨现实的我与梦中的我，认为人死后另有一魂在，也就是所谓“真我”。对于死者，最初只以土覆盖，进一步就盛入棺椁埋掉，有时还烧纸钱贿赂它，希望它不要出来为厉害人，再进一步便焚化成烟，使它上升天界。所以说，相信有灵魂是火葬的先决条件，既相信有灵魂，也就相信不死了。这一观念根本是从西方来的，无怪《山海经》里所传种种不死之药，都是属于西方各地，原因即在于此。随着羌人的内迁，不死观念便由西方带到了齐鲁一带，在此地扎下根来。后来灵魂观念发达，又演化成天堂的理想世界，人们就用这个美好的设想招引灵魂向那儿去，使死者能过着安居快乐的生活。《楚辞·招魂》篇的构思便是从这里来的。古人又认为身体与灵魂是对待之物，有身体的拘束，灵魂便出不来，因此必须烧化它。《汉书·西羌传》云：

羌人以战死为吉，而以病死为不祥。

这风俗正是来自打破身体、解放灵魂这个基本观念而形成的。它和后来缓死、不死的灵肉合一的传说比较，似又显得别致。由此看来，中土古代本无灵魂观念，所以说战国时代的神仙观念当由羌人火葬的习俗所产生，与齐人原来的不死观念无干。我认为神仙思想应该是羌人思想第一次传入齐国，而方士思想却是第二次。其实，方士思想当时各国都有，只是由于齐与羌原有思想上的母子关系，因而显得特别发达而已。

记载神仙方士最早的材料，当推《史记》中的《封禅书》《始皇本纪》及《汉书·武帝本纪》诸篇。试加分析，考其中有名的方士，韩、赵、魏各一人，燕六人，齐二人，以燕国方士为最多，这是始皇以前的情况，至汉武帝时，方士就全是齐人了。我们不妨做这样的假定：西方的方士大队自西而东，初入韩赵魏而集于燕，再集于齐，这才出现武帝时方士全是齐人的情况。这和《山海经》里以昆仑为圣山，《史记》记老子出函谷关西去的说法是完全吻合的。又如《史记》说始皇收天下兵器，铸十二金人于咸阳，实有宗教意味。因为据说始皇出巡曾见大人脚迹，回来遂有铸造金人的决定，至汉武帝时，就直接把大人认为是神仙。据《汉书·五行志》记载："十二金人皆夷狄服。"更证明了神仙思想是从西方传来的。古人对天的观念，以为是在山上，所以昆仑山一名天山（见《淮南子》），这观念传到齐国以后，少见高山，于是另造海上三山的传说，实际上是用它代替原来昆仑山的说法的。

所谓登遐，乃是古代的说法。古人求仙，有尸解的设想。尸解的方法，包括火解、兵解、水解三种，都是相信灵魂不灭，由此而产生的一种宗教狂热。后来觉得这些办法痛苦难当，就产生由顿化变为渐化的另一种新的设想，那便是修炼，认为由辟谷可以使身体轻便，易于升天；但仍觉苦，因此秦皇、汉武就想去求不死之药，服了即成仙体。这时，神仙思想又发展到了灵肉已相调和，肉身可以炼成仙体的新阶段。所以说，神仙实际上就是由火葬而加入想象或半想象所虚构成的一种具体人物，他们不受形体拘束，可以自由来往上天。"登遐"的"遐"，《太平广记》一作"煆"或"霞"。"煆"就是指的火解，"叚"，红也，故"霞"即含有红与煆的意义。"登遐"在古代有两种说法，一见于《礼记》："帝王死曰登遐。"一即神仙家说的登遐（飞升）。据前一说法，似乎只有帝王死后才有登遐资格，而后一说法则只有在具有平等观念的原始社会方能产生，人皆可以登天，不像后来封建社会抱有唯帝王才有灵魂的偏见。后一说法虽到战国时代封建制度被破坏以后才能被接受，发生普遍的社会影响。故前面说的帝王登遐，实即外族的宗教观念（火葬）进入封建社会后产生的一个变种。《楚辞·远游》篇：

> 载营魄而登遐兮，掩浮云而上征。

这里证明所谓登遐，就是登仙的意思。据《列仙传》记载：

> 啸父善作火，后入清凉山，烈火而升。
>
> 仙人师门，身死，风雨迎之去，则山木皆焚。
>
> 赤松子能以火自焚，往往在昆仑山，在火中随风雨上下。
>
> 甯封子为黄帝陶政，能举五色之火焰，能自入火中，乘火而登，人取其骨，而葬入甯伯山中。

这些材料，都是暗示着火葬。“仙”，古字作“僊”，《说文·释僊》，升高也，是说人升高就为僊；而写作“仙”，乃是由西方观念传入后而造作的新字（西方以山为天）。以字义说，神仙一词的概念是这样：神是指本来就有的，仙则是由人修炼而成，修炼成功的人，就如同神明一样，故称之为神仙。神仙的另一名称叫“真人”，这是古人以为活人仅是人的一种手段，肉体死后才算达到永久不死的目的，故名曰真人，以对待肉体的假人。因此古人认为凡能死的人皆可成仙，把活人当成走向死后理想生活的过渡阶段，这就表现出一种平等的观念，并没有把神仙看成特殊阶级。所以在古代自由平等的观念，只有在神仙家学说里出现，它对中国文艺的贡献是极其重大的。

上面说的登遐，乃是由火化后魂魄随烟霞上升而形成的观念，故魂必然是飘浮不定的，所以《易·系辞》云：“游魂为变。”《白虎通义》云："魂，犹伝伝也，行不休也。"雲，古写作[illegible]，而魂字结构从云，从鬼，乃古人想象中的鬼云或云鬼。因此，人们理想中的神仙一定是喜爱并善于云游的。既然好游，就越远越好，《楚辞》的《远游》篇即本此意而作。《淮南子·道应》篇叙述了卢敖出游的寓言故事，大意说，卢敖游于北海，遇一异人，形貌甚奇，迎风而舞，见敖来到，就逃往碑下躲藏，敖上前去看，见他正吃着龟蛤，便对他说："我以为独身来到这里，不料和你遇上，交个朋友可以吗？"那人笑着说："你以为游到北海，就算到尽头了吗？我曾经游过名叫无何有之乡，在那以外的地方，我尚来不及去，和我相比，你的游踪未免太小见了吧。现在我正同汗漫相约要去游九垓之上，不能在此久留了。"于是举臂飞去，卢敖仰面看，他很快消失了踪影。庄子的思想，就是由此发展来的。前人所做种种推论，看来都不可信。从《庄子》到《楚辞》，这中间大可沟通。《庄子》中的神人、真人、至人、大人，都是指的神仙，庄子只是把他们加以理性化罢了。《逍遥游》中写到列子御风而行，写邈姑仙子之不食五谷，绰约若处子，其他如《大宗师》《应帝王》《在宥》《天地》《秋水》《徐无鬼》等篇，都有关于神仙的理想描写，《文选》注引《庄子》佚文，也有过这一类的神话。至于《淮南子》所述，则更为复杂。此外，汉以来的诗赋，写仙人漫游生活的不少，到晋代就有郭璞的《游仙诗》，晚唐人曹唐的大小"游仙诗"，都属于这一类。可是云游必有车马，于是按照人的生活经验把天上的彩虹想象成龙骑，又以云霓彗星为旌旗，以风雷诸神为护驾，所以这种神仙思想实际上就是富贵人的理想，这类描写，不仅在《远游》篇中有，便是汉代人写的骚体赋中也有。《楚辞》一书中，搜集汉人作品不少，独没有枚乘之作，原因是所收作品全属于神仙思想之产物，可见汉人还能了解《楚辞》文学的产生背景，并不全由于它是楚地的产物而加以搜辑的。

再谈到《楚辞》中“求女”一事与神仙思想的关系。《离骚》中写到“求女”，颇为费解，何以上面写的是尧舜，下面忽然就转到求女事件上来？这里就显露出仙真人诗的本来面目，求女以外的一切乃屈原增加的新内容，也是本篇的精髓所在。古人以为人死为长眠，他的灵魂该是像做梦时那样外出，像生前一样自由活动，所以要深埋他，又用石碑镇住，然后又以理想的天堂骗魂归去，把世间一切美事美物毕集于天堂之内，使魂永远在那里安居。说到世间乐趣，古人以为有三类，就是酒食、音乐、女色。而神仙既然不食人间烟火，只饮玉液琼浆和咀嚼霞片便足，就无须酒食，在他们长期消闲的生活中，听乐、求女就成了他们的最大兴趣。因此，听乐和求女两者关系极为密切，这是由于古代乐队多用女性的缘故。贾谊《惜誓》句云：“载玉女于后车。”王逸注：“以侍栖宿也。”意义是明显的。《淮南子·俶真》篇云：“妾宓妃，妻织女。”司马相如《大人赋》云：“挑闾阖而入帝宫兮，载玉女而与之归。”桓谭《仙赋》：“诸物皆见，玉女在旁。”张衡《思玄赋》云：“载太华之玉女兮，召洛浦之宓妃。”黄香《九宫赋》云：“使织女骖乘。”王逸《九思》云：“与织女兮合婚。”曹植《远游诗》云：“仙人翔其隅，玉女戏其阿。”陆机《列仙赋》云：“尔其嘉会之仇，息宴游，栖则昌容弄玉，洛宓江妃。”又《东武吟行》云：“饥从韩众食，寒就织女栖。”张华《游仙诗》云：“云娥荐琼石，神妃侍衣裳。”郭璞《游仙诗》云：“灵妃顾我笑，粲然启玉齿。蹇修时不存，要之将谁使？”古乐府《八公操》云：“驰乘风云使玉女。”鲍照《代淮南王》全篇。《北堂书抄》一四八引《列仙传》云：“安期先生往，与神女会圆丘。”《初学记》二五引《马明生别传》云：“明生随神女入室，卧金床玉机。”根据上引这些材料，可知《离骚》中所写的“求女”，实即神仙思想的产物。

葛洪《抱朴子·金丹》篇云："第三之丹名曰神丹，服一刀圭，百日仙也；以与六畜吞之，亦终不死……服百日，仙人玉女，山川鬼神皆来侍之，见如人形。"这种思想的背景当然是有来源的。又《仙药篇》更描写玉女的面貌："以黄金为痣，大如粟，在鼻上。"非常形象有趣。我想在先秦两汉时代必然有和这类有关的种种神话传说，葛洪只是集其大成把它描写出来罢了。

关于音乐描写方面，《惜誓》中曾有王乔、赤松调瑟的记载，而《远游》中则乐歌与玉女同时并举，写了命海若歌舞以迎宓妃这样的情节，很有点像后世的戏剧，真算得是快活神仙哩！

求仙的方法，有炼气、辟谷、烧丹诸类，但与《离骚》没多大关系。从神仙家的观点来看，理想的仙人，必然是餐风饮露，由焚尸升天，进而为灵肉合一。所以要炼成飞仙，就不能肉食，最后甚至达到不食五谷（辟谷）的程度，以致面黄肌瘦，形同槁木。故《抱朴子》云："世无肥仙人、富道士。"可见求仙是最苦的事，没有那种虔诚的宗教狂热的人，谁肯轻易去尝试呢！

我想，研究《楚辞》，如果同古代的神仙思想联系起来，一定会有不少新的发现。

授课人：闻一多

第四章 《离骚》与“仙真人诗”

清末四川学者廖平（季平）曾经说过，《离骚经》乃是秦博士写的仙真人诗。他的说法是根据《史记·秦始皇本纪》推论出来的，却被后来的《楚辞》学者引为笑谈。可是经过我的考据结果，有十分之六七同廖先生的说法相合，不同的是《离骚》的确是“仙真人诗”，但与秦始皇无干。有人否认先秦的神仙思想，这是不对的。按，仙有飞升的意思，《庄子》多次提到的“真人”，也就是指的这种能飞的仙人。

中国古代思想如儒墨等，多来源于宗教信仰。古代华夷杂处，生活习俗大抵相近，在物质文明方面，夷人固然较汉人落后，但他们的宗教信仰却远比汉人为深。华夷混合的结果，所谓基本的汉人何在，按史书考查，这就是殷人。儒家理论之能具有超灵魂的观念，实由于它所代表的是文明程度比较进步的殷人社会背景。夷人把他们的原始宗教传入汉族，汉人就用进步的文化眼光加以合理的解释，于是便产生化腐朽为神奇的效果，杨墨思想直接由此产生，儒家则根据不同的社会背景创立了另一种理智更强的理论。到了战国时代，这种夷人宗教思想华化更有了新的发展，在文化上开放出三朵奇花：哲学方面有庄子，科学方面有邹衍，文学方面有屈原。

“仙真人诗”，就是以仙人为题材的独白式歌剧。关于这类独白式的歌剧，汉乐府中还保存有不少篇，如《郊祀歌》中的《日出入行》，《铙歌》中的《上陵》，其他还有《王子乔》《长歌行》《仙人骑白鹿》《董逃行》《步出夏门行》《善哉行》等。这些作品的出现，当是由于武帝喜好神仙，常在宫廷扮演歌剧，因而产生了大量以神仙为题材的作品。张衡《西京赋》里也有过宫廷扮演神仙故事的记载，后来各地分封诸王也纷纷效尤，形成一时的风气。由此上推先秦的“仙真人诗”，大概和这种情况相近似。可是《离骚》既是“仙真人诗”，又不是“仙真人诗”，这话如何理解呢？这是因为《离骚》中夹有不少凡人的词语，我们可以解释这是屈原利用当时流行的“仙真人诗”的体裁而抒发个人的骚怨，借以讽谏他的楚君。然而这样写法是主动的还是被动的，我以为都有可能，只要我们用读“仙真人诗”的观点去读《离骚》，好些问题就容易理解了。为什么呢？因为我们已经懂得《离骚》用的是以旧瓶装新酒的写法，在结构上不免仙凡成分相杂，词语的衔接自难天衣无缝，这可说明《离骚》文中何以有时会出现前后文意不相协调的原因。

班固的《离骚序》引了淮南王《离骚传》的几句话，在《史记·屈原列传》中也征引过，对照来看，司马迁所引比较完全，班固引的只是节录。据司马迁所引的话，《离骚》似乎是寓言体、有机体，像《庄子》的文章一样；而王逸则把它看成杂拌儿。我们认为司马迁的看法是正确的。曹丕《典论·论文》的佚文说：“屈原据托譬喻，其意周旋，绰有余度。”这是最早的评骚理论。这是因为淮南王的《离骚传》早已失传，而班固和司马迁的征引也非全璧的缘故。

“仙真人诗”在当时甚为流行，文体并非罕见，故不为学者所注意，仅从它的寓意部分加以解释，淮南王的时代较早，解释《离骚》也重在这一方面，因此显得比较自然，没有夸饰成分。到了东汉王逸手里，他以本人的时代和学术观点，对《离骚》做了不少穿凿附会的解释，而《离骚》的本来面目就开始晦涩，后来加以时代之隔阂，文字之古奥，字句之遗佚，更使它成了难解之谜。因此，我们现在读《离骚》，不妨暂把王注放在一边，另从三个方面入手：一、明了它的时代背景，也就是“仙真人诗”盛行的时代；二、对旧注解的洗刷；三、从事字句的校勘。这样做可能与古人意近，也可说与古人意远，虽然我们仍然承认《离骚》是屈原所作，但他是改变了旧神话题材，而参入个人的理想意境，这正是屈原天才的表现。屈原以后，骚体逐渐改变，仙人成分减少，转为个人抒情，西晋郭璞写的《游仙诗》，用的正是这种格调。钟嵘对此诗的评语是：“自抒幽怨。”这话是中肯的。所以说，我们把《离骚》称为“游仙诗”或“咏怀诗”（阮嗣宗的《咏怀诗》，不也是多托兴于神仙吗？）亦无不可。如果拿它和《庄子》合并来读，那将更显出它在文学上的可爱成分。

授课人：闻一多

第五章　论五言出于西汉民间乐府不始班固

今所存汉民间乐府之最古者，首见于沈约《宋书·乐志》。其中有五言者，有非五言者，而皆题曰“古辞”。沈氏云：“凡乐章古词，今之存者，并汉世街陌谣讴，《江南可采莲》《乌生十五子》《白头吟》之属是也。”所谓汉世，既未明指何时，复未分别前后，于是五言与非五言之后先，乃成问题矣。

此实为治汉乐府之第一关键。如对此问题无一明确之观念与解释，则不独于汉乐府之叙述，诸多抵牾，即对于后此文学之流变，亦殊难说明也。以汉乐府演进之历程观之，非五言较五言为早，自是事实。唯五言之发生究晚在何时？当西汉长短句盛行之际，五言是否并行而不悖？非五言与五言之间是否可划一截然之鸿沟？五言诗之成立，既由于民间乐府，则五言诗之发生，是否与民间乐府有密切之关系？凡此，皆有充分讨论之余地与必要也。

讨论五言发生问题者，自来即不乏人，然语多存疑，未为定论。迄乎晚近，勇于疑古，始多立异。至有谓五言发生于东汉中叶以后者，其为梦呓，可不置辩。兹谨就陆侃如先生以五言始于班固一说，略申所见。陆先生之说见《乐府的影响》一文（《国学月报》二卷二号），而罗根泽先生《乐府文学史》主之。并谓西汉无纯粹五言，举班固《咏史》，言其“技术拙劣”“质木无文”，以为五言诗最初发生之例证。于是举一切五言乐府而皆抑之于东汉之下，以言文学系统，实未见其为文学系统也。窃谓以五言为始于班固之说，其观点与态度之错误有三：

（一）误解乐府

西汉乐府作品有两种：一为贵族的。用之祭祀，多成自文士之手，始于高祖唐山夫人之《安世房中歌》，若武帝时司马相如等所作之《郊祀歌》，亦皆贵族乐章也。一为民间的。用之“夜诵”，多出自街陌闾阎，始于武帝之采歌谣，若《汉书》所谓赵代秦楚之讴，皆民间乐章也。是二者性质面目，实判然不同，前者为说理的、教训的，而后者则为抒情的，写实的；前者为古典的，故多模拟《诗经》《楚辞》，而后者则为创作的，故一无依傍。五言为一种新兴之诗体，其不能出于因袭雷同之贵族乐府，而必出于富有创造性之民间制作，殆可断言也。而陆先生于此，似未加辨别，因有见于《安世》《郊祀》诸歌之绝无五言，遂疑西汉一代并无五言，抑知《安世》《郊祀》之为贵族乐章乎？抑知此种貌为诗骚之贵族乐章本不能产生新诗体乎？微论《安世歌》为十七章，《郊祀歌》为十九章，余敢断言曰：即使当日《安世歌》而为百七十章，《郊祀歌》为百九十章者，其中亦决不能有五言作品也。观与《安世歌》同时之《戚夫人歌》，寥寥六句，而四句为五言，与《郊祀歌》同时之《李延年歌》亦仅六句，而五句为五言，则知创作之不同于因袭，而根据因袭的贵族乐章之有无五言或计其中五言多寡之数，以断定五言发生之后先，实为根本错误。

（二）颠倒源流

个人始终相信，先有五言乐府，而后有五言诗。决非先有五言诗，而后产生五言乐府。当两汉乐府势力弥漫之秋，唯乐府为能影响文人著作，而文人著作决不能影响乐府。质言之，即只有文人模拟乐府之体制，而决无乐府反蹈袭文人。五言诗之成立，既由于乐府之发达，则五言诗之产生，亦必由于五言乐府之流行，乃理之当然。今以五言为始于班固，则是今所存五言乐府，皆班氏以后之作，而顾受班氏之影响而发生而盛行耶?！以极短之时间，以“技术拙劣”“质木无文”之《咏史》，其力量乃能产生如此辉煌灿烂之五言乐府，得不视为文学史上之奇迹？固知《咏史》之作，乃五言乐府演进中应有之点缀，在班氏以前，乐府本身，实自有其纯粹五言作品者在也。

（三）武断事实

由上第一点所论，吾人知五言乃出于民间乐府，而不出于贵族乐府。按《汉书·艺文志》所载西汉歌诗，凡三百十四篇，其中除高祖歌诗、宗庙歌诗等贵族乐府及重复之“河南周歌诗声曲折”七篇、“周谣歌诗声曲折”七十五篇外，其属于民间乐府者，盖亦将二百篇。今所存者虽绝寡，然要是一事实。然则从何见得，而一口断定，在此将近二百篇之歌诗中绝无五言作品之存在？况即以见存者论之，亦正不如陆、罗二先生所谓无西汉作品者乎！

今更就事实，申述两点如下：第一，以五言为始于班固说之不确。如班固以前，果无五言之作，犹可说也。考之史籍，则正不然。《汉书·五行志》载成帝时歌谣云："邪径败良田，谗口乱善人。桂树华不实，黄雀巢其颠。故为人所羡，今为人所怜。"又酷吏《尹赏传》载长安歌云："安所求子死？长安少年场。生时谅不谨，枯骨后何葬。"是歌亦作于成帝时。此非西汉已有全篇五言之铁证耶？安得谓始班固哉！西汉乐府，本采民谣，则其时乐府中已有纯粹五言，尚复何疑。陆先生云："西汉乐府，（按当云西汉贵族乐府）杂言中夹五言。乐府以外，《汉书》所载《戚夫人歌》及《李延年歌》亦然。"举戚、李二歌，而不及此二篇，乃排之"乐府以外"，诚不知何说？罗先生乃云："至成帝时始有五言歌谣，至东汉班固，始有五言诗。"不知诗与歌谣，究有何天渊之别？《诗经》之十五国风，不皆歌谣乎？两汉之《相和歌辞》，不皆歌谣乎？今乃强为分疏，盖亦难以取信。不独《汉书》所载然也，其见于《后汉书·樊晔传》之《凉州歌》，亦为五言："游子常苦贫，力子天所富。宁见乳虎穴，不入冀府寺。大笑期必死，忿怒或见置。嗟我樊府君，安可再遭值！"本传云："晔与光武少游旧。隗嚣灭后，陇右不安。乃拜晔为天水太守，政严猛，凉州为之歌云云。"是此歌作于东汉光武时，亦在班固《咏史》之先也。此皆载在正史，班班可考。夫凉州为边鄙之地，作者乃蚩蚩之氓，而犹有此完善之五言，其在京畿大邑，顾不可想见耶？（本节所论可参阅古直先生《汉诗辨证》）

第二，以五言为始于班固说之不通。陆先生于班固《咏史》谓为"技术拙劣"，于傅毅之《孤竹》，则又曰："全篇以比喻出之，深得风人之致，可证此时已不如从前的幼稚。"按班、傅二人同时，曹丕《典论·论文》所谓"傅毅之于班固，伯仲之间耳"者是也。以同一时代而产生两种艺术大相悬绝之作品，此亦不可解。罗先生于

《咏史诗》亦引《诗品》谓为“质木无文”，而于张衡《同声歌》则信之不疑，且曰：“以文学系统论，张衡时代有产生此种完美诗歌之可能。”考班固死于和帝永元四年（公元92年），而张衡本传云衡于和帝永元中举孝廉，不行。则是上距班固，亦不过二三十年耳。在此极短时期，其间又未有人力之推移，而风格与艺术，何得有如此之遽变？

固知所谓“技术拙劣”“质木无文”，乃咏史之体宜尔也。原为性质不同，并非由于时代之先后，不足引为原始作品之证。且从文学史上观之，一种新诗体之产生，皆抒情先于咏史，此亦可注意也。罗先生分汉乐府为“五言”与“非五言”两种，而独将五言之《江南曲》一首列之于非五言内，谓“以作风论，似乎发生时期较早”。既自乱其例，复隐约其词，所谓较早者，班固前耶？班固后耶？

综上所论，则以五言始于班固，其说自难成立。又西汉乐府之声调，亦有两种：一为中土固有之声调。如所谓“赵代秦楚之讴”。其中以“楚声”为最著（此与高祖楚人，乐楚声有关）。如《安世歌》《郊祀歌》等皆楚声也。一为北狄西域之“新声”。如《铙歌十八曲》《郊祀歌》之《日出入》一章。此两种声调，判然不同，故形于歌诗，亦复大异。大抵楚声及赵代秦声歌诗多整俪，而新声歌诗则多错杂。五言之为体，盖亦整俪，自属出于中土固有之声调，与外来之新声无涉。而陆先生乃摘举《铙歌》中之《上陵》《有所思》两篇之五言句，以为第一期发生之例，实为不类。若必拘拘于形迹，则远在铙歌前之《戚夫人歌》，不更具体而微乎？且《铙歌》之作，在汉初三大乐章中为时最晚，而《上陵》一篇又《铙歌》中之晚出者。以“甘露初二年”一语考之，盖宣帝时作品。甘露为宣帝末年号，时去武帝新声初入且四十年，故其格调与《日出入》及铙歌其他各篇迥乎不同，全篇皆趋于五言化。此其为受当时五言歌

诗之影响而发生转变，概可想见也。（本节所论，可参阅朱逖先先生《汉三大乐章声调辨》，《清华学报》四卷二期）

以五言为始于班固，既难成其说，寻五言之根源于铙歌，复未见其是。然则五言在两汉之历程究如何？今谨就臆见，分四期说明于后。

（一）五言之孕育时期（汉初迄武帝） 五言本出于民间歌谣，不出于文士制作。但在此时期中，民间是否已有一种五言歌谣，则无可征信。藉曰有之，而其时乐府尚未立为专署，复无采诗之举，亦必归于湮没无闻。今日吾人所可得而确言者，即此时虽无全篇五言，然已有全篇五言化之倾向。如《戚夫人歌》：

子为王，
母为虏。
终日舂薄暮，
常与死为伍。
相离三千里，
当谁使告汝？

《汉书·外戚列传》："高祖崩，惠帝立，吕后为皇太后，乃令永巷囚戚夫人，髡钳衣赭衣，令舂。戚夫人舂且歌曰云云。太后闻之，大怒曰：'乃欲倚汝子耶！'乃召赵王诛之。"是此歌作于汉之初年（约当公元前192年左右），而其体已如此，颇疑其时民间已有一种五言歌也。又此时新声尚未传入，而戚夫人习于楚歌（《史记·留侯世家》，高祖谓戚夫人曰："为我楚舞，吾为若楚歌。"），此亦足证五言实出于中土固有之声调，而不当于《铙歌》中寻求五言之踪迹也。

（二）五言之发生时期（武帝迄宣帝）《文心雕龙·明诗》篇云："孝武爱文，《柏梁》列韵。严马之徒，属辞无方。至成帝品录，三百余篇，辞人遗翰，莫见五言。"此语自来即多误解。故钱大昕《十驾斋养新录》遂谓："要之此体之兴，必不在景、武之世。"而或者又以为定谳，此实大谬。不知《文心》所谓"莫见五言"者，谓"辞人遗翰"耳，岂谓西汉一代乐府歌谣，并"莫见五言"哉？故下续云："案《暇豫》优歌，远见春秋，《邪径》童谣，近在成世，阅时取证，则五言久矣！"引《邪径》童谣，其意正以明五言之兴，当在成帝以前也。又据上文所论，吾人已知五言出于民间，而民间歌谣之采集，则始于武帝，故吾人得一反钱氏之言曰："要之此体之兴，必在武帝之世。"如见存相和歌辞中之《江南曲》，殆即武帝时所采之楚歌也。《江南曲》云："江南可采莲，莲叶何田田。鱼戏莲叶间。鱼戏莲叶东，鱼戏莲叶西。鱼戏莲叶南，鱼戏莲叶北。"篇章之简短，文字之质朴，意境之单纯，在在足以表现初期作品之特性，度亦以此，易于传诵，故源远而流长焉。西北二字，古韵并通。观沈约《宋书·乐志》，于汉古辞，首录此篇，又凡所举证，亦必以此篇为冠，则其意，亦略可见。此种作品置之东汉班固下，不几成怪物耶。至可确定其为此时五言作品者，则有《李延年歌》：

北方有佳人，
绝世而独立。
一顾倾人城，
再顾倾人国。
宁不知倾城与倾国，
佳人难再得！

《汉书·外戚列传》："孝武李夫人本以倡进，初，夫人兄延年性知音，善歌舞，武帝爱之。每为新声变曲，闻者莫不感动。延年侍上，起舞歌曰云云。"《玉台新咏》录此歌，去"宁不知"三字为纯五言诗。意当时所采赵代秦楚之讴，其中必有纯五言者，延年出身微贱，"父母兄弟皆故倡"(《汉书·佞幸传》）今既为协律都尉，总领乐府，因效民歌体而为此歌。复于第五句故衍"宁不知"三字以为"新变声"。此三字者，亦如词曲中之衬字耳，吾人即认此篇为纯五言歌，固无不可也。

（三）五言之流行时期（元成迄东汉初） 此实为西汉乐府全盛之时。史称元帝"多材艺，善史书，鼓琴瑟，吹洞箫，自度曲被歌声，分划节度，穷极幼眇"。以帝王之尊，亲协律之事。更观《汉书》所载哀帝罢乐府事，尤可见其发达之情形。在此所谓"郑声尤甚"之时，五言与非五言，实有同等之长足进步。观前所举成帝时童谣及《尹赏歌》，光武时之《凉州歌》，并属五言，足证此体已风行于民间也。

其在乐府，则班婕妤之《怨歌行》与古辞《鸡鸣曲》，即属此期作品。班诗人多疑为伪作，盖未加细察，而犹有班固二字横隔其胸中。余则深信不疑：第一，以时代论，有产生此种作品之可能。第二，文如其人。"出入君怀袖，动摇微风发"，不管六朝，无论晋魏，总之非班姬不能道。第三，有历史之根据。按曹植《班婕妤赞》云："有德有言，实为班婕。"傅玄《班婕妤画赞》亦云："斌斌婕妤，履正修文。"至陆机《婕妤怨》："寄情在玉阶，托意惟团扇。"则明指此诗矣。可见自魏晋以来，代有识者，固不自昭明入选始也。陈延傑先生《汉代妇女诗辨伪》(《东方杂志》二十四卷二十四号）亦以为非班作，然既无确证，且曲解《诗品》"怨深文绮"之言，以成己说，殊觉厚诬古人。至《鸡鸣》一曲，则另有其历史之背景，同为成帝时作品，其详俱见下编。

（四）五言之成立时期（东汉中叶迄建安） 五言在当时虽为一种新兴诗体，然在一般朝士大夫心目中，其格乃甚卑，远不如吾人今日所估计。与后此词之初起，正复相似。故在第三期，五言乐府虽已流行，而文人采用者则唯班婕妤一首。然其时四言之体，弊不堪用，虽为之而难工，复以一时潮流所趋，故一方面诋乐府为郑卫之声，一方面仍不能不窃取乐府之体以为五言诗。班固之《咏史》，傅毅之《冉冉孤生竹》，即此期产物。厥后文人五言，则有张衡《同声歌》，辛延年《羽林郎》，蔡邕《饮马长城窟行》，宋子侯《董娇娆》等，皆乐府也。若秦嘉之《赠妇》，郦炎之《见志》，赵壹之《疾邪》，高彪之《清诫》，则皆徒诗也。迄建安曹氏父子出，而五言遂成为诗坛之定体焉。

关于五言在两汉之历程，个人所见如此。要之，五言一体，出于民间，大于乐府，而成于文人，此其大较也。

当东汉之初，犹有一事堪注意者，即五言铭体之试用是也。按冯衍（王莽时人）《车铭》云："乘车必护轮，治国必爱民。车无轮安处？国无民谁与？"凡铭例用四言，西汉一代皆然。冯所作铭五篇，其四篇亦皆四言。此似无关大体，然足为当时五言已流行之佐证。与后此韩愈《尚书库部郎中郑君墓志铭》《南阳樊绍述墓志铭》，借用七言古体诗之必在七言流行之后者，事理正同。后于冯衍《车铭》者有崔瑗（张衡同时）之《座右铭》，见之《文选》（本传未载），亦系五言，篇幅已较长，唯尚实之铭诔，终不敌抒情之诗歌，故自冯、崔而后，即无嗣作，仍以四言为常法，而五言遂为诗歌所专有矣。谓余说为非耶，则对此现象将作何解释？宁得谓汉之五言乐府，亦导源于冯衍之《车铭》耶？

在昔文学之遭变，原任自然，非有人力左右于其间，故一种文体之形成，往往须经长时间之酝酿，观《三百篇》之于《楚辞》，

《楚辞》之于五七言，五七言之于近体，可知也。故余于叙述两汉乐府，一以风格、史实为据，更不囿于班固之说，因并申所见，其所不知，盖阙焉。

授课人：萧涤非

第六章　古诗十九首释

诗是精粹的语言。因为是“精粹的”，便比散文需要更多的思索、更多的吟味；许多人觉得诗难懂，便是为此。但诗究竟是“语言”，并没有真的神秘；语言，包括说的和写的，是可以分析的；诗也是可以分析的。只有分析，才可以得到透彻的了解；散文如此，诗也如此。有时分析起来还是不懂，那是分析得还不够细密，或者是知识不够，材料不足；并不是分析这个方法不成。这些情形，不论文言文、白话文、文言诗、白话诗，都是一样。不过在一般不大熟悉文言的青年人，文言文，特别是文言诗，也许更难懂些罢了。

我们设《诗文选读》这一栏，便是要分析古典和现代文学的重要作品，帮助青年诸君的了解，引起他们的兴趣，更注意的是要养成他们分析的态度。只有能分析的人，才能切实欣赏；欣赏是在透彻的了解里。一般的意见将欣赏和了解分成两橛，实在是不妥的。没有透彻的了解，就欣赏起来，那欣赏也许会驴唇不对马嘴，至多也只是模糊影响。一般人以为诗只能综合地欣赏，一分析诗就没有了。其实诗是最错综的、最多义的，非得细密的分析功夫，不能捉住它的意旨。若是囫囵吞枣地读去，所得着的怕只是声调辞藻等一枝一节，整个儿的诗会从你的口头眼下滑过去。

本文选了《古诗十九首》作对象，有两个缘由。一来《十九首》可以说是我们最古的五言诗，是我们诗的古典之一。所谓"温柔敦厚""怨而不怒"的作风，《三百篇》之外，《十九首》是最重要的代表。直到六朝，五言诗都以这一类古诗为标准；而从六朝以来的诗论，还都以这一类诗为正宗。《十九首》影响之大，从此可知。

二来《十九首》既是诗的古典，说解的人也就很多。古诗原来很不少，梁代昭明太子（萧统）的《文选》里却只选了这十九首。《文选》成了古典，《十九首》也就成了古典；《十九首》以外，古诗流传到后世的，也就有限了。唐代李善和"五臣"给《文选》作注，当然也注了《十九首》。嗣后历代都有说解《十九首》的，但除了《文选》注家和元代刘履的《选诗补注》，整套作解的似乎没有。清代笺注之学很盛，独立说解《十九首》的很多。近人隋树森先生编有《古诗十九首集释》一书（中华版），搜罗历来《十九首》的整套的解释，大致完备，很可参看。

这些说解，算李善的最为谨慎、切实；虽然他释"事"的地方多，释"义"的地方少。"事"是诗中引用的古事和成辞，普通称为"典故"。"义"是作诗的意思或意旨，就是我们日常说话里的"用意"。有些人反对典故，认为诗贵自然，辛辛苦苦注出诗里的典故，只表明诗句是有"来历"的，作者是渊博的，并不能增加诗的价值。另有些人也反对典故，却认为太麻烦、太琐碎，反足为欣赏之累。

可是，诗是精粹的语言，暗示是它的生命。暗示得从比喻和组织上做功夫，利用读者联想的力量。组织得简约紧凑；似乎断了，实在连着。比喻或用古事成辞，或用眼前景物；典故其实是比喻的一类。这首诗、那首诗可以不用典故，但是整个儿的诗是离不开典故的。旧诗如此，新诗也如此；不过新诗爱用外国典故罢了。要透彻地了解诗，在许多时候，非先弄明白诗里的典故不可。陶渊明的诗，总该算“自然”了，但他用的典故并不少。从前人只囫囵读过，直到近人古直先生的《靖节诗笺定本》，才细细地注明。我们因此增加了对于陶诗的了解；虽然我们对于古先生所解释的许多篇陶诗的意旨并不敢苟同。李善注《十九首》的好处，在他所引的“事”都跟原诗的文义和背景切合，帮助我们的了解很大。

别家说解，大都重在意旨。有些是根据原诗的文义和背景，却忽略了典故，因此不免望文生义，模糊影响。有些并不根据全篇的文义、典故、背景，却只断章取义，让“比兴”的信念支配一切。所谓“比兴”的信念，是认为作诗必关教化；凡男女私情、相思离别的作品，必有寄托的意旨——不是“臣不得于君”，便是“士不遇知己”。这些人似乎觉得相思、离别等等私情不值得作诗；作诗和读诗，必须能见其大。但是原作里却往往不见其大处。于是他们便抓住一句两句，甚至一词两词，曲解起来，发挥开去，好凑合那个传统的信念。这不但不切合原作，并且常常不能自圆其说；只算是无中生有、驴唇不对马嘴罢了。

据近人的考证，《十九首》大概作于东汉末年，是建安（献帝）诗的前驱。李善就说过，诗里的地名像宛、洛、上东门，都可以见出有一部分是东汉人作的；但他还相信其中有西汉诗。历来认为《十九首》里有西汉诗，只有一个重要的证据，便是第七首里“玉衡指孟冬”一句话。李善说，这是汉初的历法。后来人都信他的话，同时也就信《十九首》中一部分是西汉诗。不过李善这条注并不确切可靠，俞平伯先生有过详细讨论，载在《清华学报》里。我们现在相信这句诗还是用的夏历。此外，梁启超先生的意见，《十九首》

作风如此相同，不会分开在相隔几百年的两个时代（《美文及其历史》）。徐中舒先生也说，东汉中叶，文人的五言诗还是很幼稚的；西汉若已有《十九首》那样成熟的作品，怎么会有这种现象呢！（《古诗十九首考》，中大语言历史研究所《周刊》六十五期）

《十九首》没有作者，但并不是民间的作品，而是文人仿乐府作的诗。乐府原是入乐的歌谣，盛行于西汉。到东汉时，文人仿作乐府辞的极多；现存的乐府古辞，也大都是东汉的。仿作乐府，最初大约是依原调、用原题；后来便有只用原题的。再后便有不依原调、不用原题，只取乐府原意作五言诗的了。这种作品，文人化的程度虽然已经很高，题材可还是民间的，如人生不常、及时行乐、离别、相思、客愁等等。这时代作诗人的个性还见不出，而每首诗的作者，也并不限于一个人；所以没有主名可指。《十九首》就是这类诗；诗中常用典故，正是文人的色彩。但典故并不妨害《十九首》的“自然”；因为这类诗究竟是民间味，而且只是浑括的抒叙，还没到精细描写的地步，所以就觉得“自然”了。

本文先抄原诗。诗句下附列数字，李善注便依次抄在诗后；偶有不是李善的注，都在下面记明出处，或加一“补”字。注后是说明；这儿兼采各家，去取以切合原诗与否为准。

一

行行重行行，与君生别离①。
相去万余里，各在天一涯②。
道路阻且长，会面安可知③。
胡马依北风，越鸟巢南枝④。

相去日已远，衣带日已缓[⑤]。

浮云蔽白日，游子不顾反[⑥]。

思君令人老[⑦]，岁月忽已晚。

弃捐勿复道，努力加餐饭[⑧]。

①《楚辞》曰：“悲莫悲兮生别离。”

②《广雅》曰：“涯，方也。”

③《毛诗》曰：“溯洄从之，道阻且长。”薛综《西京赋注》曰：“安，焉也。”

④《韩诗外传》曰：“诗云：‘代马依北风，飞鸟栖故巢’，皆不忘本之谓也。”《盐铁论·未通》篇：“故代马依北风，飞鸟翔故巢，莫不哀其生。”（徐中舒《古诗十九首考》）《吴越春秋》：“胡马依北风而立，越燕望海日而熙，同类相亲之意也。”（同上）

⑤《古乐府歌》曰：“离家日趋远，衣带日趋缓。”

⑥浮云之蔽白日，以喻邪佞之毁忠良，故游子之行，不顾反也。《文子》曰：“日月欲明，浮云盖之。”陆贾《新语》曰：“邪臣之蔽贤，犹浮云之鄣日月。”《古杨柳行》曰：“谗邪害公正，浮云蔽白日。”义与此同也。郑玄《毛诗笺》曰：“顾，念也。”

⑦《小雅》：“维忧用老。”（孙钅广评《文选》语）

⑧《史记·外戚世家》：“平阳主拊其（卫子夫）背曰：‘行矣，强饭，勉之！’”蔡邕（？）《饮马长城窟行》：“长跪读素书，书中竟何如？上有‘加餐饭’，下有‘长相忆’。”（补）

诗中引用《诗经》《楚辞》，可见作者是文人。“生别离”和“阻且长”是用成辞；前者暗示“悲莫悲兮”的意思，后者暗示“从之”不得的意思。借着引用的成辞的上下文，补充未申明的含义；读者若能知道所引用的全句以至全篇，便可从联想领会得这种含义。这样，诗句就增厚了力量。这所谓词短意长；以技巧而论，是很经济的。典故的效用便在此。“思君令人老”脱胎于“维忧用老”，而稍加变化；知道《诗经》的句子的读者，就知道本诗这一句是暗示着相思的烦忧了。“冉冉孤生竹”一首里，也有这一语；歌谣的句子原可套用，《十九首》还不脱歌谣的风格，无怪其然。“相去”两句也是套用古乐府歌的句子，只换了几个词。“日已”就是“去者日以疏”一首里的“日以”，和“日趋”都是“一天比一天”的意思；“离家”变为“相去”，是因为诗中主人身份不同，下文再论。

“代马”“飞鸟”两句，大概是汉代流行的歌谣；《韩诗外传》和《盐铁论》都引到这两个比喻，可见。到了《吴越春秋》，才改为散文，下句的题材并略略变化。这种题材的变化，一面是环境的影响，一面是文体的影响。越地滨海，所以变了下句；但越地不以马著，所以不变上句。东汉文体，受辞赋的影响，不但趋向骈偶，并且趋向工切。“海日”对“北风”，自然比“故巢”工切得多。本诗引用这一套比喻，因为韵的关系，又变用“南枝”对“北风”，却更见工切了。至于“代马”变为“胡马”，也许只是作诗人的趣味；歌谣原是常常修改的。但“胡马”两句的意旨，却还不外乎“不忘本”“哀其生”“同类相亲”三项。这些得等弄清楚诗中主人的身份再来说明。

“浮云蔽白日”也是个套句。照李善注所引证，说是“以喻邪佞之毁忠良”，大致是不错的。有些人因此以为本诗是逐臣之辞；诗中主人是在远的逐臣，“游子”便是逐臣自指。这样，全诗就都是思念君王的话了。全诗原是男女相思的口气；但他们可以相信，男女是比君臣的。男女比君臣，从屈原的《离骚》创始；后人这个信念，显然是以《离骚》为依据。不过屈原大概是神仙家。他以“求女”

比思君，恐怕有他信仰的因缘；他所求的是神女，不是凡人。五言古诗从乐府演化而出，乐府里可并没有这种思想。乐府里的羁旅之作，大概只说思乡；《十九首》中“去者日以疏”“明月何皎皎”两首，可以说是典型。这些都是实际的。“涉江采芙蓉”一首，虽受了《楚辞》的影响，但也还是实际的思念“同心”人，和《离骚》不一样。在乐府里，像本诗这种缠绵的口气，大概是居者思念行者之作。本诗主人大概是个“思妇”，如张玉谷《古诗赏析》所说；“游子”与次首“荡子行不归”的“荡子”同意。所谓诗中主人，可并不一定是作诗人；作诗人是尽可以虚拟各种人的口气，代他们立言的。

但是“浮云蔽白日”这个比喻，究竟该怎样解释呢？朱筠说：“‘不顾返’者，本是游子薄幸；不肯直言，却托诸浮云蔽日。言我思子而子不思归，定有谗人间之；不然，胡不返耶？”（《古诗十九首说》）张玉谷也说：“浮云蔽日，喻有所惑，游不顾返，点出负心，略露怨意。”两家说法，似乎都以白日比游子，浮云比谗人；谗人惑游子是“浮云蔽白日”。就“浮云”两句而论，就全诗而论，这解释也可通。但是一个比喻往往有许多可能的意旨，特别是在诗里。我们解释比喻，不但要顾到当句当篇的文义和背景，还要顾到那比喻本身的背景，才能得着它的确切的意旨。见仁见智的说法，到底是不足为训的。“浮云蔽白日”这个比喻，李善注引了三证，都只是“谗邪害公正”一个意思。本诗与所引三证时代相去不远，该还用这个意思。不过也有两种可能：一是那游子也许在乡里被“谗邪”所“害”，远走高飞，不想回家；二也许是乡里中“谗邪害公正”，是非黑白不分明，所以游子不想回家。前者是专指，后者是泛指。我不说那游子是“忠良”或“贤臣”；因为乐府里这类诗的主人，大概都是乡里的凡民，没有朝廷的达官的缘故。

明白了本诗主人的身份，便可以回头吟味“胡马”“越鸟”那一套比喻的意旨了。“不忘本”是希望游子不忘故乡。“哀其生”是哀念他的天涯漂泊。“同类相亲”是希望他亲爱家乡的亲戚故旧乃至思妇自己。在游子虽不想回乡，在思妇却还望他回乡。引用这一套彼此熟习的比喻，是说物尚有情，何况于人？是劝慰，也是愿望。用比喻替代抒叙，作诗人要的是暗示的力量；这里似是断处，实是连处。明白了诗中主人是思妇，也就明白诗中套用古乐府歌“离家”那两句时，为什么要将“离家”变为“相去”了。

“衣带日已缓”是衣带日渐宽松；朱筠说：“与‘思君令人瘦’一般用意。”这是就果显因，也是暗示的手法；带缓是果，人瘦是因。“岁月忽已晚”和“东城高且长”一首里“岁暮一何速”同意，指的是秋冬之际岁月无多的时候。“弃捐勿复道，努力加餐饭”两语，解者多误以为全说的诗中主人自己。但如注⑧所引，“强饭”“加餐”明明是汉代通行的慰勉别人的话语，不当反用来说自己。张玉谷解这两句道，“不恨己之弃捐，惟愿彼之强饭”，最是分明。我们的语言，句子没有主词是常态，有时候很容易弄错；诗里更其如此。“弃捐”就是“见弃捐”，也就是“被弃捐”；施受的语气同一句式，也是我们语言的特别处。这“弃捐”在游子也许是无可奈何，非出本愿，在思妇却总是“弃捐”，并无分别；所以她含恨地说：“反正我是被弃了，不必再提吧；你只保重自己好了！”

本诗有些复沓的句子。如既说“相去万余里”，又说“道路阻且长”，又说“相去日已远”，反复说一个意思；但颇有增变。“衣带日已缓”和“思君令人老”也同一例。这种回环复沓，是歌谣的生命；许多歌谣没有韵，专靠这种组织来建筑它们的体格，表现那强度的情感。只看现在流行的许多歌谣，或短或长，都从回环复沓里见出紧凑和单纯，便可知道。不但歌谣，民间故事的基本形式，也是如此。诗从歌谣演化，回环复沓的组织也是它的基本；《三百篇》和屈原的“辞”，都可看出这种痕迹。《十九首》出于本是歌谣的乐府，复沓是自然的；不过技巧进步，增变来得多一些。到了后世，诗渐渐受了散文的影响，情形却就不一定这样了。

二

青青河畔草，郁郁园中柳。
盈盈楼上女，皎皎当窗牖。
娥娥红粉粧，纤纤出素手。
昔为倡家女，今为荡子妇。
荡子行不归，空床难独守。

这显然是思妇的诗；主人公便是那“荡子妇”。“青青河畔草，郁郁园中柳”是春光盛的时节，是那荡子妇楼上所见。荡子妇楼上开窗远望，望的是远人，是那“行不归”的“荡子”。她却只见远处一片草，近处一片柳。那草沿着河畔一直青青下去，似乎没有尽头——也许会一直青青到荡子的所在吧。传为蔡邕作的那首《饮马长城窟行》开端道：“青青河边草，绵绵思远道。”正是这个意思。那茂盛的柳树也惹人想念远行不归的荡子。《三辅黄图》说：“灞桥在长安东，……汉人送客至此桥，折柳赠别。”“柳”谐“留”音，折柳是留客的意思。汉人既有折柳赠别的风俗，这荡子妇见了“郁郁”起来的“园中柳”，想到当年分别时依依留恋的情景，也是自然而然的。再说，河畔的草青了，园中的柳茂盛了，正是行乐的时节，更是少年夫妇行乐的时节。可是“荡子行不归”，辜负了青春年少；及时而不能行乐，那是什么日子呢！况且草青、柳茂盛，也许不止一回了，年年这般等闲地度过春光，那又是什么日子呢！

“盈盈楼上女，皎皎当窗牖。娥娥红粉粧，纤纤出素手。”描画那荡子妇的容态姿首。这是一个艳妆的少妇。“盈”通“嬴”。《广雅》：“嬴，容也。”就是多仪态的意思。“皎”，《说文》：“月之白也。”说妇人肤色白皙。吴淇《选诗定论》说这是“以窗之光明，女之丰采并而为一”，是不错的。这两句不但写人，还夹带叙事；上句登楼，下句开窗，都是为了远望。“娥”，《方言》：“秦晋之间，美貌谓之娥。”“粧”又作“妆”“装”，饰也，指涂粉画眉而言。“纤纤女手，可以缝裳”，是《韩诗·葛屦》篇的句子（《毛诗》作“掺掺女手”）。《说文》：“纤，细也。”“掺，好手貌。”“好手貌”就是“细”，而“细”说的是手指。《诗经》里原是叹惜女人的劳苦，这里“纤纤出素手”却只见凭窗的姿态——“素”也是白皙的意思。这两句专写窗前少妇的脸和手；脸和手是一个人最显著的部分。

“昔为倡家女，今为荡子妇”，叙出主人公的身份和身世。《说文》：“倡，乐也。”就是歌舞伎。“荡子”就是“游子”，跟后世所谓“荡子”略有不同。《列子》里说：“有人去乡土游于四方而不归者，世谓之为狂荡之人也。”可以为证。这两句诗有两层意思。一是昔既做了倡家女，今又做了荡子妇，真是命不由人。二是做倡家女热闹惯了，做荡子妇却只有冷清清的，今昔相形，更不禁身世之感。况且又是少年美貌，乂是春光盛时。荡子只是游行不归，独守空床自然是“难”的。

有人以为诗中少妇“当窗”“出手”，未免妖冶，未免卖弄，不是贞妇的行径。《诗经·伯兮》篇道：“自伯之东，首如飞蓬；岂无膏沐，谁适为容。”贞妇所行如此。还有说“空床难独守”，也不免于野，不免于淫。总而言之，不免放滥无耻，不免失性情之正，有乖于温柔敦厚、怨而不怒的诗教。话虽如此，这些人却没胆量贬驳这首诗，他们只能曲解这首诗是比喻。这首诗实在看不出是比喻。《十九首》原没有脱离乐府的体裁。乐府多歌咏民间风俗，本诗便是一例。世间是有“昔为倡家女，今为荡子妇”的女人，她有她的身份，有她的想头，有她的行径。这些跟《伯兮》里的女人满不一样，但别恨离愁却一样。只要真能表达出来这种女人的别恨离愁，恰到好处，歌咏是值得的。本诗和《伯兮》篇的女主人公其实都说不到贞淫上去，两诗的作意只是怨。不过《伯兮》篇的怨浑含些，本诗的怨刻露些罢了。艳妆登楼是少年爱好，“空床难独守”是不甘岑寂，其实也都是人之常情；不过说“空床”也许显得亲热些。“昔为倡家女”的荡子妇，自然没有《伯兮》篇里那贵族的女子节制那样多。妖冶，野，是有点儿；卖弄，淫，放滥无耻，便未免是捕风捉影的苛论。王昌龄有一首《春闺》诗道：“闺中少妇不知愁，春日凝妆上翠楼。忽见陌头杨柳色，悔教夫婿觅封侯。”正是从本诗变化而出。诗中少妇也是个荡子妇，不过没有说是倡家女罢了。这少妇也是“春日凝妆上翠楼”，历来论诗的人却没有贬驳她的。潘岳《悼亡》诗第二首有句道：“展转眄枕席，长簟竟床空。床空委清尘，室虚来悲风。”这里说“枕席”，说“床空”，却赢得千秋的称赞。可见艳妆登楼跟“空床难独守”并不算卖弄，淫，放滥无耻。那样说的人只是凭了“昔为倡家女”一层，将后来关于“娼妓”的种种联想附会上去，想着那荡子妇必有种种坏念头、坏打算在心里。那荡子妇会不会有那些坏想头，我们不得而知，但就诗论诗，却只说到“难独守”就戛然而止，还只是怨，怨而不至于怒。这并不违背温柔敦厚的诗教。至于将不相干的成见读进诗里去，那是最足以妨碍了解的。

陆机《拟古》诗差不多亦步亦趋，他拟这一首道：“靡靡江离草，熠燿生河侧。皎皎彼姝女，阿那当轩织。粲粲妖容姿，灼灼美颜色。良人游不归，偏栖独只翼。空房来悲风，中夜起叹息。”又，曹植《七哀诗》道：“明月照高楼，流光正徘徊。上有愁思妇，悲叹有余哀。借问叹者谁？言是客子妻。君行逾十年，贱妾常独栖。”这正是化用本篇语意。“客子”就是“荡子”，“独栖”就是“独守”。曹植所了解的本诗的主人公，也只是“高楼”上一个“愁思妇”而已。“倡家女”变为“彼姝女”，“当窗牖”变为“当轩织”，“粲粲妖容姿，灼灼美颜色”还保存原作的意思。“良人游不归”就是“荡子行不归”，末三语是别恨离愁。这首拟作除“偏栖独只翼”一句稍稍刻露外，大体上比原诗浑含些、概括些；但是原诗作意只是写别恨离愁而止，从此却分明可以看出。陆机去《十九首》的时代不远，他对于原诗的了解该是不至于有什么歪曲的。

评论这首诗的都称赞前六句连用叠字。顾炎武《日知录》说：“诗用叠字最难。《卫风·硕人》：‘河水洋洋，北流活活。施罛濊濊，鳣鲔发发。葭菼揭揭，庶姜孽孽。’连用六叠字，可谓复而不厌，赜而不乱矣。《古诗》‘青青河畔草，……纤纤出素手’，连用六叠字，亦极自然。下此即无人可继。”连用叠字容易显得单调，单调就重复可厌了。而连用的叠字也不容易处处确切，往往显得没有必要似的，这就乱了。因此说是最难。但是《硕人》篇跟本诗六句连用叠字，却有变化——《古诗源》说本诗六叠字从“河水洋洋”章化出，也许是的。就本诗而论，青青是颜色兼生态，郁郁是生态。

这两组形容的叠字，跟下文的盈盈和娥娥，都带有动词性。例如开端两句，译作白话的调子，就得说，河畔的草青青了，园中的柳郁郁了，才合原诗的意思。盈盈是仪态，皎皎是人的丰采兼窗的光明，娥娥是粉黛的妆饰，纤纤是手指的形状。各组叠字，词性不一样，形容的对象不一样，对象的复杂度也不一样，就都显得确切不移；这就重复而不可厌，繁赜而不觉乱了。《硕人》篇连用叠字，也异曲同工。但这只是因难见巧，还不是连用叠字的真正理由。诗中连用叠字，只是求整齐，跟对偶有相似的作用。整齐也是一种回环复沓，可以增进情感的强度。本诗大体上是顺序直述下去，跟上一首不同，所以连用叠字来调剂那散文的结构。但是叠字究竟简单些；用两个不同的字，在声音和意义上往往要丰富些。而数句连用叠字见出整齐，也只在短的诗句，像四言、五言里如此；七言太长，字多，这种作用便不显了。就是四言、五言，这样许多句连用叠字，也是可一而不可再。这一种手法的变化是有限度的；有人达到了限度，再用便没有意义了。只看古典的四言、五言诗中只各见了一例，就是明证。所谓“下此即无人可继”，并非后人才力不及古人，只是叠字本身的发展有限，用不着再去“继”罢了。

本诗除连用叠字外，还用对偶，第一、二句、第七、八句都是的。第七、八句《初学记》引作“自云倡家女，嫁为荡子妇”。单文孤证，不足凭信。这里变偶句为散句，便减少了那回环复沓的情味。“自云”直贯后四句，全诗好像曲折些。但是这个“自云”凭空而来，跟上文全不衔接。再说“空床难独守”一语，作诗人代言已不免于野，若变成“自云”，那就太野了些。《初学记》的引文没有被采用，这些恐怕也都有关系的。

三

青青陵上柏，磊磊磵中石。
人生天地间，忽如远行客。
斗酒相娱乐，聊厚不为薄。
驱车策驽马，游戏宛与洛。

洛中何郁郁，冠带自相索。
长衢罗夹巷，王侯多第宅。
两宫遥相望，双阙百余尺。
极宴娱心意，戚戚何所迫。

本诗用三个比喻开端，寄托人生不常的慨叹。陵上柏青青，硐（通涧）中石磊磊，都是长存的。青青是常青青。《庄子》："仲尼曰：'受命于地，唯松柏独也，在冬夏常青青。'"磊磊也是常磊磊。磊磊，众石也。人生却是奄忽的，短促的；"人生天地间"，只如"远行客"一般。《尸子》："老莱子曰：'人生于天地之间，寄也。'"李善说："寄者固归。"伪《列子》："死人为归人。"李善说："则生人为行人矣。"《韩诗外传》："二亲之寿，忽如过客。""远行客"那比喻大约便是从"寄""归""过客"这些观念变化出来的。"远行客"是离家远行的客，到了那里，是暂住便去，不久即归的。"远行客"比一般"过客"更不能久住；这便加强了这个比喻的力量，见出诗人的创造功夫。诗中将"陵上柏"和"硐中石"跟"远行客"般的人生对照，见得人生是不能像柏和石那样长存的。"远行客"是积极的比喻，柏和石是消极的比喻。"陵上柏"和"硐中石"是邻近的，是连类而及；取它们做比喻，也许是即景生情，也许是所谓"近取譬"——用常识的材料做比喻。至于李善注引的《庄子》里那几句话，作诗人可能想到运用，但并不必然。

本诗主旨可借用"人生行乐耳"一语表明。"斗酒"和"极宴"是"娱乐"，"游戏宛与洛"也是"娱乐"；人生既"忽如远行客"，"戚戚"又"何所迫"呢？《汉书·东方朔传》："销忧者莫若酒。"只要有酒，有酒友，落得乐以忘忧。极宴固可以"娱心意"，斗酒也可以"相娱乐"。极宴自然有酒友，"相"娱乐还是少不了酒友。斗是舀酒的器具，斗酒为量不多，也就是“薄”，是不“厚”。极宴的厚固然好，斗酒的薄也自有趣味——只消且当作厚不以为薄就行了。本诗人生不常一意，显然是道家思想的影响。“聊厚不为薄”一语似乎也在模仿道家的反语如“大直若屈”“大巧若拙”之类，意在说厚薄的分别是无所谓的。但是好像弄巧成拙了，这实在是一个弱句；五个字只说一层意思，还不能透彻地或痛快地说出。这句式前无古人，后无来者，只是一个要不得罢了。若在东晋玄言诗人手里，这意思便不至于写出这样累句，也是时代使然。

游戏原指儿童。《史记·周本纪》说后稷“为儿时”，“其游戏好种树麻菽”，该是游戏的本义。本诗“游戏宛与洛”却是出以童心，一无所为的意思。洛阳是东汉的京都。宛县是南阳郡治所在，在洛阳之南；南阳是光武帝发祥的地方，又是交通要道，当时有“南都”之称，张衡特为作赋，自然也是繁盛的城市。《后汉书·梁冀传》里说：“宛为大都，士之渊薮。”可以为证。聚在这种地方的人多半为利禄而来，诗中主人公却不如此，所以说是“游戏”。既然是游戏，车马也就无所用其讲究，“驱车策驽马”也就不在乎了。驽马是迟钝的马；反正是游戏，慢点儿没有什么的。说是“游戏宛与洛”，却只将洛阳的繁华热热闹闹地描写了一番，并没有提起宛县一个字。大概是因为京都繁华第一，说了洛就可以见宛，不必再赘了吧？歌谣里本也有一种接字格，“月光光”是最熟的例子。汉乐府里已经有了，《饮马长城窟行》可见。现在的歌谣却只管接字，不管意义；全首满是片段，意义毫不衔接——全首简直无意义可言。推想古代歌谣当也有这样的，不过没有存留罢了。本诗“游戏宛与洛”下接“洛中何郁郁”，便只就洛中发挥下去，更不照应上句，许就是古代这样的接字歌谣的遗迹，也未可知。

诗中写东都，专从繁华着眼。开首用了“洛中何郁郁”一句赞叹，“何郁郁”就是“多繁盛呵”“多热闹呵”！游戏就是来看热闹的，也可以说是来凑热闹的，这是诗中主人公的趣味。以下分三项来说，冠带往来是一；衢巷纵横，第宅众多是二；宫阙壮伟是三。“冠带自相索”，冠带的人是贵人，贾逵《国语》注：“索，求也。”“自相索”是自相往来不绝的意思。“自相”是说贵人只找贵人，不把别人放在眼下，同时也有些别人不把他们放在眼下，尽他们来往他们的——他们的来往无非趋势利、逐酒食而已。这就带些刺讥了。“长衢罗夹巷，王侯多第宅”，罗就是列，《魏王奏事》说：“出不由里门，面大道者。名曰第。”第只在长衢上。“两宫遥相望，双阙百余尺”，蔡质《汉宫典职》说：“南宫北宫相去七里。”双阙是每一宫门前的两座望楼。这后两项固然见得京都的伟大，可是更见得京都的贵盛。将第一项合起来看，本诗写东都的繁华，又是专从贵盛着眼。这是诗，不是赋，不能面面俱到，只能选择最显著、最重要的一面下手。至于“极宴娱心意”，便是上文所谓凑热闹了。“戚戚何所迫”，《论语》：“小人长戚戚”，戚戚，常忧惧也。一般人常怀忧惧，有什么迫不得已呢？——无非为利禄罢了。短促的人生，不去饮酒、游戏，却为无谓的利禄自苦，未免太不值得了。这一句不单就“极宴”说，是总结全篇的。

本诗只开头两句对偶，“斗酒”两句跟“极宴”两句复沓；大体上是散行的。而且好像说到哪里是哪里，不嫌其尽的样子，从“斗酒相娱乐”以下都如此——写洛中光景虽自有剪裁，却也有如方东树《昭昧詹言》说的：“极其笔力，写到至足处。”这种诗有点散文化，不能算是含蓄蕴藉之作，可是不失为严羽《沧浪诗话》所谓“沉着痛快”的诗。历来论诗的都只赞叹《十九首》的“优柔善入，婉而多讽”，其实并不尽然。

四

今日良宴会，欢乐难具陈。
弹筝奋逸响，新声妙入神。
令德唱高言，识曲听其真。
齐心同所愿，含意俱未申 。
人生寄一世，奄忽若飙尘。
何不策高足，先据要路津。
无为守穷贱，轗轲长苦辛

这首诗所咏的是听曲感心；主要的是那种感，不是曲，也不是宴会。但是全诗从宴会叙起，一路迤逦说下去，顺着事实的自然秩序，并不特加选择和安排。前八语固然如此，以下一番感慨，一番议论，一番“高言”，也是痛快淋漓，简直不怕说尽。这确是近乎散文。《十九首》还是乐府的体裁，乐府原只像现在民间的小曲似的，有时随口编唱，近乎散文的地方是常有的。《十九首》虽然大概出于文人之手，但因模仿乐府，散文的成分不少；不过都还不失为诗。本诗也并非例外。

开端四语只是直陈宴乐。这一日是“良宴会”，乐事难以备说；就中只提乐歌一件便可见。“新声”是歌，“弹筝”是乐，是伴奏。新声是胡乐的调子，当时人很爱听；这儿的新声也许就是“西北有高楼”里的“清商”，“东城一何高”里的“清曲”。陆侃如先生的《中国诗史》据这两条引证以及别的，说清商曲在汉末很流行，大概是不错的。弹唱的人大概是些“倡家女”，从“西北有高楼”“东城一何高”二诗可以推知。这里只提乐歌一事，一面固然因为声音最易感人——“入神”便是“感人”的注脚；刘向《雅琴赋》道：“穷音之至入于神”，可以参看——一面还是因为“识曲听真”，才引起一番感慨，才引起这首诗。这四语是引子，以下才是正文。再说这里“欢乐难具陈”下直接“弹筝”二句，便见出“就中只说”的意思，无须另行提明，是诗体比散文简省的地方。

“令德唱高言”以下四语，歧说甚多。上二语朱筠《古诗十九首说》说得最好：“‘令德’犹言能者。‘唱高言’，高谈阔论，在那里说其妙处，欲令‘识曲’者‘听其真’。”曲有声有辞。一般人的赏识似乎在声而不在辞。只有聪明人才会赏玩曲辞，才能辨识曲辞的真意味。这种聪明人便是知音的“令德”。“高言”就是妙论，就是“人生寄一世”以下的话。“唱”是“唱和”的“唱”。聪明人说出座中人人心中所欲说出而说不出的一番话，大家自是欣然应和的，这也在“今日”的“欢乐”之中。“齐心同所愿”是人人心中所欲说，“含意俱未申”是口中说不出。二语中复沓着“齐”“同”“俱”等字，见得心同理同，人人如一。

曲辞不得而知。但是无论歌咏的是富贵人的欢悰还是穷贱人的苦绪，都能引起诗中那一番感慨。若是前者，感慨便由于相形见绌；若是后者，便由于同病相怜。话却从人生如寄开始。既然人生如寄，见绌便更见绌，相怜便更相怜了。而“人生一世”不但是“寄”，简直像卷地狂风里的尘土，一忽儿就无踪影。这就更见迫切。“飙尘”当时是个新比喻，比“寄”比“远行客”更“奄忽”，更见人生是短促的。人生既是这般短促，自然该及时欢乐，才不白活一世。富贵才能尽情欢乐，“穷贱”只有“长苦辛”；那么，为什么“守穷贱”呢？为什么不赶快去求富贵呢？

“何不策高足，先据要路津”，就是：“为什么不赶快去求富贵呢？”这儿又是一个新比喻。“高足”是良马、快马，“据要路津”便是《孟子》里“夫子当路于齐”的“当路”。何不驱车策良马快去占住路口渡口——何不早早弄些高官做呢？——贵了也就富了。“先”该是捷足先得的意思。《史记》：“蒯通曰：‘秦失其鹿，天下共逐之，高材捷足者先得焉。’”正合“何不”两句语意。从尘想到车，从车说到“轗轲”，似乎是一串儿，并非偶然。轗轲，不遇也；《广韵》：“车行不利曰轗轲，故人不得志亦谓之轗轲。”“车行不利”是轗轲的本义，“不遇”是引申义。《楚辞》里已只用引申义，但本义存在偏旁中，是不易埋没的。本诗用的也是引申义，可是同时牵涉着本义，和上文相照应。“无为”就是“毋为”，等于“毋”。这是一个熟语。《诗经·板》篇有“无为夸毗”一句，郑玄《笺》作“女（汝）无（毋）夸毗”，可证。

“何不”是反诘，“无为”是劝诫，都是迫切的口气。那“令德”和在座的人说，我们何不如此如此呢？我们再别如彼如彼了啊！人生既“奄忽若飙尘”，欢乐自当亟亟求之，富贵自当亟亟求之，所以用得着这样迫切的口气。这是诗，这同时又是一种不平的口气。富贵是并不易求的；有些人富贵，有些人穷贱，似乎是命运使然。穷贱的命不犹人，心有不甘；“何不”四语便是那怅惘不甘之情的表现。这也是诗。明代钟惺说：“欢宴未毕，忽作热中语，不平之甚。”陆时雍说：“慷慨激昂。‘何不——苦辛’，正是欲而不得。”清代张玉谷说：“感愤自嘲，不嫌过直。”都能搔着痒处。诗中人却并非孔子的信徒，没有安贫乐道，“君子固穷”等信念。他们的不平不在守道而不得时，只在守穷贱而不得富贵。这也不失其为真。有人说是“反辞”“诡辞”，是“讽”是“谑”，那是蔽于儒家的成见。

陆机拟作变“高言”为“高谈”，他叙那“高谈”道：“人生无几何，为乐常苦晏。譬彼伺晨鸟，扬声当及旦。曷为恒忧苦，守此贫与贱！”“伺晨鸟”一喻虽不像“策高足”那一喻切露，但“扬声当及旦”也还是“亟亟求之”的意思。而上文“为乐常苦晏”，原诗却未明说；有了这一语，那“扬声”自然是求富贵而不是求荣名了。这可以旁证原诗的主旨。

五

西北有高楼，上与浮云齐。
交疏结绮窗，阿阁三重阶。
上有弦歌声，音响一何悲。
谁能为此曲，无乃杞梁妻。
清商随风发，中曲正徘徊。
一弹再三叹，慷慨有余哀。
不惜歌者苦，但伤知音稀。
愿为双鸣鹤，奋翅起高飞。

这首诗所咏的也是闻歌心感。但主要的是那“弦歌”的人，是从歌曲里听出的那个人。这儿弦歌的人只是一个，听歌心感的人也只是一个。“西北有高楼”，“弦歌声”从那里飘下来，弦歌的人是在那高楼上。那高楼高入云霄，可望而不可即。四面的窗子都“交疏结绮”，玲珑工细。“交疏”是花格子，“结绮”是格子联结着像丝织品的花纹似的。“阁”就是楼，“阿阁”是“四阿”的楼。司马相如《上林赋》有“离宫别馆，……高廊四注”的话，“四注”就是“四阿”，也就是四面有檐，四面有廊。“三重阶”可见楼不在地上而在台上。阿阁是宫殿的建筑，即使不是帝居，也该是王侯的第宅。在那高楼上弦歌的人自然不是寻常人，更只可想而不可即。

弦歌声的悲引得那听者驻足。他听着，好悲啊！真悲极了！“谁能作出这样悲的歌曲呢？莫不是杞梁妻吗？”齐国杞梁的妻子“善哭其夫”，见于《孟子》。《列女传》道：“杞梁之妻无子，内外皆无五属之亲。既无所归，乃枕其夫之尸于城下而哭。内诚动人，道路过者莫不为之挥涕，十日而城为之崩。”琴曲有《杞梁妻叹》，《琴操》说是杞梁妻所作。《琴操》说，梁死，“妻叹曰：‘上则无父，中则无夫，下则无子，将何以立吾节？亦死而已！’援琴而鼓之。曲终，遂自投淄水而死。”杞梁妻善哭，《杞梁妻叹》是悲叹的曲调。

本诗引用这桩故事，也有两层意思。第一是说那高楼上的弦歌声好像《杞梁妻叹》那样悲。“谁能”二语和别一篇古诗里“谁能为此器？公输与鲁班！”句调相同。那两句只等于说：“这东西巧妙极了！”这两句在第一意义下，也只等于说：“这曲子真悲极了！”说了“一何悲”，又接上这两句，为的是增加语气；“悲”还只是概括的，这两句却是具体的。“音响一何悲”的“音响”似乎重复了上句的“声”，似乎只是为了凑成五言。古人句律宽松，这原不足为病。但《乐记》里说“声成文谓之音”，而响为应声也是古义，那么，分析地说起来，“声”和“音响”还是不同的。“谁能”二语，假设问答，本是乐府的体裁。乐府多一半原是民歌，民歌有些是对着大众唱的，用了问答的语句，有时只是为使听众感觉自己在歌里也有份儿——答语好像是他们的。但那别一篇古诗里的“谁能”二语跟本诗里的，除应用这个有趣味的问答式之外，还暗示一个主旨。那就是，只有公输与鲁班能为此器（香炉），只有杞梁妻能为此曲。本诗在答句里却多了“无乃”这个否定的反诘语，那是使语气婉转些。

这儿语气带些犹疑，却是必要的。“谁能”二句其实是双关语，关键在“此曲”上。“此曲”可以是旧调旧辞，也可以是旧调新辞——下文有“清商随风发”的话，似乎不会是新调。可以是旧调旧辞，便蕴含着“谁能”二句的第一层意思，就是上节所论的。可以是旧调新辞，便蕴含着另一层意思。这就是说，为此曲者莫不是杞梁妻一类人吗？——曲本兼调和辞而言。这也就是说那位“歌者”莫不是一位冤苦的女子吗？宫禁里、侯门中，怨女一定是不少的；《长门赋》《团扇辞》《乌鹊双飞》所说的只是些著名的，无名的一定还多。那高楼上的歌者可能就是一个，至少听者可以这样想，诗人可以这样想。陆机拟作里便直说道：“佳人抚琴瑟，纤手清且闲。芳气随风结，哀响馥若兰。玉容谁得顾？倾城在一弹。”语语都是个女人。曹植《七哀诗》开端道：“明月照高楼，流光正徘徊。上有愁思妇，悲叹有余哀。”似乎也多少袭用本诗的意境，那高楼上也是个女人。这些都可供旁证。

“上有弦歌声”是叙事，“音响一何悲”是感叹句，表示曲的悲，也就是表示人——歌者跟听者——的悲。“谁能”二语进一步具体地写曲写人。“清商”四句才详细地描写歌曲本身，可还兼顾着人。朱筠说“随风发”是曲之始，“正徘徊”是曲之中，“一弹三叹”是曲之终，大概不错。商音本是“哀响”，加上“徘徊”，加上“一弹三叹”，自然“慷慨有余哀”。徘徊，《后汉书·苏竟传》注说是“萦绕淹留”的意思。歌曲的徘徊也正暗示歌者心头的徘徊，听者足下的徘徊。《乐记》说：“‘清庙’之瑟……壹倡而三叹，有遗音者矣。”郑玄注：“倡，发歌句也；三叹，三人从而叹之耳。”这个叹大概是和声。本诗“一弹再三叹”，大概也指复沓的曲句或泛声而言；一面还照顾着杞梁的妻的叹，增强曲和人的悲。《说文》：“慷慨，壮士不得志于心也。”这儿却是怨女的不得志于心。也许有人想，宫禁千门万户，侯门也深如海，外人如何听得清高楼上的弦歌声呢？这一层，姑无论诗人设想原可不必黏滞实际，就从实际说，也并非不可能的。唐代元稹的《连昌宫词》里不是说过吗：“李谟擫笛傍宫墙，偷得新翻数般曲。”还有，陆机说“佳人抚琴瑟”，抚琴瑟自然是想象之辞，但参照别首，也许是“弹筝奋逸响”也未可知。

歌者的苦，听者从曲中听出想出，自然是该痛惜的。可是他说“不惜”，他所伤心的只是听她的曲而知她的心的人太少了。其实他是在痛惜她，固然痛惜她的冤苦，却更痛惜她的知音太少。一个不得志的女子禁闭在深宫内院里，苦是不消说的，更苦的是有苦说不得；有苦说不得，只好借曲写心，最苦的是没人懂得她的歌曲，知道她的心。这样说来，“知音稀”真是苦中苦，别的苦还在其次。“不惜”“但伤”是这个意思。这里是诗比散文经济的地方。知音是引用俞伯牙、钟子期的故事。伪《列子》道：“伯牙善鼓琴，钟子期善听。伯牙鼓琴，志在登高山，钟子期曰：‘善哉！峨峨兮若泰山。’志在流水，钟子期曰：‘善哉！洋洋兮若江河。’伯牙所念，钟子期必得之。”《列子》虽是伪书，但这个故事来源很古（《吕氏春秋》中有）；因为《列子》里叙得合用些，所以引在这里。“伯牙所念，钟子期必得之”，这才是“善听”，才是知音。这样的知音也就是知心、知己，自然是很难遇的。

本诗的主人公是那听者，全首都是听者的口气。“不惜”的是他，“但伤”的是他，“愿为双鸣鹤，奋翅起高飞！”“愿”的也是他。这末两句似乎是乐府的套语。“东城高且长”篇末作“思为双飞燕，衔泥巢君屋”；伪苏武诗第二首袭用本诗的地方很多，篇末也说“愿为双黄鹄，送子俱远飞”，篇中又有“何况双飞龙，羽翼临当乖”的话。苏武诗虽是伪托，时代和《十九首》相去也不会太远的。从本诗跟“东城高且长”看，双飞鸟的比喻似乎原是用来指男女的。伪苏武诗里的双飞龙，李善《文选注》说是“喻己及朋友”，双黄鹄无注，李善大概以为跟双飞龙的喻意相同。这或许是变化用之。本诗的双鸣鹤，该是比喻那听者和那歌者。一作双鸿鹄，意同。鹤和鸿鹄都是鸣声嘹亮，跟“知音”相照应。“奋翼”句也许出于

《楚辞》的“将奋翼兮高飞”。高，远也，见《广雅》。但《诗经·邶风·柏舟》篇末“静言思之，不能奋飞”二语的意思，“愿为”两句里似乎也蕴含着。这是俞平伯先生在《葺芷缭蘅室古诗札记》里指出的。那二语却是一个受苦的女子的话。唯其那歌者不能奋飞，那听者才“愿”为鸣鹤，双双奋飞。不过，这也只是个“愿”，表示听者的“惜”和“伤”，表示他的深切的同情罢了，那悲哀终于是“绵绵无尽期”的。

六

涉江采芙蓉，兰泽多芳草。
采之欲遗谁，所思在远道。
还顾望旧乡，长路漫浩浩。
同心而离居，忧伤以终老。

这首诗的意旨只是游子思家。诗中引用《楚辞》的地方很多，成辞也有，意境也有，但全诗并非思君之作。《十九首》是仿乐府的，乐府里没有思君的话，汉魏六朝的诗里也没有，本诗似乎不会是例外。“涉江”是《楚辞》的篇名，屈原所作的《九章》之一。本诗是借用这个成辞，一面也多少暗示着诗中主人的流离转徙——《涉江》篇所叙的正是屈原流离转徙的情形。采芳草送人，本是古代的风俗。《诗经·郑风·溱洧》篇道：“溱与洧，方涣涣兮，士与女，方秉蕑兮。”《毛传》：“蕑，兰也。”《诗》又道：“且往观乎，洧之外，洵訏且乐。维士与女，伊其相谑，赠之以勺药。”郑玄《笺》说士与女分别时，“送女以勺药，结恩情也”。《毛传》说勺药也是香草。《楚辞》也道："采芳洲兮杜若，将以遗兮下女""搴汀洲兮杜若，将以遗兮远者""被石兰兮带杜衡，折芳馨兮遗所思""折疏麻兮瑶华，将以遗兮离居"。可见采芳相赠，是结恩情的意思，男女都可，远近也都可。

本诗"涉江采芙蓉，兰泽多芳草"便说的采芳。芙蓉是莲花，《溱洧》篇的蕳，《韩诗》说是莲花；本诗作者也许兼用《韩诗》的解释。莲也是芳草。这两句是两回事。河里采芙蓉是一回事，兰泽里采兰另是一事。"多芳草"的芳草就指兰而言。《楚辞·招魂》道："皋兰被径兮斯路渐。"王逸注："渐，没也；言泽中香草茂盛，覆被径路。"这正是"兰泽多芳草"的意思。《招魂》那句下还有"目极千里兮伤春心，魂兮归来哀江南"二语。本诗"兰泽多芳草"引用《招魂》，还暗示着伤春思归的意思。采芳草的风俗，汉代似乎已经没有。作诗人也许看见一些芳草，即景生情，想到古代的风俗，便根据《诗经》《楚辞》，虚拟出采莲、采兰的事实来。诗中想象的境地本来多，只要有暗示力就成。

采莲、采兰原为的送给"远者"、"所思"的人、"离居"的人——这人是"同心"人，也就是妻室。可是采芳送远到底只是一句自慰的话、一个自慰的念头；道路这么远这么长，又怎样送得到呢？辛辛苦苦地东采西采，到手一把芳草；这才恍然记起所思的人还在远道，没法子送去。那么，采了这些芳草是要给谁呢？不是白费吗？不是傻吗？古人道："诗之失，愚。"正指这种境地说。这种愚只是无可奈何的自慰。"采之欲遗谁，所思在远道"不是自问自答，是一句话，是自诘自嘲。

记起了"所思在远道"，不免爽然自失。于是乎"还顾望旧乡"。《涉江》里道"乘鄂渚而顾兮"，《离骚》里也有"忽临睨夫旧乡"的句子。古乐府道，"远望可以当归"；"还顾望旧乡"又是一种无可奈何的自慰。可是“长路漫浩浩”，旧乡哪儿有一些踪影呢？不免又是一层失望。漫漫，长远貌，《文选》左思《吴都赋》刘渊林注。浩浩，广大貌，《楚辞·怀沙》王逸注。这一句该是“长路漫漫浩浩”的省略。漫漫省为漫，叠字省为单辞，《诗经》里常见。这首诗以前，这首诗以后，似乎都没有如此的句子。“还顾望旧乡”一语，旧解纷歧。一说，全诗是居者思念行者之作，还顾望乡是居者揣想行者如此这般（姜任修《古诗十九首释》，张玉谷《古诗赏析》）。曹丕《燕歌行》道：“念君客游思断肠，慊慊思归恋故乡。”正是居者从对面揣想。但那里说出“念君”，脉络分明。本诗的“还顾”若也照此解说，却似乎太曲折些。这样曲折的组织，唐宋诗里也只偶见，古诗里是不会有的。

本诗主人在两层失望之余，逼得只有直抒胸臆，采芳既不能赠远，望乡又茫无所见，只好心上温寻一番罢了。这便是“同心而离居，忧伤以终老”二语。由相思而采芳草，由采芳草而望旧乡，由望旧乡而回到相思，兜了一个圈子，真是无可奈何到了极处。所以有“忧伤以终老”这样激切的口气。《周易》：“二人同心。”这里借指夫妇。同心人该是生同室，死同穴，所谓“偕老”。现在却“同心而离居”“道路阻且长，会面安可知”，想来是只有忧伤终老的了！“而离居”的“而”字包括着离居的种种因由、种种经历；古诗浑成，不描写细节，也是时代使然。但读者并不感到缺少，因为全诗都是粗笔，这儿一个“而”字尽够咀嚼的。“忧伤以终老”一面是怨语，一面也重申“同心”的意思——是说尽管忧伤，绝无两意。这两句兼说自己和所思的人，跟上文专说自己的不同；可是下句还是侧重在自己身上。

本诗跟“庭中有奇树”一首，各只八句，在《十九首》中是最短的。这一首里复沓的效用最易见。首二语都是采芳草；“远道”一面跟“旧乡”是一事，一面又跟“长路漫浩浩”是一事。八句里虽然复沓了好些处，却能变化。“涉江”说“采”，下句便省去“采”字，句式就各别；而两语的背景又各不相同。“远道”是泛指，“旧乡”是专指；“远道”是“天一方”，“长路漫浩浩”是这“一方”到那“一方”的中间。这样便不单调。而诗中主人相思的深切却得借这些复沓处显出。既采莲，又采兰，是唯恐恩情不足。所思的人所在的地方，两次说及，也为的增强力量。既说道远，又说路长，再加上“漫浩浩”，只是“会面安可知”的意思。这些都是相思，也都是“忧伤”，都是从“同心而离居”来的。

七

明月皎夜光，促织鸣东壁。
玉衡指孟冬，众星何历历。
白露沾野草，时节忽复易。
秋蝉鸣树间，玄鸟逝安适。
昔我同门友，高举振六翮。
不念携手好，弃我如遗迹。
南箕北有斗，牵牛不负轭。
良无盘石固，虚名复何益。

这首诗是怨朋友不相援引，语意明白。这是秋夜即兴之作。《诗经·月出》篇：“月出皎兮。……劳心悄兮。”“明月皎夜光”一面描写景物，一面也暗示着悄悄地劳心。促织是蟋蟀的别名。“鸣东壁”，“东壁向阳，天气渐凉，草虫就暖也”（张庚《古诗十九首解》）。

《诗经·七月》篇道："七月在野，八月在宇，九月在户，十月蟋蟀入我床下。"可以参看。《春秋说题辞》说："趣（同"促"）织之为言趣（促）也。织与事遽，故趣织鸣，女作兼也。"本诗不用蟋蟀而用促织，也许略含有别人忙于工作自己却偃蹇无成的意思。

"玉衡指孟冬，众星何历历"，也是秋夜所见。但与"明月皎夜光"不同时，因为有月亮的当儿，众星是不大显现的。这也许指的上弦夜，先是月明，月落了，又是星明；也许指的是许多夜。这也暗示秋天夜长，诗中主人"忧愁不能寐"的情形。"玉衡"见《尚书·尧典》（伪古文见《舜典》），是一支玉管儿，插在璿玑（一种圆而可转的玉器）里窥测星象的。这儿却借指北斗星的柄。北斗七星，形状像个舀酒的大斗——长柄的勺子。第一星至第四星成勺形，叫斗魁；第五星至第七星成柄形，叫斗杓，也叫斗柄。《汉书·律历志》已经用玉衡比喻斗杓，本诗也是如此。古人以为北斗星一年旋转一周，他们用斗柄所指的方位定十二月二十四气。斗柄指着什么方位，他们就说是哪个月、哪个节气。这在当时是常识，差不多人人皆知。"玉衡指孟冬"，便是说斗柄已经指着孟冬的方位了；这其实也就是说，现在已到了冬令了。

这一句里的孟冬，李善说是夏历的七月，因为汉初是将夏历的十月作正月的。历来以为《十九首》里有西汉诗的，这句诗是重要的客观的证据。但古代历法，向无定论。李善的话也只是一种意见，并无明确的记载可以考信。俞平伯先生在《清华学报》曾有长文讨论这句诗，结论说它指的是夏历九月中。这个结论很可信。陆机拟作道："岁暮凉风发，昊天肃明明。招摇西北指，天汉东南倾。""招摇"是斗柄的别名。"招摇西北指"该与"玉衡指孟冬"同意。据《淮南子·天文训》，斗柄所指，西北是夏历九月十月之交的方位，而正西北是立冬的方位。本诗说"指孟冬"，该是作于夏历九月立冬以后；斗柄所指该是西北偏北的方位。这跟诗中所写别的景物都无不合处。“众星何历历！”历历是分明。秋季天高气清，所谓“昊天肃明明”，众星更觉分明，所以用了感叹的语谓。

“明月皎夜光”四语，就秋夜的见闻起兴。“白露沾野草，时节忽复易。秋蝉鸣树间，玄鸟逝安适。”却接着泛写秋天的景物。《礼记》：“孟秋之月，白露降。”又，“孟秋，寒蝉鸣。”又，“仲秋之月，玄鸟归。”——郑玄注，玄鸟就是燕子。《礼记》的时节只是纪始。九月里还是有白露的，虽然立了冬，而立冬是在霜降以后，但节气原可以早晚些。九月里也还有寒蝉。八月玄鸟归，九月里说“逝安适”，更无不可。这里“时节忽复易”兼指白露、秋蝉、玄鸟三语；因为白露同时是个节气的名称，便接着“沾野草”说下去。这四语见出秋天一番萧瑟的景象，引起宋玉以来传统的悲秋之感。而“时节忽复易”，“岁暮一何速”（“东城高且长”中句），诗中主人也是“贫士失职而志不平”，也是“淹留而无成”（宋玉《九辩》），自然感慨更多。

“昔我同门友”以下便是他自己的感慨来了。何晏《论语集解》“有朋自远方来，不亦乐乎”下引包咸曰：“同门曰朋。”邢昺《疏》引郑玄《周礼注》：“同师曰朋，同志曰友。”说同门是同在师门受学的意思。同门友是很亲密的，所以下文有“携手好”的话。《诗经》里道：“惠而好我，携手同车。”也是很亲密的。从前的同门友现在是得意起来了。“高举振六翮”是比喻。《韩诗外传》“盖桑曰：‘夫鸿鹄一举千里，所恃者六翮耳。’”翮是羽茎，六翮是大鸟的翅膀。同门友好像鸿鹄一般高飞起来了。上文说玄鸟，这儿便用鸟做比喻。前面两节的联系就靠这一点儿，似连似断的。同门友得意了，却“不念携手好，弃我如遗迹”了。《国语·楚语》下：“灵王不顾于民，一国弃之，如遗迹焉。”韦昭注，像行路人遗弃他们的足迹一样。今昔悬殊，云泥各判，又怎能不感慨系之呢？

“南箕北有斗，牵牛不负轭。”李善注：“言有名而无实也。”《诗经》：“维南有箕，不可以簸扬；维北有斗，不可以挹酒浆。”“皖彼牵牛，不以服箱。”箕是簸箕，用来扬米去糠。服箱是拉车。负轭是将轭架在牛颈上，也还是拉车。名为箕而不能簸米，名为斗而不能舀酒，名为牛而不能拉车。所以是“有名而无实”。无实的名只是“虚名”。但是诗中只将牵牛的有名无实说出，“南箕”“北有斗”却只引《诗经》的成辞，让读者自己去联想。这种歇后的手法，偶然用在成套的比喻的一部分里，倒也新鲜，见出巧思。这儿的箕、斗、牵牛虽也在所见的历历众星之内，可是这两句不是描写景物而是引用典故来比喻朋友。朋友该相援引，名为朋友而不相援引，朋友也只是“虚名”。“良无盘石固”，良，信也。《声类》：“盘，大石也。”固是“不倾移”，《周易·系词》下“德之固也”注如此；《荀子·儒效》篇也道：“万物莫足以倾之之谓固。”《孔雀东南飞》里兰芝向焦仲卿说：“君当作盘石，妾当作蒲苇。蒲苇纫如丝，盘石无转移。”仲卿又向兰芝说：“盘石方且厚，可以卒千年。”可见“盘石固”是大石头稳定不移的意思。照以前“同门”“携手”的情形，交情该是盘石般稳固的。可是现在“弃我如遗迹”了，交情究竟没有盘石般稳固呵。那么，朋友的虚名又有什么用处呢！只好算白交往一场罢了。

本诗只开端二语是对偶，“秋蝉”二语偶而不对，其余都是散行句。前书描写景物，也不尽依逻辑的顺序，如促织夹在月星之间，以及“时节忽复易”夹在白露跟秋蝉、玄鸟之间。但诗的描写原不一定依照逻辑的顺序，只要有理由。“时节”句上文已论。“促织”句跟“明月”句对偶着，也就不觉得杂乱。而这二语都是韵句，韵脚也给它们凝整的力量。再说从大处看，由秋夜见闻起首，再写秋天的一般景物，层次原也井然。全诗又多直陈，跟“青青陵上柏”“今日良宴会”有相似处，但结构自不相同。诗中多用感叹句，如“众星何历历！”“时节忽复易！”“玄鸟逝安适！”“虚名复何益！”也和“青青陵上柏”里的“极宴娱心意，戚戚何所迫！”“今日良宴会”里的“何不策高足，先据要路津。无为守穷贱，轗轲长苦辛！”相似。直陈要的是沉着痛快，感叹句能增强这种效果。诗中可也用了不少比喻。六翮、南箕、北斗、牵牛，都是旧喻新用，盘石是新喻，玉衡、遗迹，是旧喻。这些比喻，特别是箕、斗、牵牛那一串儿，加上开端二语牵涉的感慨，足以调剂直陈诸语，免去专一的毛病。本诗前后两节联系处很松泛，上面已述及，松泛得像歌谣里的接字似的。“青青陵上柏”里利用接字增强了组织，本诗“六翮”接“玄鸟”，前后是长长的两节，这个效果便见不出。不过，箕、斗、牵牛既照顾了前节的“众星何历历”，而从传统的悲秋到失志无成之感到怨朋友不相援引，逐层递进，内在的组织原也一贯。所以诗中虽有些近乎散文的地方，但就全体而论，却还是紧凑的。

八

冉冉孤生竹，结根泰山阿。
与君为新婚，菟丝附女萝。
菟丝生有时，夫妇会有宜。
千里远结婚，悠悠隔山陂。
思君令人老，轩车来何迟。
伤彼蕙兰花，含英扬光辉。
过时而不采，将随秋草萎。

君亮执高节，贱妾亦何为？

吴淇说这是“怨婚迟之作”(《选诗定论》)，是不错的。方廷珪说：“与君为新婚”“只是媒妁成言之始，非嫁时”(《文选集成》)，也是不错的。这里“为新婚”只是订了婚的意思。订了婚却老不成婚，道路是悠悠的，岁月也是悠悠的，怎不“思君令人老”呢？一面说“与君”“思君”“君亮”，一面说“贱妾”，显然是怨女在向未婚夫说话。但既然“为新婚”，照古代的交通情形看，即使不同乡里，也该相去不远才是，怎么会“千里远”“隔山陂”呢？也许那男子随宦而来，订婚在幼年，以后又跟着家里人到了远处或回了故乡。也许他自己为了种种缘故，做了天涯游子。诗里没有提，我们只能按情理这样揣想罢了。无论如何，那女子老等不着成婚的信儿是真的。照诗里的口气，那男子虽远隔千里，却没有失踪；至少他的所在那女子还是知道的。说“轩车来何迟”，说“君亮执高节”，明明有个人在那里。轩车是有阑干的车子，据杜预《左传注》，是大夫乘坐的。也许男家是做官的，也许这只是个套语，如后世歌谣里的“牙床”之类。这轩车指的是男子来亲迎的车子。彼此相去千里，隔着一重重山陂，那女子似乎又无父母，自然只有等着亲迎一条路。男大当婚，女大当嫁，彼此到了婚嫁的年纪，那男子却总不来亲迎，怎不令人忧愁相思要变老了呢！“思君令人老”是个套句，但在这里并不缺少力量。

何故“轩车来何迟”呢？诗里也不提及。可能的原因似乎只有两个：一是那男子穷，道路隔得这么远，迎亲没有这笔钱；二是他弃了那女子，道路隔得这么远，岁月隔得这么久，他懒得去践那婚约——甚至于已经就近另娶，也没有准儿。照诗里的口气，似乎不是因为穷，诗里的话，那么缠绵固结，若轩车不来是因为穷，该有些体贴的句子。可是没有。诗里只说了“君亮执高节”一句话，更不去猜想轩车来迟的因由；好像那女子已经知道，用不着猜想似的。亮，信也。你一定“守节情不移”，不至于变心负约的。果能如此，我又为何自伤呢？上文道：“伤彼蕙兰花，……”“贱妾亦何为？”就是何为“伤彼”，而“伤彼”也就是自伤。张玉谷说这两句“代揣彼心，自安已分”(《古诗赏析》)，可谓确切。不过“代揣彼心”，未必是彼真心；那女子口里尽管说“君亮执高节”，心里却在唯恐他不“执高节”。这是一句原谅他，代他回护，也安慰自己的话。他老不来，老不给成婚的信儿，多一半是变了心，负了约，弃了她；可是她不能相信这个。她想他、盼他，希望他“执高节”；唯恐他不如此，是真的，但愿他还如此，也是真的。轩车不来，却只说“来何迟”！相隔千里，不能成婚，却还说“千里远结婚”——尽管千里，彼此结为婚姻，总该是固结不解的。这些都出于同样的一番苦心、一番希望。这是“怨而不怒”，也是“温柔敦厚”。

婚姻贵在及时，她能说的、敢说的，只是这个意思。“菟丝生有时”“过时而不采”都从“时”字着眼。既然“与君为新婚”，既然结为婚姻，名分已定，情好也会油然而生。也许彼此还没有见过面，但自己总是他的人，盼望及时成婚，正是常情所同然。他的为人，她不能详细知道；她只能说她自己的。她对他的情好是怎样的缠绵固结呵。她盼望他来及时成婚，又怎样的热切呵。全诗用了三个比喻，只是回环复沓地暗示着这两层意思。“冉冉孤生竹，结根泰山阿”“菟丝附女萝”都暗示她那缠绵固结的情好。“冉冉”是柔弱下垂的样子，“山阿”是山弯里。泰山，王念孙《读书杂志》说是“大山”之讹，可信；大山犹如高山。李善注：“竹结根于山阿，喻妇人托身于君子也。”“孤生”似乎暗示已经失去父母，因此更需有所依托——也幸而有了依托。弱女依托于你，好比孤生竹结根于大山之阿——她觉得稳固不移。女萝就是松萝。陆玑《毛诗草木疏》："今松萝蔓松而生，而枝正青。菟丝草蔓联草上，黄赤如金，与松萝殊异。""菟丝附女萝"，只暗示缠结的意思。李白诗："君为女萝草，妾作菟丝华。"以为女萝是指男子，菟丝是女子自指。就本诗本句和下文"菟丝生有时"句看，李白是对的。这里两个比喻中间插入"与君为新婚"一句，前后照应，有一箭双雕之妙。还有，《楚辞·山鬼》道，"若有人兮山之阿""思公子兮徒离忧"。本诗"结根大山阿"更暗示着下文"思君令人老"那层意思。

"菟丝生有时"，为什么单提菟丝，不说女萝呢？菟丝有花，女萝没有；花及时而开，夫妇该及时而会。"夫妇会有宜"，宜，得其所也；得其所也便是得其时。这里菟丝虽然就是上句的菟丝——蝉联而下，也是接字的一格——可是不取它的"附女萝"为喻，而取它的"生有时"为喻，意旨便各别了。这两语是本诗里仅有的偶句；本诗比喻多，得用散行的组织才便于将这些彼此不相干的比喻贯串起来，所以偶句少。下文蕙兰花是女子自比，有花的菟丝也是女子自比。女子究竟以色为重，将花作比，古今中外，心同理同。夫妇该及时而会，可是千里隔山陂，"轩车来何迟"呢！于是乎自伤了。"一干一花而香有余者，兰；一干数花而香不足者，蕙。"见《尔雅翼》。总而言之是香草。花而不实者谓之英，见《尔雅》。花而不实，只以色为重，所以说"含英扬光辉"。《五臣注》："此妇人喻己盛颜之时。"花"过时而不采"，将跟着秋草一块儿蔫了、枯了；女子过时而不婚，会真个变老了。《离骚》道："惟草木之零落兮，恐美人之迟暮。""夫妇会有宜"，妇贵及时，夫也贵及时之妇。现在轩车迟来，眼见就会失时，怎能不自伤呢？可是——念头突然一转，她虽然不知道他别的，她准知道他会守节不移；他会来的，迟点儿、早点儿，总会来的。那么，还是等着吧，自伤为了什么呢？其实这不过是无可奈何的自慰——不，自骗——罢了。

九

庭中有奇树，绿叶发华滋。
攀条折其荣，将以遗所思。
馨香盈怀袖，路远莫致之。
此物何足贡，但感别经时。

《十九首》里本诗和“涉江采芙蓉”一首各只八句，最短。而这一首直直落落的，又似乎最浅。可是陆时雍说得好：“《十九首》深衷浅貌，短语长情。”(《古诗镜》）这首诗才恰恰当得起那两句评语。试读陆机的拟作：“欢友兰时往，苕苕匿音徽。虞渊引绝景，四节逝若飞。芳草久已茂，佳人竟不归。踯躅遵林渚，惠风入我怀；感物恋所欢，采此欲贻谁！”这首诗恰可以做本篇的注脚。陆机写出了一个有头有尾的故事：先说所欢在兰花开时远离；次说四节飞逝，又过了一年；次说兰花又开了，所欢不回来；次说踯躅在兰花开处，感怀节物，思念所欢，采了花却不能赠给那远人。这里将兰花换成那“奇树”的花，也就是本篇的故事。可是本篇却只写出采花那一段儿，而将整个故事暗示在“所思”“路远莫致之”“别经时”等语句里。这便比较拟作经济。再说拟作将故事写成定型，自然不如让它在暗示里生长着的引人入胜。原作比拟作“语短”，可是比它“情长”。

诗里一面却详叙采花这一段儿。从“庭中有奇树”而“绿叶”，而“发华滋”，而“攀条”，而“折其荣”；总而言之，从树到花，应有尽有，另来了一整套儿。这一套却并非闲笔。蔡质《汉官典职》："宫中种嘉木奇树。"奇树不是平常的树，它的花便更可贵些。

这里浑言"奇树"，比拟作里切指兰草的反觉新鲜些。华同花，滋是繁盛，荣就是华，避免重复，换了一字。朱筠说本诗"因人而感到物，由物而说到人"。又说"因意中有人，然后感到树；……'攀条折其荣，将以遗所思'，因物而思绪百端矣"(《古诗十九首说》)。可谓搔着痒处。诗中主人也是个思妇，"所思"是她的"欢友"。她和那欢友别离以来，那庭中的奇树也许是第一回开花，也许开了不止一回花，现在是又到了开花的时候。这奇树既生在庭中，她自然朝夕看见；她看见叶子渐渐绿起来，花渐渐繁起来。这奇树若不在庭中，她偶然看见它开花，也许会顿吃一惊：日子过得快呵，一别这么久了！可是这奇树老在庭中，她天天瞧着它变样儿，天天觉得过得快，那人是一天比一天远了！这日日的煎熬、渐渐的消磨，比那顿吃一惊更伤人。诗里历叙奇树的生长，便为了暗示这种心境；不提苦处而苦处就藏在那似乎不相干的奇树的花叶枝条里。这是所谓"浅貌深衷"。

孙钅广说这首诗与"涉江采芙蓉"同格，邵长蘅也说意同。这里"同格""意同"只是一个意思。两首诗结构各别，意旨确是大同。陆机拟作的末语跟"涉江采芙蓉"第三语只差一"此"字，差不多是直抄，便可见出。但是"涉江采芙蓉"有行者望乡一层，本诗专叙居者采芳欲赠，轻重自然不一样。孙钅广又说"盈怀袖"一句意新。本诗只从采芳着眼，便酝酿出这新意。采芳本为了祓除邪恶，见《太平御览》引《韩诗章句》。祓除邪恶，凭着花的香气。"馨香盈怀袖"见得奇树的花香气特盛，比平常的香花更为可贵，更宜于赠人。一面却因"路远莫致之"——致，送达也——久久地、痴痴地执花在手，任它香盈怀袖而无可奈何。《左传》声伯《梦歌》："归乎，归乎！琼魂盈吾怀乎！”《诗·卫风》：“籊籊竹竿，以钓于淇。岂不尔思？远莫致之。”本诗引用“盈怀”“远莫致之”两个成辞，也许还联想到各原辞的上语：“馨香”句可能暗示着“归乎，归乎”的愿望，“路远”句更是暗示着“岂不尔思”的情味。断章取义，古所常有，与原义是各不相干的。诗到这里来了一个转语：“此物何足贡？”贡，献也，或作“贵”。奇树的花虽比平常的花更可贵，更宜于赠人，可是为人而采花，采了花而“路远莫致之”，又有什么用处！那么，可贵的也就不足贵了。泛称“此物”，正是不足贵的口气。“此物何足贵”，将攀条折荣，香盈怀袖，路远莫致，一笔抹杀，是直直落落的失望。“此物何足贡”，便不同一些。此物虽可珍贵，但究竟是区区微物，何足献给你呢？没人送去就没人送去算了。也是失望，口气较婉转。总之，都是物轻人重的意思，朱筠说“非因物而始思其人”，一语破的。意中有人，眼看庭中奇树叶绿花繁，是一番无可奈何；幸而攀条折荣，可以自遣，可遗所思，而路远莫致，又是一番无可奈何。于是乎“但感别经时”。“别经时”从上六句见出，“别经时”原是一直感着的，盼望采花打个岔儿，却反添上一层失望。采花算什么呢？单只感着别经时，老只感着别经时，无可奈何的更无可奈何了。“这次第怎一个‘愁’字了得”呵！孙钅广说“盈怀袖”一句下应以“别经时”，“视彼（涉江采芙蓉）较快，然冲味微减”。本诗原偏向明快，“涉江采芙蓉”却偏向深曲，各具一格，论定优劣是很难的。

授课人：朱自清

第二部分

魏晋南北朝诗词

竹林七贤 / 陶渊明

谢灵运和山水诗 / 鲍照和七言诗

谢朓和新体诗 / 宫体诗的自赎 / 庾信及北朝诗人

第一章 竹林七贤

竹林七贤：山涛、阮籍、嵇康、向秀、刘伶、阮咸、王戎。七贤之名见于《三国志》注引《魏氏春秋》：“（嵇）康寓居河内之山阳县，与之游者，未尝见其喜愠之色。与陈留阮籍、河内山涛、河南向秀、籍兄子咸、琅邪王戎、沛人刘伶相与友善，游于竹林，号为七贤。”皆魏末晋初人。

《世说新语·任诞》曰：“陈留阮籍、谯国嵇康、河内山涛……沛国刘伶、陈留阮咸、河内向秀、琅邪王戎，七人常集于竹林之下，肆意酣畅，故世谓‘竹林七贤’。”

七人中，山涛做显官，刘伶喜喝酒，作《酒德颂》，阮籍、阮咸叔侄关系，世称“大小阮”。其中以阮籍、嵇康文字最好，“嵇志清峻，阮旨遥深”（《文心雕龙·明诗》），嵇善论，阮善诗。王戎后为司徒。阮咸长于音乐，发明乐器“阮咸”，简称“阮”。

竹林七贤都是清谈家，崇尚老庄，只讲人格、老庄。

嵇康（223—262），字叔夜，谯郡铚（安徽宿县）人。《晋书·嵇康传》："康早孤，有奇才……美词气，有风仪，而土木形骸，不自藻饰，人以为龙章凤姿……学不师受，博览，无不该通，长好老、庄。与魏宗室婚，拜中散大夫。"故世人亦称嵇中散。

嵇康是一代高人，极有学问。时贵公子钟会拜访嵇康。他正与向秀在大树下打铁，"不为之礼，而锻不辍"。钟会对他怀恨于心，便言于文帝曰："嵇康，卧龙也，不可起，公无忧天下，顾以康为忧耳。"他看出嵇康有"卧龙"之才，却又当作上层统治者的忧患。最后，借嵇康为好友吕安辩解事，进谗言，当权的司马昭以"康上不臣天子，下不事侯王，轻时傲世，不为物用，不益于今，有败于俗"的"罪名"将其和吕安同时杀害。据《晋书·嵇康传》载："康将刑东市，太学生三千人，请以为师，弗许。康顾视日影，索琴弹之曰：'昔袁孝尼尝从吾学《广陵散》，吾每靳固之，《广陵散》于今绝矣！'时年四十。海内之士，莫不痛之。"《广陵散》，调名。由此语可见其沉痛，亦可见其从容，可代表当时傲世嫉时的有素养之士的精神。康死于魏末景元三年（？），时司马昭专政。

嵇康的文学作品流传的不多。以文见长，刘勰曰："嵇康师心以遣论。"（《文心雕龙·才略》）《养生论》宣扬道家学说，以为神仙"禀之自然，非积学所能致也"，是对老子"道法自然"思想的阐释。《释私论》提出"越名教而任自然，情不系于所欲，故能审贵贱而通物情"，是一种心灵理想世界的追求。嵇康精通音乐，在正始"声有无哀乐"的玄学争论中，他写了《声无哀乐论》，主张"心之于声，诚为二物""声音有自然之和，而无系于人情"，心有哀乐，而声无哀乐；追求一种自然无为、超越现实的音乐之美。当然，最能表现嵇康政治信念和处世态度的文章当数《与山巨源绝交书》。以"七不堪"和"二不可"所谓"九患"为由，断然拒绝与司马氏权贵为伍，与旧礼教针锋相对，表现了他刚肠嫉恶、直言不讳的人品和性格。

嵇康诗长于四言，“四言诗到嵇而绝”（王湘绮说）；五言不佳。《述志诗》二首述志向、写胸怀，也直指权贵如“斥鷃”和“蝤蛙”，而自许为“神凤”和“神龟”。比照中尽显高傲之情。《太师箴》中“骄盈肆志，阻兵擅权，矜威纵虐，祸崇山丘。刑本惩暴，今以胁贤。昔为天下，今为一身”的诗句更是对司马氏的鞭笞，“讦直”诗风跃然纸上。这样的嵇康必为权贵所不容。即使在被迫害，系于冤狱之中时，他还写了《幽愤诗》，抒发了幽囚之中的强烈愤慨之情。他怀抱自己“托好老庄，贱物贵身，志在守朴，养素全真”的高洁志趣，面对黑暗统治，又决不妥协地“显明臧否”，必然招来“训谤沸腾”“卒致囹圄”的悲剧。此时既有“古人有言，善莫近名，奉时恭默，咎悔不生”的人生经历的痛悔，更有“采薇山阿，散发岩岫”的超脱世俗的傲骨。刘熙载《艺概》云“叔夜之诗峻烈”，是一言中的的。

阮籍（210—263），字嗣宗，阮瑀之子，陈留尉氏（河南尉氏）人。

《晋书·阮籍传》曰：“籍容貌瑰杰，志气宏放，傲然独得，任性不羁，而喜怒不形于色。或闭户视书，累日不出，或登临山水，经日忘归。博览群籍，尤好庄、老。嗜酒能啸，善弹琴。当其得意，忽忘形骸，时人多谓之痴。”

司马昭要替儿子（司马炎，即武帝）求他的女儿为婚，他不以为然，“醉六十日，（文帝）不得言而止”。以魏晋之际，文士少有全者，故独酣醉获免。求为步兵校尉，因步兵厨善酿。故后人称其为阮步兵。

他崇尚庄子的哲学，也讲求仁孝。个性很强，有至性。其母丧，不动声色，忽大哭数声吐血数升。能为青白眼，嵇喜乃礼俗之人，来吊丧，他以白眼对之；嵇康吊丧，他以青眼视之。他在山头访孙登，只笑而不语，以神交。

他卒于景元四年，年五十四。

《晋书·阮籍传》著《咏怀》诗八十余章，今存八十二首。《文选》录十七首。

《咏怀》"夜中不能寐，起坐弹鸣琴"，是倚琴而歌，虽未脱离乐府，并有《古诗十九首》之味。唯此类诗是独白，非以娱宾侑酒者，与古诗"弹筝奋逸响，新声妙入神"不同，是不但有 individual authorship（个体创作意识），并且是个人自抒怀抱，非一般人所喻。《咏怀》是一个士大夫的感慨。故《诗品》谓其出于《小雅》，此是确论。胡适谓五言诗到阮籍方始正式成立，亦可说得通。唯完全脱离音乐乐府的关系，直须待陶渊明之时代。

钟嵘《诗品》列阮籍于上品，云：晋步兵阮籍，"其源出于《小雅》。无雕虫之功。而《咏怀》之作，可以陶性灵，发幽思。言在耳目之内，情寄八荒之表。洋洋乎会于《风》《雅》，使人忘其鄙近，自致远大，颇多感慨之词。厥旨渊放，归趣难求。颜延年注解，怯言其志"。

"陶性灵，发幽思"，为一切文学之功用，尤其是诗，尤其是中国诗。我们所以要一点文学修养，要多读一些诗，希望能陶养性灵，不使身心完全汩没在尘俗之中。之所以阮籍"言在耳目之内，情寄八荒之表"，是因为他的哲学思想、为人态度，是庄派，超尘脱俗的。或者说这是对于现实的逃避。不过他并未不看现实，所以有感慨。乃是冲激于现实与理想之中，成为苦闷，于是乎有"夜中不能寐，起坐弹鸣琴"的现象。韩愈所谓"不平则鸣，假其善鸣者鸣之也"。他是半夜自弹自唱，不要人听见的，其苦闷也只有一个人知道，完全是独白。他说"忧思独伤心"，"一身不自保，何况恋妻子"。"四时更代谢，日月递差驰。徘徊空堂上，忉怛莫我知。""小人计其功，君子道其常。岂惜终憔悴，咏言著斯章。”阮籍对于为人，狂放不羁，绝不认真。唯独对于诗，确又很认真。说道“岂惜终憔悴，咏言著斯章”，同古诗“奄忽随物化，荣名以为宝”(《回车驾言迈》）相同，有立言之诚。又他一生讲庄派思想，反抗礼法，诗中乃用荀子语，亦难得也。（荀子曰：“天有常道，君子有常体：君子道其常，小人计其功。”）当然，他主要是看破生死荣禄，所以他说“繁华有憔悴，堂上生荆杞”“朝为媚少年，夕暮成丑老”“春秋非有托，富贵焉常保”“李公悲东门，苏子狭三河，求仁不得仁，岂复叹咨嗟”“布衣可终身，宠禄岂足赖”“丘墓蔽山冈，万代同一时，千秋万岁后，荣名安所之”“宁与燕雀翔，不随黄鹄飞”“独有延年术，可以慰我心”。多处是道家隐遁的话，达观，旷达一派。有时，他感觉寂寞，“日暮思亲友，晤言用自写”，有时，伤交道中变，如《二妃游江滨》一首。

颜延年曰：“说者阮籍在晋文代，常虑祸患，故发此咏耳。”又颜延年、沈约、李善等注云：“嗣宗身仕乱朝，常恐罹谤遇祸，因兹发咏，故每有忧生之嗟。虽志在刺讥，而文多隐避。百代之下，难以情测。故粗明大意，略其幽旨也。”此恐是颜注。《诗品》云：“颜延年注解，怯言其志。”

黄节《阮步兵咏怀诗注》自叙曰：“古之人有自绝于富贵者矣。若自绝于礼法，则以礼法已为奸人假窃不如绝之。其视富贵有同盗贼，志在济世，而迹落劣途，情伤一时，而心存百代。”

是故，注阮诗者如刘履等均用《诗经》《楚辞》比兴义，以某某指权臣，某某指某等，亦未必尽当。我认为有许多仍是拟乐府，不过不写题目，不是一时之作，总名《咏怀》耳。

从《咏怀》中选若干首讲解：

《夜中不能寐》总叙。起章。

《二妃游江滨》言始时遇合之美，中道变志离伤。《列仙传》："江妃二女出游于江汉之湄，逢郑交甫见而悦之，不知其神人也。交甫下请其佩，遂手解佩与交甫。交甫悦，受而怀之，去数十步，视佩，空怀无佩，顾二女忽然不见。"

刘履曰："初司马昭以魏氏托任之重，亦自谓能尽忠于国，至是专权僭窃，欲行篡逆，故嗣宗婉其词以讽刺之。……君臣朋友皆以义合，故借金石之交为喻。"

《嘉树下成蹊》言春秋递运，荣悴倏忽。

《昔日繁华子》愿永葆青春，常共欢爱。

《天马出西北》朝为媚少年，夕暮成丑老，安得为王子晋乎？

《登高临四野》言好名好富贵利禄者，自贻伊戚，又何悲乎？

《开秋兆凉气》感秋思归，秋风起命驾旋归。

《平生少年时》少年游侠，老大失路，终不能达。

《战国策》曰："魏王欲攻邯郸，季梁闻之，中道而反，衣焦不申，头尘不浴，往见王曰：'今者臣来，见人于大行，方北面而持其驾，告臣曰：我欲之楚。臣曰：君之楚，将奚为北面？曰：吾马良。臣曰：马虽良，此非楚之路也。曰：吾用多。臣曰：用虽多，此非楚之路也。曰：吾善御。此数者逾善而离楚逾远耳。今王动欲成霸王，举欲信于天下，恃王国之大，兵之精锐，而欲攻邯郸，以广地尊名。王之动逾数，而离王逾远耳！犹至楚而北行也。'"

刘履曰：此嗣宗自悔其失身也，以喻初不自重，不审时而从仕。魏室将亡，虽欲退休而无计，故篇末托言大行失路以寓懊叹无穷之情焉。

《昔闻东陵瓜》美邵平。《史记》曰："邵平者，故秦东陵侯。秦破，为布衣，贫，种瓜于长安城东。瓜美，故时俗谓之东陵瓜，从邵平始也。"《汉书》："霸城门，民间所谓青门。"

《步出上东门》出游感怀，感秋气。“素质游商声”，沈约曰：“致此雕素之质，由于商声用事秋时也。‘游’字应作‘由’，古人字类无定也。”李善曰：“《礼记》曰：孟秋之月，其音商。”

江清按：蒋师爚以游为动义，未始无一得。黄节非之，另求与“由”字通假，助成沈约之说。余按：素质谓旻天，商声谓鹍鸠鸣雁之音，游者，游散其间也。

《湛湛长江水》吊楚。“湛湛长江水，上有枫树林。皋兰被径路，青骊逝骎骎。”《楚辞·招魂》：“湛湛江水兮，上有枫。目极千里兮，伤春心。”“皋兰被径兮，斯路渐。”“青骊结驷兮，齐千乘。”湛湛，水貌。骎骎，骤貌。“三楚多秀士，朝云进荒淫。”三楚：南楚、东楚、西楚。秀士，谓宋玉之流。朝云：见《离唐赋》“妾旦为朝云”。“朱华振芬芳”四句：《战国策》庄辛谏楚王，始言黄雀俯啄，仰栖自以为与人无争，而公子王孙挟弹、摄丸以其颈为的。黄雀其小者也。蔡圣侯游乐声色，驰骋于高蔡之中而不以国家为事，不知太子发受命于宣王，系以朱丝而见之也，蔡圣侯之事其小者也。高蔡，皆楚地。

《昔年十四五》悟道。反古诗“荣名以为宝”之意。古诗十九首之《回车驾言迈》云：“人生非金石，岂能长寿考。奄忽随物化，荣名以为宝。”《昔年十四五》有诗曰：“千秋万岁后，荣名安所之？”

《徘徊蓬池上》：“徘徊蓬池上，还顾望大梁。”《汉书·地理志》曰：“河南开封县东北有蓬池，或曰即宋蓬泽也。又陈留郡有浚仪县，故大梁也。”何焯曰：大梁战国时魏地，借以指王室。“是时鹑火中，日月正相望。”鹑火中，夏之九月十月。《左传》杜预注，谓九、十月之交，此处言“日月正相望”则九月十五日也。何焯谓此诗指司马师废齐王事，嘉平六年九月甲戌（十九日）废帝为齐王，十月庚寅（初六）立高贵乡公。“小人计其功，君子道其常”，引荀子语，前述。“岂惜终憔悴”，沈约曰：“‘岂惜终憔悴’，盖由不应憔悴而致憔悴，君子失其道也。小人计其功而通，君子道其常而塞，故致憔悴也。因乎眺望多怀，兼以羁旅无匹，而发此咏。”方东树曰：此诗盖同渊明《述酒》，必非惜一己之憔悴也，沈解陋。

《独坐空堂上》言寂寞。

《诗经·陈风·东门之池》：“彼美淑姬，可与晤言。”郑玄注：晤，对也。何焯曰：我瞻四方，蹙蹙靡所骋，能无恸乎！此诗有穷途之哭，所感者深。陈子昂《登幽州台歌》“前不见古人，后不见来者。念天地之悠悠，独怆然而涕下”自此出。

吴洪曰：此诗写“无人”。

朱嘉征曰：伤乱世也。

《咏怀》诗，可归纳以下几点：

1. 诗人的作品如此一致地有总题目，有其思想感慨，阮籍是第一人。

2. 胡适谓五言诗至阮籍成熟，《古诗十九首》至建安七子作品近于乐府，真以言志的从他开始。

3. 子建诗源于《国风》，阮诗源于《小雅》。前者温柔敦厚，与民间文学近。《小雅》是士大夫的作品，有怨刺、讥刺。阮诗对他所处现实亦有讥刺。阮籍诗偏于阳刚之美。

4. 诗中有哲学思想。诗人少有将哲学人生观放进诗里的。

5. 文多隐避。颜延年曰：“嗣宗身仕乱朝……虽志在刺讥，而文多隐避。百代之下，难以情测。”不完全是。然前人皆作如是观，如元代刘履《选诗补注》解为与魏盛衰及司马氏篡逆有关。实则他的诗有的说他的人生观，有的咏时事，较《古诗十九首》深刻且有其个性。

黄节《阮步兵咏怀诗注》对阮诗的注解很详细。

阮籍的散文有《达庄论》《通易论》《大人先生传》等，以赋体传记《大人先生传》最著名。

阮籍和嵇康都尊崇当时著名隐士孙登。阮籍曾往苏门山拜访孙登，“遂归著《大人先生传》”。他以孙登为背景幻化出的与道合一的大人形象，以老庄思想为利器，对封建制度、封建礼教做无情鞭挞：“君立而虐兴，臣设而贼生，坐制礼法，束缚下民，欺愚诳拙，藏智自神，强者睽视而凌暴，弱者憔悴而事人。”他对为权贵做帮凶的所谓“君子”也做了揭露与讽刺，说他们“服有常色，貌有常则，言有常度，行有常式。立则磬折，拱若抱鼓。动静有节，趋步商羽。进退周旋，咸有规矩”。“诵周、孔之遗训，叹唐、虞之道德。唯法是修，唯礼是克。手执珪璧，足履绳墨。”他们如此维“礼”是为了求“荣”：“上欲图三公，下不失九州牧。”阮籍在文中也毫不客气地指出，一旦到了“亡国戮君溃败”之时，这些“君子”就像困在裤裆里的虱子：“逃乎深缝，匿乎坏絮，自以为吉宅也。行不敢离缝际，动不敢出裈裆，自以为得绳墨也。饥者啮人，自以为无穷食也。然炎丘火流，焦邑灭都。群虱死于裈中而不能出，汝君子之处区内，亦何异夫虱之处裈中乎！”生动、深刻，痛快淋漓！

授课人：浦江清

第二章 陶渊明

西晋既亡，中国由一统而分，南北朝开始。北方在北魏以前极乱，东晋偏安江左，文学不及西晋之盛。

先是，西晋末，永嘉（晋怀帝年号）之时，天下大乱，玄风复炽，“贵黄、老，稍尚虚谈，于时篇什，理过其辞，淡乎寡味”。（钟嵘《诗品·序》）其中文人能自拔者，推刘琨、郭璞两人。“郭景纯用隽上之才，变创其体；刘越石仗清刚之气，赞成厥美。”（《诗品·序》）刘琨少年曾与石崇交，亦二十四友之一（与石崇、欧阳建、潘岳、陆机、陆云——本传）。见天下大乱，有澄清中原之志，征石勒有战功，后为段匹磾所害。其诗《扶风歌》《答卢谌》《重赠卢谌》等即富“清刚之气”。元遗山《论诗绝句》三十首之一曰：“曹刘坐啸虎生风，四海无人角两雄。可惜并州刘越石，不教横槊建安中。”赞誉其有建安风骨。郭璞为阴阳杂家（卜筮），奇才，注《尔雅》《方言》《穆天子传》《山海经》，皆传。《游仙诗》虽云游仙，实然带《咏怀》气派。

东晋文人，尚有曹毗、孙绰、许询、殷仲文、王羲之等。兰亭修禊，“群贤毕至，少长咸集”。（王羲之《兰亭序》，见《世说新语·企羡》）文人到会，清谈盛。林泉之乐是道家情趣。

这些文人姑且不讨论，我们要讲的是，东晋人中出一中国大诗人——陶渊明。

陶渊明（365—427），一名潜，字元亮。世或以渊明为字，恐非。因《祭程氏妹文》《孟府君传》皆自称为渊明。昭明《陶渊明传》亦云名渊明。浔阳柴桑（今江西九江西南）人，故为江西诗人之祖。曾祖侃，晋大司马，祖茂，武昌太守，父某似是闲居者，渊明诗谓父“淡焉虚止，寄迹风云”（《命子》），安城太守之说恐不确（或谓渊明非陶侃之嫡系，或为裔孙耳）。母，征西大将军孟嘉第四女。梁任公《陶渊明》一书中说，渊明之落拓不羁名士风度乃得其外祖父的遗传。

颜延之《陶征士诔》曰：“夫实以诔华，名由谥高……故询诸友好，宜谥曰‘靖节征士’。”故世号“靖节先生”。

渊明虽是世家子弟，一生不遇而贫穷。生当东晋衰亡之际，“少年罕人事，游好在《六经》”（《饮酒》之十六）。后来因为贫穷的缘故，不能不出门远游，“在昔曾远游，直至东海隅”。“此行谁使然？似为饥所驱。”（《饮酒》之十）他做过京口镇军参军（参刘牢之幕），又做过建威参军（参刘敬宣幕），奉使入都，补彭泽令。有公田可种，《晋书·隐逸传》载：渊明“在县公田悉令种秫谷，曰：‘令吾常醉于酒足矣。’妻子固请种秔，乃使一顷五十亩种秫；五十亩种秔。”（秫，黍之黏者，曰黄糯，亦呼黄米；秔，俗作粳。）因不愿束带见督邮，且声称“吾不能为五斗米折腰拳拳事乡里小人”而去职，在彭泽令任上不过三四个月。作了一篇《归去来兮辞》，还写了五首《归园田居》（一作《归田园居》）的诗。他说：“少无适俗韵，性本爱丘山。误落尘网中，一去三十年。”如果说他出门三十年，未免太多，所以陶澍认为乃是“已十年”之误，“已”与“三”形近而误，或者他的“一去三十年”指他已到三十岁。如果认为他辞官返田为三十岁时，那么，他卒时为五十一二岁。此说与吴汝伦、古直等所主张者合。以后即是他躬耕、饮酒、作诗的农村生活。生活很苦，又遭遇一次火灾，有时穷到乞食，有时无酒度过重九节。他的乡邻父老们或者设酒招他，他的做官的朋友也有接济他的，也有仰慕他的大名而愿见他的，也有坚请他再出来的。他终于隐居着。

那时刘裕篡晋而为宋。有人说他在宋代所作的文章但题甲子，而不题纪元。论者谓他不愿帝宋，示为晋遗民之意。当然他看不起刘裕，在《拟古九首》之九的诗中他写道：“种桑长江边，三年望当采。枝条始欲茂，忽值山河改。”记晋亡之憾，但一定要说他为节士，如何如何忠于晋室，亦不能知渊明。其实他义熙以后唯题甲子，是刘裕篡晋以前的事。之所以如此，一则是他不高兴刘裕，二则也许是道家隐者的习惯如此。他隐居家乡，与周续之、刘遗民被称为“浔阳三隐”。周、刘两人都是庐山高僧慧远的居士弟子，渊明亦与慧远为友，但未加入白莲社。义熙宋征著作郎，不就。

渊明一生在田野，是田园诗人。《晋书》《宋书》皆入“隐逸传”，《诗品》推为“古今隐逸诗之宗”。可以表现他的生活写真的有《五柳先生传》《归去来兮辞》，表现他的理想的有《桃花源记》，表现他的人生观的有《形赠影》《影答形》《神释》三首及《饮酒》二十首。其余如《游斜川》《归园田居》《拟挽歌辞》等，均为其重要之作。

陶渊明的人生态度

陶渊明处两晋玄学的时代。两汉儒家思想独尊，两晋道家思想盛行。阮籍轻礼法，大骂士人君子如群虱之处裈中。渊明时道家思想较平淡，是道家、儒家将合流的时期，他大部分思想是出世的，他追溯朴素的生活，不愿媚于流俗，表现这种思想情趣的诗顶重要的为《归园田居》及《饮酒》。又见于《桃花源记》及《五柳先生传》，前者写理想的境界，后者为他自己的写照。武陵在湖南，刘子骥实有其人。《桃花源记》也许有事实的依据。陈寅恪《〈桃花源记〉旁证》云：因百姓避五胡之乱，避入山谷，自成堡坞。渊明时有人看见过。避秦乱亦可谓苻秦。他是出世的喜田园生活的思想。《饮酒》之九，有田父劝其出仕："一世皆尚同，愿君汩其泥。"渊明答曰："违己讵非迷？且共欢此饮，吾驾不可回。"《归园田居》描写与乡间父老为邻实有兴味："相见无杂言，但道桑麻长。"田园生活很快乐："山涧清且浅，遇以濯吾足。漉我新熟酒，只鸡招近局。"漉者，沥也。

尔时，刘裕得志，如阮籍所处时代。人以为国将亡故渊明去隐，亦不对。刘裕得势他在诗中有其牢骚，《饮酒》二十首和阮籍《咏怀》类似。

渊明人生态度还有一显著特点是达观。当时清谈派人常谈论到死生问题。佛教惯用以死的恐怖教训人，当时人都想解决生死问题，求一正确之人生观。王羲之谓"死生亦大矣，岂不痛哉"。渊明是阮籍、刘伶一派，接受庄子达观学说，"聊乘化以归尽，乐夫天命复奚疑"。（《归去来兮辞》）他有些哲学诗，如《形赠影》《影答形》《神释》三首，结构奇极，发挥哲学思想，结论还是吃酒。"纵浪大化中，不喜亦不惧。应尽便须尽，无复独多虑。"一切顺应自然。他的儿子不好，结论是"天运苟如此，且进杯中物"（《责子》）。渊明诗篇篇有酒，不是颓废，也有强烈意气的，如《咏荆轲》等。居乱世，自全自傲。他和慧远居近，虽未进白莲社，但很谈得来。达观的人生态度和矢志不渝的田园生活，在他去世前不久写就的《挽歌辞》（如“死去何所道，托体同山阿”句）和《自祭文》（如“宠非己荣，涅岂吾缁。捽兀穷庐，酣饮赋诗”句）中抒发得淋漓尽致。

渊明思想亦有出于儒家者，对孔子也相当尊重。如屡言“固穷”“乐天知命”及《饮酒》末章是也。其末章有“羲农去我久，举世少复真。汲汲鲁中叟，弥缝使其淳”的诗句，而《饮酒》之十六，他也有“少年罕人事，游好在《六经》……竟抱固穷节”的表述。道家思想认为伏羲神农那是归真返璞、顶理想的时代已经过去。儒道皆如此说。“鲁中叟”即孔子，“弥缝”是使复真也，可知渊明对儒家思想亦融合。刘熙载《艺概》曰：“陶诗有‘贤哉回也’‘吾与点也’之意，直可嗣洙、泗遗音。其贵尚节义，如咏荆卿、美田子泰等作，则亦孔子贤夷、齐之志也。”

苏轼曰：（渊明）其人甚高，“欲仕则仕，不以求之为嫌；欲隐则隐，不以去之为高”，是对陶渊明豁达的人生的精辟点评。

渊明诗的艺术特色

1. 诗与人生打成一片，开了新诗的门径

自从曹子建、阮嗣宗使诗成为个人的自述经验、自己的抒情之作，到了陶渊明，成为完全是自己生活的记录，完全脱离了乐府歌辞了。虽然有些拟古诗类似《古诗十九首》，《饮酒》诗类似嗣宗《咏怀》诗，可是多数是写他自己的生活，颇似日记式的。诗与人与

生活打成一片。我们从他的诗中可以看见他的行动。他的诗都有题目，有些还有序文。与读阮籍《咏怀》，但看见作者心绪上的苦闷，而不知他一生的踪迹者不同，而且与没有题目、一概称为《咏怀》者不同，阮籍属于建安那个时代，前一个时代。而陶渊明属于新的时代，以诗为自己的生活记录的时代。我们也可以说，他的诗是他的自传，明白清楚的自传，包括内心的志趣与外面的遭遇。不像阮籍《咏怀》诗那样地只重内心，惝恍，不可捉摸，也不像曹子建的多用乐府比兴。

事实上，曹植、阮籍都是承继《诗经》《楚辞》的，而渊明开了新诗的门径。

2. 脱离乐府，创造新诗意境

渊明全不作乐府。（除《拟古九首》。但此九首亦只是五言，非乐府。）

经过了正始玄风，谈玄的风气盛后，诗中遂含哲理。西晋覆亡，洛阳繁华顿歇，文人南渡，东晋人诗自然向哲理山水方面发展。庄老与山水合流。此时五言诗也已脱离繁音促节的音乐，只是倚琴而歌。到了陶渊明，“性不解音而蓄素琴一张，弦徽不具，每朋酒之会则抚而和之曰：但识琴中趣，何劳弦上音”（《晋书·隐逸传》）。因他的诗实在不是倚琴而歌的，是脱离音乐的。所以有的是“有琴意”的诗歌，有的是近于散文似的新诗。是直笔写下，一意贯穿，不多曲折及比兴的。那是完全脱离音乐后的现象。渊明是不依傍音乐、不承继《诗经》《楚辞》古典文学而创造新诗意境的一个大作家。在他当时，就有人喜欢他那一类很别致的诗。到了齐梁的时代，诗人惯于繁缛音乐性及图画彩色性的诗。齐梁是一个新乐府时代，所以他的诗不为人所重，钟嵘《诗品》以之入中品。

颜延之《诔》文甚长，无一言及于他的诗，不过提到他“赋辞归来”“陈书辍卷，置酒弦琴”，泛泛说他著作诗歌而已，《宋书·隐逸传》也不特别提他的诗，但云“所著文章，皆题其年月”。

3. 诗与自然融合的田园之歌

渊明诗取材料于田野间，这种材料，陶渊明以前无人敢取，从前民间文学只是恋歌，朝廷文学只是游宴赠答，金谷、兰亭，或戎马，绝无一人如他这般写田野，写自然。

他的诗又表现了他对自然的欣赏，《诗经》、古诗、建安文学皆有对自然的欣赏，然未有如他爱自然者。《归园田居》：“少无适俗韵，性本爱丘山。误落尘网中，一去三十年。”与一般父老欢笑饮酒、耕田，乐在其中，“相见无杂言，但道桑麻长”（《归园田居》），“昔欲居南村，非为卜其宅。闻多素心人，乐与数晨夕。”（《移居》）“结庐在人境，而无车马喧”（《饮酒》）另辟天地，是他的伟大的地方，独来独往，前无古人，后无来者。

描写山水之诗，东晋开始。谢灵运亦写山水。陶欣赏自然是平和的，不去找山水，人在山水中；谢是活动的，游山玩水。自然是送给渊明看，如英国的 Wordsworth（华兹华斯），communion with nature（与自然沟通）。“采菊东篱下，悠然见南山。”（《饮酒》之五）最高绝，因很自然；人谓有哲学意味，如禅宗的，并不费劲。

4. 诗富哲理性

先秦时，死生不重要，两晋则很重要。陶渊明对死生主张达观，不必求仙养生。他的《形赠影》《影答形》《神释》是哲学诗。他在诗的《序》里说："贵贱贤愚，莫不营营以惜生，斯甚惑焉。故极陈形影之苦，言神辨自然以释之。好事君子，共取其心焉。"爱惜生命，人之常情，然往往不得要旨。渊明"陈形影之苦"思索人死生命题，以"神"辨析自然之哲理。"天地长不没，山川无改时。草木得常理，霜露荣悴之。"说天地山川长在，草木有荣枯之变。"谓人最灵智，独复不如兹"而灵智的人却不能永生。"存生不可言，卫生每苦拙"，长生之说不可信，养生之术不可靠。位列圣人的"三皇"，享有高寿的"彭祖"，都不存在了，"老少同一死，贤愚无复数"，这是人类生命必然结局。有了如此深邃的哲学认识，陶渊明能泰然处之："纵浪大化中，不喜亦不惧。应尽便须尽，无复独多虑。"把庄生的达观学说发挥到极致。当然，饮酒也是诗中不可缺的。

其《责子》诗云："白发被两鬓，肌肤不复实。虽有五男儿，总不好纸笔。阿舒已二八，懒惰故无匹。阿宣行志学，而不爱文术。雍端年十三，不识六与七。通子垂九龄，但觅梨与栗。天运苟如此，且进杯中物。"归结于"天运"，不乏对人生的哲思，但亦颇风趣。黄山谷云："观靖节此诗，想见其人慈祥戏谑可观也。"

诗有哲理，并不局限于《形赠影》等三首诗，也不局限于死生之事，历代评家亦关注及此。明代都穆在其《南濠诗话》中就有明确的概括："东坡尝拈出渊明谈理之诗有三，一曰'采菊东篱下，悠然见南山'，二曰'笑傲东轩下，聊复得此生'，三曰'客养千金躯，临化消其宝'，皆以为知道之言。予谓渊明不止于知道，而其妙语亦不止是。如云'纵浪大化中，不喜亦不惧''应尽便须尽，无复独多虑'。如云'望云惭高鸟，临水愧游鱼。真想初在襟，谁谓行迹拘'。如云'不赖固穷节，百世当谁传'。如云'朝与仁义生，夕死复何求'。如云'及时当勉励，岁月不待人'。如云'前途当几许，未知止泊处'，'古人惜寸阴，念此使人惧'。观是数诗，则渊明盖真有得于道者，非常人能蹈其轨辙也。"

除诗之外，渊明在其《自祭文》一开头就写道："岁惟丁卯，律中无射。天寒夜长，风气萧索，鸣雁于征，草木黄落。陶子将辞逆旅之馆，永归于本宅。"视死如归。

5. 诗风质朴、散淡

六朝中杰出，但当时未甚重之。其质朴自然清新散淡的诗为历代所尊崇，正如元遗山所赞："一语天然万古新，豪华落尽见真淳。"钟嵘《诗品》品评曰："其源出于应璩，又协左思风力。文体省净，殆无长语。笃意真古，词兴婉惬。每观其文，想其人德。世叹其质直。至如'欢言酌春酒''日暮天无云'，风华清靡，岂直为田家语耶！古今隐逸诗人之宗也。"也道出陶诗真淳、古朴的特色。对《诗品》将其列入中品之事，今人古直有《钟记室〈诗品〉笺》，据《太平御览》辨陶公本列上品。

第一个赏识陶渊明的，为昭明太子萧统，他谓陶诗冲淡闲适，且杂诙谐。

有谓陶渊明的《拟挽歌辞》或非自挽，只是作普通挽歌而已，备人唱唱，或自己哼哼。当时南朝有此习惯。《南史·颜延之传》：颜延之"常日但酒店裸袒挽歌"。《宋书·范晔传》："夜中酣饮，开北牖听挽歌为乐。"《世说新语》："袁山松出游，每好令左右作挽歌。"《南史·谢灵运传》：谢灵运曾孙几卿"醉则执铎挽歌"。渊明暮年作《拟挽歌辞》，情真意切，不知是否为自己作挽歌，待考。

陶渊明散文名篇有《桃花源记》《五柳先生传》等，尤以《桃花源记》脍炙人口。

除诗文以外，还有赋作。《感士不遇赋》摹仿董仲舒和司马子长，道古论今，写士进退两难之处境，发士不遇之感慨。虽拟古之作，而清新、简淡逾于汉赋。《闲情赋》丽极，比喻最妙，摹仿张衡《定情赋》、蔡邕《静情赋》而作。因很秾丽，也许是早年摹仿的作品。他自己的《序》中说："始则荡以思虑，而终归闲正。将以抑流宕之邪心，谅有助于讽谏。"宗旨很纯正。赋描写一女子甚美，非常想接近她，有两大段描写愿为衣之"领"、腰之"带"、发之"泽"、眉之"黛"、床之"席"、足之"履"、人之"影"、夜之"烛"……巧妙别致，痴情切切。昭明太子萧统却在其《陶渊明集序》中曰："白璧微瑕，惟在《闲情》一赋。"东坡曰："《国风》好色而不淫，正传不及《周南》，与屈宋所陈何异？而统大讥之，此乃小儿强作解事者。"讥昭明之不懂。昭明谓，"惜哉！无是可也"。现在人却最推重此篇了。

陶渊明诗的影响与后人的批评

渊明的诗并不被时人注意，好友不多。颜延之与之交好并为之作《诔》。颜在南朝宋为官。慧远住庐山，为净土宗领袖，亦与之友好。

陶渊明开田野诗一派，其诗在去世后才被人重视，后世诗人无不受其影响。尤深者如唐代之王维、孟浩然等喜欢自然的这一派，储光羲、韦应物、柳宗元，宋代之苏轼、王安石、范成大、陆游等都受其影响，视为楷模。苏轼极推崇陶渊明，至全和其诗。

陶渊明有《停云》《时运》《荣木》等诗，近"三百篇"，是四言诗的复活。诗人感时触景而发，忧时政之昏暗，抒内心之惆怅。比韦孟《讽谏诗》等好得多。

对陶渊明和他的作品的评价，从南朝至近代，评家众多，不胜枚举，前面已有所引用。

萧统《陶渊明集序》曰："有疑陶渊明诗篇篇有酒，吾观其意不在酒，亦寄酒为迹者也。其文章不群，辞彩精拔，跌宕昭彰，独超众类，抑扬爽朗，莫与之京。横素波而傍流，干青云而直上。语时事则指而可想，论怀抱则旷而且真。加以贞志不休，安道苦节，不以躬耕为耻，不以无财为病。自非大贤笃志，与道汙隆，孰能如此乎？"

《东坡诗话》："古之诗人有拟古之作矣，未有追和古人者也。追和古人，则始于东坡。（纪昀批苏诗云：唐人唐彦谦已有和陶贫士诗，东坡偶失检察耳。）吾于诗人无所甚好，独好渊明之诗。渊明作诗不多，然其诗质而实绮，癯而实腴，自曹、刘、鲍、谢、李、杜诸人，皆莫及也。""吾前后和其诗凡百有九篇。至其得意，自谓不甚愧渊明。然吾之于渊明，岂独好其诗也哉，如其为人，实有感焉。"以"质而实绮，癯而实腴"此八字评之甚当，陶有其人格思想，用不着多少辞藻堆砌。

东坡在惠州尽和渊明诗，鲁直在黔南闻之，作偈云："子瞻谪海南，时宰欲杀之。饱吃惠州饭，细和渊明诗；渊明千载子，子瞻百世士。出处固不同，风味亦相似。"

孟浩然《仲夏归南园寄京邑旧游》："常读高士传，最嘉陶征君。日耽田园趣，自谓羲皇人。余复何为者，栖栖徒问津。中年废丘壑，上国旅风尘。忠欲事明主，孝思侍老亲。归来冒炎暑，耕稼不及春。扇枕北窗下，采芝南涧滨。因声谢同列，吾慕颍阳真。"

孟浩然《赠王九》："日暮田家远，山中勿久淹。归人须早去，稚子望陶潜。"

孟浩然《李氏园林卧疾》："我爱陶家趣，园林无俗情。"

欧阳文忠云："晋无文章，惟渊明《归去来辞》耳。"

朱熹曰："陶渊明诗，人皆说是平淡，据某看他自豪放，但豪放得来不觉耳。"(《朱子语类》)

作品选讲

(一)《归园田居五首》

"归园田"，一作"归田园"，误，陶公"守拙归园田"诗句可证。五首或本有六首，末首乃江淹拟作，删之。

1. 其一（"少无适俗韵"）

"少无适俗韵，性本爱丘山。"开始二句言少志为此。见其"畴昔苦长饥，投耒去学仕"(《饮酒》之十九）甚非初心。"投策命晨装，暂与园田疏"(《始作镇军参军经曲河》)，写如何想念家乡园田之乐，亦生逢乱世之故。左思《咏史诗》"功成不受爵，长揖归田庐"，犹有功名之念。潘岳虽赋闲居，终受杀戮。阮籍虽赞美邵平，依旧溷世。乃知古人"学而优则仕"，欲罢功名利禄之念，潇然归田，亦自不易。陶公为彭泽令，不愿为五斗米折腰向乡间小儿，见机而退也。其时，其原来之上司刘牢之曾煊赫一时，终于自杀。桓玄、刘裕皆野心家，一败一显，晋室庸暗，出处甚难，陶公奔走尘俗者前后约有六年，决心摆脱。愿归躬耕以自养。同时，他的身体多病，更不堪奔走驱策，心为形役，始悟今是昨非，委运归尽之道。

"误落尘网中"，尘网为堕地之意，前人认为如佛家语，不类陶公口吻，此亦是一疑案。

此《归园田居五首》作于义熙二年丙午（依吴仁杰《陶靖节先生年谱》）盖自彭泽令归也。陶公年四十二岁。吴仁杰谓自先生出为州祭酒至彭泽去官，约十二三年。此诗云“一去三十年”乃十三年之误。陶澍谓“三”字乃“已”之误（己亥误作三豕，古已有之）。古直定陶公卒时年五十二，定此诗为与《归去来兮辞》同年作。《辞》之序称作于乙巳年，时陶公适年三十。

“羁鸟恋旧林，池鱼思故渊。”古诗“胡马依北风，越鸟巢南枝”；陆机诗“孤兽思故薮，离鸟悲旧林”。(《赠从兄车骑诗》）皆言不忘本。陶公诗“望云惭高鸟，临水愧游鱼”，彼言行旅之游，此言倦游而返，可以对照。

“开荒南野际，守拙归园田。”野，一作亩，陶公有田曰“南亩”，见《癸卯岁始春怀古田舍二首》：“在昔闻南亩，当年竟未践。”守拙，言个性不谐于俗，不如守拙归田。《怀古田舍诗》云：“即理愧通识，所保讵乃浅。”自愧通识之士，退以保真耳。

“暧暧远人村，依依墟里烟。”《楚辞》王逸注：暧暧，昏貌。翳翳不明，写日光和暖、远望农村之景。依依，《诗经·小雅·采薇》“杨柳依依”，有袅袅、隐约、许多姿态。陶诗写景，自然不用力，古朴不刻画，东坡云：“其诗质而实绮，癯而实腴，自曹、刘、鲍、谢、李、杜诸人皆莫及也。”

“鸡鸣桑树颠”，古乐府：“鸡鸣高树颠，狗吠深宫中。”

2．其二（“野外罕人事”）

“穷巷寡轮鞅”，《汉书·陈平传》：平“负郭穷巷，以席为门，然门外多长者车辙”，此反用其事。“结庐在人境，而无车马喧”(《饮酒》)，意同。

“常恐霜霰至，零落同草莽。”陶公《拟古》诗“枝修始欲茂，忽值山河改”，皆比兴语。亦屈子萧艾之意［“惟草木之零落兮”“何昔日之芳草兮，今直为此萧艾也”(《离骚》)]，汩余若不待之意。《汉书·杨恽传》：“田彼南山，芜秽不治，种一顷豆，落而为萁。人生行乐耳，须富贵何时！”

3. 其三（“种豆南山下”）

“晨兴理荒秽，带月荷锄归。”一天疲劳工作，不失趣味。诗境入画境。亦可知文学之足慰人生也。

“夕露沾我衣”。《诗经·召南·行露》：“厌浥行露，岂不夙夜，谓行多露。”

“但使愿无违”，赋以言志。

4. 其四（“久去山泽游”）

“浪莽林野娱”，浪莽，广大貌，无拘束也。

“一世弃朝市”，《古步出夏门行》：“市朝人易，千岁墓平。”

“人生似幻化，终当归空无。”《淮南子·精神训》：“化者，复归于无形也。”

5. 其五（“怅恨独策还”）

“漉我新熟酒，只鸡招近局。”漉，水下貌，水下滴沥也。《宋书·陶潜传》：“郡将候潜，值其酒熟，取头上葛巾漉酒，毕，还复著之。”近局：《礼记》郑注，局，部分也。按：近局，犹言近邻。

“已复至天旭。”结语，响亮有力。

（二）《饮酒》

酒与诗的关系：（1）诗往往出于燕乐；（2）微醉以后，诗性inspiration（灵感）遂来，或者为生理的现象。英国诗人霍斯曼（A.E.Housman）的 *The Name and Nature of Poetry*（《诗的名称与属性》）一书中，自述其作诗之经验，谓喝啤酒之后，出去散步，心头浮泛其诗的意念，如泉涌一般。

萧统云："有疑陶渊明诗篇篇有酒，吾观其意不在酒，亦寄酒为迹者也。"渊明《饮酒》，如阮公《咏怀》，不另一一标题，随时触发而咏。

"衰荣无定在，彼此更共之。……忽与一觞酒，日夕欢相持。"（《饮酒》之一）总起，犹阮公之"中夜不能寐，起坐弹鸣琴"也。

第二首，"积善云有报"，主意说君子固穷之节。

第三首，"道丧向千载"，主意说"有酒不肯饮，但顾世间名"之愚。

第四首，说"托身已得所"，自比飞鸟之托于孤松。《归去来辞》："抚孤松而盘桓。"

第五首，"结庐在人境"最为有名，意境高绝。

《汉书·扬雄传》："结以倚庐。"

"问君何能尔，心远地自偏"二句，自问自答。陶公诗多说理，《怀古田舍诗》："寒竹被荒蹊，地为罕人远。"此说心远，更进一层。

"采菊东篱下，悠然见南山。"东坡云：采菊之次，偶然见山，初不用意，而景与意会，故可喜也。今皆作望南山。杜子美"白鸥没浩荡，万里谁能驯"，或改作"波浩荡"。改此一字，觉一篇神气索然。

王安石曰："渊明诗有奇绝不可及之语，如'结庐在人境'四句，诗人以来无此句。"

白居易："时倾一壶酒，坐望东南山。"

韦苏州："采菊露未晞，举头见秋山。"

境界之迁移，使得悠远。"目送归鸿，手挥五弦。"（嵇康诗）《世说新语》："顾长康道：'画手挥五弦易，目送归鸿难。'"

悠然，远也。俗解均作悠然自得之意，恐非确话。《怀古田舍诗》云："寒竹被荒蹊，地为罕人远。是以植仗翁，悠然不复返。"悠然，远逝之意。

辨，或作辩。《庄子·齐物论》："辩也者，有不辩也。""大道不称，大辩不言。"《庄子·外物》："言者所以在意，得意而忘言。"

王静安《人间词话》云："词以境界为最上。有境界则自成高格。""有造境，有写境，此理想与写实二派之所由分。然二者颇难分别。因大诗人所造之境，必合乎自然，所写之境，亦必邻于理想故也。""有有我之境，有无我之境。'泪眼问花花不语，乱红飞过秋千去。''可堪孤馆闭春寒，杜鹃声里斜阳暮。'有我之境也。'采菊东篱下，悠然见南山。''寒波澹澹起，白鸟悠悠下。'无我之境也。有我之境，以我观物，故物皆著我之色彩。无我之境，以物观物，故不知何者为我，何者为物。古人为词，写有我之境者为多。然未始不能写无我之境，此在豪杰之士能自树立耳。"

授课人：浦江清

第三章 谢灵运和山水诗

宋齐时代的山水诗代替东晋以来的玄言诗，是南朝诗歌发展上第一个重要的变化。

晋宋时代，江南的农业有较大的发展，士族地主的物质生活条件比过去更加优裕了，园林别墅更多地建筑起来了，士族文人们在优裕的物质条件下和佳丽的江南山水环境中过着清谈玄理和登临山水的悠闲生活。在他们的清谈中，常常出现一些发挥老庄自然哲学来赞美江南山水的名言隽语。由于这种风气的影响，当时流行的玄言诗里也开始出现一些山水诗句，作为玄学名理的印证或点缀。东晋著名的玄言诗人孙绰讽刺人的时候说："此子神情都不关山水，而能作文？"（《世说新语·赏誉篇》）可见玄言诗和山水诗本来就有共同的阶级生活基础和共同的思想基础，玄言诗中本来就包孕着山水诗的成分。

当然，"平典似道德论"的玄言诗，即使点缀上几句呆板的山水诗句，也无法改变那种枯燥无味、令人生厌的面目。直到东晋后期，出现了谢混《游西池》等少数集中力量刻画山水景物的诗篇，才开始给玄言气氛笼罩着的士族诗坛带来了一点新鲜的空气。到刘宋初期，谢混的侄子谢灵运继续从这个方向去开拓诗境，大量创作山水诗，在艺术上又有新的创造，终于确立了山水诗在士族诗坛上的优势地位。于是，山水诗就由附庸蔚为大国，而玄言诗则由大国降为附庸。虽然这基本上只是题材和艺术上的革新，但在诗歌发展史上究竟前进了一步。

谢灵运（385—433），祖籍陈郡阳夏（今河南太康附近），世居会稽（今浙江绍兴）。祖父是谢玄，他十八岁就袭封康乐公。他热衷政治权势，到了刘宋时代，感到自己的特权地位受到威胁，政治欲望不能满足，心怀愤恨；因此在永初三年做永嘉太守以后，就肆意游遨山水，民间听讼，不复关怀。后来更干脆辞官回会稽，大建别墅，凿山浚湖，经常领着僮仆门生几百人到处探奇访胜，排遣政治上的不满情绪。晚年做临川内史，因谋反被收。他的《临川被收》诗说：“韩亡子房奋，秦帝鲁连耻。”明白地表示了对刘宋王朝的对抗。最后在广州被杀。

谢灵运的山水诗，绝大部分是他做永嘉太守以后写的。在这些诗里，他用富丽精工的语言描绘了永嘉、会稽、彭蠡湖等地的自然景色。例如《石壁精舍还湖中作》：

> 昏旦变气候，山水含清晖。清晖能娱人，游子憺忘归。出谷日尚早，入舟阳已微。林壑敛暝色，云霞收夕霏。芰荷迭映蔚，蒲稗相因依。披佛趋南径，愉悦偃东扉。虑澹物自轻，意惬理无违。寄言摄生客，试用此道推。

这首诗写他从石壁精舍回来，傍晚经湖中泛舟的景色。很像一篇清丽简短的山水游记，语言精雕细刻而能出于自然。“林壑”“云霞”

两句写薄暮景色，观察入微，深为李白所赞赏。但结尾依然残留玄言诗的痕迹。又如《石门岩上宿》：

> 朝搴宛中兰，畏彼霜下歇。暝还云际宿，弄此石上月。鸟鸣识夜栖，木落知风发。异音同至听，殊响俱清越。妙物莫为赏，芳醑谁与伐？美人竟不来，阳阿徒晞发。

这首诗写他夜宿石门，期待知音的感受和山中夜静的环境气氛，相当成功。诗中除借用楚辞的比喻外，没有任何玄言佛理的辞句。但是，像这样把叙事、写景、抒情结合得比较好，玄言佛理成分也不太多，艺术风格较为完整的作品，在他诗中为数很少。

谢灵运一生都不能忘怀于政治权势，但他在政治和生活上又没有高尚的理想，他在政治失意时游山玩水，只是在声色狗马之外寻求感官上的满足，并以此掩饰他对权位的热衷。因此，他的山水诗虽然能够描绘一些外界景物，却很难见出内心的思想感情。当诗中涉及思想时，他总是借一些玄言佛理的词句来装点门面。他对玄学佛典又有丰富的知识，所以装点起来就很不费力。刘勰《文心雕龙·情采篇》说的“志深轩冕，而泛咏皋壤；心缠机务，而虚述人外”，虽然主要是批评两晋那些伪装清高的文人，但对于谢灵运也同样适用。所谓“山水不足以娱其情，名理不足以解其忧”，正是很准确地指出了他山水诗的根本弱点。他的山水诗所以多数不能做到情景交融和风格完整，原因也就在这里。但是，由于他把自己目击的山光水色，朝霞夕霏用诗句描绘出来，的确给当时诗坛带来了新鲜的气息，在艺术上，他也开辟了南朝诗歌崇尚声色的新局面。“俪采百字之偶，争价一句之奇。情必极貌以写物，辞必穷力而追新。”（《文心雕龙·明诗篇》）大大改变了东晋以来“理过其辞，淡乎寡味”的诗风，给人面目一新的感觉。但是他的诗在艺术上也有明显的缺点：玄言词句多，辞藻堆砌多，往往有句无篇；结构多半用“叙事——写景——说理”这种章法，读起来也感到很单调。

他的山水诗给人印象最深的还是那些散见在各篇中的“名章迥句”。例如：“野旷沙岸净，天高秋月明”（《初去郡》）；“池塘生春草，园柳变鸣禽”（《登池上楼》）；“明月照积雪，朔风劲且哀”（《岁暮》）等，的确是像鲍照所形容的“如初发芙蓉，自然可爱”。另一些佳句如：“白云抱幽石，绿筱媚清涟”（《过始宁墅》）；“春晚绿野秀，岩高白云屯”（《入彭蠡湖口》）等，则出于精心的雕琢，表现了他“极貌写物”“穷力追新”的艺术技巧。但是，像“俯濯石下潭，仰看条上猿”（《石门新营所住》）这类句子，虽然观察事物比较细致，在表现上却因拘于对仗而流于晦涩，形象并不鲜明。

谢灵运还有少数非山水诗，如《拟魏太子邺中集诗八首》，拟古的成就远在陆机之上。《白石岩下径行田》诗中，对永嘉人民灾年生活也有所反映。

总的来说，谢灵运是扭转玄言诗风，开创山水诗派的第一个诗人。自他之后，南朝的谢朓、何逊，唐朝的孟浩然、王维等许多山水诗人相继出现，他们以优美的山水诗篇丰富了诗歌的园地。谢灵运又是一个用全力雕章琢句的诗人，这方面他也为齐梁以后的新体诗打下了一定的基础。

宋代和谢灵运齐名的诗人颜延年，其作品虽然名称“体裁明密”，却缺乏兴会和才华，又好用典故，“文章殆同书抄”，成就远不及谢灵运。但所作的《五君咏》《北使洛》等诗，仍有一定的内容。

授课人：萧涤非

第四章 鲍照和七言诗

鲍照（414？—466），字明远，东海（今江苏涟水县北）人。他出身寒庶，少有文学才情，因献诗临川王刘义庆，得到赏识，擢为国侍郎。以后做过秣陵令、永嘉令、临海王子顼参军。后子顼因谋反赐死，他也死于乱军之中。

鲍照由于“身地孤贱”，曾经从事农耕，生活在门阀士族统治的时代，处处受人压抑。他在《瓜步山揭文》里曾经叹息说：“才之多少，不如势之多少远矣！”这和左思《咏史》中“地势使之然，由来非一朝”的愤慨不平是完全一致的。

他的社会地位和生活经历使他在创作上选择了一条和谢灵运不同的道路。当谢灵运大力创作富艳精工的山水诗时，鲍照也开始了创作生活，并以“文甚遒丽”的古乐府逐渐闻名于诗坛。他现存的诗约有二百多首，其中乐府诗就占八十多首，而且他的优秀诗篇大多数都是乐府诗。他继承和发扬了汉魏乐府民歌的传统精神，描写了广泛的社会生活，对受压迫的人民表示了深刻的同情。

边塞战争，征夫戍卒的生活，是他乐府诗内容中一个重要的方面。在《代出自蓟北门行》里，他歌颂了边塞将士们“投躯报明主，身死为国殇”的英勇战斗的精神，也写出了“疾风冲塞起，沙砾自飘扬。马毛缩如猬，角弓不可张”的边塞战场景色。而写得更为动人的，是《代东武吟》：

> 主人且勿喧，贱子歌一言。仆本寒乡士，出身蒙汉恩。始随张校尉，召募到河源。后逐李轻车，追虏穷塞垣。密途亘万里，宁岁犹七奔。肌力尽鞍甲，心思历凉温。将军既下世，部曲亦罕存。时事一朝异，孤绩谁复论。少壮辞家去，穷老还入门。腰镰刈葵藿，倚杖牧鸡豚。昔如鞲上鹰，今似槛中猿。徒结千载恨，空负百年怨。弃席思君幄，疲马恋君轩。愿垂晋主惠，不愧田子魂。

这首诗写出了一个穷老还家的士兵报国无路的痛苦。在“元嘉草草，封狼居胥，赢得仓皇北顾（辛弃疾词《永遇乐》）的时代，鲍照写出这首为士卒请命的诗篇，他的忧愤是深广的。这是刘琨死后一百多年中久已成为绝响的悲凉慷慨的爱国主义的诗篇。

他的乐府诗里，还反映了门阀统治下的社会不平现象。《代放歌行》里对比描写了不愿入仕途的旷达贤士和热衷于利禄的龌龊小人，并以正言若反的语气曲折有力地写出了贤士受压抑的痛苦心情。《代贫贱愁苦行》写贫贱之士“黯颜就人惜”的屈辱沉痛，《代白头吟》写“人情贱恩旧，世议逐衰兴。毫发一为瑕，丘山不可胜”的炎凉世态，都是当时下层寒士受压抑的痛苦心情的反映。他还有一首《拟古诗》很值得我们注意：

> 束薪幽篁里，刈黍寒涧阴。朔风伤我肌，号鸟惊思心。岁暮井

> 赋讫，程课相追寻。田租送函谷，兽藁输上林。河渭冰未开，关陇雪正深。笞击官有罚，呵辱吏见侵。不谓乘轩意，伏枥还至今。

这首诗写他“负锸下农，执羁末皂”的生活，抒发他不能用世的愤慨，同时也流露出对受剥削的劳动人民的深刻同情。虽然用的是《拟古》的诗题，但在思想内容上正是发扬汉魏乐府“感于哀乐，缘事而发”的精神。

以上所举的都是鲍照的五言乐府。但是最能显示鲍照反抗现实的精神和艺术上的独创性的，还是他的七言和杂言的乐府诗。《拟行路难》十八首，尤其是他杰出的代表作。这一组诗，并非一时一地之作，内容非常丰富。首先，他在这里对士族门阀的压迫表现了强烈的不满和反抗：

> 泻水置平地，各自东西南北流。人生亦有命，安能行叹复坐愁！酌酒以自宽，举杯断绝歌路难。心非木石岂无感？吞声踯躅不敢言。
>
> 对案不能食，拔剑击柱长太息。丈夫生世会几时，安能蹀躞垂羽翼？弃置罢官去，还家自休息。朝出与亲辞，暮还在亲侧。弄儿床前戏，看妇机中织。自古圣贤尽贫贱，何况我辈孤且直！

前一首虽然没有说出他所愁叹的是什么，但是从他的吞声踯躅之中，我们已经深深感到他胸中的一股悲愤不平之气。在后一首里，这种悲愤不平之气，一开始就在对案不食、拔剑击柱之中爆发出来，他宁肯弃置罢官，也不愿蹀躞垂翼，受人压抑，这就是他所以愤慨不平的内容。最后两句，更鲜明地表现了他孤直耿介的性格和对门阀社会傲岸不屈的态度。在这一组诗里，他对爱情不自由的妇女也表示了深刻的同情：

> 璇闺玉墀上椒阁，文窗绣户垂罗幕。中有一人字金兰，被服纤罗采芳藿。春燕差池风散梅，开帏对景弄禽爵（雀）。含歌揽涕恒抱愁，人生几时得为乐？宁作野中之双凫，不愿云间之别鹤！

诗中女主人公宁作“野中双凫”，不愿过贵家姬妾的生活，表现了向往爱情自由的坚强意志。在“剉蘗染黄丝”一首里，他写一个女子曾经和男子结带赠钗，誓同白首，但是当男子变心以后，她就决心“还君金钗玳瑁簪，不忍见之益愁思”！其愤惋决绝的态度，令我们想起《汉铙歌·有所思》中的那个女子。由于作者对现实的深刻不满，以及他诗中主人公那种强烈反抗的精神，向往自由美好生活的坚强意志，就使这些诗歌带有浪漫主义的色彩。

在这一组诗里，也写到了边塞戍卒的生活以及思妇寡居的悲叹。例如“君不见少壮从军去”一首唱出了稽留边塞的士卒还乡绝望的哀音。“春禽喈喈旦暮鸣”一首，又借过客和从军士兵的对话，更为曲折地表达了征人思家的痛苦。“中庭五株桃”“今年阳春花满林”等篇，则深刻细腻地写出了思妇寡居的悲叹。这些篇章显然又是继承和发扬了汉魏乐府现实主义的传统精神。当然，这组诗中也有少数篇章，流露了听天由命、及时行乐的消极思想，如“君不见柏梁台”“诸君莫叹贫”等篇。这是诗人思想中软弱性的一面的反映。

总的来说，《拟行路难》是一组成就非常杰出的乐府诗。思想内容既丰富深刻，感情也强烈奔放。所用的七言、杂言诗体，音节又激昂顿挫，富于变化，更使这种思想感情焕发出了新的光彩。南朝文人读他的诗感到“发唱惊挺”“倾炫心魂”，并不是偶然的。他的七言、杂言诗还有《夜坐吟》《梅花落》等篇，后者歌颂梅花不畏霜露的坚贞品格，也是一篇名作。

七言诗的产生和发展的过程，比五言更为漫长曲折。先秦西汉时代已经有七言的民间谣谚。荀子的《成相篇》就是模仿民间劳动歌谣写成的七言杂言体韵文。西汉时代除《汉书》所载的《楼护歌》《上郡歌》等七言谣谚而外，更出现了司马相如《凡将篇》、史游《急就篇》等七言韵语的童蒙字书，东方朔的七言射复语，还有被《文选注》征引的东方朔、董仲舒、刘向的七言诗歌。东汉七言民谣为数更多。戴良的《失父零丁》是一篇纯用七言的较长的俗体韵文。张衡的《四愁诗》更是趋向完整的七言抒情诗，不过各章首句参用了骚体的句式。建安时代曹丕的《燕歌行》两首，是现存最早、最完整的七言乐府诗。由于入乐时间较晚等原因，一般文人对七言体就不很重视，西晋初年傅玄仿张衡作《四愁诗》，还说七言是一种“体小而俗”的形式。但是从东汉至东晋、十六国时代的《小麦谣》《行者歌》《并州歌》《豫州歌》《陇上歌》以及北朝乐府中一些七言杂言歌诗来看，七言歌谣一直是在民间（尤其北方民间）流传的。鲍照所拟的《行路难》，本来也是北方牧竖的歌曲。但是，鲍照不仅大胆地采用了这种一般文人视为鄙俗的形式，而且以丰富的内容充实了这种形式，以革新的精神改造了这种形式，变逐句用韵为隔句用韵，并且可以自由换韵。这就为七言诗的进一步发展树立了榜样，开拓了宽广的道路。自他以后，七言体就在南北朝文人诗歌中日益繁荣起来了。

鲍照是南北朝时代最杰出的诗人。他的七言及五言乐府等作品，对唐代李白、高适、岑参、杜甫等诗人有很大的影响。杜甫评论李白、高适、岑参的诗都提到鲍照，绝不是偶然的。

授课人：萧涤非

第五章 谢朓和新体诗

自魏晋以来，中国声韵学由于受印度梵音学的影响，有了新的发展。齐永明年间，周颙发现汉字的平、上、去、入四种声调，始著《四声切韵》(今佚)，同时的著名诗人沈约(441—513)等人，又根据四声和双声叠韵来研究诗句中声、韵、调的配合，指出平头、上尾、蜂腰、鹤膝、大韵、小韵、旁纽、正纽等八种声病必须避免。力求做到“一简之内，音韵尽殊；两句之中，轻重悉异”。这样自觉地运用声律来写诗，的确是诗歌史上的空前创举。在这以前，陆机虽然也谈过“暨音声之迭代，若五色之相宣”，但只是初步地意识到诗歌音韵的必须调协，并未提出具体的调协音韵的办法。沈约自称“自灵均以来，虽文体稍精，而此秘未睹。至于高言妙句，音韵天成，皆暗与理合，匪由思至”，虽多少有点夸张，但基本是符合事实的。沈约等所发现的诗歌音律，和晋宋以来诗歌中对偶的形式互相结合，就形成了“永明体”的新体诗。这种新体诗是我国格律诗产生的开端。它的出现，反映了诗歌从比较自由发展到讲究格律的必然趋势。声律说的产生，是我国文学发展中的重要事件，它除对诗歌的形式有直接影响外，对于辞赋、骈文，以及后来的词、曲等文学形式，都有很大的影响。

唐封演《闻见记》说自沈约倡导诗歌声病说以后，“王融、刘绘、范云之徒，慕而扇之。由是远近文学，转相祖述，而声韵之道大行”。可惜沈约等永明作家的诗歌，虽然在运用声律、辞藻上有新的成就，但思想内容多半平庸乏味，不少甚至空洞无物。只有谢朓，是这个时代比较优秀的诗人。

谢朓（464—499），字玄晖，陈郡阳夏（今河南太康附近）人。出身贵族。最初做南齐诸王幕下的参军、功曹、文学等官职，曾得随王萧子隆、竟陵王萧子良的赏识，后来为明帝掌中书诏诰。公元四九五年出任宣城太守，后回朝任吏部郎，因事牵连，下狱而死。

谢朓的出身经历，和谢灵运有些类似，他的诗受谢灵运影响较大，现存的优秀的诗篇大部分是山水诗。有的作品颇有摹仿谢灵运的痕迹。但总的说来，诗风清新流丽，较少繁芜词句和玄言成分，和谢灵运的富艳精工、典丽厚重颇有不同。例如他的名作《晚登三山还望京邑》：

> 灞涘望长安，河阳视京县。白日丽飞甍，参差皆可见。余霞散成绮，澄江静如练。喧鸟覆春洲，杂英满芳甸。去矣方滞淫，怀哉罢欢宴。佳期怅何许，泪下如流霰。有情知望乡，谁能鬒不变？

诗中刻画春江日暮景色，词语颇为精警工丽。“余霞散成绮”两句，由于李白的赞美，向来为人们所传诵。

谢朓现存的诗歌，有将近四分之一的作品是在做宣城太守的两年中写成的。他的名作《之宣城郡出新林浦向板桥》就写于赴任途中：

> 江路西南永，归流东北骛。天际识归舟，云中辨江树。旅思倦摇摇，孤游昔已屡。既欢怀禄情，复协沧洲趣。嚣尘自兹隔，赏心于此遇。虽无玄豹姿，终隐南山雾。

这首诗中“天际识归舟”两句，写天边疏淡的归帆远树，表现了诗人平静和谐的心境。“既欢怀禄情，复协沧洲趣”等句，在表现喜得外任的心情中，又流露了士族文人流连光景的生活情趣和回避现实的政治态度。

宣城是当时江南大郡，经济发达，又有敬亭、双溪等名胜。因此，他在宣城所写的山水诗，脍炙人口的佳句也特别多。例如：“寒城一以眺，平楚正苍然”(《宣城郡内登望》)；“苍翠望寒山，峥嵘瞰平陆”(《冬日晚郡事隙》)；“窗中列远岫，庭际俯乔林。日出众鸟散，山暝孤猿吟”(《郡内高斋闲望答吕法曹》)；“余雪映青山，寒雾开白日。暧暧江村见，离离海树出”(《高斋视事》)。这些诗句，很像一幅幅萧疏淡远的水墨画，平淡而又富有思致。不仅和谢灵运的富艳精工的诗迥然不同，就是和他自己以前在建业、荆州写的诗篇相比，也颇有变化，藻绘流丽的色彩冲淡了，清新自然的成分增加了。这里可以看出陶诗对他的一定影响。

谢朓的山水诗，也和谢灵运一样，存在“有句无篇”的缺点。上面所举的他在宣城所写的佳句，多半就是从玉石杂陈的篇章中挑拣出来的。此外，他的《观朝雨》《答王世子》等篇，还明显地存在着钟嵘所说的“善自发端，而末篇多踬”“意锐而才弱”的缺点。

王闿运《八代诗选》选录谢朓集中的新体诗共二十八首，说明他集中属于永明体的篇章并不多。其中名篇如《入朝曲》：

江南佳丽地，金陵帝王州。逶迤带绿水，迢递起朱楼。飞甍夹驰道，垂杨荫御沟。凝笳翼高盖，叠鼓送华辀。纳献云台表，功名良可收。

这是他的《隋王鼓吹曲》十首之一，内容是歌颂建业京都的富丽气象。从这首诗，我们可以看到新体诗的特点是：力求平仄调协，音韵铿锵，词采华丽，对仗工整。但是，他在声律上还没有完全避免沈约的“八病”，如开头两句，就犯了“平头”的声病，正像沈约自己的诗也存在声病一样。他的新体诗中更值得注意的是那些模仿南朝乐府民歌的小诗：

夕殿下珠帘，流萤飞复息。长夜缝罗衣，思君此何极？

——《玉阶怨》

绿草蔓如丝，杂树红英发。无论君不归，君归芳已歇。

——《王孙游》

这些诗虽然写的是贵族生活，和民歌内容有别。但语言精练，情味隽永。艺术上比乐府民歌有所提高。谢朓的新体诗，对唐代律诗、绝句的形成是有影响的。严沧浪说：“谢朓之诗，已有全篇似唐人者”，也主要是就他的新体诗说的。

唐代一些著名诗人很重视谢朓的诗，李白更在诗中屡次称引他的佳句。

授课人：萧涤非

第六章 宫体诗的自赎

宫体诗就是宫廷的，或以宫廷为中心的艳情诗。它是个有历史性的名词，所以严格地讲，宫体诗又当指以梁简文帝为太子时的东宫及陈后主、隋炀帝、唐太宗等几个宫廷为中心的艳情诗。我们该记得从梁简文帝当太子到唐太宗晏驾中间一段时期，正是谢朓已死，陈子昂未生之间一段时期。这期间没有出过一个第一流的诗人。那是一个以声律的发明与批评的勃兴为人所推重，但论到诗的本身，则为人所诟病的时期。没有第一流诗人，甚至没有任何诗人，不是一桩罪过。那只是一个消极的缺憾。但这时期却犯了一桩积极的罪。它不是一个空白，而是一个污点，就因为他们制造了些有如下面这样的宫体诗：

> 长筵广未同，上客娇难逼。还杯了不顾，回身正颜色。（高爽《咏酌酒人》）
>
> 众中俱不笑，座上莫相撩。（邓铿《奉和夜听妓声》）

这里所反映的上客们的态度，便代表他们那整个宫廷内外的气氛。人人眼角里是淫荡：

> 上客徒留目，不见正横陈。（鲍泉《敬酬刘长史咏名士悦倾城》）

人人心中怀着鬼胎：

> 春风别有意，密处也寻香。（李义府《堂堂词》）

对姬妾娼妓如此，对自己的结发妻亦然（刘孝威《郗县寓见人织率尔赠妇》便是一例）。于是发妻也就成了倡家。徐悱写得出《对房前桃树咏佳期赠内》那样一首诗，他的夫人刘令娴为什么不可以写一首《光宅寺》来赛过他？索性大家都揭开了：

> 知君亦荡子，贱妾自倡家。（吴均《鼓瑟曲·有所思》）

因为也许她明白她自己的秘诀是什么：

> 自知心所爱，出入仕秦宫。谁言连尹屈，更是莫敖通？（简文帝《艳歌篇十八韵》）

简文帝对此并不诧异，说不定这对他，正是件称心的消息。堕落是没有止境的。从一种变态到另一种变态往往是个极短的距离，所以现在像简文帝《娈童》、吴均《咏少年》、刘孝绰《咏小儿采莲》、刘遵《繁华应令》以及陆厥《中山王孺子妾歌》一类作品，也不足令人惊奇了。变态的又一类型是以物代人为求满足的对象。于是绣领、袹腹、履、枕、席、卧具……全有了生命，而成为被沾污者。推而广之，以至灯烛、玉阶、梁尘，也莫不踊跃地助他们集中意念到那个荒唐的焦点，不用说，有机生物如花蕊莺蝶等更都是可人的同情者。

> 罗荐已擘鸳鸯被，绮衣复有葡萄带。残红艳粉映帘中，戏蝶流莺聚窗外。（上官仪《八咏应制》）

看看以上的情形，我们真要疑心，那是作诗，还是在一种伪装下的无耻中求满足。在那种情形之下，你怎能希望有好诗！所以常常是那套褪色的陈词滥调，诗的本身并不能比题目给人以更深的印象。实在有时他们真不像是在作诗，而只是制题。这都是惨淡经营的结果：《咏人聘妾仍逐琴心》（伏知道），《为寒床妇赠夫》（王胄）。特别是后一例，尽有"闺情""秋思""寄远"一类的题面可用，然而作者偏要标出这样五个字来，不知是何居心。如果初期作者常用的"古意""拟古"一类暧昧的题面，是一种遮羞的手法，那么现在这些人是根本没有羞耻了！这由意识到文词，由文词到标题，逐步的鲜明化，是否要算作一种文字的裎裸狂，我不知道，反正赞叹事实的"诗"变成了标明事类的"题"之附庸，这趋势去《游仙窟》一流作品，以记事文为主，以诗副之的形式，已很近了。形式很近，内容又何尝远？《游仙窟》正是宫体诗必然的下场。

我还得补充一下宫体诗在它那中途丢掉的一个自新的机会。这专以在昏淫的沉迷中作践文字为务的宫体诗，本是衰老的、贫血的南朝宫廷生活的产物，只有北方那些新兴民族的热与力才能拯救它。因此我们不能不庆幸庾信等之入周与被留，因为只有这样，宫体诗才能更稳固地移殖在北方，而得到它所需要的营养。果然被留后的庾信的《乌夜啼》《春别诗》等篇，比从前在老家作的同类作品，气色强多了。移殖后的第二三代本应不成问题。谁知那些北人骨子里和南人一样，也是脆弱的，禁不起南方那美丽的毒素的引诱，他们马上又屈服了。除薛道衡《昔昔盐》《人日思归》，隋炀帝《春江花月夜》三两首诗外，他们没有表现过一点抵抗力。炀帝晚年可算热忱地效忠于南方文化了。文艺的唐太宗，出人意料之外，比炀帝还要热忱。于是庾信的北渡完全白费了。宫体诗在唐初，依然是简文帝时那没筋骨、没心肝的宫体诗。不同的只是现在辞藻来得更细致。声调更流利，整个的外表显得更乖巧，更酥软了。说唐初宫体诗的内容和简文时完全一样，也不对。因为除了搬出那僵尸“横陈”二字外，他们在诗里也并没有讲出什么，这又教人疑心这辈子人已失去了积极犯罪的心情。恐怕只是辞藻和声调的试验给他们羁縻着一点作这种诗的兴趣（辞藻声调与宫体有着先天与历史的联系）。宫体诗在当时可说是一种不自主的虚伪的存在。原来从虞世南到上官仪是连堕落的诚意都没有了。此真所谓“萎靡不振”！

但是堕落毕竟到了尽头，转机也来了。

在窒息的阴霾中，四面是细弱的虫吟，虚空而疲倦，忽然一声霹雳，接着的是狂风暴雨！虫吟听不见了，这样便是卢照邻《长安古意》的出现。这首诗在当时的成功不是偶然的。放开了粗豪而圆润的嗓子，他这样开始：

> 长安大道连狭斜，青牛白马七香车。玉辇纵横过主第，金鞭络绎向侯家！龙衔宝盖承朝日，凤吐流苏带晚霞。百丈游丝争绕树，一群娇鸟共啼花……

这生龙活虎般腾踔的节奏，首先已够教人们如大梦初醒而心花怒放了。然后如云的车骑，载着长安中各色人物 panoram 式的一幕幕出现，通过“五剧三条”的“弱柳青槐”来“共宿娼家桃李蹊”。诚然这不是一场美丽的热闹。但这颠狂中有战栗，堕落中有灵性：

> 得成比目何辞死，愿作鸳鸯不羡仙。

比起以前那光是病态的无耻——

> 相看气息望君怜，谁能含羞不肯前！（简文帝《乌栖曲》）

如今这是什么气魄！对于时人那虚弱的感情，这真有起死回生的力量。最后：

> 节物风光不相待，桑田碧海须臾改。昔时金阶白玉堂，即今唯见青松在！

似有“劝百讽一”之嫌。对了，讽刺，宫体诗中讲讽刺，多么生疏的一个消息！我几乎要问《长安古意》究竟能否算宫体诗。从前我们所知道的宫体诗，自萧氏君臣以下都是作者自身下流意识的口供，那些作者只在诗里。这回卢照邻却是在诗里，又在诗外，因此他能让人人以一个清醒的旁观的自我，来给另一自我一声警告。这两种态度相差多远！

> 寂寂寥寥扬子居，年年岁岁一床书。独有南山桂花发，飞来飞去袭人裾。

这篇末四句有点突兀，在诗的结构上既嫌蛇足，而且这样说话，也不免暴露了自己态度的褊狭，因而在本篇里似乎有些反作用之嫌。可是对于人性的清醒方面，这四句究不失为一个保障与安慰。一点点艺术的失败，并不妨碍《长安古意》在思想上的成功。他是宫体诗中一个破天荒的大转变，一手挽住衰老了的颓废，教给他如何回到健全的欲望，一手又指给他欲望的幻灭。这诗中善与恶都是积极的，所以二者似相反而相成。我敢说《长安古意》的恶的方面比善的方面还有用。不要问卢照邻如何成功，只看庾信是如何失败的。欲望本身不是什么坏东西。如果它走入了歧途，只有疏导一法可以挽救，壅塞是无效的。庾信对于宫体诗的态度，是一味的矫正，他仿佛是要以非宫体代宫体。反之，卢照邻只要以更有力的宫体诗救宫体诗，他所争的是有力没有力，不是宫体不宫体。甚至你说他的方法是以毒攻毒也行，反正他是胜利了。有效的方法不就是对的方法吗？

矛盾就是人性，诗人作诗本不必对自己的行为负责。原来《长安古意》的“年年岁岁一床书”，只是一句诗而已。即令作诗时事实如此，大概不久以后情形就完全变了，骆宾王的《艳情代郭氏答卢照邻》便是铁证。故事是这样的：照邻在蜀中有一个情妇郭氏，正当她有孕时，照邻因事要回洛阳去，临行相约不久回来正式成婚。谁知他一去两年不返，而且在三川有了新人。这里她望他的音信既望不到，孩子也丢了。“悲鸣五里无人问，肠断三声谁为续！”除了骆宾王给寄首诗去替她申一回冤，这悲剧又能有什么更适合的收场呢？一个生成哀艳的传奇故事，可惜骆宾王没赶上蒋防、李公佐的时代。我的意思是：故事最适宜于小说，而作者手头却只有一个诗的形式可供采用。这试验也未尝不可做。然而他偏偏又忘记了《孔雀东南飞》的典型。凭一支作判词的笔锋（这是他的当行），他只草就了一封韵语的书札而已。然而是试验，就值得钦佩。骆宾王的失败，不比李百药的成功有价值吗？他至少也替《秦妇吟》垫过路。

这以“一抔之土未干，六尺之孤何托”，教历史上第一位英威的女性破胆的文士，天生一副侠骨，专喜欢管闲事，打抱不平、杀人报仇、革命、帮痴心女子打负心汉，都是他干的。《代女道士王灵妃赠道士李荣》里没讲出具体的故事来，但我们猜得到一半，还不是卢郭公案那一类的纠葛？李荣是个有才名的道士（见《旧唐书·儒学·罗道琮传》，卢照邻也有过诗给他）。故事还是发生在蜀中，李荣往长安去了，也是许久不回来。王灵妃急了，又该骆宾王给去信促驾了。不过这回的信却写得比较像首诗。其所以然，倒不在“梅花如雪柳如丝，年去年来不自持。初言别在寒偏在，何悟春来春更思”一类响亮句子，而是那一气到底而又缠绵往复的旋律之中，有着欣欣向荣的情绪。《代女道士王灵妃赠道士李荣》的成功，仅次于《长安古意》。

和卢照邻一样，骆宾王的成功，有不少成分是仗着他那篇幅的。上文所举过的二人的作品，都是宫体诗中的云冈造像，而宾王尤其好大成癖（这可以他那以赋为诗的《帝京篇》《畴昔篇》为证）。从五言四句的《自君之出矣》，扩充到卢骆二人洋洋洒洒的巨篇，这也是宫体诗的一个剧变。仅仅篇幅大，没有什么，要紧的是背面有厚积的力量撑持着。这力量，前人谓之“气势”，其实就是感情。有真实感情，所以卢骆的来到，能使人们麻痹了百余年的心灵复活。有感情，所以卢骆的作品，正如杜甫所预言的，“不废江河万古流”。

从来没有暴风雨能够持久的。果然持久了，我们也吃不消，所以我们要它适可而止。因为，它究竟只是一个手段，打破郁闷烦躁的手段；也只是一个过程，达到雨过天晴的过程。手段的作用是有时效的，过程的时间也不宜太长，所以在宫体诗的园地上，我们很侥幸地碰见了卢骆，可也很愿意能早点离开他们——为的是好和刘希夷会面。

> 古来容光人所羡，况复今日遥相见？愿作轻罗著细腰，愿为明镜分娇面。(《公子行》)

这不是什么十分华贵的修词，在刘希夷也不算最高的造诣。但在宫体诗里，我们还没听见过这类的痴情话。我们也知道他的来源是《同声诗》和《闲情赋》。但我们要记得，这类越过齐梁，直向汉晋人借贷灵感，在将近百年以来的宫体诗里也很少人干过呢！

> 与君相向转相亲，与君双栖共一身。愿作贞松千岁古，谁论芳槿一朝新！百年同谢西山日，千秋万古北邙尘。(《公子行》)

这连同它的前身——杨方《合欢》诗，也不过是常态的、健康的爱情中，极平凡、极自然的思念，谁知道在宫体诗中也成为了不得的稀世的珍宝。回返常态确乎是刘希夷的一个主要特质，孙翌编《正声集》时把刘希夷列在卷首，便已看出这一点来了。看他即便哀艳到如：

> 自怜妖艳姿，妆成独见时。愁心伴杨柳，春尽乱如丝。(《春女行》)
>
> 携笼长叹息，逶迤恋春色。看花若有情，倚树疑无力。薄暮思悠悠，使君南陌头。相逢不相识，归去梦青楼。(《采桑》)

也从没有不归于正的时候。感情返到正常状态是宫体诗的又一重大阶段。唯其如此，所以烦躁与紧张都消失了。只剩下一片晶莹的宁静。就在此刻，恋人才变成诗人，憬悟到万象的和谐，与那一水一石一草一木的神秘的不可抵抗的美，而不禁受创似的哀叫出来：

> 可怜杨柳伤心树！可怜桃李断肠花！(《公子行》)

但正当他们叫着“伤心树”“断肠花”时，他已从美的暂促性中认识了那玄学家所谓的“永恒”——一个最缥缈，又最实在，令人惊喜，又令人震怖的存在，在它面前一切都变渺小了，一切都没有了。自然认识了那无上的智慧，就在那彻悟的一刹那间，恋人也就是变成哲人了：

> 洛阳城东桃李花，飞来飞去落谁家？洛阳女儿好颜色，坐见落花长叹息——今年花落颜色改，明年花开复谁在！……古人无复洛城东，今人还对落花风。年年岁岁花相似，岁岁年年人不同。(《代悲白头翁》)

相传刘希夷吟到“今年花落……”二句时，吃一惊，吟到“年年岁岁……”二句，又吃一惊。后来诗被宋之问看到，硬要让给他，诗人不肯，就生生的被宋之问给用土囊压死了。于是诗就算验谶了。编故事的人的意思自然是说，刘希夷泄露了天机，论理该遭天谴。这是中国式的文艺批评，隽永而正确，我们在千载之下，不能，也不必改动它半点，不过我们可以用现代语替它诠释一遍：所谓泄露天机者，便是悟到宇宙意识之谓。从蜣螂转丸式的宫体诗一跃而到庄严的宇宙意识，这可太远了，太惊人了！这时的刘希夷实已跨近了张若虚半步，而离绝顶不远了。

如果刘希夷是卢骆的狂风暴雨后宁静爽朗的黄昏，张若虚便是风雨后更宁静更爽朗的月夜。《春江花月夜》本用不着介绍，但我们还是忍不住要谈谈。就宫体诗发展的观点看，这首诗尤有大谈的必要。

> 春江潮水连海平，海上明月共潮生。滟滟随波千万里，何处春江无月明！江流宛转绕芳甸，月照花林皆似霰。空里流霜不觉飞，汀上白沙看不见。

在这种诗面前，一切的赞叹是饶舌，几乎是渎亵。它超过了一切的宫体诗有多少路程的距离，读者们自己也知道。我认为用得着一点诠明的倒是下面这几句：

> ……江畔何人初见月？江月何年初照人？人生代代无穷已，江月年年只相似。不知江月待何人，但见长江送流水！

更迥绝的宇宙意识！一个更深沉，更寥廓，更宁静的境界！在神奇的永恒前面，作者只有错愕，没有憧憬，没有悲伤。从前卢照邻指点出“昔时金阶白玉堂，即今唯见青松在”时，或另一个初唐诗人——寒山子更尖酸地吟着“未必长如此，芙蓉不耐寒”时，那都是站在本体旁边凌视现实。那态度我以为太冷酷，太傲慢，或者如果你愿意，也可以带点狐假虎威的神气。在相反的方向，刘希夷又一味凝视着“以有涯随无涯”的徒劳，而徒劳地为它哀毁着。那又未免太萎靡，太怯懦了。只张若虚这态度不亢不卑、冲融和易才是最纯正的。“有限”与“无限”，“有情”与“无情”——诗人与“永恒”猝然相遇，一见如故，于是谈开了——“江畔何人初见月？江月何年初照人？……江月年年只相似，不知江月待何人？”对每一问题，他得到的仿佛是一个更神秘的更渊默的微笑，他更迷惘了，然而也满足了。于是他又把自己的秘密倾吐给那缄默的对方：

白云一片去悠悠，青枫浦上不胜愁。

因为他想到她了，那“妆镜台”边的“离人”。他分明听见她的叹喟：

此时相望不相闻，愿逐月华流照君！

他说自己很懊悔，这飘荡的生涯究竟到几时为止！

昨夜闲潭梦落花，可怜春半不还家。江水流春去欲尽，江潭落月复西斜！

他在怅惘中，忽然记起飘荡的许不只他一人，对此清景，大概旁人也只得徒唤奈何吧？

斜月沉沉藏海雾，碣石潇湘无限路，不知乘月几人归，落月摇情满江树！

这里一番神秘而又亲切的、如梦境的晤谈，有的是强烈的宇宙意识，被宇宙意识升华过的纯洁的爱情，又由爱情辐射出来的同情心，这是诗中的诗，顶峰上的顶峰。从这边回头一望，连刘希夷都是过程了，不用说卢照邻和他配角骆宾王，更是过程的过程。至于那一百年间梁陈隋唐四代宫廷所遗下了那分最黑暗的罪孽，有了《春江花月夜》这样一首宫体诗，不也就洗净了吗？向前替宫体诗赎清了百年的罪，因此，向后也就和另一个顶峰陈子昂分工合作，清除了盛唐的路——张若虚的功绩是无从估计的。

授课人：闻一多

第七章 庾信及北朝诗人

南北朝时代，传统文学的中心在南朝。北朝除乐府民歌外，文人诗坛一直是比较荒凉的。北魏末至北齐时期，出现了号称北朝三才的温子升、邢邵、魏收，但他们的诗文基本上是规抚齐梁的沈约、任昉，没有什么创造。直到庾信由南入北，才给北朝诗坛带来了转机。他一方面把南朝诗歌的丰富遗产和新的成就带到北方，一方面又吸收北方文化中比较健康的精神，批判了南朝诗歌腐化浮艳的内容，创造了新的风格，在一定程度上体现了南北文学合流的新趋势。

庾信（513—581），字子山，南阳新野（今河南新野）人。父亲是梁代著名宫廷文人庾肩吾。他自幼聪敏，博览群书，尤好《左传》。十五岁做昭明太子萧统的东宫讲读，十九岁作萧纲的东宫抄撰学士。他们父子和当时也在东宫任职的徐摛、徐陵父子都深得萧纲的宠信，并且是萧纲所倡导的宫体诗的重要作家，当时号称“徐庾体”。侯景之乱，他任建康令，全军溃退，潜奔江陵。梁元帝承圣三年（554），他奉命出使西魏，当时西魏大军正南侵江陵，他被留在长安，屈仕敌国。以后又仕北周，官至骠骑大将军开府仪同三司，官位虽高，心里却非常痛苦，常常想念故国。后来陈朝请求北周放他回国，北周因为爱惜他的文才，不肯放还。终于老死北方。

庾信前期完全是一个宫廷的文学侍臣。他前期保留下来的少数诗中，像《咏舞》《奉和示内人》等，都是宫体之作，其他的诗也是形式绮艳，内容空洞和奉和、应制之作，其中纵有少数佳句如“荷风惊浴鸟，桥影聚行鱼”(《奉和山池》)，显示了一点清新的才思，但也看不出他比写过“叶密鸟飞碍，风轻花落迟”(《折杨柳》)的萧纲究竟高明多少。他到北朝以后，也写过少数的奉和应酬、宫体色情的诗，但这些诗显然已经不能代表他后期诗歌的面目和成就了。

他出使被留而屈节于敌国，是他生活、思想变化的转折点，也是他诗赋内容风格发生变化的转折点。他的名作《拟咏怀二十七首》，反映了他后期的生活、思想、感情。这些诗并非一时之作，内容相当丰富深刻。在第一首里，他自叙了作诗的心情：

> 步兵未饮酒，中散未弹琴。索索无真气，昏昏有俗心。涸鲋常思水，惊飞每失林。风云能变色，松竹且悲吟。由来不得意，何必往长岑？

诗中涸鲋思水，惊鸟失林，风云变色，松竹悲吟，说明了他失去故国的处境以及悲凉沉痛的心情。在第二十首里，他更以无比沉痛的诗笔解剖了自己的痛苦：

> 在死犹可忍，为辱岂不宽？古人持此性，遂有不能安。其面虽可热，其心常自寒。……

这种因为屈身事敌而感到面热心寒的心情，经常折磨着他，在他的《拟咏怀》及其他感慨身世的诗里经常流露出来。

他诗里还反复地倾诉了对故国的深沉怀念。这也是他《拟咏怀》的中心主题。例如第十一首：

> 摇落秋为气，凄凉多怨情。啼枯湘水竹，哭坏杞梁城。天亡遭愤战，日蹙值愁兵。直虹朝映垒，长星夜落营。楚歌饶恨曲，南风多死声。眼前一杯酒，谁论身后名？

这首诗追述了梁元帝在江陵败亡的悲剧。三、四两句，写的是南朝人民在国破家亡后被西魏俘掳、屠杀的悲惨情景。《南史·元帝纪》说，江陵陷落后，西魏“乃选男女数万口为奴婢，小弱者俱杀之”。诗人虽然不敢明言，但是从杞梁妻哭倒长城的冤痛悲怆的哭声中，我们可以想见北朝统治者的残酷罪行。直虹、长星两句，写梁元帝的兵败情景，也有很强的暗示力量。最后两句，感慨梁朝君臣只顾眼前享乐，不服国家安危，心情也极为沉痛。

庾信的《拟咏怀》中也流露了消极悲观的心情。“一朝人事尽，身名不足亲”“独怜生意尽，空惊槐树哀”“残月如新月，新秋似旧秋”“昏昏如坐雾，漫漫疑行海”，这些都是他在觍颜事敌的屈辱境遇中完全丧失生活乐趣的自白。

庾信自悲身世的重要作品，还有《和张侍中述怀》《伤王司徒褒》等篇，其心情也和《拟咏怀》完全一致。我们必须提到的，是几首寄赠朋友的五言小诗，例如：

> 玉关道路远，金陵信使疏。独下千行泪，开君万里书。
>
> ——《寄王琳》

故人倘思我，及此平生时。莫待山阳路，空闻旧笛悲。

——《寄徐陵》

这些诗在寥寥数语中写出他怀念故国的百转千回的痛苦。境界开阔，感慨深沉，超过了谢朓的小诗。

总之，庾信后期的诗无论思想内容或艺术风格都具有和前期迥然不同的面貌。他后期的诗除了表现身世遭遇的痛苦外，还有北方边塞的风沙气息。像“阵云平不动，秋蓬卷欲飞”；“流星夕照镜，烽火夜烧原”；“轻云飘马足，明月动弓弰”（以上均见《拟咏怀》）；“胡笳遥警夜，塞马暗嘶群”（《和赵王送峡中军》）；“马嘶山谷响，弓寒桑柘鸣”（《伏闻游猎》）等等诗句，都是南朝诗中罕见的。生活和环境的改变，是他的诗风从艳冶转入刚健的决定因素。

庾信在诗歌的形式格律上也有所发展。他的五言新体诗如《对宴齐使》《寄徐陵》《秋日》，在声律上已暗合后来唐代的五言律诗和五言绝句。在七言诗形式上，《燕歌行》比鲍照七言篇幅规模更大，《乌夜啼》《秋夜望单飞雁》《代人伤往二首》，从句数、章法、对仗看也是唐人七律、七绝的先驱。

用典较多，是他的诗歌的重要特点。有些诗，如前面所举的，用典很有创造性，灵活变化，自然合拍，增强了艺术表现力量。但是有的诗也由于堆砌典故过多，以致语意晦涩。

庾信的诗，初步融合南北诗风，是南北朝最后的一个优秀诗人，也是唐诗的先驱，对唐人的影响最为直接，因此深受唐代诗人的重视。杜甫说：“庾信文章老更成，凌云健笔意纵横。”又说：“庾信平生最萧瑟，暮年诗赋动江关。”正是对他后期作品的正确评价。

庾信到北朝以后不久，王褒（约 513—576）也因为江陵败亡被西魏俘掳到了长安，受到西魏和北周统治者的优待，在北朝文坛上也颇有声名。他的名作《渡河北》也寄寓了故国之思：

> 秋风吹木叶，还似洞庭波。常山临代郡，亭障绕黄河。心悲异方乐，肠断陇头歌。薄暮临征马，失道北山阿。

风格的质朴刚健，和他在南朝时的作品也颇有不同。此外如《关山月》的“天寒光转白，风多晕欲生”，刻画北方月色也能融合关塞苦寒的心境。

授课人：萧涤非

第三部分

隋唐及五代的诗词

从上官仪到沈佺期和宋之问 / 陈子昂 / 孟浩然 / 王维

高适 / 岑参 / 王昌龄 / 李白 / 杜甫 / 现实主义诗人白居易

贾岛 / 孟郊 / 刘禹锡 / 柳宗元 / 杜牧 / 李商隐 / 韦庄

温庭筠和花间派词人 / 李煜及南唐其他词人

第一章 从上官仪到沈佺期和宋之问

初唐时代，当政的文臣多半都是深受齐梁影响的前朝遗老，唐太宗本人对齐梁文风也很爱好。他自己就带头写淫靡浮艳的宫体诗，富丽呆板的宫廷诗。他命令魏徵、房玄龄、虞世南等大臣编纂《北堂书钞》《艺文类聚》《文馆词林》等等类书，其目的之一也是为了供给当时文人们采集典故词藻之用。

虞世南是这时期遗老诗人的代表。他在陈朝，就因为“文章婉缛”“徐陵以为类己”而知名。在隋代他就写过《应诏嘲司花女》等宫体诗。入唐以后的作品几乎全部是奉和、应诏、侍宴等类的作品。只有《咏蝉》的“居高声自远，非是借秋风”等个别诗句尚有兴寄。但他死后，唐太宗却叹息说：“今其云亡，石渠东观无复人矣！”从这句话，我们就可以看出贞观年间的诗坛，实在比隋代还要空虚。倒是诗坛以外的魏徵，还写了一首《述怀诗》，表现了他在隋末群雄起义中的经历和豪情。而且他也是当时文臣中对唐太宗、虞世南等人的诗风深表不满的唯一人物。

正是在这种形势下，齐梁诗风就继续蔓延下来，即使有少数新起的优秀诗人，也很难扭转这种颓风。

上官仪（？—664），字游韶，陕州（今河南陕县）人。他是继虞世南之后受到太宗、高宗宠信的诗人。他的诗，十之八九也是奉和应诏之作。例如《八咏应制》一诗就是典型的齐梁宫体诗。“瑶笙燕始归，金堂露初晞。风随少女至，虹共美人归”，完全是一派浮华腐化的生活气息。“残红艳粉映帘中，戏蝶流莺聚窗外”，更是极尽暗示色情的能事。他除了写这种“绮错婉媚”的诗而外，还把作诗的对偶，归纳为六种对仗的方法。这虽是为他的宫廷诗服务，但对律诗形式的发展多少起了一点促进作用。

继上官仪之后出现在武后时代的宫廷诗人是号称“文章四友”的李峤、苏味道、崔融、杜审言。“四友”之中，杜审言的成就较高。杜审言（645？—708？），字必简，河南巩县人，是杜甫的祖父。他虽然也写了许多应制诗，但是他身居宫廷的时间较短，在“十年俱薄宦，万里各他方”（《赠崔融二十韵》）的游宦中写过一些较有生活实感的好诗。如《登襄阳城》：

> 旅客三秋至，层城四望开。楚山横地出，汉水接天回。冠盖非新里，章华即旧台。习池风景异，归路满尘埃。

这首诗气魄相当雄浑。“楚山”两句，笔力尤其横壮。他的《春日京中有怀》，是一首更接近成熟的七律：

> 今年游寓独游秦，愁思看春不当春。上林苑里花徒发，细柳营前叶漫新。公子南桥应尽兴，将军西第几留宾？寄语洛城风日道，明年春色倍还人。

从以上两诗以及他的另一名作《和晋陵陆丞早春游望》，我们可以看出他的诗风貌开始变化，而且在五律、七律的形式创造上，曾经用过不少的功夫。他的《守岁侍宴应制》《大酺》两诗，已完全符合七律的规格。

和四友同时而稍晚，在武后的宫廷里出现了沈佺期、宋之问这两个在律诗形式上有重要贡献的诗人。沈佺期（卒于开元初），字云卿，相州内黄（今河南内黄）人。宋之问（？—712），字延清，虢州弘农（今河南灵宝）人。他们都媚附张易之等权贵，并以善写应制诗得到武后的赏识。但两人都曾经贬谪荒远之地，他们所写的非宫廷应制的作品中，也有一些优秀的篇章：

> 闻道黄龙戍，频年不解兵。可怜闺里月，长在汉家营。少妇今春意，良人昨夜情。谁能将旗鼓，一为取龙城？
>
> ——沈佺期《杂诗》三首之一
>
> 卢家少妇郁金堂，海燕双栖玳瑁梁。九月寒砧催木叶，十年征戍忆辽阳。白狼河北音书断，丹凤城南秋夜长。谁为含愁独不见，更教明月照流黄。
>
> ——沈佺期《古意》
>
> 阳月南飞雁，传闻至此回。我行殊未已，何日复归来？江静潮初落，林昏瘴不开。明朝望乡处，应见岭头梅。
>
> ——宋之问《题大庾岭北驿》
>
> 岭外音书断，经冬复历春。近乡情更怯，不敢问来人。
>
> ——宋之问《渡汉江》

尽管沈、宋两人都还没有摆脱齐梁的影响，但这些诗都有一定的生活体验作基础。语言的锤炼，气势的流畅，和齐梁浮艳之作不同。

在格律形式的完整上，更为历代批评家所推崇。

沈、宋对诗歌的贡献，主要是在声律方面。《新唐书·宋之问传》说：

> 魏建安迄江左，诗律屡变。至沈约、庾信，以音韵相婉附，属对精密。及之问、佺期，又加靡丽，回忌声病，约句准篇，如锦绣成文。学者宗之，号为沈、宋。

沈、宋两人关于诗律的言论，我们已经看不到了。但是，从现存南北朝、隋、唐诗歌来看，南北朝阴铿的《夹池竹》《昭君怨》，徐陵的《关山月》《斗鸡》，庾信的《蒲州刺史中山公许乞酒一车未送》《舟中望月》等约二十多篇诗，已暗合五律规格。隋及唐初以来，暗合格律的五律更增加了。至于七律，则庾信的《乌夜啼》，隋炀帝的《江都宫乐歌》《江都夏》等篇已具雏形，到杜审言已完全合格。由此可见，沈、宋在诗律上的贡献，并不在他们自己制定一套格律，而在于从前人和当代人应用形式格律的各种实践经验中，把已经成熟的形式，肯定下来，最后完成律诗"回忌声病，约句准篇"的任务，使以后作诗的人有明确的规格可以遵循。律诗形式的定型，在诗歌发展史上是有重要意义的。自此以后，近体诗和古体诗的界限有了更明确的划分，诗人在创作上，专工新体和专工古体也渐渐有了分道扬镳之势。这的确是"词章改革之大机"(《诗薮》内篇卷四)。

授课人：萧涤非

第二章 陈子昂

继四杰之后，以更坚决的态度起来反对齐梁诗风的统治，在理论和创作实践上都表现了鲜明的创造革新精神的诗人，是陈子昂。

陈子昂（661—702），字伯玉，梓州射洪（今四川射洪县）人。自幼具有豪侠浪漫的性格。少年时代曾闭门读书，遍览经史百家，树立了远大的政治抱负。二十四岁举进士，上书论政，得到武后的重视，任为麟台正字，再迁为右拾遗。他一方面支持武后的政治改革，另一方面对武后的不合理的弊政也屡次提出尖锐的指责。他曾在二十六岁、三十六岁两次从军边塞，对边防军事问题提出过一些有远见的建议。后一次出塞，因为和主将武攸宜意见不合，遭受排斥打击。三十八岁后就辞职还乡。最后被武三思指使县令段简加以迫害，冤死狱中。

陈子昂的思想是很复杂的，他既好纵横任侠，又好佛老神仙，但儒家兼善天下的精神，仍然是他思想的主导方面。从他的许多政论奏疏中，我们可以看到他洞察国家安危的远见，关怀人民疾苦的热情。例如在《上蜀川安危事》的奏疏中，他曾经对诸羌的进犯感到忧虑，对蜀川人民“失业”“逃亡”深表同情，对“官人贪暴”“侵渔”“剥夺”百姓的罪恶加以愤慨的指责。《资治通鉴》引用他的奏疏、政论有四五处之多。王夫之《读通鉴论》认为陈子昂“非但文士之选”，而且是“大臣”之材，这是完全正确的。他的政治热情是他从事诗歌革新的动力。

陈子昂在著名的《修竹篇序》里，曾经提出了诗歌革新的正面主张：

> 东方公足下：文章道弊，五百年矣，汉魏风骨，晋宋莫传，然而文献有可征者。仆尝暇时观齐梁间诗，彩丽竞繁，而兴寄都绝，每以永叹，思古人，常恐逶迤颓靡，风雅不作，以耿耿也。一昨于解三处见明公《咏孤桐篇》，骨气端翔，音情顿挫，光英朗练，有金石声。遂用洗心饰视，发挥幽郁。不图正始之音，复睹于兹；可使建安作者，相视而笑。……

在唐诗发展史上，陈子昂这篇短文好象一篇宣言，标志着唐代诗风的革新和转变。我们知道，刘勰、钟嵘反对南朝形式主义诗风，曾经标举过“比兴”“风骨”的传统。王勃反对龙朔前后的宫廷诗风，也指责他们是“骨气都尽，刚健不闻”。陈子昂继承了他们的主张，一针见血地指出初唐宫廷诗人们所奉为偶像的齐梁诗风是“彩丽竞繁，而兴寄都绝”，指出了“风雅兴寄”和“汉魏风骨”的光辉传统作为创作的先驱榜样，在倡导复古的旗帜下实现诗歌内容的真正革新。态度很坚决，旗帜很鲜明，号召很有力量。“兴寄”和“风骨”都是关系着诗歌生命的首要问题。“兴寄”的实质是要求诗歌发扬批判现实的传统，要求诗歌有鲜明的政治倾向。“风骨”的实质是要求诗歌有高尚充沛的思想感情，有刚健充实的现实内容。从当时情况来说，只有实现内容的真正革新，才能使诗歌负起时代的使命。同时，我们还应该看到，由于“四杰”等诗人的积极努力，新风格的唐诗已经出现，沿袭齐梁的宫廷诗风已经越来越为人们所不满，诗歌革新的时机更加成熟了。陈子昂的革新主张在这个时候提出，不仅有理论的意义，而且富有实践的意义；不仅抨击了陈腐的诗风，而且还为当时正在萌芽成长的新诗人、新诗风开辟道路。

陈子昂的诗歌创作，鲜明有力地体现了他的革新主张。《感遇诗》三十八首，正是表现这种革新精神的主要作品。这些诗并不是同时之作，有的讽刺现实、感慨时事，有的感怀身世、抒发理想。内容广阔丰富，思想也矛盾复杂。首先值得注意的是那些现实性很强的边塞诗，例如：

> 朝入云中郡，北望单于台。胡秦何密迩，沙朔气雄哉！藉藉天骄子，猖狂已复来。塞垣无名将，亭堠空崔嵬。咄嗟吾何叹，边人涂草莱。

这是他从征塞北时的作品，诗中对将帅无能，使边民不断遭受胡人侵害的现实，深表愤慨。在从征幽州时所写的“朔风吹海树”一篇中，又对边塞将士的爱国热情遭到压抑表示深刻的同情。“丁亥岁云暮”一篇更明白地揭发了武后开蜀山取道袭击吐蕃的穷兵黩武的举动。这些内容都初步突破了泛拟古题的边塞诗传统风气。他对武后内政方面的弊端也有所讽刺。在“圣人不利己”一诗里，他指责了武后雕制佛像、建造佛寺，浪费人力物力的佞佛行为。在“贵人难得意”一诗里，他更勇敢地讽刺了武后对待臣下时而信任、时而杀戮的作风。从这些现实性很强的诗篇中，我们清晰地看到他的政治抱负和他的诗歌革新主张有着密切的内在联系。他的那些感怀身世的诗，也写得很动人：

> 兰若生春夏，芊蔚何青青。幽独空林色，朱蕤冒紫茎。迟迟白日晚，袅袅秋风生。岁华尽摇落，芳意竟何成？

这里，美好理想无法实现的深沉的苦闷，借楚辞草木零落、美人迟暮的意境，婉转蕴藉地表现出来。但是，他这种苦闷，在不同的时间境遇之下，又转为愤激慷慨之音。如：

> 本为贵公子，平生实爱才。感到思报国，拔剑起蒿莱。西驰丁零塞，北上单于台。登山见千里，怀古心悠哉！谁言未忘祸，磨灭成尘埃。

《感遇诗》里也有一些叹息人生祸福无常，赞美隐逸求仙，发挥佛老玄理的作品，例如“市人矜巧智”“玄天幽且默”等篇，都有浓厚的佛老消极思想。

《登幽州台歌》和《蓟丘览古赠卢居士藏用》七首也是他杰出的代表作。这几首诗是他随建安王武攸宜出征契丹的时候写的。卢藏用《陈氏别传》说：

> 子昂体弱多疾，感激忠义，常欲奋身以答国士。自以官在近侍，又参预军谋，不可见危而惜身苟容。他日又进谏，言甚切至，建安谢绝之，乃署以军曹。子昂知不合，因箝默下列，但兼掌书记而已。因登蓟北楼，感昔乐生、燕昭之事，赋诗数首。乃泫然流涕而歌曰：“前不见古人，后不见来者。念天地之悠悠，

独怆然而涕下!”时人莫不知也。

他在《蓟丘览古》中，曾经歌颂了礼贤下士、知人善任的燕昭王、燕太子，感激知遇、乘时立功的乐毅、郭隗等历史人物。俯仰今古，瞻望未来，他更深刻地体验到生不逢时、理想无法实现的痛苦和悲哀，也更深刻地体会了古往今来许多仁人志士在困厄境遇中激愤不平的崇高感情。也正是这种不可遏止的理想和激情，使他唱出了这首浪漫主义的《登幽州台歌》。尽管由于历史条件的限制，他的苦闷无法解决，使这首诗的情调显得相当孤独。但是，也正是这首诗，在当时和后代得到无数读者的深刻同情，卢藏用说这首诗“时人莫不知也”，就是有力的证明。这不愧是齐梁以来两百多年中没有听到过的洪钟巨响。

陈子昂的律诗比较少，但是像《度荆门望楚》，也是初唐律诗中的佳作：

遥遥去巫峡，望望下章台。巴国山川尽，荆门烟雾开。城分苍野外，树断白云隈。今日狂歌客，谁知入楚来。

诗人用气势流畅的笔调，写出了他初次离蜀途中所见的巴楚壮丽山川。风格和其他诗人是有所不同的。

陈子昂仰慕“建安作者”和“正始之音”，他的诗受建安、正始诗人影响较深。唐皎然《诗式》说：“子昂《感遇》，其源出于阮公《咏怀》。”像“兰若生春夏”“贵人难得意”等比兴托讽的诗篇，以及那些感慨人生祸福无常的诗，的确和阮籍相似。此外如《燕昭王》乃至《登幽州台歌》等，和阮诗“驾言发魏都”“独坐空堂上”等诗也有意境相通之处。而“丁亥岁云暮”“本为贵公子”“朔风吹海树”“苍苍丁零塞”等边塞诗，则和建安诗中“梗概而多气”的写时事之作比较接近。他的诗中，现实主义和浪漫主义同时存在。那些现实主义的作品，有的叙事慷慨沉痛，有的还兼有政论锋芒。那些偏于抒发理想之作，有的寄兴幽婉，有的又激情奔放，这又是浪漫主义的不同表现。总的来说，他的诗风格并不完全统一。

当然，陈子昂的诗在艺术上也存在一些缺点。他对汉魏南北朝的乐府民歌学习得不够。对七言诗这种新形式也不重视，集中竟没有一首七言诗（只蜀刻本《陈子昂先生全集》有《杨柳枝》七绝一首，真伪难定）。《感遇诗》中甚至还有一些作品受玄言诗影响，读起来有些枯燥乏味。但是，他的全部诗作绝没有一点齐梁浮艳的气息，这是更难能可贵的。

总之，他是唐诗开创时期在诗歌革新的理论和实践上都有重大功绩的诗人，杜甫称赞他：“有才继骚雅，哲匠不比肩。公生扬马后，名与日月悬。……千古立忠义，《感遇》有遗篇。”韩愈称赞他：“国朝盛文章，子昂始高蹈。”都对他在唐诗发展上的功绩有高度的肯定，也反映了唐代诗人的公论，至于他的《感遇诗》直接启发了张九龄《感遇》和李白《古风》的创作，李白继承他以复古为革新的理论，进一步完成唐诗革新的历史任务，更是众所周知的事实。

陈子昂在散文革新上也是有功绩的。他文集中虽然也还有一些骈文，但那些对策、奏疏，都用的是比较朴实畅达的古代散文，这在唐代，也是开风气之先。所以唐代古文家萧颖士、梁肃、韩愈都对他这方面的努力有较高的评价。

授课人：萧涤非

第三章 孟浩然

当年孙润夫家所藏王维画的孟浩然像，据《韵语阳秋》的作者葛立方说，是个很不高明的摹本，连所附的王维自己和陆羽、张洎等三篇题识，据他看，也是一手摹出的。葛氏的鉴定大概是对的，但他并没有否认那“俗工”所据的底本——即张洎亲眼见到的孟浩然像，确是王维的真迹。这幅画，据张洎的题识说：

> 虽轴尘缣古，尚可窥览。观右丞笔迹，穷极神妙。襄阳之状颀而长，峭而瘦，衣白袍，靴帽重戴，乘款段马——一童总角，提书笈负琴而从——风仪落落，凛然如生。

这在今天，差不多不用证明，就可以相信是逼真的孟浩然。并不是说我们知道浩然多病，就可以断定他当瘦。实在经验告诉我们，什九人是当如其诗的。你在孟浩然诗中所意识到的诗人那身影，能不是“颀而长，峭而瘦”的吗？连那件白袍，恐怕都是天造地设、丝毫不可移动的成分。白袍靴帽固然是“布衣”孟浩然分内的装束，尤其是诗人孟浩然必然的扮相。编《孟浩然集》的王士源应是和浩然很熟的人，不错，他在序文里用来开始介绍这位诗人的“骨貌淑清，风神散朗”八字，与夫陶翰《送孟六入蜀序》所谓“精朗奇素”，无一不与画像的精神相合，也无一不与孟浩然的诗境一致。总之，诗如其人，或人就是诗，再没有比孟浩然更具体的例证了。

张祜曾有过“襄阳属浩然”之句，我们却要说，浩然也属于襄阳。也许正惟浩然是属于襄阳的，所以襄阳也属于他。大半辈子岁月在这里度过，大多数诗章是在这地方、因这地方、为这地方而写的。没有第二个襄阳人比孟浩然更忠于襄阳，更爱襄阳的。晚年漫游南北，看过多少名胜，到头还是

> 山水观形胜，襄阳美会稽。

实在襄阳的人杰地灵恐怕比它的山水形胜更值得人赞美。从汉阴丈人到庞德公，多少令人神往的风流人物，我们简直不能想象一部《襄阳耆旧传》，对于少年的孟浩然是何等深厚的一个影响。了解了这一层，我们才可以认识孟浩然的人，孟浩然的诗。

隐居本是那时代普遍的倾向，但在旁人仅仅是一个期望，至多也只是点暂时的调剂，或过期的赔偿，在孟浩然却是一个完完整整的事实。在构成这事实的复杂因素中，家乡的历史地理背景，我想，是很重要的一点。

在一个乱世，例如庞德公的时代，对于某种特别性格的人，入山采药，一去不返，本是唯一的出路。但生在“开元全盛日”的孟浩然，有那必要吗？然则为什么三番两次朋友伸过援引的手来，都

被拒绝，甚至最后和本州采访使韩朝宗约好了一同入京，到头还是喝得酩酊大醉，让韩公等烦了，一赌气独自先走了呢？正如当时许多有隐士倾向的读书人，孟浩然本来是为隐居而隐居，为着一个浪漫的理想，为着对古人的一个神圣的默契而隐居。在他这回，无疑的那成立默契的对象便是庞德公。孟浩然当然不能为韩朝宗背弃庞公，鹿门山不许他，他自己家园所在，也就是“庞公栖隐处”的鹿门山，决不许他那样做。

> 鹿门月照开烟树，忽到庞公栖隐处。岩扉松径长寂寥，唯有幽人自来去。

这幽人究竟是谁？庞公的精灵，还是诗人自己？恐怕那时他自己也分辨不出，因为心理上他早与那位先贤同体化了。历史的庞德公给了他启示，地理的鹿门山给了他方便，这两项重要条件具备了，隐居的事实便容易完成得多了。实在，鹿门山的家园早已使隐居成为既成事实，只要念头一转，承认自己是庞公的继承人，此身便俨然是《高士传》中的人物了，总之，是襄阳的历史地理环境促成孟浩然一生老于布衣的。孟浩然毕竟是襄阳的孟浩然。

我们似乎为奖励人性中的矛盾，以保证生活的丰富，几千年来一直让儒道两派思想维护着均势，于是读书人便永远在一种心灵的僵局中折磨自己，巢由与伊皋，江湖与魏阙，永远矛盾着，冲突着。于是生活便永远不谐调，而文艺也便永远不缺少题材。矛盾是常态，愈矛盾则愈常态。今天是伊皋，明天是巢由，后天又是伊皋，这是行为的矛盾。当巢由时向往着伊皋，当了伊皋，又不能忘怀于巢由，这是行为与感情间的矛盾。在这双重矛盾的夹缠中打转，是当时一般的现象。反正用诗一发泄，任何矛盾都注销了。诗是唐人排解感情纠葛的特效剂，说不定他们正因有诗做保障，才敢于放心大胆地制造矛盾。因而那时代的矛盾人格才特别多。自然，反过来说，矛盾愈深愈多，诗的产量也愈大了。孟浩然一生没有功名，除在张九龄的荆州幕中当过一度清客外，也没有半个官职，自然不会发生第一项矛盾问题。但这似乎就是他的一贯性的最高限度。因为虽然身在江湖，他的心并没有完全忘记魏阙。下面不过是许多显明例证中之一：

欲济无舟楫，端居耻圣明。坐观垂钓者，徒有羡鱼情。

然而“羡鱼”毕竟是人情所难免的，能始终仅仅“临渊羡鱼”，而并不“退而结网”，实在已经是难得的一贯了。听李白这番热情的赞叹，便知道孟浩然超出他的时代多么远：

吾爱孟夫子，风流天下闻。红颜弃轩冕，白首卧松云。醉月频中圣，迷花不事君。高山安可仰，徒此挹清芬。

可是我们不要忘记矛盾与诗的因果关系，许多诗是为给生活的矛盾求统一、求调和而产生的。孟浩然既免除了一部分矛盾，对于他，诗的需要便当减少了。果然，他的诗是不多，量不多，质也不多。量不多，有他的同时人做见证，杜甫讲过的：“吾怜孟浩然……赋诗虽不多，往往凌鲍谢。”质不多，前人似乎也早已见到。苏轼曾经批评他“韵高而才短，如造内法酒手，而无材料”。这话诚如张戒在《岁寒堂诗话》里所承认的，是说尽了孟浩然，但也要看才字如何解释。才如果是指才情与才学二者而言，那就对了，如果专指才学，还算没有说尽。情当然比学重要得多。说一个人的诗缺少情的深度和厚度，等于说他的诗的质不够高。孟浩然诗中质高的有是有些，数量总是太少。“气蒸云梦泽，波撼岳阳城”式的和“微云淡河汉，疏雨滴梧桐”式的句子，在集中几乎都找不出第二个例子。论前者，质和量当然都不如杜甫；论后者，至少在量上不如王维。甚至“不材明主弃，多病故人疏”，质量都不如刘长卿和十才子。这些都不是真正的孟浩然。真孟浩然不是将诗紧紧地筑在一联或一句里，而是将它冲淡了，平均地分散在全篇中：

> 出谷未停午，到家日已曛。回瞻下山路，但见牛羊群。樵子暗相失，草虫寒不闻。衡门犹未掩，伫立望夫君。

甚至淡到令你疑心到底有诗没有：

> 垂钓坐盘石，水清心亦闲。鱼行潭树下，猿挂鸟藤间。游女昔解佩，传闻于此山。求之不可得，沿月棹歌还。

淡到看不见诗了，才是真正孟浩然的诗。不，说是孟浩然的诗，倒不如说是诗的孟浩然，更为准确。在许多旁人，诗是人的精华，在孟浩然，诗纵非人的糟粕，也是人的剩余。在最后这首诗里，孟浩然几曾作过诗？他只是谈话而已。甚至要紧的还不是那些话，而是谈话人的那副“风神散朗”的姿态。读到“求之不可得，沿月棹歌还”，我们得到一如张洎从画像所得到的印象，“风仪落落，凛然如生”。得到了像，便可以忘言；得到了“诗的孟浩然”，便可以忘掉“孟浩然的诗”了。这是我们前面所提到的“诗如其人”或“人就是诗”的另一解释。

超过了诗也好，够不上诗也好，任凭你从环子的哪一点看起。

反正除了孟浩然，古今并没有第二个诗人到过这境界。东坡说他没有才，东坡自己的毛病，就在才太多。

> 庄子笑曰：“周将处乎材与不材之间。材与不材之间，似之而非也，故未免乎累。”

谁能了解庄子的道理。就能了解孟浩然的诗，当然也得承认那点“累”。至于“似之而非”，而又能“免乎累”，那除陶渊明，还有谁呢？

授课人：闻一多

第四章 王维

王维（701—761），字摩诘，太原祁（今山西祁县）人。出身官僚地主家庭。他是一个多才多艺的人，不仅能诗，而且精通书画和音乐。二十一岁举进士，做大乐丞，因伶人舞黄狮子的事，贬为济州司库参军。后来回长安，得张九龄的提拔，任右拾遗，累迁监察御史，吏部郎中、给事中等官职。由于张九龄罢相等原因，他大约在四十岁以后就开始过着一种亦官亦隐的生活。最初隐居终南别业，后来在蓝田辋川得到宋之问的别墅，生活更为优闲，“与道友裴迪，浮舟往来，弹琴赋诗”。并吃斋奉佛，“退朝之后，焚香独坐，以禅诵为事”（并见《旧唐书》本传）。安史之乱，他追随玄宗不及，为安禄山所获，强迫他做给事中伪官。肃宗回京后，他一度被贬官，最后又升至尚书右丞，卒于官。

王维的思想，可以四十岁左右为界限，分为前后两期。前期具有一定的向往开明政治的热情，对当时社会上的一些不合理现象，曾经表现了一些不满。对张九龄的“所不卖公器，动为苍生谋”

(《献始兴公》)的开明政治，则积极表示支持。但是，由于家庭环境的影响，他早年就信奉佛教，贬官济州时已有了隐居思想的萌芽。再加张九龄罢相、李林甫上台的政局变化，他渐渐觉得仕途生活“既寡遂性欢，恐遭负时累”(《赠从弟司库员外绿》)，就开始了他“晚年唯好静，万事不关心”(《酬张少府》)的亦官亦隐的生活。甚至对他个人生活有很大影响的安史之乱，在他诗里也几乎没有什么积极的反映。他后期对现实基本是抱着一种“无可无不可”的漠不关心的态度。他说：“君子以布仁施义、活国济人为适意，纵其道不行，亦无意为不适意也。苟身心相离，理事自如，则何往而不适？”他甚至嘲笑陶渊明弃官以后又乞食，是“一惭之不忍”，以至弄得“屡乞而多惭”(以上均见《与魏居士书》)。到了晚年，他更是抱着“一生几许伤心事，不向空门何处销”(《叹白发》)的心情，完全变成一个“以禅诵为事”的佛教徒了。

王维的诗，保留下来的有四百多首。虽然他的诗多半无法编年，但我们还大致可以看出他前后期诗风的不同。像盛唐许多诗人一样，王维前期也写了一些关于游侠、边塞的诗篇。这些诗或写少年的豪迈，或写大将的英武，或叙征戍之苦，或写凯旋之乐，都表现了那个时代人们的英雄气概和爱国热情。例如《少年行》：

> 新丰美酒斗十千，咸阳游侠多少年。相逢意气为君饮，系马高楼垂柳边。

写少年游侠的昂扬意气，很有浪漫主义的气息。《从军行》《燕支行》等诗也是有浪漫豪情的边塞诗。

他的名作《老将行》，写一个自幼英勇、身经百战、终于被统治者弃置不用的老将，当外族侵略的时候，又雄心勃勃地奉诏出征：

“莫嫌旧日云中守，犹堪一战取功勋。”诗中既表现了老将的令人感动的爱国精神，又指责了封建统治者对一个身经百战的将军的冷漠无情，抒发了他仕途失意的不满。

在《济上四贤咏》里，他赞扬了“少年曾任侠，晚节更为儒”的崔录事，“使气公卿座，论心游侠场”的成文学，和“著书盈万言”“饮水必清源”的郑、霍二山人。他们都是“解印归田里”或“中年不得意”的有志之士，诗里有意识地把他们正直高尚的形象和那些“幸有先人业，早蒙明主恩”的“翩翩繁华子”做对比，指摘了当时社会的不合理的一面。《寓言》二首也是这一类的诗。

王维善于描写自然景物的艺术才能，在前期的诗里已经有了出色的表现。例如：“宛洛望不见，秋霖晦平陆。田父草际归，村童雨中牧”（《宿郑州》）。“天寒远山净，日暮长河急”（《齐州送祖三》）等诗句，或以素描见长，或以刻画见工。特别是他的《使至塞上》：

> 单车欲问边，属国过居延。征蓬出汉塞，归雁入胡天。大漠孤烟直，长河落日圆。萧关逢候骑，都护在燕然。

全篇气势流畅，“大漠”两句写景尤为壮丽。《出塞作》的“暮云空碛时驱马，秋日平原好射雕”，气象也很开阔。

王维后期的诗，主要是写隐居终南、辋川的闲情逸致的生活。例如：

> 斜光照墟落，穷巷牛羊归。野老念牧童，倚杖候荆扉。雉雊麦苗秀，蚕眠桑叶稀。田父荷锄至，相见语依依。即此羡闲逸，怅然吟式微。
>
> ——《渭川田家》

中岁颇好道，晚家南山陲。兴来每独往，胜事空自知。行到水穷处，坐看云起时。偶然值林叟，谈笑无还期。

——《终南别业》

前诗所描绘的薄暮农村的景色气氛，以及那种游离于现实之外的优闲情调，都使我们很自然地联想到王绩的《野望》。后一首中“行到水穷处，坐看云起时”两句，曾经被人认为是最得理趣的名句，但这不过是他观赏流水行云时所流露出来的“万事不关心”的生活情趣罢了。

他后期诗中最为人们称道的《辋川集》绝句，尤其值得我们注意：

新家孟城口，古木余衰柳。来者复为难？空悲昔人有。

——《孟城坳》

空山不见人，但闻人语响。返景入深林，复照青苔上。

——《鹿柴》

独坐幽篁里，弹琴复长啸。深林人不知，明月来相照。

——《竹里馆》

木末芙蓉花，山中发红萼。涧户寂无人，纷纷开且落。

——《辛夷坞》

古人非傲吏，自阙经世务。偶寄一微官，婆娑数株树。

——《漆园》

像《鹿柴》这样的诗，如果单独地来看，所写的空山中偶然听到的人声，深林里偶然照到青苔上的一缕斜阳，的确能给人一种无比清幽的美感。《竹里馆》《辛夷坞》也同样写得很幽美。但是，我们如果把“空山不见人”“深林人不知”“涧户寂无人”等句联系起来，就不能不惊讶诗人感情的幽冷和孤独了。无怪胡应麟要说《辛夷坞》是“入禅”之作，“读之身世两忘，万念皆寂”(《诗薮》）了。至于《孟城坳》一首，从为辋川别墅过去的主人宋之问感叹，联想到自己也不能和辋川山水同在，更表现了他这个庄园主人空虚没落的心情。《漆园》一首中，他以自己亦官亦隐、“无可无不可”的萧散优游的自画像来代替古人心目中的漆园傲吏的形象，思想也同样是消极的。这些诗在艺术上的成功，并不能掩饰他思想上的严重缺点。

王维后期的诗，在他诗集里占有大半数的篇幅，他的山水田园的名篇如《田园乐七首》《过香积寺》《鸟鸣涧》《积雨辋川庄》等，都是归隐以后的作品，都在闲静孤寂的景物中流露了对现实非常冷漠的心情。至于《夏日青龙寺谒操禅师》《谒璿上人》等充满佛家空无寂灭的唯心哲理的诗篇，就更不必说了。但是，他后期这些几乎和现实生活绝缘的、“萎弱少骨气”的山水田园诗，却因为和后代文人们的消极思想发生共鸣，受到许多文人无保留的赞美。有人甚至推尊他为“诗佛”，以与“诗仙”李白、“诗圣”杜甫相并提，但在文学史的总体评价上，他很难与李、杜等量齐观。

当然，他后期的山水田园诗里，也有少数诗篇，佛老消极思想流露得比较少，并且具有一定的活泼自然的生活气息。例如《春中田园作》：

> 屋上春鸠鸣，村边杏花白。持斧伐远扬，荷锄觇泉脉。归燕识故巢，旧人看新历。临觞忽不御，惆怅远行客。

写农民们心情愉快地迎接春天的欣欣向荣的气象，是很动人的。其他如《山居秋暝》《送梓州李使君》等，也是较有生气的好诗。

王维还写过一些著名的赠别朋友的抒情绝句。例如以下两首：

渭城朝雨浥轻尘，客舍青青柳色新。劝君更尽一杯酒，西出阳关无故人。

——《渭城曲》

杨柳渡头行客稀，罟师荡桨向临圻。唯有相思似春色，江南江北送君归。

——《送沈子福归江东》

前一首被谱成《阳关三叠》的送行乐曲，早就成为众所周知的名作。后一首把对朋友惜别的心情，比作遮拦不住的江南江北的春色，想象也非常新鲜。两诗的思想感情也是健康自然的。《云溪友议》记载盛唐音乐家李龟年在安史乱后流落江南所唱的“红豆生南国”“清风明月苦相思”两首诗，也是王维写爱情的名作。

王维的诗在艺术上有很高的成就。从前面所举的那些山水田园诗，我们可以看到他既能概括地写雄奇壮阔的景物，又能细致入微地刻画自然事物的动态。正因为他观察自然的艺术本领很高，所以他能够巧妙地捕捉适于表现他生活情趣的种种形象，构成独到的意境。以《山居秋暝》这首名作为例：

空山新雨后，天气晚来秋。明月松间照，清泉石上流。竹喧归浣女，莲动下渔舟。随意春芳歇，王孙自可留。

这里，空山雨后的秋凉，松间明月的清光，石上清泉的声音，浣纱归来的女孩子们在竹林里的笑声，小渔船缓缓地穿过荷花的动态，和谐完美地融合在一起，给人一种丰富新鲜的感受。它好像一支恬静优美的抒情乐曲，又像一幅清新秀丽的山水画。《东坡志林》说："味摩诘之诗，诗中有画；观摩诘之画，画中有诗。"的确说出了王维山水诗最突出的艺术特色。像"日隐桑柘外，河明闾井间"（《淇上即事田园》），"渡头余落日，墟里上孤烟"（《辋川闲居赠裴秀才迪》）等，取景上深具画家构图的匠心。而"开畦分白水，间柳发红桃"（《春园即事》），"漠漠水田飞白鹭，阴阴夏木啭黄鹂"（《积雨辋川庄》）等，更表现了画面色彩映衬的优美。他的诗既有陶诗浑融完整的意境，又有谢诗精工刻画的描写。语言也高度清新洗练，朴素之中有润泽华采。的确深得陶诗"清腴"的特色（沈德潜《说诗晬语》）。

正因为他的山水诗在艺术上有这样高的成就，所以在当时和后代取得了很高的声誉，同时也产生了较大的消极影响。

其他的山水田园诗人，成就都不够高。

储光羲（707—760？）的田园诗，曾被人认为得陶诗之质朴，但这只是看到他诗的表面。例如《田家即事》：

> 蒲叶日已长，杏花日已滋。老农要看此，贵不违天时。迎晨起饭牛，双驾耕东菑。蚯蚓土中出，田乌随我飞。群合乱啄噪，嗷嗷如道饥。我心多恻隐，顾此两伤悲。拨食与田乌，日暮空筐归。亲戚更相诮，我心终不移。

诗的前半，的确写得朴素真切，具有一定特色。但后段写"拨食与田乌"的"恻隐"之心，却很无聊。《田家杂兴》八首，其中也有一些朴实可喜的片段，但是像"既念生子孙，方思广田圃"等诗句，却流露了相当庸俗的地主意识。倒是《钓鱼湾》小诗还清新可喜。

常建（708—765？）的山水诗艺术上比较完整，但意境非常孤僻。《题破山寺后禅院》是他的名作：

清晨入古寺，初日照高林。曲径通幽处，禅房花木深。山光悦鸟性，潭影空人心。万籁此都寂，但余钟磬音。

其他诗如“松际露微月，清光犹为君”(《宿王昌龄隐处》)，“夜久潮侵岸，天寒月近城”(《泊舟盱眙》)，都是他的名句。

祖咏（生卒年不详）的山水田园诗，只有《终南积雪》那首应试诗传诵较广。但从他的《清明宴司勋刘郎中别业》诗“田家复近臣，行乐不违亲”等句，可以看出他们诗中所说的“田家”，往往是住在农村的地方官僚。裴迪（生卒年不详）和王维在辋川唱和的诗颇为人们所注意，但是除了“好闲早成性”(《漆园》）的思想和王维合拍而外，在艺术上就相形见绌了。

授课人：萧涤非

第五章 高适

高适（702？—765），字达夫，史称渤海蓨（今河北沧县）人，似指其郡望。二十岁曾到长安，求仕不遇。于是北上蓟门，漫游燕赵，想在边塞寻求报国立功的机会，也没有找到出路。此后，他在梁宋一带过了十几年“混迹渔樵”的贫困流浪生活。这一时期，他曾经和李白、杜甫在齐赵一带饮酒游猎，怀古赋诗。天宝八载，他已经将近五十岁，才由宋州刺史张九皋推荐，举有道科，任封丘尉。他不甘做这个“拜迎长官”“鞭挞黎庶”的小官，因弃官客河西，由于河西节度使哥舒翰的推荐，掌幕府书记。安禄山之乱发生，他被拜为左拾遗，转监察御史，佐哥舒翰守潼关。潼关失守后，他奔赴行在，见玄宗陈述军事，得到玄宗、肃宗的重视，连续升迁，官至淮南、剑南西川节度使，最后任散骑常侍，死于长安。

高适诗中的优秀作品大多数都作于北上蓟门、浪游梁宋时期。《旧唐书》说他“年过五十，始留意诗什”，并不符合事实。

他是一个“喜言王霸大略，务功名，尚节义”的诗人。在蓟门所写的《塞上》诗里，他对当时的边事表示了深深的忧虑："边尘满北溟，虏骑正南驱。转斗岂长策？和亲非远图。"同时，他表示了"常怀感激心，愿效纵横谟"的功业抱负。在《塞下曲》里，他更豪迈地说："万里不惜死，一朝得成功，画图麒麟阁，入朝明光宫。大笑向文士，一经何足穷。古人昧此道，往往成老翁。"但是，他的壮志落空了。他的《蓟中作》说："岂无安边书？诸将已承恩。惆怅孙吴事，归来独闭门。"

更值得注意的是他在蓟门时期，对边塞士卒的生活有了实际的观察。在《蓟门五首》中，他描写了士卒的游猎生活，也歌颂了士卒们在战斗中的英勇精神："胡骑虽凭陵，汉兵不顾身！"但是他对士卒的久戍不归，也表示同情："羌胡无尽日，征战几时归？"当他把士卒的生活和降虏的生活做比较后，他更感到非常愤慨："士卒厌糟糠，降胡饱衣食。关亭试一望，长欲涕沾臆！"他后来回到梁宋时，还对一个在军中任职的朋友指责这种纵容降虏，养痈遗患的政策，并且希望朋友把他的意见转达帅府（见《睢阳酬别畅大判官》一诗）。

开元二十六年，他在梁宋创作了他边塞诗中最杰出的代表作《燕歌行》：

汉家烟尘在东北，汉将辞家破残贼。男儿本自重横行，天子非常赐颜色。摐金伐鼓下榆关，旌旆逶迤碣石间。校尉羽书飞瀚海，单于猎火照狼山。山川萧条极边土，胡骑凭陵杂风雨。战士军前半死生，美人帐下犹歌舞。大漠穷秋塞草腓，孤城落日斗兵稀。身当恩遇常轻敌，力尽关山未解围。铁衣远戍辛勤久，玉箸应啼别离后。少妇城南欲断肠，征人蓟北空回首。边风飘飖那可度，绝域苍茫更何有？杀气三时作阵云，寒声一夜传刁斗。相看白刃血纷纷，死节从来岂顾勋。君不见沙场征战苦，至今犹忆李将军。

开元二十六年，御史大夫兼河北节度副大使张守珪的部将在和叛变的奚族人作战中打了一次败仗，“守珪隐其败状，而妄奏克获之功”（见《旧唐书·张守珪传》）。从诗的序来看，这首诗和张守珪的事是有关系的，但诗中所写的也并不完全是这次战役，而是融合他在蓟门的见闻，以更高的艺术概括，表现他对战士们的深刻同情。他热情地歌颂了战士们英勇爱国的精神，描写了战斗的激烈和艰苦，并且以“战士军前半死生，美人帐下犹歌舞”这样沉痛的诗句，揭露了将军和士兵苦乐悬殊的生活以及他们对卫国战争的不同态度。也描绘了战局的危险和战士们思念亲人的复杂心情。“相看白刃”两句，在表现战士们英勇无私的爱国精神的同时，也对“妄奏克获之功”的张守珪做了委婉的讽刺。结尾回忆李广，希望将军体恤士卒，点出了全诗的主题。诗的思想内容极为复杂，但写得宾主分明。错综交织的诗笔，把荒凉绝漠的自然环境，如火如荼的战争气氛，士兵在战斗中复杂变化的内心活动融合在一起，形成了全诗雄厚深广、悲壮淋漓的艺术风格。全诗四句一转，虽语多对偶而能避免整齐呆板的缺点，显出跳跃奔放的气势，也很有创造性。不愧是唐代边塞诗中的现实主义的杰作。

高适在浪游梁宋到做封丘尉的时期，他的作品内容相当丰富。其中有些作品深入地反映了农民的疾苦。例如《自淇涉黄河途中作》的第九首：

朝从北岸来，泊船南河浒。试共野人言，深觉农夫苦。去秋虽薄熟，今夏犹未雨。耕耘日勤劳，租税兼舄卤。园蔬空寥落，产业不足数。尚有献芹心，无因见明主。

这里揭示了人民在旱灾和赋税压迫下贫困萧条的生活景象。《东平路中遇大水》描写农村的水灾景象，更令人惊心骇目：“傍沿巨野泽，大水纵横流。虫蛇拥独树，麋鹿奔行舟。稼穑随波澜，西成不可求。室居相枕藉，蛙黾声啾啾。乃怜穴蚁漂，益羡云禽游。农夫无倚着，野老生殷忧。”在开元时代诗坛上，高适是首先接触到农民疾苦的诗人。这些诗使我们看到了“开元盛世”的阴暗面。诗人在梁宋时期的生活是贫困的：“兔苑为农岁不登，雁池垂钓心长苦。”（《别韦参军》）这就是他所以能够关怀民生疾苦的生活基础。

正是由于他这一段贫困沉沦的生活体验，所以他在做封丘县尉以后，目睹官场现实，就不忍心做这种压迫人民的官吏，写下了他的名作《封丘县》：

我本渔樵孟诸野，一生自是悠悠者。乍可狂歌草泽中，宁堪作吏风尘下？只言小邑无所为，公门百事皆有期。拜迎长官心欲碎，鞭挞黎庶令人悲。归来向家问妻子，举家尽笑今如此。生事应须南亩田，世情付与东流水。梦想旧山安在哉？为衔君命且迟回。乃知梅福徒为尔，转忆陶潜归去来。

他不肯“拜迎长官”，不能忍受小官吏的那种羁束和卑辱的生活，是受了嵇康、陶潜思想的影响。不愿意“鞭挞黎庶”，不做统治阶级直接压迫剥削人民的爪牙，则是他从切身体验中产生的宝贵的思想。这里我们清晰地看到他和人民有着思想感情上的联系。他的《同颜少府旅宦秋中》诗说：“不是鬼神无正直，从来州县有瑕疵。”也是对州县官吏生活感到痛心的肺腑之言。但是，他在《过卢明府有赠》

等诗中，对比较爱护人民的州县官吏也有由衷的赞美。

高适在梁宋时期，虽然生活贫困，作风却非常豪侠浪漫。他的名篇《邯郸少年行》《古大梁行》等都充满豪士侠客的肝胆意气。就是赠别朋友的一些诗也写得豪迈动人。如《别韦参军》："丈夫不作儿女别，临歧涕泪沾衣巾。"又如《别董大》："莫愁前路无知己，天下谁人不识君？"这类诗，和他的边塞诗一样，也为当时和后代人所传诵。

安史乱后，他官位日高，好诗渐少。但是像《酬裴员外以诗代书》《人日寄杜二拾遗》等篇，仍然保持着前期的诗风。

总的来说，他的诗歌是现实主义多于浪漫主义。风格雄厚浑朴，笔势豪健。殷璠《河岳英灵集》说他的诗"多胸臆语，兼有气骨，故朝野通赏其文"。杜甫说他的诗"方驾曹刘不啻过"（《奉寄高常侍》），并且赞美他的诗才如"骅骝开道路，鹰隼出风尘"（《奉简高三十五使君》）。这都很切合他的诗风。

授课人：萧涤非

第六章　岑参

岑参（715—770），南阳人。出身于官僚家庭，曾祖父、伯祖父、伯父都官至宰相。父亲也两任州刺史。但父亲早死，家道衰落。他自幼从兄受书，遍读经史。二十岁至长安，献书求仕。以后曾北游河朔。三十岁举进士，授兵曹参军。天宝八载，充安西四镇节度使高仙芝幕府书记，赴安西，十载回长安。十三载又做安西北庭节度使封常清的判官，再度出塞。安史乱后，至德二载才回朝。前后两次在边塞共六年。他的诗说："万里奉王事，一身无所求。也知边塞苦，岂为妻子谋。"（《初过陇山途中呈宇文判官》）又说："侧身佐戎幕，敛衽事边陲。自随定远侯，亦着短后衣。近来能走马，不弱幽并儿。"（《北庭西郊候封大夫受降回军献上》）可以看出他两次出塞都是颇有雄心壮志的。他回朝后，由杜甫等推荐任右补阙，以后转起居舍人等官职，大历元年官至嘉州刺史。以后罢官，客死成都旅舍。

岑参的诗题材很广泛，除一般感叹身世、赠答朋友的诗外，他出塞以前曾写了不少山水诗。诗风颇似谢朓、何逊，但有意境新奇的特色。像殷璠《河岳英灵集》所称道的“山风吹空林，飒飒如有人”(《暮秋山行》)，“长风吹白茅，野火烧枯桑”(《至大梁却寄匡城主人》)等诗句，都是诗意造奇的例子。杜甫也说“岑参兄弟皆好奇”(《渼陂行》)，所谓“好奇”，就是爱好新奇事物。

自出塞以后，在安西、北庭的新天地里，在鞍马风尘的战斗生活里，他的诗境空前开阔了，爱好新奇事物的特点在他的创作里有了进一步的发展，雄奇瑰丽的浪漫色彩，成为他边塞诗的主要风格。

天宝后期，唐帝国内政已极腐败，但在安西边塞，兵力依然相当强大。岑参天宝十三载写的《北庭西郊候封大夫受降回军献上》一诗就曾经描写了当时唐军的声威：“胡地苜蓿美，轮台征马肥。大夫讨匈奴，前月西出师。甲兵未得战，降虏来如归。橐驼何连连，穹帐亦累累。阴山烽火灭，剑水羽书稀。”这种局面一直保持到安史之乱发生。岑参的边塞诗就是在这个形势下产生的。

《走马川行奉送出师西征》是岑参边塞诗中杰出代表作之一：

> 君不见走马川行雪海边，平沙莽莽黄入天。轮台九月风夜吼，一川碎石大如斗，随风满地石乱走。匈奴草黄马正肥，金山西见烟尘飞，汉家大将西出师。将军金甲夜不脱，半夜军行戈相拨，风头如刀面如割。马毛带雪汗气蒸，五花连钱旋作冰，幕中草檄砚水凝。虏骑闻之应胆慑，料知短兵不敢接，车师西门伫献捷。

这首诗是写封常清的一次西征。诗人极力渲染朔风夜吼，飞沙走石的自然环境，和来势逼人的匈奴骑兵，有力地反衬出“汉家大将西出师”的声威。“将军金甲”三句更写出军情的紧急，军纪的严明，用偶然听到的“戈相拨”的声音来写大军夜行，尤其富有极强的暗示力量，对照着前面敌人来势汹汹的描写，唐军这样不动声色，更显得猛悍精锐。“马毛带雪”三句写塞上严寒，也显出唐军勇敢无畏的精神。诗里虽然没有写战斗，但是上面这些描写烘托却已饱满有力地显出胜利的必然之势。因此结尾三句预祝胜利的话就是画龙点睛之笔。这篇诗所用的三句一转韵的急促的节奏，和迅速变化的军事情势也配合得很好。

《轮台歌奉送封大夫出师西征》也是写唐军出征的：“上将拥旄西出征，平明吹笛大军行。四边伐鼓雪海涌，三军大呼阴山动。”这是白昼的出师，因此写法也和前诗写夜行军不同。前诗是衔枚疾走，不闻人声，极力渲染自然；这首诗却极力渲染吹笛伐鼓，三军大呼，让军队声威压倒自然。不同的手法，却表现出唐军英勇无敌的共同精神面貌。

《白雪歌送武判官归京》可以说是和前两诗鼎足而三的杰作：

> 北风卷地白草折，胡天八月即飞雪。忽如一夜春风来，千树万树梨花开。散入珠帘湿罗幕，狐裘不暖锦衾薄。将军角弓不得控，都护铁衣冷难着。瀚海阑干百丈冰，愁云惨淡万里凝。中军置酒饮归客，胡琴琵琶与羌笛。纷纷暮雪下辕门，风掣红旗冻不翻。轮台东门送君去，去时雪满天山路。山回路转不见君，雪上空留马行处。

这首诗写的是军幕中的和平生活。一开始写塞外八月飞雪的奇景，出人意表地用千树万树梨花做比喻，就给人蓬勃浓郁的无边春意的感觉。以下写军营的奇寒，写冰天雪地的背景，写饯别宴会上的急管繁弦，处处都在刻画异乡的浪漫气氛，也显示出客中送别的复杂心情。最后写归骑在雪满天山的路上渐行渐远地留下蹄印，更交织着诗人惜别和思乡的心情。把依依送别的诗写得这样奇丽豪放，正是岑参浪漫乐观的本色。

岑参还有不少描绘西北边塞奇异景色的诗篇。像《火山云歌送别》的“火山突兀赤亭口，火山五月火云厚。火云满天凝未开，飞鸟千里不敢来”，读之好像炎热逼人。《热海行送崔侍御还京》更充满奇情异采：

> 侧闻阴山胡儿语：西头热海水如煮。海上众鸟不敢飞，中有鲤鱼长且肥。岸傍青草常不歇，空中白雪遥旋灭。蒸沙烁石燃虏云，沸浪炎波煎汉月。……

这是少数民族的神话，经“好奇”的浪漫诗人加以渲染，更把我们带进了一个不可思议的新奇世界。

他的诗歌中有关边塞风习的描写，也很引人注目。这里军营生活的环境是：“雨拂毡墙湿，风摇毳幕羶”（《首秋轮台》）；将军幕府中的奢华生活的陈设是：“暖屋绣帘红地炉，织成壁衣花氍毹。灯前侍婢泻玉壶，金铛乱点野驼酥”（《玉门关盖将军歌》）；这里的歌舞宴会的情景是：“琵琶长笛齐相和，羌儿胡雏齐唱歌，浑炙犁牛烹野驼，交河美酒金叵罗”（《酒泉太守席上醉后作》），“曼脸娇娥纤复秾，轻罗金缕花葱茏。回裙转袖若飞雪，左铤右铤生旋风”（《田使君美人舞如莲花北铤歌》）。这些都是习于中原生活的岑参眼中的新鲜事物。更值得注意的是他诗中还反映了各族人之间互相来往，共同娱乐的动人情景：“军中置酒夜挝鼓，锦筵红烛月未午。花门将军善胡歌，叶河蕃王能汉语”（《与独孤渐道别长句兼呈严八侍御》）；“九月天山风似刀，城南猎马缩寒毛。将军纵博场场胜，赌得单于貂鼠袍”(《赵将军歌》)。

岑参也写过一些在边塞怀土思亲的诗歌，如为后人传诵的《逢入京使》：

故园东望路漫漫，双袖龙钟泪不干。马上相逢无纸笔，凭君传语报平安。

事情很平凡，情意却很深厚。但是，他的《发临洮将赴北庭留别》一诗：

闻说轮台路，年年见雪飞。春风曾不到，汉使亦应稀。白草通疏勒，青山过武威。勤王敢道远，私向梦中归。

更表现了他把国事放在首位的动人心情。

安史乱后，他虽然也在《行军二首》等个别诗篇中，发出了一些伤时悯乱的感慨，但比之前面说的那些边塞诗，就未免有些逊色了。他的《西蜀旅舍春叹寄朝中故人呈狄评事》诗说：“四海犹未安，一身无所适。自从兵戈动，遂觉天地窄。”这种心情也可以说明他浪漫豪情消失，对安史之乱反映得很少的原因。

岑参的诗歌，以慷慨报国的英雄气概和不畏艰苦的乐观精神为其基本特征，这和高适是一致的。所不同的是他更多地描写边塞生活的丰富多彩，而缺乏高适诗中那种对士卒的同情。这主要是因为他的出身和早年经历和高适不同。

岑参的诗，富有浪漫主义的特色：气势雄伟，想象丰富，色彩瑰丽，热情奔放，他的好奇的思想性格，使他的边塞诗显出奇情异采的艺术魅力。他的诗，形式相当丰富多样，但最擅长七言歌行。

有时两句一转，有时三句、四句一转，不断奔腾跳跃，处处形象丰满。在他的名作《凉州馆中与诸判官夜集》等诗中，我们还可以看出他也很注意向民歌学习。

杜确《岑嘉州诗集序》说他的诗“每一篇绝笔，则人人传写，虽闾里士庶，戎夷蛮貊，莫不讽诵吟习焉”。可见他的诗当时流传之广，不仅雅俗共赏，而且还为各族人民所喜爱。殷璠、杜甫在他生前就称赞过他的诗。宋代爱国诗人陆游更说他的诗“笔力追李杜”（《夜读岑嘉州诗集》）。评价虽或过当，岑诗感人之深却可以由此想见。

授课人：萧涤非

第七章 王昌龄

王昌龄（约 698—757），字少伯，长安人。开元十五年进士，二十二年中宏词科。初补秘书郎，调汜水尉，谪岭南。后任江宁丞，又因事贬龙标尉，世称王江宁、王龙标。后弃官隐居江夏，安史乱后为刺史闾丘晓所杀，结局很悲惨。

王昌龄的边塞诗，大部分都是用乐府旧题抒写战士爱国立功和思念家乡的心情。诗体多用易于入乐的七绝。和高、岑多用七言古诗不同。

他的《从军行》向来被推为边塞的名作。其中有的诗写出了战士爱国的壮志豪情：

青海长云暗雪山，孤城遥望玉门关。黄沙百战穿金甲，不破楼兰终不还。

大漠风尘日色昏，红旗半卷出辕门。前军夜战洮河北，已报生擒吐谷浑。

前诗借雪山、孤城做背景，有力地显示出身经百战，金甲磨穿的战士们誓扫楼兰的决心。后诗极力刻画战士们将上战场时听到前军捷报的情景，透露了他们更加振奋的心情。有的诗则抒写了战士们长期戍边难免要产生的“边愁”：

> 烽火城西百尺楼，黄昏独坐海风秋。更吹羌笛关山月，无那金闺万里愁。
>
> 琵琶起舞换新声，总是关山离别情。撩乱边愁听不尽，高高秋月照长城。

两诗都是写听乐曲引起愁思，善于融合情景。前诗由高楼黄昏的海风，烘托出乐曲引起的万里相思的情感，是融景入情；后诗借长城月夜的苍凉景色来衬托乐曲的离别之思，是融情入景。这些诗写的虽是“边愁”，但意境雄浑开阔，情调激越悲凉，绝不是寻常温柔缱绻的儿女之情。

他的《出塞》诗曾被推为唐人七绝的压卷之作：

> 秦时明月汉时关，万里长征人未还。但使龙城飞将在，不教胡马度阴山。

诗人准确而真实地表达了士兵们共同的愿望：希望国家将帅任用得人，边防巩固，使他们能够获得和平的生活。“秦时明月汉时关”两句，不仅意境高远，而且以自秦汉以来边塞战争连续不断、无数兵士不得生还的历史，引起人们无限的沉思。因此三、四两句所表示的愿望也就显得深沉含蓄，耐人反复吟味。

除上举七绝外，他的五古《代扶风主人答》写一个战士垂老还家的痛苦，情节颇似鲍照的《代东武吟》。其中“去时三十万，独自还长安。不信沙场苦，君看刀箭瘢”，尤其为殷璠所称道。

他描写宫女、思妇的一些小诗，也很出色，如《长信秋词》：

> 奉帚平明金殿开，暂将团扇共徘徊。玉颜不及寒鸦色，犹带昭阳日影来。
>
> 真成薄命久寻思，梦见君王觉后疑。火照西宫知夜饮，分明复道奉恩时。

这里寒鸦背上带来的昭阳日影，梦后西宫夜宴的灯火，都交织着宫女们的希望和失望的心情。他正是从这些日常生活的细微感觉中，揭示了宫女们悠长而深刻的内心痛苦。《闺怨》诗的“忽见陌头杨柳色，悔教夫婿觅封侯”，从当前的感受引起往事，以矛盾的心情表达怨思，更觉深刻婉转，体贴入微。此外如《芙蓉楼送辛渐》《听流人水调子》等也是他的七绝名篇。

七言绝句亦源于民歌，魏晋之《行者歌》《豫州歌》都是句句用韵的七言小诗。宋汤惠休的《秋思引》是最早的文人七言小诗，第三句已不用韵。梁陈北朝，作者渐多，萧纲的《夜望单飞雁》、魏收的《挟琴歌》、庾信的《代人伤往》都比较著名。隋无名氏《送别诗》，平仄已暗合规格。初唐偶作者颇多，但成就不高。盛唐作者辈出，乐府唱词，也主要用绝句。而王昌龄对七绝用力最专，成就最高，后代称为“七绝圣手”。由于他善于捕捉典型的情景，善于概括和想象，语言圆润蕴藉，音调和谐婉转，民歌气息很浓。所以他写传统的主题，能令读者感到意味深长，光景常新。

授课人：萧涤非

第八章 李白

李白（701—762），字太白。他的籍贯有几种说法：

（1）山东人。《旧唐书》："李白，字太白，山东人。……父为任城尉，因家焉……少与鲁中诸生孔巢父、韩沔、裴政、张叔明、陶沔等隐于徂徕山，酣歌纵酒，时号竹溪六逸。"（韩沔，《新唐书》作韩准，是。）杜甫《苏端薛复筵简薛华醉歌》："近来海内为长句，汝与山东李白好。"元微之论李杜优劣径称白为山东人："则诗人以来未如子美者，是时山东人李白亦以文奇取称。"

（2）陇西成纪人。李阳冰《李白〈草堂集〉序》云："陇西成纪人，凉武昭王暠九世孙。……世为显著，中叶非罪，谪居条支，易姓为名。……神龙之始，逃归于蜀。"（凉武昭王李暠，成纪人，晋隆安中据敦煌酒泉，自为凉王。）《新唐书》："兴圣皇帝九世孙，其先隋末，以罪徙西域，神龙初遁还客巴西。……白生十岁通诗书，既长隐岷山。"（唐高祖《本纪》，陇西成纪人，凉武昭王七世孙。）魏颢《李翰林集序》："白本陇西……家于绵，身既生蜀。"白《与韩荆州书》自称陇西布衣。

（3）蜀人。魏颢《李翰林集序》：“川蜀之人，无闻则已，闻则杰出。”白“家于绵，身既生蜀，则江山英秀”云云。《全蜀艺文志》载刘全白《故翰林学士李君碣记》谓：“君名白，广汉人。”（广汉郡，属蜀）唐范传正《李公新墓碑》：“其先陇西成纪人。……难求谱牒。……得公子之亡子伯禽手疏十数行……约而计之，凉武昭王九代孙也。隋末多难，一房被窜于碎叶，流离散落，隐易姓名，故自国朝以来，漏求于籍。神龙（中宗）初潜还广汉，因侨为郡人。父客以逋其邑。遂以客为名。……公之生也，先府君指天枝以复姓。先夫人梦长庚而告祥。”一说生于昌明县青莲乡，故曰李青莲。

（4）西域人。陈寅恪《李白氏族之疑问》以白之先为碎叶人，胡人侨居于蜀。其父名客。李白生而托姓李氏，假托为帝之宗室。唐时此类之例颇多。（至于山东一说，或云其父为任城尉之说无稽。或云白自比谢安石，李阳冰《草堂集序》云：“咏歌之际，屡称东山。”魏颢《李翰林集序》又云：“间携昭阳金陵之妓，迹类谢康乐，世号李东山。”按：此言挟妓游山，比谢安，非康乐也，误。）山东李白，或为东山李白之误。（此说甚勉强，因白曾隐山东，为徂徕六逸之一。）

王世贞《宛委余编》谓：“白本陇西人，产于蜀，流寓山东。”

恐籍贯陇西，从陇西迁至蜀，由蜀迁至山东，其父曾为任城尉，白生长于山东。陇西近外国，恐其祖罪徙至西域，其后回来。

天宝初，李白客游会稽，与道士吴筠同隐剡中。后筠被召至长安，李白亦偕至长安。白貌奇逸，有神仙风度。贺知章见其文，叹曰：“子谪仙人也。”荐于玄宗。白与贺知章、李适之、汝阳王琎、崔宗之、苏晋、张旭、焦遂为饮中八仙。（此事在天宝间，因白天宝初始供奉耳，但苏晋卒于开元二十二年。范传正《李白新墓碑》有裴周南而杜诗无裴，其名录有出入也。）

帝召见于金銮殿，论当时事，白奏颂一篇，赐食，御手调羹。有诏供奉翰林。一日，帝坐沉香亭子，意有所感，欲得白为乐章，召入而白已醉，左右以水颒面，援笔成《清平调》三章，婉丽精切。杜诗所谓“李白斗酒诗百篇，长安市上酒家眠。天子呼来不上船，自称臣是酒中仙”是也。尝侍帝，醉，使高力士脱靴，力士激杨贵妃中伤之。帝欲官白，妃辄阻止。（新旧《唐书》互有详略。《新唐书》已采宋人乐史《李翰林别集序》大意，《旧唐书》无沉香亭子一节，但亦有使高力士脱靴事，未言高力士以此激杨贵妃，但因力士之怨被斥而已。）因忤高力士、杨贵妃，遂不为帝亲信。恳还山，帝赐金放还。

由是浪迹江湖，浮游四方，终日沉饮。与侍御史崔宗之月夜乘舟自采石至金陵。白衣宫锦袍，于舟中顾瞻笑傲，旁若无人。天宝末，安禄山反，转侧宿松匡庐间，《庐山谣寄卢侍御虚舟》一诗写这种经历、见闻和感受，诗的前四句是：“我本楚狂人，凤歌笑孔丘。手持绿玉杖，朝别黄鹤楼。”安史之乱，玄宗幸蜀。白依永王璘，辟为府僚佐。肃宗即位灵武，璘起兵逃还彭泽。璘败当诛，赖郭子仪力救（白曾救郭子仪，郭德之，力言赎罪。此处《新唐书》亦采宋人乐史《李翰林别集序》所说，《旧唐书》无），得诏流夜郎。会赦还浔阳，坐事下狱。宋若思释之，辟为参谋。未几辞职。李阳冰为当涂令，白依之。代宗立。以左拾遗召，而白已卒，年六十余。临卒以诗卷授阳冰，阳冰为序而行世。葬姑孰谢家青山东麓。元和末，宣歙观察使范传正祭其墓，见其二孙女，嫁为农夫之妻。因为立碑。

魏颢曰：“白始娶于许，生一女一男，曰明月奴，女既嫁，而卒。又合于刘，刘诀。次合于鲁一妇人，生子曰颇黎，终娶于宋。（宋氏或即宗氏，盖其《窜夜郎于乌江留别宗十六璟》中有句云‘我非东床人，令姊忝齐眉’。——章克楼）间携昭阳金陵之妓，迹类谢康乐，世号为李东山。”

又李华《李白墓志》：卒“年六十有二”。“有子曰伯禽。”范传正《李公新墓碑》亦云：“亡子伯禽。”伯禽当是明月奴或颇黎中之一人。

《旧唐书》云：“以饮酒过度，醉死于宣城，有文集二十卷，行于时。”（小说故事传李白醉中捞月死于水。恐非事实。）

裴敬“墓碑”云：“死宣城，葬当涂青山下。”

李阳冰云：“疾亟草稿万卷，手集未修，枕上授简，俾余为序。”

魏颢序则言生前曾“尽出其文，命颢为集”。

乐史《李翰林别集序》则云：李阳冰纂李翰林歌诗“为《草堂集》十卷，史又别收歌诗十卷。……号曰《李翰林集》，今于三馆中得李白赋、序、表、赞、书、颂等，亦排为十卷，号曰《李翰林别集》”。

李白一生，少年任侠，中年做官，晚年流离。

李白的个性及思想

1. 酣歌纵酒

《将进酒》：“君不见黄河之水天上来，奔流到海不复回。君不见高堂明镜悲白发，朝如青丝暮成雪。人生得意须尽欢，莫使金樽空对月。”《行路难》：“且乐生前一杯酒，何须身后千载名。”似陶潜、阮籍，才气奔放。诗与酒的结合，显出诗人的享乐人生观。另一方面，也因为乐府歌曲原为燕乐，亦是与传统的结合。

《月下独酌》："花间一壶酒，独酌无相亲。举杯邀明月，对影成三人。"月，李白诗中屡屡提到："小时不识月，呼作白玉盘。"（《古朗月行》）"床前明月光，疑是地上霜。举头望明月，低头思故乡。"（《静夜思》）《把酒问月》一首："青天有月来几时，我今停杯一问之。人攀明月不可得，月行却与人相随。……今人不见古时月，今月曾经照古人。古人今人若流水，共看明月皆如此。唯愿当歌对酒时，月光长照金樽里。"在李白的诗里，花、月、酒与诗融合，写人生短忽，对酒当歌。《古诗十九首》，曹魏乐府歌曲中已多此种情调，太白更为诗酒浪漫，他这些诗最通俗，可比波斯诗人奥马尔·海亚姆（Omar Khayyam）。张若虚《春江花月夜》，联结月与春、江花、闺怨，李白联结月与酒，个人享乐，求超脱，摆脱世俗的忧虑。

《把酒问月》开始有屈原《天问》意，并不求答，答案是造化自然是永恒的，人生是飘忽的。"月行却与人相随"，自然接近人，人因陷于世俗功名利禄之念不肯亲近自然耳。李白别有《日出入行》"日出东方隈，似从地底来。历天又复入西海，六龙所舍安在哉?"有对宇宙的求知精神。《把酒问月》后面说月的永恒，再后说人生无常。他不消极，从接近自然里得到永恒，与《日出入行》"吾将囊括大块，浩然与溟涬同科"同样意思，人与自然融为一体。此诗表现他的宇宙观和人生观。

2. 任侠

范传正《李白新墓碑》："少以侠自任。"《与韩荆州书》："虽长不满七尺而心雄万夫。"《与裴长史书》述及少年任侠事。魏颢《李翰林集序》云，“少任侠，手刃数人。与友自荆徂扬，路亡。权窆回棹，方暑，亡友糜溃，白收其骨，江路而舟”云云。挥金如土，纵酒好游览，济朋友。《行路难》：“昭王白骨萦蔓草，谁人更扫黄金台？行路难，归去来！”自比郭隗、乐毅之流。又有《侠客行》：“纵死侠骨香，不惭世上英。谁能书阁下，白首太玄经。”英雄主义。又有《猛虎行》(天宝乱后至宣城作)：“有策不敢犯龙鳞，窜身南国避胡尘。宝书玉剑挂高阁，金鞍骏马散故人。”其云：“贤哲栖栖古如此，今时亦弃青云士。”自比张良、韩信。《古风》其十，推重鲁仲连，云“吾亦澹荡人，拂衣可同调”。《古风》其十五，推重“燕昭延郭隗，遂筑黄金台”，乃云“奈何青云士，弃我如尘埃”。由此可见，彼亦有用世心，近于纵横家，又似蔺相如、司马相如之人物。与王维好静，尊心禅佛之艺术修养，杜甫自比扬雄之作赋，志于匡君遗失之大臣，气度不同。李白是悲歌慷慨，自负才气的人物。《新唐书》评之曰：“喜纵横术击剑，为任侠，轻财重施。”

总而言之，是英雄浪漫主义。

3. 好道求仙

前述，他的宇宙观“日出东方隈，似从地底来。历天又复入西海，六龙所舍安在哉？其始与终古不息(一作“其行终古不休息”)，人非元气，安得与之久徘徊?”(《日出入行》)知人生是短忽，宇宙之终古不息，因之好道求仙。《古风》其四：“桃李何处开，此花非我春。唯应清都境，长于韩众亲。”其五：“仰望不可及，苍然五情热。吾将营丹砂，永与世人别。”其二八：“君子变猿鹤，小人为沙虫。不及广成子，乘云驾轻鸿。”又如《庐山谣寄卢侍御虚舟》："我本楚狂人，凤歌笑孔丘。……早服还丹无世情，琴心三叠道初成。遥见仙人彩云里，手把芙蓉朝玉京。"他既与道士吴筠为友，又同至长安。当时人以为谪仙，又与贺知章等被称为饮中八仙，朝列为之赋谪仙之歌。

李阳冰云："天子知其不可留，乃赐金归之。……请北海高天师，授道箓于齐州紫极宫，将东归蓬莱，仍羽人驾丹丘耳。"是确曾受道箓者。《将进酒》云"岑夫子，丹丘生"，丹丘生当为道友也。又有《梦游天姥吟留别》，诗亦多神仙家言。

4. 政治上无所作为

李阳冰云："（玄宗）降辇步迎，如见绮皓。"盖以隐逸之士待之。他在政治上无所作为。李阳冰云："出入翰林中，问以国政，潜草诏诰，人无知者。丑正同列，害能成谤，格言不入，帝用疏之。"乐史则谓为高力士、杨贵妃所阻（新旧《唐书》略同）。魏颢云："吾观白之文义，有济代命。"刘全白《李君碣记》："玄宗辟翰林待诏。因为和蕃书，并上《宣唐鸿猷》一篇。上重之。欲以纶诰之任委之，同列者所谤，诏令归山，遂浪迹天下。"不幸禄山之乱，玄宗西巡，永王璘辟为僚佐，以此获罪。《旧唐书》曰："永王璘为江淮兵马都督扬州节度大使，白在宣州谒见，遂辟从事。"不知白去谒，抑为永王璘所征聘。白有《经乱离后天恩流夜郎忆旧游书怀赠江夏韦太守良宰》一首长诗，为自叙之作，甚详。首云：原为谪仙，误逐世间，"学剑翻自哂，为文竟何成？剑非万人敌，文窃四海声"。到过幽州，"君王弃北海"，到长安，辞官，祖饯。安贼之乱，"两京遂丘墟"。永王璘"帝子许专征，秉旄控强楚。……仆卧香炉顶，餐霞漱瑶泉。门开九江转，枕下五湖连。半夜水军来，寻阳满旌旃。空名适自误，迫胁上楼船。徒赐五百金，弃之若浮烟。辞官不受赏，翻谪夜郎天”云云，则知其非自去谒王，乃王所征辟耳。此诗末之“君登凤池去，忽弃贾生才”，有托韦太守援引意，亦可怜也。

李白思想的主要矛盾是自然与人生的矛盾。自然永恒，人生短暂。“人非元气，安能与之久徘徊。”“古人不见今时月，今月曾经照古人。今人古人若流水，共看明月皆如此。”从自然中得到永恒，从诗歌中得到永恒，把酒来消遣人生。追求神仙、学道，以求永恒。

第二个矛盾是清高与名位思想的矛盾。李白有用世心，而放浪不羁，不称意则思隐居。“人生在世不得意，明朝散发弄扁舟。”“张良未逐赤松去，桥边黄石知我心。”表其心思耳。

李白的诗

南北朝实施门阀制度，贵族政治。隋唐进士制度，吸收高级知识分子到统治集团，做压迫人民的帮凶和帮闲。这些知识分子出身于封建地主或官僚家庭，从下面爬上来，迎合国君权相、公卿贵人，或者不得意而反抗，或者有清高思想，借作品发牢骚，常处在热衷世事与清高为人的矛盾之中。

李白并非进士，做翰林供奉。不次的恩遇，非正途出身。他诗才杰出，不受羁勒，如应进士科倒未必得意。他绝少宫艳体诗，他的诗从建安文学出来，以建安为风范，与谢朓、鲍照近。

他的诗有热烈的感情，他是一位天才诗人。

李白继陈子昂为复古派中人物。其《古风》五十九首第一首云：

大雅久不作，吾衰竟谁陈？
王风委蔓草，战国多荆榛。
龙虎相啖食，兵戈逮狂秦。
正声何微茫，哀怨起骚人。
扬马激颓波，开流荡无垠。
废兴虽万变，宪章亦已沦。
自从建安来，绮丽不足珍。
圣代复元古，垂衣贵清真。
群才属休明，乘运共跃鳞。
文质相炳焕，众星罗秋旻。
我志在删述，垂辉映千春。
希圣如有立，绝笔于获麟。

这首诗写得很严正，他对于诗推崇《诗经》正声，又说志在删述，自比孔子。与“我本楚狂人，凤歌笑孔丘”似乎矛盾，此两重人格也。实则他对于诗的理论，属于正统派；他自己的个性，则是浪漫的，仙侠一路。他还推崇建安以前的诗，看不起南朝的绮丽文学。其《古风》同阮籍《咏怀》、陈子昂《感遇》的篇章。他的诗的功力可以比上阮嗣宗。

虽然他推崇《诗经》，可是他没有作四言诗，所作的以五古、七古为最多，可见古之难复了。其论诗又云：“梁陈以来，艳薄斯极，沈休文又尚以声律，将复古道，非我而谁。”又言：“兴寄深微，五言不如四言，七言又其靡也。况使束于声调俳优哉。”他不赞成沈休文一派之声律对偶，宫体靡弱之诗，所以他也绝不提到初唐四杰，不像杜甫那样虚心，诗备众体。李白很少作律诗。

李白诗，擅长古风，多数是乐府古题，古乐府之新作法。从汉魏以迄于南北朝乐府诗题，他几乎都有写作，如《天马歌》《公无渡河》《日出入行》《战城南》《白头吟》《相逢行》《有所思》《短歌行》《长歌行》《采莲曲》《乌夜啼》《乌栖曲》《子夜歌》《襄阳歌》《白纻辞》《将进酒》《行路难》等拟古乐府，而自出心裁。有些乐府诗，虽然不见前人之作，但也非李白创调。在那些乐府古题内，李白诗情奔放，超过古人原作，皆出于古人之上。他的乐府多用杂言及长短句，才气纵横，非格律所能束缚。如《将进酒》《蜀道难》。六朝乐府他亦学，如《白纻辞》《子夜四时歌》《长干行》《乌栖曲》，都很清丽。他是结束汉魏六朝的诗歌，集汉魏六朝诗体大成。他的乐府如天马行空，不受羁縻。

他并不像杜甫那样自己立乐府题目，写当时时事。李白的只是抒情诗，并不记事，是超时代的作家。

略有与时事有关的如《怨歌行》，题下注云："长安见内人出嫁，友人令余代为之。"与《邯郸才人嫁为厮养卒妇》同意，又如《东海有勇妇》，注云：代《关中有贤女》。代即拟的意思，《关中有贤女》原乃汉鼙舞歌，此虽是拟古乐府，所咏为时事，诗中云"北海李使君，飞章奏天庭"。指李北海邕。又如《凤笙篇》，王琦谓送一道流应诏入京之作。《远别离》，萧士赟以为刺国家授柄于李林甫。《蜀道难》一诗，范摅《云溪友议》、洪驹父《诗话》《新唐书·严武传》谓严武欲杀房琯、杜甫，李白为房杜危而作此诗，唯孟棨《本事诗》《唐摭言》《唐书·李白传》谓白见贺知章，以《蜀道难》示之，则为天宝初时作，而严武镇蜀在至德后，不相及也。沈存中《笔谈》谓古本李集《蜀道难》下有注云："讽章仇兼琼也。"萧士赟注李集谓见玄宗幸蜀时作，在天宝末，故言剑阁之难行，又曰"问君西游何时还"，君指明皇也。胡震亨谓但是拟古乐府，白，蜀人，自为蜀咏耳。此说如允，余皆好事者穿凿。

李白《猛虎行》虽亦是乐府诗，但咏时事，“秦人半作燕地囚，胡马翻衔洛阳草”。言禄山之叛，天宝十四载十二月东京之破，封常清战败，高仙芝引兵退守潼关，贼掠子女玉帛悉送范阳也。李白“窜身南国避胡尘”，客于宣城，与张旭会于溧阳酒楼，作此诗，以张良、韩信比己及旭，慨叹不遇。“一输一失关下兵”，一输指高仙芝退兵，一失指明皇斩仙芝、常清。

白才气纵横，乐府诗中常用杂言、长短句，近汉乐府，亦近鲍照，是以杜甫称其“清新庾开府，俊逸鲍参军”。与庾信实不近，其一身低首者为谢宣城。《宣城谢朓楼饯别校书叔云》云：“蓬莱文章建安骨，中间小谢又清发。”在《金陵城西楼月下吟》诗中又云：“解道澄江净如练，令人长忆谢玄晖。”是其晚年爱宣城之风景，故尔特提谢朓。以彼才力，小谢非其匹也。

总之，唐人作乐府，并非完全拟古，兼存《诗经》讽刺时事之义。此则李白较少，而杜甫、白居易则最为注重此义焉。

白五七绝句亦佳，唯不善五七律。

前引杜甫《饮中八仙歌》云：“李白斗酒诗百篇，长安市上酒家眠。天子呼来不上船，自称臣是酒中仙。”贺知章曾许李白为谪仙人，又杜甫《苏端薛复筵简薛华醉歌》云：“坐中薛华善醉歌，歌辞自作风格老。近来海内为长句，汝与山东李白好。”亦称李白善为醉歌也。杜甫自己也有《醉时歌》《醉歌行》等题，诗中并不单说喝酒，乃是酬赠、送别之作。如李白《将进酒》《前有樽酒行》《把酒问月》等篇，皆所谓醉歌也。醉歌者，即席作诗，以助酒兴。如曹操《短歌行》“对酒当歌”之意。李白一生诗酒风流，颇似阮籍，其信仰道家神仙亦然。豪放奔逸，与渊明之洁身自好、躬耕贫苦者又不同。李白有仙侠气，渊明调融儒道，温然纯粹。渊明愿隐，李白愿用世而不得意。虽随吴筠得玄宗知遇为翰林供奉，迄未得官。及天宝乱后，为永王璘辟为僚佐，璘谋乱兵败，白坐流夜郎，赦还，客死当涂。

《将进酒》是彰显李白诗酒风流的代表作，极富思想与个性。诗中岑夫子或谓岑参，丹丘生或谓元丹丘。“黄河之水”句，兴也，“不复回”，兴人生年华一去不复返。以“逝水流年”起，下言饮酒尽欢为乐。陈王，陈思王曹植，他的《名都篇》有“归来宴平乐，美酒斗十千”句。“钟鼓馔玉”言富贵。

《前有樽酒行》，此诗比《将进酒》更为蕴藉。

《日出入行》用汉乐府旧题，翻新，长短句古奥，然毕竟是唐人。全诗充分表现诗人对宇宙和人生的探求精神。

《月下独酌》和《把酒问月》都写诗与月与酒的融合。《把酒问月》比《月下独酌》来得好，《月下独酌》说理多，情感少。此诗说理更深且广。写月即自然是永恒的，人生是飘忽的。诗歌自然，酒遣人生。东坡《水调歌头》自此出。李白《把酒问月》诗分四叠，换韵，歌曲体，酒与月的交融，时与空的交错，淋漓尽致。东坡《水调歌头》开头“明月几时有，把酒问青天”，显然从李白《把酒问月》“青天有月来几时，我今停杯一问之”来。同样是把酒问月，与李白问宇宙、说人生不同，苏东坡后半阕归结到讲别离。

《宣城谢朓楼饯别校书叔云》诗发端忆念过去，烦忧现在，不从私交说，就人生感慨说，得其大。送秋雁，象征送客远游。其次，说到谢朓楼。“抽刀断水”，宾，比喻；“举杯消愁”，主。以流水喻思念、喻忧愁，可以与建安诗人徐幹的《室思》“思君如流水，何有穷已时”的诗句做一比较，亦可以李后主《虞美人》词“问君能有几多愁，恰似一江春水向东流”的诗句中加以印证。

《扶风豪士歌》见其豪爽。乱时有用世意，以后入永王璘幕府，见其有意用世。此诗显示清高思想与名位思想的矛盾。末两句“张良未遂赤松去，桥边黄石知我心”点出。

白于天宝之乱，少有描述，其《上皇西巡南京歌》十首，有云“九天开出一成都，万户千门入画图。草树云山如锦绣，秦川得及此间无”。又云“谁道君王行路难，六龙西幸万人欢。地转锦江成渭水，天回玉垒作长安”。又云“少帝长安开紫极，双悬日月照乾坤”。白，蜀人，且他自己在南方，作此等歌颂语，与杜甫之在长安，作《哀江头》之痛哭流涕，感慨绝不相同。杜甫关怀时局，忧念蒸黎，李白不很关心。又如《永王东巡歌》十一首，说到“龙蟠虎踞帝王州，帝子金陵访古丘”，又云“试借君王玉马鞭，指挥戎虏坐琼筵。南风一扫胡尘静，西入长安到日边”。据其后来自己坦白是当时“迫胁上楼船”的，但在此歌中所说，确其赞助王子立功之意，未始不肯为永王用也。文人转侧，难于主张。

白之绝句。《苏台览古》：“旧苑荒台杨柳新，菱歌清唱不胜春。只今唯有西江月，曾照吴王宫里人。”《黄鹤楼送孟浩然之广陵》：“故人西辞黄鹤楼，烟花三月下扬州。孤帆远影碧空尽，唯见长江天际流。”《闻王昌龄左迁龙标遥有此寄》：“杨花落尽子规啼，闻道龙标过五溪。我寄愁心与明月，随君直到夜郎西。”《峨眉山月歌》：“峨眉山月半轮秋，影入平羌江水流。夜发清溪向三峡，思君不见下渝州。”以上四首，皆见其风韵。

相传《菩萨蛮》《忆秦娥》等小词，皆托名李白，宋人混入白集者，即《清平调》三章，乐史所艳称者，亦恶俗不类，品格低下。乐史，北宋人，新得此三首诗，并有明皇贵妃赏芍药故事（见乐史《李翰林别集序》），实为可疑，非史实。白集另有《宫中行乐词》八首，注云奉召作。亦真伪不辨。比较观之，尚较《清平调》三章为胜。

李白诗歌的思想内容

李白的诗现存九百多首。这些诗表现了他一生的思想和经历，也表现了盛唐时代的社会现实和精神生活面貌。

开元天宝年间，唐帝国国力极度强盛，经济文化呈现空前繁荣景象，人民创造精神也有所发扬。同时在政治经济各方面又潜伏着各种危机。李白《古风》第四十六首说：

> 一百四十年，国容何赫然。隐隐五凤楼，峨峨横三川。王侯象星月，宾客如云烟。斗鸡金宫里，蹴鞠瑶台边。举动摇白日，指挥回青天。……

一方面是空前强大帝国的繁荣气象，一方面是统治阶级在强大繁荣外衣的掩盖下已开始走向奢侈和腐化。在《古风》第三首里，李白又用咏史的形式做了类似的描写：

> 秦王扫六合，虎视何雄哉！挥剑决浮云，诸侯尽西来。明断自天启，大略驾群才。收兵铸金人，函谷正东开。铭功会稽岭，骋望琅邪台。刑徒七十万，起土骊山隈。尚采不死药，茫然使心哀。……

诗中所举的秦始皇故事，除收兵铸金人而外，如平定诸侯，笼驾群才，铭功会稽，起土骊山等等的举动，大唐帝国都曾经先后以不同的形式翻版重演。诗人表面是咏史，实际是对唐王朝极盛而渐衰的征象深表忧虑。诗的后段写秦始皇采药蓬莱，显然是讽刺唐玄宗好神仙求长生的荒唐梦想。

国家的强大，鼓舞他向往功名事业的雄心；政治的危机，更激发了他拯物济世的热望。这种心情，在盛唐诗人中是相当普遍的，李白则表现得更为突出。他在许多诗歌里借历史人物表达了他的政治抱负。他羡慕姜尚，“君不见朝歌屠叟辞棘津，八十西来钓渭滨。宁羞白发照清水，逢时壮气思经纶。广张三千六百钓，风期暗与文王亲”(《梁甫吟》)；羡慕诸葛亮，“鱼水三顾合，风云四海生。武侯立岷蜀，壮志吞咸京”(《读诸葛武侯传书怀》)；羡慕谢安，“暂因苍生起，谈笑安黎元”(《书情赠蔡舍人雄》)。在这一类的诗歌里，他甚至幻想过一种君臣之间互相礼让尊敬的平等关系：“如逢渭川猎，犹可帝王师”(《赠钱征君少阳》)；“剧辛乐毅感恩分，输肝剖胆效英才”(《行路难》第二)。当他意识到这种想法不现实时，他又极力称赞那些功成身退、不事王侯的清高人物。例如《古风》第十首：

> 齐有倜傥生，鲁连特高妙。明月出海底，一朝开光曜。却秦振英声，万世仰末照。意轻千金赠，顾向平原笑。吾亦澹荡人，拂衣可同调。

对鲁仲连却秦的功绩深表仰慕，对鲁仲连意轻千金、顾笑平原的风度则更倾心折服。在《古风》第十二首中赞美严子陵“身将客星隐”，用意也与此诗约略相似。李白是一个自视很高的人，他屡次自比大鹏。如《上李邕》：

> 大鹏一日同风起，扶摇直上九万里。假令风歇时下来，犹能簸却沧溟水。时人见我恒殊调，见余大言皆冷笑。宣父犹能畏后生，丈夫未可轻年少。

他把完成事业，取得功名常常看得轻而易举。谈用兵，是“谈笑三军却”；谈政治，也是“调笑可以安储皇”。不仅年少时如此强烈自信，就是在长安政治活动失败以后，他也说：“穷与鲍生贾，饥从漂母餐。时来极天人，道在岂吟叹？乐毅方适赵，苏秦初说韩。卷舒固在我，何事空摧残？”（《秋日炼药院赠元林宗》）但是，他一生在政治上没有做出重要的成绩，也没有留下重要的论政著作，我们也无法证明他在政治上的实际才能。他之所以这样口出大言，自信不疑，可能是出于对现实人事的不满。他的《嘲鲁儒》说：“鲁叟谈五经，白发死章句。问以经济策，茫如坠烟雾。”他到长安所见的在朝廷当权的李林甫、高力士之流更是贪鄙自私、不学无术的小人，他自然也就日益佯狂自负。“一生傲岸苦不谐，恩疏媒劳志多乖”（《答王十二寒夜独酌有怀》），就是他政治失意的悲剧。

李白从少年时就喜好任侠，以后在“混游渔商，隐不绝俗”的长期生活中，又和许多民间游侠之徒往来，受到这些无名人物的感染，写了不少歌颂游侠的诗，如《侠客行》：

> 赵客缦胡缨，吴钩霜雪明。银鞍照白马，飒沓如流星。十步杀一人，千里不留行。事了拂衣去，深藏身与名。闲过信陵饮，脱剑膝前横。将炙啖朱亥，持觞劝侯嬴。三杯吐然诺，五岳倒为轻。眼花耳热后，意气素霓生。救赵挥金槌，邯郸先震惊。千秋二壮士，煊赫大梁城。纵死侠骨香，不惭世上英。谁能书阁下，白首太玄经。

从这首诗，我们可以看出，无论“十步杀一人”“救赵挥金槌”的侠义行动，“事了拂衣去，深藏身与名”的慷慨无私的精神，还是不甘心过白首儒生寂寞生活的性格作风，都和他拯物济世的政治理想，不愿屈己于人的性格，以及“功成不受赏”的高尚品德，有着相当密切的内在联系。

长安三年的政治生活，对李白的生活和创作有很深刻的影响。他抱着种种的理想和幻想来到长安，表面上受到玄宗礼贤下士的优待，但是，当权的宦官外戚等等人物却暗中对他谗毁打击，他的政治理想和黑暗现实形成了尖锐的矛盾。他写了不少诗歌抒发了自己的痛苦和愤懑。如《行路难》三首之一：

> 金樽美酒斗十千，玉盘珍羞直（值）万钱。停杯投箸不能食，拔剑四顾心茫然。欲渡黄河冰塞川，将登太行雪满山。闲来垂钓碧溪上，忽复乘舟梦日边。行路难，行路难，多歧路，今安在。长风破浪会有时，直挂云帆济沧海！

这首诗揭示了诗人在坎坷仕途上茫然失路的强烈痛苦，但是，他并不因为失败而放弃理想的追求。有时，同样的心情，又以愤怒控诉的形式表现出来，例如《梁甫吟》：“我欲攀龙见明主，雷公砰訇震天鼓，帝旁投壶多玉女。三时大笑开电光，倏烁晦冥起风雨。阊阖九门不可通，以额叩关阍者怒。”悲愤声中充满不屈不挠的斗争精神。直到诗的结尾，他一直高扬着胜利的信心：“张公两龙剑，神物合有时。风云感会起屠钓，大人岘屼当安之！”

昏庸腐朽的幸臣权贵，始终是他的对立面，他想起屈原所痛恨的那些“党人”：“殷后乱天纪，楚怀亦已昏。夷羊满中野，菉葹盈高门。”（《古风》第五十一）他在《雪谗诗》里，痛斥了恃宠弄权的杨贵妃，在《古风》第二十四里，揭露了因斗鸡而得权势的佞幸小人。在《答王十二寒夜独酌有怀》诗里，这种愤激憎恶的心情表现得最为突出：

……君不能狸膏金距学斗鸡，坐令鼻息吹虹霓。君不能学哥舒横行青海夜带刀，西屠石堡取紫袍。吟诗作赋北窗里，万言不值一杯水。世人闻此皆掉头，有如东风射马耳！鱼目亦笑我，谓与明月同。骅骝拳局不能食，蹇驴得志鸣春风。折杨皇华合流俗，晋君听琴枉清角。巴人谁肯和阳春，楚地由来贱奇璞。黄金散尽交不成，白首为儒身被轻。一谈一笑失颜色，苍蝇贝锦喧谤声。曾参岂是杀人者，谗言三及慈母惊！与君论心握君手，荣辱于余亦何有！孔圣犹闻伤凤麟，董龙更是何鸡狗。一生傲岸苦不谐，恩疏媒劳志多乖。严陵高揖汉天子，何必长剑拄颐事玉阶！达亦不足贵，穷亦不足悲，韩信羞将绛灌比，祢衡耻逐屠沽儿。君不见李北海，英风豪气今何在？君不见裴尚书，土坟三尺蒿棘居！少年早欲五湖去，见此弥将钟鼎疏。

诗中提到李邕、裴敦复被杀，哥舒翰屠石堡的事，发生于天宝六载和八载。在这首长诗里，他对以斗鸡媚上的幸臣，以屠杀邀功的武将，投以憎恶轻蔑的嘲笑。对自己光明磊落而遭受谗言诽谤，被逐出朝，怀着满腹的悲愤。末尾对被杖杀的李北海，更称赞其“英风豪气”，为之呼冤叫屈。他的是非爱憎，和朝廷完全处于对立地位。这不仅表现了李白的桀骜不驯的叛逆精神，同时对封建统治者“珠玉买歌笑，糟糠养贤才”，颠倒黑白、残酷暴虐的种种黑暗面目，也做了尽情的揭发。他这种悲愤痛苦的心情，有时甚至发展到难以排遣的程度。他在《宣州谢朓楼饯别校书叔云》里说：

弃我去者昨日之日不可留，乱我心者今日之日多烦忧，长风万里送秋雁，对此可以酣高楼。蓬莱文章建安骨，中间小谢又清发。俱怀逸兴壮思飞，欲上青天揽明月。抽刀断水水更流，举杯消愁愁更愁，人生在世不称意，明朝散发弄扁舟。

这首诗起落无迹，断续无端。仰怀古人，壮思欲飞；自悲身世，愁怀难遣。好像整个人生只有驾着扁舟遨游江湖一条出路了。

李白一生大半过着浪游生活，写下了不少游历名山大川的诗篇，其中还有一些诗和他求仙学道的生活联系在一起。他那种酷爱自由、追求解放的独特性格，常常是借这类诗篇表现出来。当他政治失意之后，这种诗歌也写得特别多，特别好。他喜爱的山水往往不是宁静的丘壑，幽雅的林泉，而是奇峰绝壑的大山，天外飞来的瀑布，白波九道的江河，这些雄伟奇险的山川，特别契合他那叛逆不羁的性格，他好像要登涉这些山川和天地星辰同呼吸，和天仙神灵相往来。他的杰作《梦游天姥吟留别》就是这方面的代表。其中梦境的描写，特别令人目眩神迷：

……我欲因之梦吴越，一夜飞渡镜湖月。湖月照我影，送我至剡溪。谢公宿处今尚在，渌水荡漾清猿啼。脚著谢公屐，身登青云梯。半壁见海日，空中闻天鸡。千岩万转路不定，迷花倚石忽已暝。熊咆龙吟殷岩泉，栗深林兮惊层巅。云青青兮欲雨，水淡淡兮生烟。列缺霹雳，丘峦崩摧，洞天石扇，訇然中开。青冥浩荡不见底，日月照耀金银台。霓为衣兮风为马，云之君兮纷纷而来下。虎鼓瑟兮鸾回车，仙之人兮列如麻……

从谧静幽美的湖月到奇丽壮观的海日，从曲折迷离的千岩万转的道路到令人惊恐战栗的深林层巅，境界愈转愈奇，愈幻愈真。最后由梦境幻入仙境，更完全是彩色缤纷的神话世界。淋漓挥洒、心花怒放的诗笔，写出了诗人精神上的种种历险和追求，好像诗人苦闷的灵魂在梦中得到了真正的解放。无怪他梦醒后发出了这样的呼声：

安能摧眉折腰事权贵，使我不得开心颜！

诗人从梦幻回到了现实。梦境的自由美好，更加强了他对现实中权贵人物的憎恶和反抗。餐霞饮露的求仙生活是他所神往的，但是他也很明白这种生活只是一种无可奈何的排遣忧愁的手段。他的《赠蔡山人》诗说“我本不弃世，世人自弃我”，正说明他那种不得已的心情。有时他说：“待吾尽节报明主，然后相携卧白云”（《驾去温泉后赠杨山人》），其中心思想更完全是在从政，而不在隐逸求仙。他的思想常常前后矛盾，有时说：“功成拂衣去，归入武陵源”（《登金陵冶城西北谢公墩》），有时又说：“若待功成拂衣去，武陵桃花笑杀人”（《当涂赵炎少府粉图山水歌》）。从这种矛盾中，更可以看出他的确是“好神仙非慕其轻举”（范传正《李公新墓碑》）。

李白一千多年以来被人称为“谪仙”“诗仙”，但是，他归根到底还是一个热爱祖国、关怀人民、不忘现实的伟大诗人。我们前面所引的那些诗歌，都和他忧国忧民的思想有或深或浅的联系。

李白对国家的强大统一非常关怀，他像盛唐边塞诗人一样，对保卫祖国边疆的将士曾经做过热情的歌颂。在《塞下曲》六首之一里，他写道：

五月天山雪，无花只有寒。笛中闻折柳，春色未曾看。晓战随金鼓，宵眠抱玉鞍。愿将腰下剑，直为斩楼兰。

在塞外奇寒的艰苦生活里，将士们的报国雄心却丝毫不变。其他各首里，用“横行负勇气，一战静妖氛”鼓舞前方士气；用“玉关殊未入，少妇莫长嗟”安慰后方家属，也同样体现了爱国的精神。

但是，到天宝年间，唐统治者穷兵黩武，不断向吐蕃和南诏用兵，发动战争，断送士卒的生命，破坏人民的生产，引起了李白极大的愤慨，他前后写了好几篇诗反对这种不义的战争。对哥舒翰屠杀邀功的行为，做了尖锐指责。对杨国忠派兵远征南诏丧师二十万的事，他写了《书怀赠南陵常赞府》《古风》第三十四等诗，后一首说：

> ……渡泸及五月，将赴云南征。怯卒非战士，炎方难远行。长号别严亲，日月惨光晶。泣尽继以血，心摧两无声。困兽当猛虎，穷鱼饵奔鲸。千去不一回，投躯岂全生？如何舞干戚，一使有苗平。

这里对杨国忠分道捕捉壮丁送云南从事侵略的罪行，做了大胆的揭露。他的《战城南》更是概括了当时穷兵黩武的现象而写成的名作。安史之乱发生后，战争的性质变了，他虽远在江南，却写成了一系列的充满爱国激情的诗。在《永王东巡歌》里，他对“三川北虏乱如麻，四海南奔似永嘉”的局面，感到焦急，他对永王说：

> 试借君王玉马鞭，指挥戎虏坐琼筵。南风一扫胡尘静，西入长安到日边。

后来他因为从璘的事被捕入狱，流放夜郎，他的爱国之心丝毫没有减弱。他的《赠张相镐》说：“石勒窥神州，刘聪劫天子。抚剑夜吟啸，雄心日千里。誓欲斩鲸鲵，澄清洛阳水。”《经乱离后天恩流夜郎》这首长诗中也说：“桀犬尚吠尧，匈奴笑千秋。中夜四五叹，常为大国忧。”而《闻李太尉大举秦兵百万出征东南，懦夫请缨》这首诗，更说明他爱国之心至老不衰。他安史乱后能写出这些充满爱国激情的诗，也说明他和王维、高适、岑参等盛唐诗人有所不同。

从上述有关战争的诗篇里，我们已经可以看到李白对人民疾苦的密切关怀。此外，他也还有少数直接写人民生活的诗篇。例如《丁都护歌》：

> 云阳上征去，西岸饶商贾。吴牛喘月时，拖船一何苦！水浊不可饮，壶浆半成土。一唱都护歌，心摧泪如雨。万人凿盘石，无由达江浒。君看石芒砀，掩泪悲千古。

芒砀诸山产文石，统治者为了营建宫室甲第，强迫人民开凿搬运，这首诗写人民在夏天挽船运石的劳苦，是深表同情的。他的《宿五松山下荀媪家》也写得很动人：

> 我宿五松下，寂寥无所欢。田家秋作苦，邻女夜舂寒。跪进雕胡饭，月光明素盘。令人惭漂母，三谢不能餐。

这里不仅真切地写出农民秋作夜舂的劳苦生活，而且表达出诗人对劳动人民深情厚意的衷心感激。在他看来，这一盘雕胡饭，比他平时作客所吃的“兰陵美酒”“琼杯绮食”都更值得珍贵。李白直接写劳动人民生活的作品虽然为数不多，但是他的诗歌中反映人民的生活并不限于这少数诗篇。李白曾经写过很多乐府诗，并取得很大的成就，像《长干行》《子夜吴歌》等诗已经成为人们喜闻乐见、普遍传诵的名作。从这些诗里，我们可以看到他对人民的生活、感情、语言是多么熟悉，对乐府民歌是多么热爱。没有长期“混游渔商”

的生活，他是写不出这些诗歌的。

李白是伟大的浪漫主义诗人，我们上面所说的他的政治上的远大抱负，他对祖国和人民的热爱，对权贵势力，对封建社会一切压迫和羁束毫不调和的叛逆态度，正是他诗歌浪漫主义精神的主要表现。这些思想内容，错综交织地贯穿着他的优秀作品。当然，由于内容性质、感情色彩以及表现手法的不同，他有一些作品可以说是现实主义的，例如那些描绘揭露黑暗现实面貌、幻想成分较少的作品就属于这一类。

但是，李白究竟是一个封建时代的诗人，他的理想，无法超越他的时代和阶级视野的限制；他的反抗，也更多是针对他阶级内部的黑暗现象，针对妨碍他个人自由发展的那些压迫和束缚。他的要求和当时人民的利益有一定相通的地方，但和人民的要求本质上也有区别。他那种要求个人绝对自由的倾向，今天看来，当然只是一种脱离实际的幻想。

还应该注意，李白是一个极其矛盾的诗人。他蔑视权贵人物，蔑视荣华富贵，这是主要的。但是，他往往又以接近皇帝、权贵为荣，又对荣华富贵表示羡慕或留恋。“长安宫阙九天上，此地曾经为近臣。”“昔在长安醉花柳，五侯七贵同杯酒。”这类诗句在他集中屡见不鲜。他羡慕谢安携妓享乐的生活，也见于行动，流于歌咏。至于沉迷酒杯，昏饮逃世，消极地感叹人生的诗篇诗句，为数更多，如《襄阳歌》《春日醉起言志》，都是众所周知的。

李白诗歌的艺术成就

作为一个浪漫主义诗人，李白是伟大的，也是最典型的。他说自己的诗是“兴酣落笔摇五岳，诗成啸傲凌沧州”。杜甫称赞他的诗也说：“笔落惊风雨，诗成泣鬼神。”这种无比神奇的艺术魅力，确是他的诗歌最鲜明的特色。他的诗歌，不仅具有最强烈的浪漫主义精神，而且还创造性地运用了一切浪漫主义的手法，使内容和形式得到高度的统一。

李白不是一个“万事不关心”的诗人，相反，他似乎什么都关心，很多生活他都体验过，表现过。尽管没有一种生活能永远使他满足，但他那炽热的感情，强烈的个性，在表现各种生活的诗篇中都打下了不可磨灭的烙印，处处留下浓厚的自我表现的主观色彩。他要入京求官，就宣称：“仰天大笑出门去，我辈岂是蓬蒿人！”政治失意了，就大呼：“大道如青天，我独不得出！”他要控诉自己的冤屈，就说：“我欲攀龙见明主，雷公砰訇震天鼓。”他想念长安，就是：“狂风吹我心，西挂咸阳树。”他登上太白峰，就让“太白与我语，为我开天关”。他要求仙，就有“仙人抚我顶，结发受长生”。他要饮酒，就有洛阳董糟丘“为余天津桥南造酒楼”。他悼念宣城善酿纪叟，就问：“夜台无李白，沽酒与何人？”这种强烈的自我表现的主观色彩，从艺术效果来说，有的地方使诗歌增加了一种排山倒海而来的气势，先声夺人的力量；有的地方又让人读来感到热情亲切。当然，这种主观色彩，并不限于有“我”字的诗句和诗篇，例如在很多诗篇里，鲁仲连、严子陵、诸葛亮、谢安等人的名字，也往往被李白当作第一人称的代用语，让古人完全成为他的化身。

和上述特点相适应，他在感情的表达上不是掩抑收敛，而是喷薄而出，一泻千里。当平常的语言不足以表达其激情时，他就用大胆的夸张；当现实生活中的事物不足以形容、比喻、象征其思想愿望时，他就借助非现实的神话和种种奇丽惊人的幻想。从前节中所引用的一些抒情诗里，已经可以感觉到这种特点，用“抽刀断水水更流”，比喻“举杯消愁愁更愁”，本来是极度的夸张，却让人感到是最高的真实。又如《秋浦歌》的“白发三千丈，缘愁似个长”。借有形的发，突出无形的愁，夸张也极为大胆。其他如《侠客行》：“三杯吐然诺，五岳倒为轻。”以五岳为轻来夸张侠客然诺之重。《箜篌谣》：“轻言托朋友，对面九疑峰。”又用山峰来夸张朋友之间的隔膜与猜疑。《北风行》里“燕山雪花大如席，片片吹落轩辕台”，大家都很熟悉，但这首诗结尾两句“黄河捧土尚可塞，北风雨雪恨难裁”，也同样是惊心动魄的。没有黄河可塞这样惊人的比喻，我们也就不会懂得阵亡士卒的妻子那种深刻绝望的悲哀。大胆的夸张，永远离不开惊人的想象。这里，我们还要着重介绍他那些最富于浪漫主义奇情壮采的山水诗，尤其是使李白获得巨大声誉的《蜀道难》：

> 噫，吁嚱，危乎高哉！蜀道之难难于上青天！蚕丛及鱼凫，开国何茫然。尔来四万八千岁，不与秦塞通人烟。西当太白有鸟道，可以横绝峨眉巅。地崩山摧壮士死，然后天梯石栈相钩连。上有六龙回日之高标，下有冲波逆折之回川。黄鹤之飞尚不得过，猿猱欲度愁攀援。青泥何盘盘，百步九折萦岩峦。扪参历井仰胁息，以手抚膺坐长叹。问君西游何时还？畏途巉岩不可攀，但见悲鸟号古木，雄飞雌从绕林间。又闻子规啼夜月，愁空山。蜀道之难难于上青天，使人听此凋朱颜！……

这首诗，以神奇莫测之笔，凭空起势。从蚕丛鱼凫说到五丁开山，全用渺茫无凭的神话传说，烘托奇险的气氛。高标插天可以使“六龙回日”，也是凭借神话来驰骋幻想。以下又用黄鹤、猿猱、悲鸟、子规做夸张的点缀，然后插入胁息、抚膺、凋朱颜的叙述，作为全诗的骨干。“蜀道之难难于上青天”的诗句在篇中三次出现，更给这首五音繁会的乐章确定了回旋往复的基调。李白一生并未到过剑阁，这篇诗完全是凭传说想象落笔。正因为如此，他的胸怀、性格在这里更得到了最充分的表现。殷璠《河岳英灵集》说这首诗“可谓奇之又奇，自骚人以还，鲜有此体”。正反映了同时代人对这首诗的惊奇赞叹。就在蜀道畅通的今天，它仍然是具有历史价值和美学价值的不朽杰作。他的《望庐山瀑布》二首、《庐山谣》也是历来传诵的名作，后一诗中写他在庐山顶上望大江的景色：“登高壮观天地间，大江茫茫去不还。黄云万里动风色，白波九道流雪山。”完全摆脱了真实空间感觉的拘束，以大胆的想象夸张，突出了山川的壮丽，展示了诗人壮阔的胸怀。白居易《登香炉峰顶》诗：“江水细如绳，湓城小于掌。”完全出于写实。把两诗互相比较，艺术价值的高下，不言而自明。

李白的浪漫主义是有其丰富生活为基础的。他的诗歌往往呈现感情充沛，瞬息万变的特色。我们前面引用过的《行路难》第一首、《宣州谢朓楼饯别校书叔云》《梦游天姥吟》等篇，已经可以看出这一点。他的名作《将进酒》也是这方面非常突出的例子。在诗里，他正在劝人开怀痛饮：“人生得意须尽欢，莫使金樽空对月。”好像他很安于颓废享乐的生活，但是，他那像黄河一样奔腾跳动的感情是这样变化莫测，他突然又说：“天生我材必有用，千金散尽还复来！”强烈的信心转眼又代替了消极的悲叹。他的《梁园吟》也有这种类似的情况，诗的前段尽情地描绘痛饮狂欢，甚至沉吟流泪地感慨功名富贵的无常，但是临到结尾，他突然又说：“歌且谣，意方远。东山高卧时起来，欲济苍生未应晚。”诗人的感情在转瞬之间竟判若两人。把矛盾复杂的思想感情，处理得这样洒脱灵活，并且达到艺术上的高度完美，在诗史上只有极少数的诗人达到这个水平。

从这种跳脱变化的特点继续发展，于是他在有些诗篇里就同时运用浪漫主义和现实主义两种创作方法。有的诗既写实，又想象夸张，像《北风行》《关山月》；有时竟把抒写理想愿望和描写苦难的现实结合在一篇诗里，如《古风》第十九：

> 西上莲花山，迢迢见明星。素手把芙蓉，虚步蹑太清。霓裳曳广带，飘拂升天行。邀我登云台，高揖卫叔卿。恍恍与之去，驾鸿凌紫冥。俯视洛阳川，茫茫走胡兵。流血涂野草，豺狼尽冠缨。

在升天神游的美丽幻想中，突然俯见被安禄山蹂躏毁灭了的洛阳。使我们不禁想起《离骚》的结尾："陟升皇之赫戏兮，忽临睨乎旧乡。"急转直下的感情，浪漫幻想的破灭，深刻地表现出诗人无比沉痛的爱国心情。

"清水出芙蓉，天然去雕饰。"李白这两句诗是他诗歌语言最生动的形容和概括。李白的诗歌语言所以能达到这样理想的朴素自然境界，是和他认真学习汉魏六朝乐府民歌分不开的。据权德舆作的韦渠牟诗集序说，李白曾经把"古乐府学"传授给十一岁的韦渠牟。他的乐府诗中拟古乐府之作很多，众所周知，不必举例。但他最得力于乐府民歌的地方，首先还是语言。他的《长干行》《子夜吴歌》的语言，多么酷似《孔雀东南飞》《子夜歌》和《西洲曲》。"小时不识月，呼作白玉盘。又疑瑶台镜，飞向青云端。""清风朗月不用一钱买，玉山自倒非人推。""蜀道之难难于上青天。"写得多么活泼自然，叫人一读难忘。"君不见黄河之水天上来，奔流到海不复回。"学习汉乐府《长歌行》："百川东到海，何时复西归？"又是多么地青出于蓝。这些初看来是最平凡的地方，但是后代摹拟李白的诗人没有一个人达到这种高度完美的境地。学腔调似难而实易，学语言似易而实难。

李白运用的诗体很多样，但贡献最大的是七古和七绝。这两种诗体在当时也是最新最自由的，和他那自由豪放的个性也特别适应。他这方面的成就也很得力于学习乐府民歌。七古无须再谈，这里只举他几首脍炙人口的七绝：

> 峨眉山月半轮秋，影入平羌江水流。夜发清溪向三峡，思君不见下渝州。
>
> ——《峨眉山月歌》
>
> 朝辞白帝彩云间，千里江陵一日还。两岸猿声啼不住，轻舟已过万重山。
>
> ——《早发白帝城》
>
> 故人西辞黄鹤楼，烟花三月下扬州。孤帆远影碧空尽，唯见长江天际流。
>
> ——《黄鹤楼送孟浩然之广陵》
>
> 李白乘舟将欲行，忽闻岸上踏歌声。桃花潭水深千尺，不及汪伦送我情。
>
> ——《赠汪伦》

沈德潜《唐诗别裁》说："七言绝句以语近情遥，含吐不露为贵。只眼前景，口头语，而有弦外音，使人神远，太白有焉。"他说的这些特点，实际上也就是深得民歌天真自然的风致。即以《早发白帝城》一诗而论，全篇词意完全出于《水经注》"巫峡"一篇，但语言之自然，心情之舒畅乐观，与原文风貌，却迥然不同。他的七绝向来和王昌龄齐名，各具特色。但就接近民歌一点说，他却超过了王昌龄。

他的五律，运古诗质朴浑壮气势于声律格调之中，往往不拘对偶，也很别具风格。如《夜泊牛渚怀古》《送友人》等篇，历来为评论家所称引。

李白在创作上，继承了前代诗歌的丰富遗产。他所继承的传统，首先是楚辞和汉魏六朝乐府民歌。他受屈原的影响是多方面的，他发扬了屈原爱国主义精神和坚强不屈的斗争精神，也继承了屈原的浪漫主义的创作方法，像熔铸神话传说，大胆地幻想夸张，重视民歌遗产等方面，他都和屈原完全一致。就具体作品来说，如《远别离》《梁甫吟》《梦游天姥吟》乃至《蜀道难》都在精神面貌以及题材、构思、句法的形式上和屈原作品有接近的地方。他对汉魏六朝文人作品也很认真学习。段成式《酉阳杂俎》说："李白前后三拟《文选》，不如意，悉焚之。"这个传说想必有一定根据。他称赞建安诗歌，称赞阮籍、陶渊明、谢灵运、谢朓、鲍照的话，屡有所见。他仿效、化用这些诗人的诗篇和诗句的例子，更不胜枚举。杜甫赠他的诗，也指出他的作品有近似鲍照、庾信、阴铿的地方。没有对遗产的认真学习，他不可能成为一个伟大的浪漫主义诗人。

授课人：浦江清、萧涤非

第九章 杜甫

诗人杜甫

一

杜甫是我国历史上最伟大的现实主义诗人，同时也是我国历史上最同情人民的诗人之一。他的诗，不仅具有极为丰富的社会内容、鲜明的时代色彩和强烈的政治倾向，而且充溢着热爱祖国、热爱人民的崇高精神。自唐以来，他的诗即被公认为“诗史”。

杜甫生于公元712年，死于公元770年，他所处的时代，是唐帝国由盛而衰的一个急剧转变的时代。755年的安史之乱是这一转变的关键。杜甫经历了安史乱前的所谓开元盛世，也经历了安史之乱的全部过程。杜甫的一生是和他的时代，特别是安史之乱前后二十年间那“万方多难”的时代息息相关的。他和人民共度乱离的生活，这就使他有可能深刻地描绘出那个苦难时代的生活图画。而诗，便是他有力的武器。

杜甫不是贵族，但也并非劳动人民出身。他出生于一个“奉儒守官”的家庭，享有不纳租税、不服兵役等特权。这一历史条件，也就规定了杜甫要成为一个同情人民的诗人，不可能不是一个艰苦的过程。杜甫的生活道路和创作道路正是这样表明着的。

杜甫的一生，约可分为四期。三十五岁以前，是他的读书和游历时期。这时正当开元盛世，他的经济状况也较好。诗人从小就“好学”，七岁时已开始吟诗：“七龄思即壮，开口咏凤凰。”由于刻苦学习，使他能够从“读书破万卷”以至“群书万卷常暗诵”，为他的创作打下了雄厚的知识基础。从二十岁起，他开始了为时十年以上的漫游。先南游吴、越，后北游齐、赵。在游齐、赵期间，他结交了李白和高适，除打猎取乐外，他们也经常赋诗或论文。对这段游历，诗人晚年还很向往：“放荡齐赵间，裘马颇清狂。快意八九年，西归到咸阳。”但由于这种生活方式，不可能接近人民，深入现实，因此快意诚然是快意，却没有给他的创作带来光彩。在现存不到三十首的诗中，还没有代表性的佳作。这只是他的创作的准备时期。

杜甫走向人民，是从第二期（三十五到四十四岁）十载长安的困守开始的。这是安史大乱的酝酿时期，当权的是奸相李林甫和杨国忠。杜甫不仅不能实现他的“致君尧舜上，再使风俗淳”的政治抱负，而且开始过着“朝扣富儿门，暮随肥马尘”的屈辱生活，以至经常挨饿受冻，“饥卧动即向一旬，敝衣何啻联百结”。诗人已丧失了他的“裘马”了。在饥寒的煎熬下，杜甫也曾想到退隐，做一个“潇洒送日月”的巢父、许由，但他毕竟还是选择了另一条艰苦的道路。这是一个重要的契机。生活折磨了杜甫，也玉成了杜甫，使他逐渐走向人民，深入人民生活，看到人民的痛苦，也看到统治阶级的罪恶，从而写出了《兵车行》《丽人行》《赴奉先咏怀》等现实主义杰作。十年困守的结果，使杜甫变成了一个忧国忧民的诗人。这才确定了杜甫此后的生活道路和创作道路。

从四十五岁到四十八岁，是杜甫生活的第三期，陷安史叛军中与为官时期。这是安史大乱最剧烈的时期，国家岌岌可危，人民灾难惨重，诗人也历尽艰险。在陕北，他曾经和人民一起逃难；在沦陷了的长安，他曾经亲眼看到安史叛军的屠杀焚掠，和人民一同感受国亡家破的痛苦。诗人没有丧失气节，消极地等待长安的恢复，而是采取了积极的行动：只身逃出长安。在为官期间，由于和肃宗政见不合，他仍多次获得深入人民生活的机会。在回鄜州的途中，在羌村，在新安道上，他看到了各种惨象，他和父老们、和送行的母亲们，哭在一起。安史之乱，原是由统治阶级内部爆发的一次带有民族矛盾性质的叛乱。由于大野心家安禄山实行民族歧视，到处烧杀淫掠，这就使得唐王朝进行的平乱战争具有维护统一、制止分裂的正义性，得到广大人民的支持。历史表明：当时不仅大河南北的人民纷起抗击，白面书生也拿起了武器："赴敌甘负戈，论兵勇投笔。"（刘长卿《吴中闻潼关失守》）诗人畅当便是其中之一。甚至妇女也自动参军，《旧唐书·肃宗纪》："卫州妇人侯四娘、滑州妇人唐四娘、某州妇人王二娘，相与歃血，请赴行营讨贼，皆补果毅。"回纥等少数民族也出兵"助顺"。这说明平定安史叛乱是符合人民愿望的。杜甫对待这次战争的态度也是积极的。他哀悼那为国牺牲的"四万义军"，他告诫文武官吏要"戮力扫欃枪"，他一方面大力揭露兵役的黑暗，同情人民，一方面还是勉励人民参战。由于深入人民生活，并投入实际斗争，这就使他写出了《悲陈陶》《哀江头》《春望》《羌村》《北征》《洗兵马》和"三吏""三别"等一系列具有高度的爱国精神的诗篇，并达到了现实主义的高峰。

公元759年7月，杜甫弃官由华州经秦州、同谷，吃尽千辛万苦，于这年年底到达成都，开始他最后一期“漂泊西南”的生活。杜甫的弃官，并不是立意要走向人民，但实际上他从此却真是走向人民了。在漂泊的十一年中，除了几个月的幕府生活外，他基本上是生活在人民中间的，所以说“晚憩必村墟”“田父实为邻”。他爱和劳动人民往来，并有着深厚的友谊，这从“野老来看客，河鱼不取钱”“枣熟从人打”“药许邻人劚”一类诗句也就可以看出。愈爱人民也就愈憎厌官僚，所以他曾公开地说：“不爱入州府，畏人嫌我真。及乎归茅宇，邻舍未曾嗔。”在这漂泊的十一年中，杜甫生活仍然很苦，常常不免要逃难和挨饿受冻。前人说杜甫是个“菜肚老人”（宋刘克庄《后村诗话新集》），实际上他往往是连菜也没的吃，而且也并不始于老年。在他逝世不久以前，还因为逃难而挨了五天饿。可贵的是他在生活上总是向人民看齐，觉得自己比人民还是好得多。但是，不论怎样苦，也不论漂泊到什么地方，杜甫都是一刻也不曾忘记国家、人民和政治的。比如漂泊夔州时，关于朝廷的消息，他就是问之于地方官的，所谓“朝廷问府主”；有时也问之于过往的使者，所谓“相看多使者，一一问函关”。同时，也从不曾忘记或放松他的创作，在漂泊的十一年间，他写了一千多首诗。他说：“他乡阅迟暮，不敢废诗篇！”又说：“留滞才难尽，艰危气益增！”正是诗人忠实的自白。《茅屋为秋风所破歌》《闻官军收河南河北》《又呈吴郎》《遭田父泥饮》《诸将》《秋兴》《岁晏行》等都是这期最优秀的作品。和前期不同的，是带有更多的抒情性质，形式也更多样化。

杜甫在四川漂泊了八九年，在湖北、湖南漂泊了两三年，770年冬，死在由长沙到岳阳途中的一条破船上。“战血流依旧，军声动至今。”这是他对祖国和人民最后的哀念。在人民被奴役的时代，却要做人民的代言人，诗人的身后萧条，自不在话下。813年，仅由他的孙子杜嗣业“收拾乞丐”，才把停在岳阳的灵柩归葬偃师。诗人的遗体还漂泊了四十三年。

从以上简单的叙述，我们已可看出杜甫和人民的关系和他如何接近人民的过程。前人说：学杜诗“须是范希文（范仲淹）专志于诗，又是一生困穷乃得”（清吴乔《围炉诗话》卷四）。不是没有道理的。

杜甫的思想，渊源于儒家，但由于他的接近人民的生活实践，对儒家学说也有所突破。比如，儒家说：“穷则独善其身，达则兼善天下。”杜甫却是不管穷达，都要兼善天下。儒家说：“不在其位，不谋其政。”杜甫却是不管在位不在位，都要谋其政。前人说杜甫的许多五言律诗都可作“奏疏”看，其实何止五律？儒家也谈“节用爱民”“民为贵”，但一面又轻视劳动、轻视劳动人民，杜甫与之相反，他热爱劳动人民，也欢喜劳动，并甘心为广大人民的幸福牺牲自己。儒家严“华夷之辨”，杜甫却在一定程度上摆脱了这种狭隘思想，他是反对和亲的，但并非无条件的反对。他说：“似闻赞普更求亲，舅甥和好应难弃。”并责备唐王朝：“朝廷忽用哥舒将，杀伐虚悲公主亲。”由于时代、阶级的限制，他接受了儒家的忠君思想。但是杜甫的忠君是和爱国爱民密切结合的，所以苏轼可以说杜甫“一饭未尝忘君”，而周紫芝也可以说“少陵有句皆忧国”。对此，我们必须做具体分析，把精华与糟粕区别开来。

二

毛主席说：“无产阶级对于过去时代的文学艺术作品，也必须首先检查它们对待人民的态度如何，在历史上有无进步意义，而分别采取不同态度。”（《在延安文艺座谈会上的讲话》）杜甫的作品具有深刻的思想性，这从以下几方面都可看出来。

“穷年忧黎元，叹息肠内热。”——对人民的无限同情，是杜甫诗歌深刻的思想性的第一个特征。他不仅广泛地反映了人民的痛苦生活，而且大胆地深刻地表达了人民的思想感情和要求。在“三吏”“三别”中，反映出各种类型的人民在残酷的兵役下所遭受的痛楚；在《赴奉先咏怀》中，他正确地指出了劳动人民创造物质财富养活了剥削阶级：“彤庭所分帛，本自寒女出。鞭挞其夫家，聚敛贡城阙。”并一针见血地揭穿了封建社会中的黑暗：“朱门酒肉臭，路有冻死骨。”在《又呈吴郎》中，他通过寡妇扑枣的描写，说出了穷人心坎里的话：“不为困穷宁有此？”并进一步把“盗贼”的根源，归咎于封建统治者本身的骄奢荒淫：“不过行俭德，盗贼本王臣！”（《有感》）在《遭田父泥饮》中，他还热情地歌颂了劳动人民那种天真淳朴的优良品质。“指挥过无礼，未觉村野丑”，在一千二百多年前，作为一个曾经侍候过皇帝的人，对待劳动人民竟能持此种态度，是极为可贵，富有进步意义的。也正因为诗人是这样一副热心肠，在杜甫笔下，我们才能看到如此众多的人民形象。他对人民的同情竟达到如此高度：只要一想到人民的痛苦，他便忘怀了自身的痛苦，甚至不惜牺牲自己的生命。在“幼子饿已卒”的情况下，他还是“默思失业徒，因念远戍卒”。当茅屋为秋风所破时，他却发出了“安得广厦千万间”的宏愿，并宁愿以“冻死”来换取广大饥寒无告者的温暖。

“济时敢爱死？寂寞壮心惊！”——对祖国的无比热爱，是杜甫诗歌深刻的思想性的第二个特征。正如上引诗句所表明的那样，杜甫是一个不惜自我牺牲的爱国主义者。同时他也要求他的朋友们能够“济时肯杀身”“临危莫爱身”。因此他的诗歌渗透着爱国的热忱。

可以这样说，他的喜怒哀乐是和祖国命运的盛衰起伏相呼应的。当国家危难的时候，他对着三春的花鸟会心痛得流泪，如《春望》：“感时花溅泪，恨别鸟惊心。”一旦大乱初定，他又兴奋得流泪，如《闻官军收河南河北》：“剑外忽传收蓟北，初闻涕泪满衣裳。”也可以这样说，凡是有关国家命运的政治、军事各方面的重大事件，我们几乎都可以在杜甫的诗中找到反映。杜甫从切身体会中感到，要抵抗敌人，就必须拿起武器，进行战斗。因此，他大声疾呼：“猛将宜尝胆，龙泉必在腰！”（《寄董卿嘉荣》）而“哀鸣思战斗，迥立向苍苍”（《秦州杂诗》），也决不只是写的一匹“老骕骦”，而是蕴含着一种急欲杀敌致果的报国心情在内的诗人自己的形象。因此，“三吏”“三别”，从最深刻的意义上来说，并非只是揭露兵役黑暗、同情人民痛苦的诗，同时也是爱国诗篇。因为在这些诗中也反映出并歌颂了广大人民忍受一切痛苦的高度的爱国精神。“勿为新婚念，努力事戎行！”这是人民的呼声、时代的呼声，也是诗人通过新娘子的口发出的爱国号召。黄家舒说：“均一兵车行役之泪，而太平黩武，则志在安边；神京陆沉，则义严讨贼。”（《杜诗注解》序）是颇得要领的。

“必若救疮痍，先应去蝥贼！”——一个爱国爱民的诗人，对统治阶级的各种祸国殃民的罪行必然会怀着强烈的憎恨，而这也就是杜诗深刻的思想性的第三个特征。他的讽刺面非常广，也不论对象是谁。在《兵车行》中，他讽刺的矛头直指封建最高统治者唐玄宗，揭露他的穷兵黩武给国家和人民造成的严重灾难：“君不闻汉家山东二百州，千村万落生荆杞。”宰相杨国忠兄妹，当时炙手可热，势倾天下，但杜甫在《丽人行》中却讥讽他们的奢侈荒淫，在《赴奉先咏怀》中并把他们这种生活和人民的苦难联系起来，和国家命运联系起来。他一方面唱出“朝野欢娱后，乾坤震荡中”；另一面他又一再警告统治者要节俭，认为：“君臣节俭足，朝野欢呼同。”唐肃宗、代宗父子信用鱼朝恩、李辅国和程元振一班宦官，使掌兵权，杜甫却大骂“关中小儿坏纪纲”，认为只有把他们杀掉，国家才会有转机：“不成诛执法，焉得变危机？”在《冬狩行》中，他讽刺地方军阀只知打猎取乐：“草中狐兔尽何益？天子不在咸阳宫！”伴随着叛乱而来的，是官军的屠杀奸淫，《三绝句》之一作了如下的暴露：“殿前兵马虽骁雄，纵暴略与羌浑同。闻道杀人汉水上，妇女多在官军中！”当官吏的贪污剥削有加无已，《岁晏行》就揭露：“况闻处处鬻男女，割慈忍爱还租庸。”针对这些现象，作为一个同情人民疾苦的诗人，就难怪杜甫有时竟是破口大骂，把他们比作虎狼和凶手：“群盗相随剧虎狼，食人更肯留妻子。”“万姓疮痍合，群凶嗜欲肥。”但阶级的局限，使杜甫只能把希望寄托在统治者身上：“谁能叩君门，下令减征赋。”并在力所能及的范围内忠告他的朋友们要做清官：“众僚宜洁白，万役但平均。”真是“告诫友朋，若训子弟”（《杜诗胥钞》）。

除上述三方面这些和当时政治、社会直接有关的作品外，在一些咏物写景的诗中，也都渗透着人民的思想感情。比如说，同是一个雨，杜甫有时则表示喜悦，如《春夜喜雨》：“好雨知时节，当春乃发生。随风潜入夜，润物细无声。”即使是大雨，哪怕茅屋漏了，只要对人民有利，他照样是喜悦：“敢辞茅苇漏，已喜禾黍高。”（《大雨》）但当久雨成灾时，他却遏不住他的恼怒：“吁嗟乎苍生，稼穑不可救。安得诛云师，畴能补天漏。”（《九日寄岑参》）可见他的喜怒是从人民的利益出发，以人民的利益为转移的。咏物诗中，如《萤火》《麂》等，也都可以看作政治讽刺诗。吴乔说“诗出于人，有子美之人，而后有子美之诗”，并指出杜甫的为人，是“于黎民，无刻不关其念”（《围炉诗话》卷四），这话很有见地，也是确实的。

杜甫热爱生活，热爱祖国的河山，他那些抒情诗和描写山川风物的纪行诗，也同样可以看到他同情人民的思想感情。“一重一掩吾肺腑，山鸟山花吾友于”，祖国的江山竟成了诗人的肺腑。

三

“天意君须会：人间要好诗！”白居易说得对，人民的确是要好诗的，杜甫也确实没有辜负人民的期望，留下了许多好诗。他的诗，是我国最可宝贵的文化遗产的一部分。

杜甫异常重视诗的艺术功夫，除《戏为六绝句》外，和李白、高适、岑参、孟云卿等也常常提到“论文”的事。他对于一篇诗的要求非常严格，即所谓“毫发无遗憾”。为了达到这种完美无缺的艺术境界，他的创作态度也是非常严肃认真的。他不只是“颇学阴何苦用心”“新诗改罢自长吟”，而是“语不惊人死不休！”因此，杜甫的诗不仅具有高度的思想性，而且具有高度的艺术性，内容和形式是统一的。

我们可以先谈谈他的叙事诗。这类诗特别值得我们珍视。杜甫以前，文人写的叙事诗是很少的，叙人民之事的就更少。杜甫的叙事诗，不仅数量多，而且质量高，表现他的现实主义特色最为突出，最为充分。

我觉得，杜甫的叙事诗中，有许多艺术特色值得我们重视。例如，诗人善于选择并概括具有典型意义的社会现象，他的名句“朱门酒肉臭，路有冻死骨”，便是通过典型化而收到震撼人心的艺术效果的。杜甫还善于选择和塑造具有典型意义的人物，往往从同一类型的许多人物中只着重描写一个，通过个别，反映一般。例如《兵车行》，只写他和那行人的谈话，但千万行人的悲惨命运也就显示无余。《前出塞》《后出塞》等，同样可以作为例证。

寓主观于客观，也就是将自己的主观意识、思想感情融化在客观的具体描写中，而不明白说出。这是杜甫叙事诗最大的特点，也是杜甫最大的本领。比如白居易也是现实主义的大诗人，他的《新丰折臂翁》同样是反对穷兵黩武的名篇，但作者是站出来发言的，我们只要拿来和《兵车行》一对照，马上就可以发现它们之间的差异。孰优孰劣，还可研究，但这差异却是明显的。

杜诗中很注意对话的运用和人物语言的个性化。为了把人物写得生动，杜甫吸收了汉乐府的创作经验，常常运用对话或人物独白，并做到了人物语言的个性化。这种例子很多，《新婚别》写那位新娘子的语言尤为成功。本来是柔肠寸断，痛不欲生，但又不能不顾虑到自己还是个刚过门的新娘子的身份，所以语带羞涩，备极吞吐。由于语言传神，所以我们读杜甫这类诗，总有一种如见其人、如闻其声的感觉。

采用俗语，是杜诗语言的一大特色，也是我国诗歌语言发展上的一大革新。自一般士大夫文人观之，这种俗语是不足以登大雅之堂的。但杜甫在抒情诗中用俗语很多，在叙事诗中则更丰富。因为这些叙事诗许多都是写的人民生活，采用一些俗语，自能增加诗的真实性和亲切感，并有助于人物语言的个性化。如《兵车行》的"爷娘妻子走相送""牵衣顿足拦道哭"，《新婚别》的"生女有所归，鸡狗亦得将"。至如《前出塞》的"挽弓当挽强，用箭当用长。射人先射马，擒贼先擒王"，更是有同谣谚。

他提高了俗语的地位，丰富了诗的语言，使诗更接近生活，接近人民群众；另一方面又通过千锤百炼创造出珠玉般的、字字敲得响、“字字不闲”的诗句。卢世㴶评“万姓疮痍合，群凶嗜欲肥”说：“合字肥字，惨不可读。诗有一字而峻夺人魄者，此是也。”这种例子是很多的。在这方面，还很值得我们研究、学习。

作为一个现实主义诗人，杜甫的抒情诗也有自己的风格。抒情一般易流于抽象，杜甫却写得形象和具体。在叙事诗中，杜甫寄情于事，在抒情诗中，则往往寄情于景，融景入情，情景交融。这也有两种情况：一种是情景同时出现，如他的名句：“感时花溅泪，恨别鸟惊心”“江山如有待，花柳更无私”等；另一种是好像只见景，不见情。如《登慈恩寺塔》：“秦山忽破碎，泾渭不可求。俯视但一气，焉能辨皇州？”但其中仍透露了忧国念乱的心情。“五更鼓角声悲壮，三峡星河影动摇。”“高江急峡雷霆斗，古木苍藤日月昏。”其中也同样有着诗人跳动的心和那个混乱时代的影子。在叙事诗中，杜甫尽量地有意识地避免发议论，在抒情诗，具体地说在政治抒情诗中，却往往大发议论，提出自己的政见和对时事的批评。为了适应内容的要求，杜甫的叙事诗概用伸缩性较大的五七言古体，而抒情诗则多用五七言近体，因之这类诗，语言特别精练，音乐性也强，耐人含咏。

由于杜甫是一个“集大成”的诗人，因此他对后代的影响和贡献，也是多方面的、深远的和巨大的。在我国诗歌的发展过程中，他占有特殊重要的地位。他把现实主义推向了一个新的更高的阶段。他的现实主义的创作精神，和那“即事名篇”的写作方法，直接开导了中唐时期以白居易为首的新乐府运动。他那些叙事诗，如《兵车行》、“三吏”“三别”等等，实际上就是新题乐府。

杜甫运用了当时所有的一切诗体，并充分地发挥了各种诗体的功能，为各种诗体树立了榜样。诗，在他手里发挥了很大的作用。他用诗写传记，写游记，写自传，写奏议，写书札，总之，凡是他人用散文来写的，他都可以用诗的形式来写。在他之前，七言律诗，照例是用来歌功颂德或应酬的，但他却用来反映现实，这也是一个值得注意的变革。

最后，有一点我们还必须谈到：杜甫是一个具有政治抱负的爱国爱民的诗人，同时也是一个具有乐观精神和顽强意志的诗人，尽管吃尽苦头，也从不曾悲观消极。这也就决定了他的现实主义，不可能是一种浅薄的现实主义，而是有理想的现实主义。《洗兵马》可为代表。诗一开始就以飘风急雨的笔调写出大快人心的胜利形势："河广传闻一苇过，胡危命在破竹中。"热情地歌颂了祖国的中兴，赞扬了郭子仪等中兴诸将，充满着鼓舞人心的力量。但另一方面又提醒统治者要安不忘危："已喜皇威清海岱，常思仙仗过崆峒。三年笛里关山月，万国兵前草木风。"并以幽默而夸张的口吻嘲弄那班因人成事、趋炎附势的王侯："攀龙附凤势莫当，天下尽化为侯王。"也没有忘记人民的生计："田家望望惜雨干，布谷处处催春种。"诗的结尾，进一步通过美妙的幻想提出了千千万万人民对未来美好生活的共同愿望："安得壮士挽天河，净洗甲兵长不用！"全诗的基调是乐观的，气势磅礴，色彩绚丽，但又兼有清醒的现实主义的批判精神。王安石选杜诗，以此篇为压卷，是有眼光的。此外，《凤凰台》《茅屋为秋风所破歌》，也都是较突出的现实主义的作品。

伟大的诗人杜甫，他的成就是难以尽书的，他对后代的影响也不只是在文学方面。大政治家王安石、民族英雄文天祥、爱国诗人陆游和顾炎武等，都无不受到这位诗人的教益。

一千二百五十年过去了，但当我们读到这位诗人的作品时，还宛如对面。

人民是不朽的，深切关怀人民的杜甫的诗篇，在人民心目中，也必愈益光辉灿烂，万古长存！

杜诗的特征

杜甫诗空前绝后，为中国第一诗家。虽与李白齐名称李杜，而元微之已著论扬杜抑李，韩愈则并称之，谓“李杜文章在，光芒万丈长”。又与韩文并称，作杜诗韩笔。

杜甫诗可分数点论之：

1. 以时事入诗，有“史诗”之目

唐代政治得失，离乱情形，社会状况，皆可于杜诗中求之。杜氏不过为拾遗，且不为肃宗所喜，晚依严武，而流寓在蜀，而忠爱性成，常有感愤时事、痛哭流涕之作。故论者以李白为诗仙，而以杜甫为诗圣也。《新安吏》《潼关吏》《石壕吏》《新婚别》《垂老别》《无家别》称“三吏”“三别”，皆乾元二年相州兵溃时作，写乱世民间疾苦，此类诗乃不虚作，得“三百篇”之遗意。他若《兵车行》《丽人行》《洗兵马》《哀江头》。《兵车行》写明皇用兵吐蕃民苦行役而作，《前出塞》同。《丽人行》讽杨氏姊妹兄弟作，而《虢国夫人》一首则直称时人之名，此古诗所少有。《哀王孙》写禄山乱时贵族流离之苦，“可怜王孙泣路隅，问之不肯道姓名。但道困苦乞为奴，已经百日窜荆棘。身上无有完肌肤”。《哀江头》陷贼中在长安作，“明眸皓齿今何在，血污游魂归不得。清渭东流剑阁深，去住彼此无消息”。慨马嵬西狩事。《洗兵马》收复西京后作，其中“攀龙附凤势莫当，天下尽化为侯王”含讽刺意，盖当乱平以后，滥升官职也。大概“安史之乱”前后公诗皆为政治的、有关时事的。

2. 多自叙及述怀之诗

最长之篇为《北征》，自凤翔见肃宗后返鄜州省家作。《奉赠韦左丞丈二十二韵》天宝七载不得志将离长安作。《自京赴奉先县咏怀五百字》天宝十四载作。玄宗在华清宫，时禄山即反也。自叙志愿为“许身一何愚，窃比稷与契”。写途中云“岁暮百草零，疾风高岗裂。天衢阴峥嵘，客子中夜发。霜严衣带断，指直不能结”。写骊山宴乐云“中堂有神仙，烟雾蒙玉质。暖客貂鼠裘，悲管逐清瑟。劝客驼蹄羹，霜橙压香橘”。而接以评语云“朱门酒肉臭，路有冻死骨”！

3. 自铸伟词，创造句法，开诗之新格律

“语不惊人死不休”“读书破万卷，下笔如有神”，较之李白一味拟古，自是不同。开后来诗人之门户，而当时人或不重之也。入蜀以后，格律尤细，至如《秋日夔府咏怀一百韵》《夔府书怀四十韵》等，排律之擅场，千古一人而已。

4. 融贯儒家思想以为根本

一生流离颠沛，自喻自解，颇有诙谐之处，以 smooth（平复）种种惨苦之情，愈见其“但觉高歌有鬼神，不知饿死填沟壑”，浩歌弥激烈耳。伟大的诗人人格必高。他信仰孔孟思想，唯一生不得志。严武有一时也对他不满意，于是才有了他对严武无礼貌，喊出“严

挺之有此儿”的故事。不过他是积极的，当他悲观到极点，用诙谐的方式表现出来，所以可爱。其幽默的诗风如陶渊明。对人生若理会若不理会，如《茅屋为秋风所破歌》。虽有诙谐笔墨，但其对于诗的看法非常认真而严肃，认为一生之表见唯在于诗耳。

5. 在技术上，他模拟所有一切前人之作

杜甫在《戏为六绝句》里说“不薄今人爱古人”，于《大雅》《小雅》、阮籍、左思、谢灵运、何逊、阴铿、庾信、初唐四杰、沈佺期、宋之问皆有所学，故能集诗之大成。

如杜诗“云白山青万余里，愁看直北是长安”，从沈佺期“两地江山万余里，何时重谒圣明君”来，杜诗“春水船如天上坐，老年花似雾中看”，从沈佺期“人疑天上坐，鱼似镜中悬”来。盖其祖杜审言与佺期等为友，杜律诗自沈开拓也。

有人问，唐代佛教甚盛，何以杜甫绝不受其影响。按：杜集亦有与上人来往者，如钱笺本卷三有《寄赞上人》《别赞上人》二首。卷四《赠蜀僧闾丘师兄》末句“唯有摩尼球，可照浊水源”，卷五《谒文公上方》云“愿闻第一义，回向心地初。金篦刮眼膜，价重百车渠。无生有汲引，兹理傥吹嘘”，等等。

李杜比较

李杜同时人，当时已齐名，韩愈以之并称。

李白拟古代乐府，杜的乐府是新定的、创造的。

李白为道家，为神仙家，杜甫纯粹儒者。杜甫关心时事，李白对于时事，不甚关心。如玄宗幸蜀，杜甫痛哭流涕，而李白乃作《上皇西巡南京歌》极轻清流丽之至，大有蜀间乐不必长安之意。

李白思想近于浪漫、颓废、出世，而杜甫则纯粹积极。

虽韩愈并推李杜，而同时的元微之著论已扬杜抑李，云杜甫为千古诗人之宗。李诗是天才的流露，杜诗是用苦工做出来的。

论影响后世，李亦远不及杜。唐代韩（愈）、白（居易）、李（商隐）、杜（牧），宋则苏（轼）、黄（庭坚）、陈（师道）、陆（游）皆学杜，金则元好问，明则袁海叟（凯）《白燕诗》学杜，李空同学杜，清人则钱（谦益）、吴（伟业）、顾亭林辈皆学杜。诗中之有杜派为诗之正宗也。学李者，则长吉、苏轼、杨诚斋略有之，屈翁山、黄仲则有才如李白之称，实则不逮远甚也。

唐人选唐诗甚少收入李杜之作，或者认为时人不重李杜诗，此说未必，或因当时李杜二集风行普遍，当时选家不愿多录耳。

李杜二人交情很好。《唐诗纪事》录“饭颗山头逢杜甫，头戴笠子日卓午。借问别来太瘦生，总为从前作诗苦”诗，谓李嘲杜作，此乃小说家所为。

授课人：萧涤非、浦江清

第十章 现实主义诗人白居易

白居易的生平和思想

白居易是杜甫的有意识的继承者，也是杜甫之后的杰出的现实主义诗人。他继承并发展了《诗经》和汉乐府的现实主义传统，沿着杜甫所开辟的道路进一步从文学理论上和创作上掀起了一个波澜壮阔的现实主义诗歌的高潮。

白居易（772—846），字乐天，晚居香山，自号香山居士，又曾官太子少傅，后人因称白香山、白傅或白太傅。原籍太原，后迁下邽（陕西渭南县），他出身于一个小官僚家庭，世敦儒业，祖、父皆以明经出身。

白居易的青年时代是在颠沛流离中度过的。由于战乱，他十一岁时就离家避难越中，常常是“衣食不充，冻馁并至”，以至“常索米丐衣于邻郡邑”。贫困的生活，使白居易接近了人民，这对他的诗歌创作差不多一开始就走上现实主义的道路有着重大的作用。

白居易的思想带有浓厚的儒、释、道三家杂糅的色彩，但主导思想则是儒家的“穷则独善其身，达则兼善天下”。他说：“仆虽不肖，常师此语。”又说：“仆志在兼济，行在独善，奉而始终之则为道，言而发明之则为诗。谓之讽谕诗，兼济之志也；谓之闲适诗，独善之义也。”(《与元九书》）可见这一思想不仅支配了他的政治态度，同时也支配了他的创作方向。他的一生，大体上即可依此分为前后两期，而以四十四岁贬江州司马为分界线。

（一）前期——即从入仕到贬江州司马以前。这是白居易“志在兼济”的时期。这一时期，他在仕途上可以说是一帆风顺。二十九岁，一举成进士，三十二岁又以“拔萃”登科，为校书郎，三十五岁复应制举“才识兼茂明于体用科”，以第四等入选，由校书郎为盩厔尉，不久入为翰林学士，又做了三年的左拾遗。所以诗人曾不无自负地说：“十年之间，三登科第，名入众耳，迹升清贵。”

社会现实和个人闻见，既使诗人深感有“为民请命”的必要，而最高统治者的信任又使他觉得有此可能，于是“兼济天下”的思想便占了主导地位：“丈夫贵兼济，岂独善一身！”(《新制布裘》）为了实现这种宏愿，他非常积极、勇敢，也不怕牺牲自己：“勿轻直折剑，犹胜曲全钩！”(《折剑头》)“正色摧强御，刚肠嫉喔咿。常憎持禄位，不拟保妻儿。养勇期除恶，输忠在灭私！”(《代书诗一百韵寄微之》）这不仅是他的政治态度，也是他的创作态度。当校书郎秩满时，他“闭户累月，揣摩当代之事”，写成《策林》七十五篇，针对当时经济、政治、军事、文教各方面存在的弊端提出了改革意见。他指出人民的贫困是由于“官吏之纵欲”“君上之不能节俭”“财产不均，贫富相并”。他要求统治者“以天下之心为心”“以百姓之欲为欲”。为了了解人民的“心”，他建议统治者“立采诗之官，开讽谏之道”。在元和三年至五年做左拾遗期间，他一方面利用谏官的职位，“有阙必规，有违必谏，朝廷得失无不察，天下利害无不言”；一方面又利用诗歌的特点来配合斗争，凡“难于指言者，辄咏歌之”。《秦中吟》和《新乐府》等讽谕诗便是这时写出的。这些诗像连弩箭似的射向黑暗的现实，几乎刺痛了所有权豪的心，使得他们“变色”“扼腕”“切齿”。然而诗人却是“不惧权豪怒”！

元和十年（815），盗杀宰相武元衡，白居易认为是书籍以来未有的“国辱”，首先上书请捕贼，权贵们怒其越职奏事（白居易时为赞善大夫），造谣中伤，遂被贬为江州司马。实际上得罪的原因还是在于那些讽谕诗，所以他自己说：“始得名于文章，终得罪于文章。”

（二）后期——即自贬江州到死。这是他“独善其身”的时期。江州之贬是对诗人一个沉重的打击，“换尽旧心肠”，诗人虽未免言之过分，但比之前期确有了显著的不同。在江州司马期间，他还有某些激情，写出《琵琶行》和《与元九书》，唱出“不分气从歌里发，无明心向酒边生”这样的诗句。但已转向消极。随着政治环境的日益险恶，在前期还只是偶一浮现的佛、道思想，这时也就逐渐滋长。他糅合儒家的“乐天安命”、道家的“知足不辱”和佛家的“四大皆空”来作为“明哲保身”的法宝。他悔恨自己“三十气太壮，胸中多是非”，而力求做到“面上灭除忧喜色，胸中消尽是非心”。他缄默了，不敢再过问政治了：“世间尽不关吾事”“世事从今口不言”，他认为“多知非景福，少语是元亨”。为了避免牛李党争之祸，他为自己安排下一条“中隐”的道路。这就是不做朝官而做地方官，以地方官为隐。因此他力求外任，在任杭州和苏州刺史之后，又“求致身散地”，以太子宾客分司东都，在洛阳度过最后的十八年“似出复似处”的生活。所以刘禹锡称道他说：“吏隐情兼遂，儒玄道两全。”其实是可悲的。在这种消极思想的支配下，白居易的诗歌也丧失了它的战斗性和光芒。大量的“闲适诗”“感伤诗”

代替了前期的“讽谕诗”。

但也应指出：白居易的消极毕竟不同于王维的“万事不关心”。他的兼济之志并未完全消失，在力所能及而又不触怒权贵们的情况下还是为人民做了不少好事，如在杭州时的筑堤浚井。人民对他也很有好感：“苏州十万户，尽作婴儿啼。”（刘禹锡《白太守行》）他晚年在洛阳也时常想到人民：“心中为念农桑苦，耳里如闻饥冻声。”（《新制绫袄成感而有咏》）只是老百姓“饥冻”的根源，他再也不去追究、揭露了。会昌六年八月，诗人病死在洛阳，葬洛阳龙门山。

白居易的诗论与新乐府运动

作为一个杰出的现实主义诗人，白居易还有其独特贡献，这就是在总结我国自《诗经》以来现实主义诗歌创作经验的基础上，建立了现实主义的诗歌理论。新乐府运动的形成和开展，白居易先进的诗论起着直接的指导作用。他的《与元九书》，便是一篇最全面、最系统、最有力的宣传现实主义、批判形式主义的宣言。

首先，他认为诗歌必须为政治服务，必须负起“补察时政”“泄导人情”的政治使命，从而达到“救济人病，裨补时阙”“上下交和、内外胥悦”的政治目的。他响亮地提出了“文章合为时而著，歌诗合为事而作”的口号。所谓“为时而著”“为事而作”，也就是他在《新乐府序》中说的“为君为臣为民为物为事而作”。针对当时的社会特征，他特别强调“为民”，认为诗歌应该反映人民疾苦：“唯歌生民病”“但伤民病痛”。将诗歌和政治、和人民生活密切结合，这是白居易诗论的核心。在他以前，还没有谁如此明确地提出过。

这种观点，不仅是他自己的创作指南，而且也是他衡量古代作家作品的标准和领导新乐府运动的纲领。对六朝以来那种脱离现实脱离政治的“嘲风雪、弄花草”的东西，他做了彻底的否定。历来风骚并称，李杜齐名，但白居易却说屈原“泽畔之吟，归于怨思”，只“得风人之什二三”；说李白之作“才矣奇矣，人不逮矣，索其风雅比兴，十无一焉”，不及杜甫的“尽工尽善”；而且即使是杜甫，他也认为为时为事而作的作品还不够多。这样的持论虽不免偏激狭隘，但也说明他的大胆和坚决。对廓清大历以来逐渐抬头的逃避现实的诗风来说，也有其现实意义。

其次，白居易还认识到文学植根于现实生活，是现实生活的反映。《策林》六十九说：“大凡人之感于事，则必动于情，然后兴于嗟叹，发于吟咏，而形于歌诗矣。”并认为像《诗经》中《北风》之刺威虐，《硕鼠》之刺重敛，汉童谣“广袖高髻”之刺奢荡等，都是由“感于事”“动于情”而产生的。因此，他指出要写作为政治服务的诗就必须关心政治，主动地从现实生活中汲取创作泉源。《秦中吟序》说：“贞元、元和之际，予在长安，闻见之间，有足悲者，因直歌其事。”《与元九书》也说：“自登朝来，年齿渐长，阅事渐多，每与人言，多询时务。”便是这一理论的实践。

第三，他阐发了诗歌的特性，并结合这种特性强调诗的教育作用和社会功能。《与元九书》说：“感人心者，莫先乎情，莫始乎言，莫切乎声，莫深乎义。诗者：根情，苗言，华声，实义。上自贤圣，下至愚骏，……未有声入而不应，情交而不感者。”他以果木成长过程为喻，形象地、系统地提出了诗的四要素。“情”和“义”是内容，“言”和“声”是形式，其中尤以“实义”为最重要。“义”即《诗经》的“六义”，主要是指那种“美刺”精神。“实义”即以义为果实，也就是要“经之以六义”，使诗具有美刺的内容。因为只有这样的诗才能感人至深，并感人为善，从而收到“补察时政”“泄导人情”的效果。所以说“莫深乎义”。白居易强调诗歌应为政治服务，也正因有见于诗歌的巨大感染力。

第四，为了充分地发挥诗的功用，更好地达到“救济人病，裨补时阙”的政治目的，白居易强调内容与形式的统一，主张形式必须服从内容，为内容服务。《新乐府序》说：“其辞质而径，欲见之者易谕也；其言直而切，欲闻之者深诫也……其体顺而肆，可以播于乐章歌曲也。”所以他“不求宫律高，不务文字奇”，而力求做到语言的通俗平易，音节的和谐婉转。这对于“雕章镂句”的时代风尚以及“温柔敦厚”“怨而不怒”的传统诗教都是一个革新。

新乐府运动，便是在上述诗论的指导下开展起来的。元稹、张籍、王建等人的新题乐府和少数古题乐府也都体现了或符合于这些理论精神。

白居易诗歌的思想性和艺术性

白居易是唐代诗人中创作最多的一个。他曾将自己五十一岁以前写的一千三百多首诗编为四类：一讽谕、二闲适、三感伤、四杂律。这个分类原不够理想，因为前三类以内容分，后一类又以形式分，未免夹杂，但基本上还是适用的。同时从他把杂律诗列为一类来看，也反映了律诗这一新诗体到中唐元和年代已发展到可以和古体诗分庭抗礼了。他晚年又曾将五十一岁以后的诗只从形式上分为“格诗”和“律诗”两类，也说明这一情况。

四类中，价值最高，他本人也最重视的是第一类讽谕诗。这些讽谕诗，是和他的兼善天下的政治抱负一致的，同时也是他的现实主义诗论的实践。其中《新乐府》五十首、《秦中吟》十首更是有组织有计划的杰作，真是“篇篇无空文，句句必尽规”，具有高度的人民性和丰富的现实内容。

从“唯歌生民病”出发，讽谕诗的第一个特点是广泛地反映人民的痛苦，并表示极大的同情。这首先是对农民的关切。在《观刈麦》中，他描写了“足蒸暑土气，背灼炎天光”的辛勤劳动的农民，和由于“家田输税尽”不得不拾穗充饥的贫苦农妇，并对自己的不劳而食深感“自愧”。在《采地黄者》中更反映了农民牛马不如的生活，他们没有“口食”，而地主的马却有“残粟”(余粮)：“愿易马残粟，救此苦饥肠！”所以诗人曾得出结论说：“嗷嗷万族中，唯农最苦辛！”对农民的深厚同情使诗人在《杜陵叟》中爆发出这样的怒吼：

> 剥我身上帛，夺我口中粟。虐人害物即豺狼，何必钩爪锯牙食人肉！

这是农民的反抗，也是诗人的鞭挞。

在封建社会，不只是农民，妇女的命运同样是悲惨的。对此，白居易也有多方面的反映，如《井底引银瓶》《母别子》等。对于被迫断送自己的青春和幸福的宫女，尤为同情。如《后宫词》：“三千宫女胭脂面，几个春来无泪痕？”白居易不只是同情宫女，而且把宫女作为一个社会问题政治问题，认为“上则虚给衣食，有供亿糜费之烦；下则离隔亲族，有幽闭怨旷之苦”(《请拣放后宫内人》)，要求宪宗尽量拣放。因此在《七德舞》中他歌颂了太宗的“怨女三千放出宫”，而在《过昭君村》一诗中更反映了人民对选宫女的抵抗情绪：“至今村女面，烧灼成瘢痕。”基于这样的认识和同情，诗人写出了那著名的《上阳白发人》：

> 上阳人！上阳人！红颜暗老白发新。绿衣监使守宫门，一闭上阳多少春？玄宗末岁初选入，入时十六今六十。同时采择百余人，零落年深残此身。忆昔吞悲别亲族，扶入车中不教哭：皆云入内便承恩，脸似芙蓉胸似玉。未容君王得见面，已被杨妃遥侧目。妒令潜配上阳宫，一生遂向空房宿。宿空房，秋夜长。夜长无寐天不明。耿耿残灯背壁影，萧萧暗雨打窗声。春日迟，日迟独坐天难暮。宫莺百啭愁厌闻，梁燕双栖老休妒。莺归燕去长悄然，春往秋来不记年。唯向深宫望明月，东西四五百回圆。今日宫中年最老，大家遥赐尚书号。小头鞋履窄衣裳，青黛点眉眉细长。外人不见见应笑，天宝末年时世妆。上阳人，苦最多。少亦苦，老亦苦，少苦老苦两如何？君不见昔时吕向《美人赋》，又不见今日《上阳宫人白发歌》！

唐诗中以宫女为题材的并不少，但很少写得如此形象生动。“宿空房，秋夜长”一段，叙事、抒情、写景，三者融合无间，尤富感染力。历史的和阶级的局限，使诗人还只能发出“须知妇人苦，从此莫相轻”“人生莫作妇人身，百年苦乐由他人”这样无可奈何的感叹和呼吁，但在那时已是很可贵了。

人民的疾苦，白居易知道是从何而来的，他曾一语道破：“一人荒乐万人愁！”为了救济人病，因此讽谕诗的另一特点，就是对统治阶级的“荒乐”以及与此密切关联的各种弊政进行揭露。中唐的弊政之一，是不收实物而收现钱的“两税法”。这给农民带来极大的痛苦。《赠友》诗质问道：“私家无钱炉，平地无铜山；胡为秋夏税，岁岁输铜钱？”为了换取铜钱，农民只有“贱粜粟与麦，贱贸丝与绵”，结果是“岁暮衣食尽”“憔悴畎亩间”。在《重赋》中，更揭露了两税的真相：“敛索无冬春。”对农民的憔悴也做了描绘，并提出控诉：“夺我身上暖，买尔眼前恩！”

中唐的另一弊政，是名为购物“而实夺之”的“宫市”。所谓宫市，就是由宫廷派出宦官去市物。这遭殃的虽只限于“辇毂之下”的长安地区的人民，问题似乎不大，但因为直接关涉到皇帝和宦官的利益，很少人敢过问，白居易这时却写出了《卖炭翁》，并标明：“苦宫市也！”

> 卖炭翁，伐薪烧炭南山中。满面尘灰烟火色，两鬓苍苍十指黑。卖炭得钱何所营？身上衣裳口中食。可怜身上衣正单，心忧炭贱愿天寒。夜来城外一尺雪，晓驾炭车辗冰辙。牛困人饥日已高，市南门外泥中歇。翩翩两骑来是谁？黄衣使者白衫儿。手把文书口称敕，回车叱牛牵向北。一车炭，千余斤，宫使驱将惜不得。半匹红纱一丈绫，系向牛头充炭值！

篇中“黄衣使者”和“宫使”，便都是指的宦官。此诗不发议论，更没有露骨的讽刺，是非爱憎即见于叙事之中，这写法在白居易的讽谕诗里也是较独特的。《宿紫阁山北村》一篇，则是刺的掌握禁军的宦官头目，曾使得他们“切齿”。

中唐的弊政，还有“进奉”。所谓进奉，就是地方官把额外榨取的财物美其名曰“羡余”，拿去讨好皇帝，谋求高官。白居易的《红线毯》，虽自言是“忧农桑之费”，其实也就是讽刺“进奉”的。诗中的宣州太守便是这样一个典型的地方官。

> 红线毯，择茧缫丝清水煮，拣丝练线红蓝染。染为红线红于

花，织作披香殿上毯。披香殿广十丈余，红线织成可殿铺。采丝茸茸香拂拂，线软花虚不胜物。美人踏上歌舞来，罗袜绣鞋随步没。太原毯涩毳缕硬，蜀都褥薄锦花冷。不如此毯温且柔，年年十月来宣州。宣州太守加样织，自谓为臣能竭力。百夫同担进宫中，线厚丝多卷不得。宣州太守知不知？一丈毯，千两丝。地不知寒人要暖，少夺人衣作地衣！

白居易《论裴均进奉银器状》说当时地方官“每假进奉，广有诛求”，又《论于頔裴均状》也说“莫不减削军府，割剥疲人（民），每一入朝，甚于两税”，可见“进奉”害民之甚。对于统治阶级的荒乐生活本身，白居易也进行了抨击，如《歌舞》《轻肥》《买花》等，都是有的放矢。

作为讽谕诗的第三个特点的，是爱国主义思想。这又和中唐时代国境日蹙的军事形势密切相关。《西凉伎》通过老兵的口发出这样的慨叹：

自从天宝干戈起，犬戎日夜吞西鄙。凉州陷来四十年，河陇侵将七千里。平时安西万里疆，今日边防在凤翔！

这种情况原应激起边将们的忠愤，然而事实却是：“遗民肠断在凉州，将卒相看无意收！”为什么无意收呢！《城盐州》揭穿了他们的秘密：“相看养寇为身谋，各握强兵固恩泽！”令人发指的，是这班边将不仅养寇，而且把从失地逃归的爱国人民当作“寇”去冒功求赏。这就是《缚戎人》所描绘的：“脱身冒死奔逃归，昼伏露行经大漠”“游骑不听能汉语，将军遂缚作蕃生。……自古此冤应未有，汉心汉语吐蕃身！”在这些交织着同情和痛恨的诗句中，也充分表现了作者的爱国精神。当然，非正义的侵略战争他也是反对的，如《新丰折臂翁》。但也应看到这首诗是为天宝年间的穷兵黩武而发，带有咏史的性质。

在艺术形式方面，讽谕诗也有它自身的特点。这是由这类诗的内容和性质决定的。概括地说，讽谕诗约有以下一些艺术特点：

（一）主题的专一和明确。白居易自言《秦中吟》是“一吟悲一事”，其实也是他的讽谕诗的一般特色。一诗只集中地写一件事，不旁涉他事，不另出他意，这就是主题的专一。白居易效法《诗经》作《新乐府》五十首，以诗的首句为题，并在题下用小序注明诗的美刺目的，如《卖炭翁》“苦宫市也”之类；同时还利用诗的结尾（卒章）做重点突出，不是唯恐人知，而是唯恐人不知，所以主题思想非常明确。这也就是所谓“首句标其目，卒章显其志”。而且在题材方面，所谓“一吟悲一事”，也不是漫无抉择的任何一件事，而是从纷繁的各类真人真事中选取最典型的事物。例如“宫市”，《新唐书》卷五十二说：“有赍物入市而空归者。每中官出，沽浆卖饼之家皆撤肆塞门。”可见受害的下层人民很多，但他只写一《卖炭翁》；当时的“进奉”也是形形色色的，同书同卷说当时有所谓“日进”“月进”，但他也只写一《红线毯》。这当然也有助于主题的明确性。

（二）运用外貌和心理等细节刻画来塑造人物形象。例如《卖炭翁》，一开始用“满面尘灰烟火色，两鬓苍苍十指黑”这样两句，便画出了一个年迈而善良的炭工；接着又用“可怜身上衣正单，心忧炭贱愿天寒”来刻画炭工的内心矛盾，就使得人物更加生动、感人，并暗示这一车炭就是他的命根子。这些都有助于作品主题思想的深化。此外如《缚戎人》的“唯许正朔服汉仪，敛衣整巾潜泪垂”“忽闻汉军鼙鼓声，路傍走出再拜迎”，《上阳白发人》的“唯向深宫望明月，东西四五百回圆”等，也都可为例。

（三）鲜明的对比，特别是阶级对比。他往往先尽情摹写统治阶级的糜烂生活，而在诗的末尾忽然突出一个对立面，反戈一击，这样来加重对统治阶级的鞭挞。如《轻肥》在描绘大夫和将军们“樽罍溢九酝，水陆罗八珍”之后，却用“是岁江南旱，衢州人食人”作对比；《歌舞》在畅叙秋官、廷尉“醉暖脱重裘”的开怀痛饮之后，却用“岂知阌乡狱，中有冻死囚”做对比，都具有这样的作用。《买花》等也一样。这种阶级对比的手法也是由阶级社会生活本身的对抗性矛盾所规定的。

（四）叙事和议论结合。讽谕诗基本上都是叙事诗，但叙述到最后，往往发为议论，对所写的事做出明确的评价。这也和他所谓的“卒章显其志”有关。他有的诗，议论是比较成功的，如《红线毯》在具体生动的描绘之后，作者仿佛是指着宣州太守的鼻子提出正义的诘责，给人比较强烈的印象。《新丰折臂翁》的卒章也有比较鲜明的感情色彩。但是，也有一些诗，结尾近于纯粹说理，给人印象不深，甚至感到有些枯燥。只有《卖炭翁》等个别篇章，不着一句议论，可以看作例外。

（五）语言的通俗化。平易近人，是白诗的一般风格。但讽谕诗更突出。这是因为“欲见之者易谕”。他仿民歌采用三三七的句调也是为了通俗。把诗写得“易谕”并非易事，所以刘熙载说：“香山用常得奇，此境良非易到。”（《艺概》二）袁枚也说白诗“意深词浅，思苦言甘。寥寥千载，此妙谁探？”（《续诗品》）白诗流传之广和这点有很大关系。白居易还广泛地运用了比兴手法，有的用人事比喻人事，如“托幽闭喻被谗遭黜”的《陵园妾》，“借夫妇以讽君臣之不终”的《太行路》，更具有双重的讽刺意义。

讽谕诗的这些艺术特点都是为上述那些内容服务的。当然，也不是没有缺陷。主要是太尽太露，语虽激切而缺少血肉，有时流于苍白的说教。宋张舜民说“乐天新乐府几乎骂”(《滹南诗话》卷三），是有一定的根据的。这已不是一个单纯的艺术技巧问题了。

讽谕诗外，值得着重提出的是感伤诗中的两篇叙事长诗:《长恨歌》和《琵琶行》。

《长恨歌》是白居易三十五岁时作的，写唐明皇和杨贵妃的爱情悲剧。一方面由于作者世界观的局限，另一方面也由于唐明皇这个历史人物既是安史之乱的制造者又是一个所谓“五十年太平天子”，因此诗的主题思想也具有双重性，既有讽刺，又有同情。诗的前半露骨地讽刺了唐明皇的荒淫误国，劈头第一句就用“汉皇重色思倾国”喝起，接着是“春宵苦短日高起，从此君王不早朝”，“姊妹兄弟皆裂土，可怜光彩生门户，遂令天下父母心，不重生男重生女”，讽意是极明显的。从全诗来看，前半是长恨之因。诗的后半，作者用充满着同情的笔触写唐明皇的入骨相思，从而使诗的主题思想由批判转为对他们坚贞专一的爱情的歌颂，是长恨的正文。但在歌颂和同情中仍暗含讽意，如诗的结尾两句，便暗示了正是明皇自己的重色轻国造成了这个无可挽回的终身恨事。但是，我们也应该承认，诗的客观效果是同情远远地超过了讽刺，读者往往深爱其“风情”，而忘记了“戒鉴”。这不仅因为作者对明皇的看法存在着矛盾，而且和作者在刻画明皇相思之情上着力更多也很有关系。《长恨歌》的艺术成就很高，前半写实，后半则运用了浪漫主义的幻想手法。没有丰富的想象和虚构，便不可能有“归来池苑皆依旧”一段传神写照，特别是海上仙山的奇境。但虚构中仍有现实主义的精确描绘，人物形象生动，使人不觉得是虚构。语言和声调的优美，抒情写景和叙事的融合无间，也都是《长恨歌》的艺术特色。

《琵琶行》是白居易贬江州的次年写的，感伤意味虽较重，但比《长恨歌》更富于现实意义。琵琶女具有一定的典型性，“门前冷落车马稀，老大嫁作商人妇”，反映了当时妓女共同的悲惨命运。一种对被压迫的妇女的同情和尊重，使诗人把琵琶女的命运和自己的身世很自然地联系在一起：“同是天涯沦落人，相逢何必曾相识。”至于叙述的层次分明，前后映带，描写的细致生动，比喻的新颖精妙——如形容琵琶一段，使飘忽易逝的声音至今犹如在读者耳际，以及景物烘托的浑融，如用“唯见江心秋月白”来描写听者的如梦初醒的意态，从而烘托出琵琶的妙绝入神，所有这些则是它的艺术特点。

他的闲适诗也有一些较好的篇章。如《观稼》：“饱食无所劳，何殊卫人鹤？”对自己的闲适感到内疚。《自蜀江至洞庭湖口有感而作》一诗中，诗人幻想让大禹做唐代水官，疏浚江湖，使“龙宫变闾里，水府生禾麦”。也表现了诗人不忘国计民生的精神。但历来传诵的却是杂律诗中的两首。一是他十六岁时所作并因而得名的《赋得古原草送别》：

> 离离原上草，一岁一枯荣。野火烧不尽，春风吹又生。远芳侵古道，晴翠接荒城。又送王孙去，萋萋满别情。

另一是《自河南经乱关内阻饥兄弟离散》那首七律：

> 时难年荒世业空，弟兄羁旅各西东。田园寥落干戈后，骨肉流离道路中。吊影分为千里雁，辞根散作九秋蓬。共看明月应垂泪，一夜乡心五处同。

闲适、杂律两类在他诗集中占有绝大比重，像这样较好的诗却很少。

其他多是流连光景之作，写得平庸浮浅；还有很多和元稹等人的往复酬唱，更往往不免矜奇玄博，“为文造情”。这不能不影响诗人的声誉。

白居易最大的贡献和影响是在于继承从《诗经》到杜甫的现实主义传统掀起一个现实主义诗歌运动，即新乐府运动。他的现实主义的诗论和创作对这一运动起着指导和示范的作用。白居易在《编集拙诗成一十五卷》一诗中说：“每被老元（元稹）偷格律，苦教短李（李绅）伏歌行”，《和答诗》序更谈到元稹因受他的启发而转变为“淫文艳韵，无一字焉”的经过，可见对较早写作新乐府的李、元来说，也同样起着示范作用。新乐府运动的精神，自晚唐皮日休等经宋代王禹偁、梅尧臣、张耒、陆游诸人以至晚清黄遵宪，一直有所继承。白居易的另一影响是形成一个“浅切”派，亦即通俗诗派。由于语言的平易近人，他的诗流传于当时社会的各阶层乃至国外，元稹和他本人都曾谈到这一空前的盛况。他的《长恨歌》《琵琶行》流传更广，并为后来戏剧提供了题材。当然，白居易的影响也有消极的一面。这主要来自闲适诗。一些自命“达道之人”甚至专门抄录这类诗，名为《养恬集》或《助道词语》（《法藏碎金录》卷四）。但毕竟是次要的。

授课人：萧涤非

第十一章 贾岛

这像是元和长庆间诗坛动态中的三个较有力的新趋势。这边老年的孟郊，正哼着他那沙涩而带芒刺感的五古，恶毒地咒骂世道人心，夹在咒骂声中的，是卢仝、刘叉的“插科打诨”和韩愈的洪亮的嗓音，向佛老挑衅。那边元稹、张籍、王建等，在白居易的改良社会的大纛下，用律动的乐府调子，对社会泣诉着他们那各阶层中病态的小悲剧。同时远远的，在古老的禅房或一个小县的廨署里，贾岛、姚合领着一群青年人作诗，为各人自己的出路，也为着癖好，作一种阴黯情调的五言律诗（阴黯由于癖好，五律为着出路）。

老年中年人忙着挽救人心，改良社会，青年人反不闻不问，只顾躲在幽静的角落里作诗，这现象现在看来不免新奇，其实正是旧中国传统社会制度下的正常状态。不像前两种人，或已“成名”，或已通籍，在权位上有说话做事的机会和责任，这般没功名、没宦籍的青年人，在地位上职业上可说尚在“未成年”时期，种种对国家社会的崇高责任是落不到他们肩上的。越俎代庖的行为是情势所不许的。所以恐怕谁也没想到那头上来。有抱负也好，没有也好，一个读书人生在那时代，总得作诗。作诗才有希望爬过第一层进身的阶梯。诗作到合乎某种程式，如其时运也凑巧，果然溷得一“第”，到那时，至少在理论上你才算在社会中“成年”了，才有说话做事的资格。否则万一你的诗作得不及或超过了程式的严限，或诗无问题而时运不济，那你只好作一辈子的诗，为责任作诗以自课，为情绪作诗以自遣。贾岛便是在这古怪制度之下被牺牲，也被玉成了的一个。在这种情形下，你若还怪他没有服膺孟郊到底，或加入白居易的集团，那你也可算不识时务了。

贾岛和他的徒众，为什么在别人忙着救世时，自己只顾作诗，我们已经明白了。但为什么单作五律呢？这也许得再说明一下。孟郊等为便于发议论而作五古，白居易等为讲故事而作乐府，都是为了各自特殊的目的，在当时习惯以外，匠心地采取了各自特殊的工具。贾岛一派人则没有那必要。为他们起见，当时最通行的体裁——五律就够了。一则五律与五言八韵的试帖最近，作五律即等于做功课，二则为拈拾点景物来烘托出一种情调，五律也正是一种标准形式。然而作诗为什么老是那一套阴霾、凛冽、峭硬的情调呢？我们在上文说那是由于癖好，但癖好又是如何形成的呢？这点似乎尤其重要。如果再明白了这点，便明白了整个的贾岛。

我们该记得贾岛曾经一度是僧无本。我们若承认一个人前半辈子的蒲团生涯，不能因一旦返俗，便与他后半辈子完全无关，则现在的贾岛，形貌上虽然是个儒生，骨子里恐怕还有个释子在。所以一切属于人生背面的、消极的、与常情背道而驰的趣味，都可溯源到早年在禅房中的教育背景。早年记忆中“坐学白骨塔”，或“三更两鬓几枝雪，一念双峰四祖心”的禅味，不但是“独行潭底影，数息树边身”“月落看心次，云生闭目中”一类诗境的蓝本，而且是

"瀑布五千仞，草堂瀑布边""孤鸿来夜半，积雪在诸峰"，甚至"怪禽啼旷野，落日恐行人"的渊源。他目前那时代——一个走上了末路的，荒凉、寂寞、空虚，一切罩在一层铅灰色调中的时代，在某种意义上与他早年记忆中的情调是调和，甚至一致的。惟其这时代的一般情调，基于他早年的经验，可说是先天的与他不但面熟，而且知心，所以他对于时代，不至如孟郊那样愤恨，或白居易那样悲伤。反之，他却能立于一种超然地位，借此温寻他的记忆，端详它，摩挲它，仿佛一件失而复得的心爱的什物样。早年的经验使他在那荒凉得几乎狞恶的"时代相"前面，不变色，也不伤心，只感着一种亲切、融洽而已。于是他爱静、爱瘦、爱冷，也爱这些情调的象征——鹤、石、冰雪。黄昏与秋是传统诗人的时间与季候，但他爱深夜过于黄昏，爱冬过于秋。他甚至爱贫、病、丑和恐怖。他看不出"鹦鹉惊寒夜唤人"句一定比"山雨滴栖鸥"更足以令人关怀，也不觉得"牛羊识僮仆，既夕应传呼"较之"归吏封宵钥，行蛇入古桐"更为自然。也不能说他爱这些东西。如果是爱，那便太执着而邻于病态了（由于早年禅院的教育，不执着的道理应该是他早已懂透了的）。他只觉得与它们臭味相投罢了。更说不上好奇。他实在因为那些东西太不奇，太平易近人，才觉得它们"可人"，而喜欢常常注视它们。如同一个三棱镜，毫无主见地准备接受并解析日光中各种层次的色调，无奈"世纪末"的云翳总不给他放晴，因此他最热闹的色调也不过"杏园啼百舌，谁醉在花傍！""身事岂能遂？兰花又已开"和"柳转斜阳过水来"之类。常常是温馨与凄清揉合在一起，"芦苇声兼雨，芰荷香绕灯"，春意留恋在严冬的边缘上："旧房山雪在，春草岳阳生。"

他瞥见的"月影"偏偏不在花上而在"蒲根"，"栖鸟"不在绿杨中而在"棕花上"。是点荒凉感，就逃不脱他的注意，哪怕琐屑到

“湿苔粘树瘿”。

以上这些趣味，诚然过去的诗人也偶尔触及到，却没有如今这样大量的、彻底的被发掘过，花样、层次也没有这样丰富。我们简直无法想象他给与当时人的，是如何深刻的一个刺激。不，不是刺激，是一种酣畅的满足。初唐的华贵，盛唐的壮丽，以及最近十才子的秀媚，都已腻味了，而且容易引起一种幻灭感，他们需要一点清凉，甚至一点酸涩来换换口味。在多年的热情与感伤中，他们的感情也疲乏了，现在他们要休息。他们所熟习的禅宗与老庄思想也这样开导他们。孟郊、白居易鼓励他们再前进。眼看见前进也是枉然，不要说他们早已声嘶力竭。况且有时在理论上就释道二家的立场说，他们还觉得“退”才是正当办法。正在苦闷中，贾岛来了，他们得救了，他们惊喜得像发现了一个新天地，真的，这整个人生的半面，犹如一日之中有夜，四时中有秋冬——为什么老被保留着不许窥探？这里确乎是一个理想的休息场所。让感情与思想都睡去，只感官张着眼睛往有清凉色调的地带涉猎去：

叩齿坐明月，搘颐望白云。

休息又休息，对了，唯有休息可以驱除疲惫，恢复气力，以便应付下一场的紧张。休息，这政治思想中的老方案，在文艺态度上可说是第一次被贾岛发现的。这发现的重要性可由它在当时及以后的势力中窥见。由晚唐到五代，学贾岛的诗人不是数字可以计算的，除极少数鲜明的例外，是向着词的意境与辞藻移动的，其余一般的诗人大众，也就是大众的诗人。则全属于贾岛。从这观点看，我们不妨称晚唐五代为贾岛时代。他居然被崇拜到这地步：

> 李洞……酷慕贾长江，遂铜写岛像，戴之巾中，常持数珠念贾岛佛。人有喜贾岛诗者，洞必手录岛诗赠之，叮咛再四曰："此无异佛经，归焚香拜之。"（《唐才子传》九）
>
> 南唐孙晟……尝画贾岛像，置于屋壁，晨夕事之。（《郡斋读书志》十八）

上面的故事，你尽可解释为那时代人们的神经病的象征，但从贾岛方面看，确乎是中国诗人从未有过的荣誉，连杜甫都不曾那样老实地被偶像化过。你甚至说晚唐五代之崇拜贾岛是他们那一个时代的偏见和冲动，但为什么几乎每个朝代的末叶都有回向贾岛的趋势？宋末的四灵，明末的钟谭，以至清末的同光派，都是如此。不宁惟是。即宋代江西派在中国诗史上所代表的新阶段，大部分不也是从贾岛那份遗产中得来的赢余吗？可见每个在动乱中灭毁的前夕都需要休息，也都要全部地接受贾岛，而在平时，也未尝不可以部分接受他，作为一种调剂。贾岛毕竟不单是晚唐五代的贾岛，而是唐以后各时代共同的贾岛。

授课人：闻一多

第十二章 孟郊

孟郊（751—814），字东野，湖州武康（今浙江武康县）人。早年屡试不第，四十六岁才成进士，五十岁始做溧阳尉。后来辞官，到五十六岁才做河南水陆转运从事，试协律郎等小官，贫寒至死。

孟郊的诗，很受韩愈的推崇，当时的人已有“孟诗韩笔”的称誉。孟郊自己的诗也说：“诗骨耸东野，诗涛涌退之。”（《戏赠无本》二首）可见韩、孟两人的诗是各具特色、旗鼓相当的。

孟郊在《读张碧集》一诗里，叙述了自己的文学见解。他说：“天宝太白殁，六义已消歇。大哉国风本，丧而王泽竭。先生今复生，斯文信难缺。下笔证兴亡，陈辞备风骨。”这里，他显然是对大历以来那些流连光景、娱乐统治阶级的平庸浮艳诗风，深表不满，并且标举了“六义”“风骨”的传统，强调了诗歌的政治作用。在《懊恼》一诗里，他更愤激地说：“恶诗皆得官，好诗空抱山。”

他的诗里，有不少作品接触到社会现实矛盾。如《长安早春》《长安道》，讽刺了朱门贵族的骄奢闲逸生活；《贫女词》《织妇辞》，对劳动妇女的劳苦深表同情，而且以织妇口吻对受剥夺的境况提出质问：“如何织纨素，自着蓝缕衣？”更值得注意的是他的《寒地百姓吟》：

> 无火炙地眠，半夜皆立号。冷箭何处来，棘针风骚劳。霜吹破四壁，苦痛不可逃。高堂搥钟饮，到晓闻烹炮。寒者愿为蛾，烧死彼华膏。华膏隔仙罗，虚绕千万遭。到头落地死，踏地为游遨。游遨者谁子，君子为郁陶。

诗中把劳动人民寒夜的痛苦呼号和富贵人家终宵宴饮的生活做了鲜明的对照，并且以飞蛾扑火象征劳动人民悲惨绝望的命运。可以看出诗人心情的沉痛。

对当时藩镇割据，内战不息的时局，孟郊也表示忧虑和愤慨。他写了《杀气不在边》《吊国殇》《感怀》等诗，谴责统治者“擅摇干戈柄”“铸杀不铸耕”的罪恶行为。《伤春》一诗说：

> 两河春草海水清，十年征战城郭腥。乱兵杀儿将女去，二月三月花冥冥。千里无人旋风起，莺啼燕语荒城里。春色不拣墓旁枝，红颜皓色逐春去。……

这样惨目伤心的景色，令我们想起杜甫的《春望》。

孟郊的一生，“拙于生事，一贫彻骨。裘褐悬结，未尝俛眉为可怜之色”（《唐才子传》）。因此，他那些自述贫困穷态境遇的诗，也写得十分动人，如《秋怀》：

> 秋月颜色冰，老客志气单。冷露滴梦破，峭风梳骨寒。席上

印病纹，肠中转愁盘。疑怀无所凭，虚听多无端。梧桐枯峥嵘，声响如哀弹。

老病多异虑，朝夕非一心。商虫哭衰运，繁响不可寻。秋草瘦如发，贞芳缀疏金。晚鲜讵几时，驰景还易阴。弱习徒自耻，暮知欲何任。露才一见谗，潜智早已深。防深不防露，此意古所箴。

这些诗，不仅写出他贫病交加的凄凉晚景，也写出了冷酷无情的世道人心。诗里所写的虽是他个人的境遇，但仔细体会，仍然可以看出其中的生活体验和他那些反映人民疾苦的诗篇有相通的地方。其他如“食荠肠亦苦，强歌声无欢。出门如有碍，谁谓天地宽?”(《赠崔纯亮》)“借车载家具，家具少于车”(《借车》)，“吹霞弄日光不定，暖得曲身成直身”(《答友人赠炭》)，都能用片言只语写出他难以想象的愁苦心情和贫困生活。

孟郊是以苦吟著名的诗人，他自述作诗的情景是：“无子抄文字，老吟多飘零。有时吐向床，枕席不解听。”(《老恨》)上面所举的那些瘦硬奇警、入木三分的诗句，都经过苦思锤炼。他的苦吟，有时也是为了追求奇险，但主要还是为了使内容表现得更深刻警辟，如他在另一首诗里说的：“天地入胸臆，吁嗟生风雷。文章得其微，物象由我裁。”(《赠郑夫子鲂》)除前所举的诗歌外，他的写景诗如《洛桥晚望》:

天津桥下冰初结，洛阳陌上人行绝。榆柳萧疏楼阁闲，月明直见嵩山雪。

在森冷幽静之中，突着峭拔之笔，使人进入更高的意境。又如《游终南山》诗："南山塞天地，日月石上生。"也有出人意表的雄奇气概。韩愈说他的诗是"横空盘硬语，妥帖力排奡"(《荐士》)，苏轼形容他的诗是"诗从肺腑出，出辄愁肺腑。有如黄河鱼，出膏以自煮"(《读孟郊诗二首》)，都能从不同方面说明他诗歌的特点。但是，他有的诗也写得很平易近人，例如普遍传诵的《游子吟》：

慈母手中线，游子身上衣。临行密密缝，意恐迟迟归。谁言寸草心，报得三春晖？

一般说来，韩诗比较气象阔大，孟诗比较思力深刻。

孟郊诗中也有不少表现庸俗思想或封建观念的作品，如《初于洛中选》《烈女操》等。有的则虔诚地歌颂仙佛，如《列仙文》四首等。在艺术上，也有一些诗写得艰涩枯槁，缺乏诗味。

孟郊诗在文学史上影响是不小的。中晚唐不少著名诗人都很赞美他的诗才。贾岛《哭孟郊》诗说："冢近登山道，诗随过海船。"可见他死时诗篇已流传国外。北宋江西派诗瘦硬生新风格的形成，也受他一定的影响。

授课人：萧涤非

第十三章 刘禹锡

刘禹锡（772—842），字梦得，洛阳（今河南洛阳）人。贞元九年进士，因参加王叔文集团的进步政治改革遭到失败，被贬朗州司马等官职，在外地二十多年。以后入朝做主客郎中，晚年迁太子宾客。

刘禹锡具有朴素唯物论的思想，政治上也有进步见解。长期的贬谪并没有改变他的思想。他不少的诗篇抒发了自己身世遭遇的愤懑和痛苦，有的诗更直接讽刺了当朝的权贵。如他贬官十年后被召至京师，游玄都观，写了《戏赠看花诸君子》一诗：

> 紫陌红尘拂面来，无人不道看花回。玄都观里桃千树，尽是刘郎去后栽。

由于诗中用桃树影射了新得势的权贵，他再度遭到贬谪。但十四年以后他再回到京师，又写了一首《再游玄都观》：

百亩庭中半是苔，桃花开尽菜花开。种桃道士归何处？前度刘郎今又来。

讽刺比前一首更辛辣，态度也比前一首更倔强。

他对时政的不满，又往往通过咏物诗表现出来。在《飞鸢操》里，他借飞鸢的形象讽刺了那些身居高位而贪得无厌、妒害贤能的人物："鹰隼仪形蝼蚁心，虽能戾天何足贵！"在《秋萤引》里，他把"天生有光非自炫"的秋萤和蚊虫妖鸟的丑恶阴暗形象做对比，表现出对阴谋权奸人物的轻蔑。在《聚蚊谣》中他说："我躯七尺尔如芒，我孤尔众能我伤。……清商一来秋日晓，羞尔微形饲丹鸟。"更在痛骂政敌中表达了政治斗争的胜利信念。他说张九龄贬于外地之后，"有拘囚之思。托讽禽鸟，寄词草树，郁郁然与骚人同风"（《吊张曲江》序）。其实也可以用来解释他这些作品的现实精神。

刘禹锡的怀古作品也是历来著名的。如《西塞山怀古》：

王濬楼船下益州，金陵王气黯然收。千寻铁锁沉江底，一片降幡出石头。人世几回伤往事，山形依旧枕寒流。从今四海为家日，故垒萧萧芦荻秋。

孙皓的千寻铁锁，并没有挽回东吴被灭亡的命运。诗人的感叹中，深寓着历史的教训。他的《金陵五题》，也一向被推为怀古的名作。《乌衣巷》写煊赫了二百年的王谢世族的没落，《台城》写梁陈的荒淫亡国，都是关系六朝历史的大事。《石头城》一首：

山围故国周遭在，潮打空城寂寞回。淮水东边旧时月，夜深还过女墙来。

更是在低回感叹中充满了对兴亡变化的无限沉思。他在另一首《金陵怀古》的五律中说："兴废由人事，山川空地形。"也正好说明了他这些怀古诗中所寄寓的思想。他还有一首《酬乐天扬州初逢席上见赠》，虽然不是怀古之作，但思想上却有一定的内在联系：

> 巴山楚水凄凉地，二十三年弃置身。怀旧空吟闻笛赋，到乡翻作烂柯人。沉舟侧畔千帆过，病树前头万木春。今日听君歌一曲，暂凭杯酒长精神。

这是他贬官二十多年后回乡的深沉感叹。沉舟侧畔，千帆竞发；病树前头，万木争荣。自然界的平凡现象中，暗示着社会人事新陈代谢的哲理。更可贵的是诗人并没有因此而感到衰老颓唐。白居易称赞这两句诗"神妙"，"在在处处应有灵物护之"(《刘白唱和集解》)，也正是赞美他深刻的艺术概括力量。

《刘梦得集》现存的两卷乐府诗，是他努力学习民歌的成绩。其中特别值得注意的是他流放巴楚间学习当时民歌俚调写成的作品。从《竹枝词》的序里，可以知道他当时看到了民歌"含思宛转"的特色，并有意识地学习屈原作《九歌》的精神，写了这些民歌体的小诗。《九歌》本是民间祭神之词，刘禹锡却更多地用来描写农村妇女健康的爱情，记录劳动人民生活和地方风物：

> 杨柳青青江水平，闻郎江上唱歌声。东边日出西边雨，道是无晴还有晴。

这是《竹枝词》二首之一，用"晴""情"的双关谐音表现爱情，极富民歌风味。又如《竹枝词》九首之二也是写爱情的：

山桃红花满上头，蜀江春水拍山流。花红易衰似郎意，水流无限似侬愁。

以前民歌往往用花比女子，这里却用来比男子，又别有一种风致。他也用民歌表现劳动生活，如《浪淘沙》之五：

濯锦江边两岸花，春风吹浪正淘沙。女郎剪下鸳鸯锦，将向中流匹晚霞。

这些诗都有健康开朗的情绪和浓厚的地方色彩，既在形象、音调、表现手法上吸收了民歌特点，又经过诗人的加工创造，显得更为凝练集中。后来许多学习民歌的诗人也往往从中得到启发。

刘禹锡有时也用民歌的形式来直接反映农民生活，如《插田歌》生动地描写了农民夏天插田的情景，又通过一段有趣的对话，对爬到小官吏地位便得意忘形的“计吏”进行辛辣的嘲笑。用农民口语，写得绘声绘影，是一首优秀的现实主义作品。

总的来说，刘禹锡的诗，律诗、绝句比古诗成就高，仿效民歌的乐府小章尤为著名。“开朗流畅，含思宛转”，“运用似无甚过人，却都惬人意，语语可歌”（胡震亨《唐音癸签》）。当时白居易称他为“诗豪”，宋代苏轼、黄山谷，对他也很推崇。

授课人：萧涤非

第十四章 柳宗元

柳宗元是唐代大散文家，也是一位优秀的诗人。他的诗和散文一样，大部分都是贬官永州、柳州时期写的。内容多抒发自己悲愤抑郁和离乡去国的情思。如著名的《登柳州城楼寄漳、汀、封、连四州》：

> 城上高楼接大荒，海天愁思正茫茫。惊风乱飐芙蓉水，密雨斜侵薜荔墙。岭树重遮千里目，江流曲似九回肠。共来百越文身地，犹自音书滞一乡。

这是他贬官柳州后，寄给同贬的四位朋友的。诗里不仅表现了自己离乡别友的悲苦心情，“惊风”“密雨”一联，托景寓意，流露了作者对时事的忧伤和处境的险恶。《岭南江行》的“射工巧视游人影，飓母偏惊旅客船”，也表现了同样的手法和用意。写思乡的如《与浩初上人同看山寄京华亲故》：

海畔尖山似剑芒，秋来处处割愁肠。若为化得身千亿，散向峰头望故乡。

譬喻新鲜，设想奇特，强烈地表现了思乡的感情。其他如《别舍弟宗一》《酬曹侍御象县见寄》也是这一类的优秀作品。又如《跂乌词》《笼鹰词》《放鹧鸪词》《行路难》等，或托言禽鸟，或借用神话来自况身世遭遇，讽刺现实，和他的寓言散文《三戒》《蝜蝂传》等颇有相似之处。

《田家》三首反映劳动人民的生活，是一组优秀的现实主义诗篇，其中第二首写得最深刻：

篱落隔烟火，农谈四邻夕。庭际秋虫鸣，疏麻方寂历。蚕丝尽输税，机杼空倚壁。里胥夜经过，鸡黍事筵席。各言"官长峻，文字多督责。东乡后租期，车毂陷泥泽。公门少推恕，鞭扑恣狼藉。努力慎经营，肌肤真可惜！"迎新在此岁，惟恐踵前迹。

这首诗描绘了农民尽输赋税后一贫如洗的情况，也写出了催租官吏凶残的嘴脸，体现了作者对劳动人民的同情和对里胥的憎恨。第一首中有"竭尽筋力事，持用穷岁年。尽输助徭役，聊就空舍眠"之句，对劳动人民的赋役之苦也是深表同情的。其他如《掩役夫张进骸》同情自己役夫的痛苦，《韦道安》歌颂为民除害的英雄，与他散文中为下层人民立传的进步思想也是一致的。

柳宗元的山水诗，情致深沉委婉，描绘细致简洁，艺术成就很高。历来文学批评家把他和陶渊明并称，也主要是指他这类作品。如他的名作《南涧中题》：

秋气集南涧，独游亭午时。回风一萧瑟，林影久参差。始至若有得，稍深遂忘疲。羁禽响幽谷，寒藻舞沦漪。去国魂已远，怀人泪空垂。孤生易为感，失路少所宜。索寞竟何事，徘徊只自知。谁为后来者，当与此心期。

在风声林影中漫步独行，静思身世，透过羁旅的寂寞和怀旧的忧伤，流露出一线恬然自适的欣慰。这首诗和他《永州八记》中的《石硐记》是相为表里之作。其他如《夏初雨后寻愚溪》《秋晓行南谷经荒村》意境也约略相同。沈德潜说柳诗得陶渊明之“峻洁”，概括得非常准确。他的《渔翁》一诗，也写得很好：

渔翁夜傍西岩宿，晓汲清湘燃楚竹。烟销日出不见人，欸乃一声山水绿。回看天际下中流，岩上无心云相逐。

这里通过渔夫生活的描绘，表现出作者所向往的“云无心以出岫”的自由生活的境界。江上日出景色的变化尤其写得奇妙动人。他的五言绝句《江雪》也是历来传诵的名作：

千山鸟飞绝，万径人踪灭。
孤舟蓑笠翁，独钓寒江雪。

在茫茫大雪中突出地写一个寒江独钓的老翁，隐然见出诗人高怀绝世的人格风貌。柳宗元的山水诗，尽管情景各有不同，但处处都显示出他清峻高洁的性格，同时也往往流露出被贬远荒的幽愤，所以前人说：“柳州诗长于哀怨，得骚之余意。”（沈德潜《唐诗别裁》）

姚莹《后湖诗集》中《论诗绝句》也说：“史法骚幽并有神，柳州高咏绝嶙峋。”这些评语都说明了柳宗元诗歌的这个特色。

授课人：萧涤非

第十五章 杜牧

杜牧（803—853），字牧之，京兆万年（今陕西西安）人。他是宰相杜佑之孙。二十六岁举进士，因为秉性刚直，被人排挤，在江西、宣歙、淮南诸使幕做了十年幕僚，“促束于簿书宴游间”，生活很不得意。三十六岁内迁为京官，后受宰相李德裕排挤，出为黄州、池州等地刺史。李德裕失势，内调为司勋员外郎。官终中书舍人。

杜牧看到唐帝国的种种内忧外患，政治上想有一番作为。他读书注意“治乱兴亡之迹，财赋兵甲之事，地形之险易远近，古人之长短得失”（《上李中丞书》）。善于论兵，作《原十六卫》《罪言》《战论》《守论》，又注《孙子》。任地方官时也给人民做了一些好事。

他的某些作品表现了一定的爱国忧民的思想感情。文宗太和元年朝廷派兵镇压沧州抗命的藩镇，他写了《感怀诗》，慨叹安史之乱以来藩镇割据、急征厚敛造成的民生憔悴，很想为国家做一点事。《郡斋独酌》一诗更直接表示了自己的理想和抱负：“岂为妻子计，未去山林藏？平生五色线，愿补舜衣裳。弦歌教燕赵，兰芷浴河湟。

腥膻一扫洒，凶狠皆披攘。生人但眠食，寿域富农桑。”又如《河湟》一诗：

> 元载相公曾借箸，宪宗皇帝亦留神。旋见衣冠就东市，忽遗弓剑不西巡。牧羊驱马虽戎服，白发丹心尽汉臣。唯有凉州歌舞曲，流传天下乐闲人。

诗人通过河湟无力收复的事件，对朝政的昏乱和国势的衰微，表示无限的忧愤。这个时候，朝廷里连元载这样曾经想到收复河湟的人也没有了。尽管河湟的人民还在戎服下面怀着系念祖国的丹心，但是，举国上下却以麻木不仁、醉生梦死的态度来听取从河湟凉州传来的歌舞。他的《华清宫诗》“雨露偏金穴，乾坤入醉乡”，也和这诗后两句具有同样沉痛的心情。《早雁》一诗则用比兴的手法，以雁象征边地人民：

> 金河秋半虏弦开，云外惊飞四散哀。仙掌月明孤影过，长门灯暗数声来。须知胡骑纷纷在，岂逐春风一一回？莫厌潇湘少人处，水多菰米岸莓苔。

惊飞四散的哀鸿，象征在回纥侵略蹂躏下逃回祖国的边地人民。诗中既表现了对难民的体贴同情，也暗示统治者对他们的漠不关心，“仙掌”“长门”，并非泛泛的修词设色，“岂逐春风”也不仅仅是写鸿雁秋来春返的自然现象。这两首诗的思想内容和现实背景，和白居易《缚戎人》《西凉伎》是相近的，但他用的是近体，写得更简练浑括。

他的咏史诗也很著名。有的诗是借历史题材讽刺统治者的骄奢荒淫。如《过华清宫三绝句》中的两首：

长安回望绣成堆，山顶千门次第开。一骑红尘妃子笑，无人知是荔枝来。

新丰绿树起黄埃，数骑渔阳探使回。霓裳一曲千峰上，舞破中原始下来。

诗里通过人们所熟知的唐明皇杨贵妃的故事，含蓄而有力地讽刺了晚唐帝王们的荒淫享乐。其创作意图和他不满“宝历大起宫室、广声色”而作《阿房宫赋》是完全一致的。他另一些咏史作品，则带有较为明显的史论特色。如《赤壁》诗：“东风不与周郎便，铜雀春深锁二乔。”《乌江亭》诗：“江东子弟多才俊，卷土重来未可知。”都是对历史上兴亡成败的关键问题发表独创的议论。他这种论史绝句的形式，后来颇为许多文人所仿效。

杜牧的抒情写景的七言绝句，艺术上有很高的成就。例如：

千里莺啼绿映红，水村山郭酒旗风。南朝四百八十寺，多少楼台烟雨中。

——《江南春》

烟笼寒水月笼沙，夜泊秦淮近酒家。商女不知亡国恨，隔江犹唱后庭花。

——《泊秦淮》

远上寒山石径斜，白云深处有人家。停车坐爱枫林晚，霜叶红于二月花。

——《山行》

这些诗词采清丽，画面鲜明，风调悠扬，可以看出他才气的俊爽与思致的活泼。前两首在写景中还流露出对时事的忧伤。但他的诗中也有一些思想感情很不健康的作品，有的诗带有浓厚的个人潦倒失意的感伤情调，缺乏理想的光彩。而《遣怀》《赠别》《叹花》等诗，更是专写征歌狎妓的颓放糜烂生活。饮酒狎妓是唐代文人中流行的风气，杜牧的这类诗更为后代无行的文人们所称道。这些作品无疑是他诗中的糟粕。

杜牧作诗是比较重视思想内容的。他认为文章应“以意为主，以气为辅，以辞采章句为兵卫”(《答庄充书》)。他很推崇李杜，说“李杜泛浩浩”，“杜诗韩笔愁来读，似倩麻姑痒处搔”。他的《李贺歌诗集序》一方面肯定李贺歌诗是“骚之苗裔”，同时也指出他缺乏《离骚》那种“言及君臣理乱”“有以激发人意”的思理。他说自己的创作是“苦心为诗，本求高绝，不务奇丽，不涉习俗，不今不古，处于中间”(《献诗启》)。这些话，可以看出他在诗歌理论上的主张和创作上的积极追求。但在创作实践上，他那些以华丽辞藻写颓放享乐生活的诗，显然和“不务奇丽，不涉习俗”的主张是自相矛盾的。

授课人：萧涤非

第十五章 李商隐

李商隐（813—858），字义山，号玉谿生，怀州河内（今河南沁阳）人。他初学古文，十九岁以文才得到牛党令狐楚的赏识，改从令狐楚学骈文章奏，被引为幕府巡官，并经令狐绹推荐，二十五岁举进士。次年李党的泾原节度使王茂元爱其才，辟为书记，以女妻之。牛党的人因此骂他“背恩”。此后牛党执政，他一直遭到排挤，在各藩镇幕府中过着清寒的幕僚生活，潦倒至死。

李商隐是一个关心现实政治的诗人，这在他的早年表现得更为突出，如他二十六岁时写的《安定城楼》：

> 迢递高城百尺楼，绿杨枝外尽汀洲。贾生年少虚垂涕，王粲春来更远游。永忆江湖归白发，欲回天地入扁舟。不知腐鼠成滋味，猜意鹓雏竟未休。

从这首曾被王安石称赞的名诗中，我们可以看到他对晚唐国运的关心以及在事业上的远大抱负。这种心情，在其他早年的诗篇中也有明显的表现。他二十五岁写的《行次西郊作一百韵》，就是一首长篇的政治诗，虽然艺术不够成熟，但它反映了较为广阔的现实。作者写他当时在长安西郊所见的农村景象是："高田长檞枥，下田长荆榛。农具弃道旁，饥牛死空墩。依依过村落，十室无一存。"他又通过农民的话，陈述了贞观、开元到安史乱后农民生活的变化。从今昔对比中，诗人提出了仁政任贤的主张，指出政治的理乱"在人不在天"。这些都是有一定进步意义的。他对当时宦官专权的黑暗政治也很愤慨不满。甘露事变中宦官杀死宰相王涯等几千人，他写了《有感》二首和《重有感》三诗，后诗尤为悲愤痛切：

> 玉帐牙旗得上游，安危须共主君忧。窦融表已来关右，陶侃军宜次石头。岂有蛟龙愁失水？更无鹰隼击高秋！昼号夜哭兼幽显，早晚星关雪涕收。

在宦官熏天势焰之下，当时许多诗人都不敢正面发表反对意见，有的甚至顺从宦官的言论，而年青的李商隐却从国家安危出发，毅然呼吁诛讨宦官，这种勇气是难能可贵的。他的朋友刘蕡因"耿介嫉恶"被贬死，他也连写了几首诗为他呼冤。在《井络》《韩碑》中他还反对了藩镇的割据。

李商隐还写了许多咏史诗，曲折地对政治问题发表意见。这些诗主要是讽刺历史上帝王们的荒淫奢侈，引为现实的殷鉴。如《北齐》诗："小怜玉体横陈夜，已报周师入晋阳。"《隋宫》诗："春风举国裁宫锦，半作障泥半作帆。"讽意极为鲜明强烈。《富平少侯》诗："当关不报侵晨客，新得佳人字莫愁。"则用咏史含蓄地讽刺了耽于女色不视朝政的唐敬宗。有的咏史是寄托自己怀才不遇的感慨。

例如《贾生》：

宣室求贤访逐臣，贾生才调更无伦。可怜夜半虚前席，不问苍生问鬼神。

号称贤明的汉文帝召见贾谊，尚且不问苍生，他自己生在昏乱时代还能有什么更好的出路呢？

随着他在政治上的失望，关怀现实的诗篇减少了，更多的诗，是用忧郁感伤的调子，感叹个人的沦落，世运的衰微。如《杜工部蜀中离席》：

人生何处不离群，世路干戈惜暂分。雪岭未归天外使，松州犹驻殿前军。座中醉客延醒客，江上晴云杂雨云。美酒成都堪送老，当垆仍是卓文君。

诗里虽然对边事还有所关心，但那种颓然自放的心情已经掩盖不住了。又如他的《登乐游原》绝句：

向晚意不适，驱车登古原。夕阳无限好，只是近黄昏。

这一片转眼就会消失的夕阳，不仅象征着他个人的沉沦迟暮，也象征着大唐帝国的奄奄一息。其他的小诗，如《宿骆氏亭寄怀崔雍崔衮》："秋阴不散霜飞晚，留得枯荷听雨声。"《花下醉》："客散酒醒深夜后，更持红烛赏残花。"也同样是这种暗淡低沉的末世哀音。比之他早期的作品，气概是大不相同了。

李商隐的作品中，最为人所传诵的，还是他的爱情诗。这类诗或名《无题》，或取篇中两字为题。关于这类诗他自己曾经解释说："为芳草以怨王孙，借美人以喻君子。"（《谢河东公和诗启》）又说："楚雨含情俱有托。"（《梓州罢吟寄同舍》）但是，现在看来，他这些诗可能有少数是别有寄托的，如"万里风波""八岁偷照镜"；有的可能是悼亡之作，如《锦瑟》；更多的是有本事背景的言情之作。这些本事，作者既不肯明言，我们也无须做徒劳的追究。这些诗中交织着他爱情的希望、失望，以至绝望的种种复杂心情。如下两首不同时作的《无题》：

> 昨夜星辰昨夜风，画楼西畔桂堂东。身无彩凤双飞翼，心有灵犀一点通。隔座送钩春酒暖，分曹射覆蜡灯红。嗟余听鼓应官去，走马兰台类转蓬。

> 相见时难别亦难，东风无力百花残。春蚕到死丝方尽，蜡炬成灰泪始干。晓镜但愁云鬓改，夜吟应觉月光寒。蓬山此去无多路，青鸟殷勤为探看。

这两首诗是他情诗中有代表性的名作。前一首里，写出男女双方虽然透过重重封建礼教的帷幕达成了爱情的默契，但是也带来了无法达到愿望的更大的痛苦。鲜明而清晰的种种细节的回忆，都和这种欢乐与痛苦有着密切的联系。在后一首里，执着的爱情在濒于绝望中显出了无比强烈的力量，春蚕、蜡炬两句，已成为描写爱情的绝唱。后四句，写对女方的深刻体贴，咫尺天涯的距离，可望而不可即的一线希望，也是深刻动人的。这些诗很典型地表现了封建时代士大夫们那种隐秘难言的爱情生活的特点。他们一面向往爱情，一面又对封建礼法存着重重的顾虑。因此，这些诗和"诗经"、乐府民歌中那些表现强烈反抗的爱情诗歌又完全不同。至于他的那些狎妓调情的诗，则和这些有真挚爱情的诗不能同日而语。

在晚唐诗人中，李商隐的诗有很高的艺术成就。他的古诗，继承前人的方面较广。五古如《行次西郊作一百韵》学杜甫，《海上谣》学李贺，七古《韩碑》学韩愈，但风格不大统一，成就也不够高。他成就最高的是近体，尤其是七律。这方面他继承了杜甫七律锤炼谨严、沉郁顿挫的特色，又融合了齐梁诗的浓艳色彩。李贺诗的幻想象征手法，形成了深情绵邈，绮丽精工的独特风格。在用典上，他掌握了杜甫用典不啻从口出的技巧，借助恰当的历史类比，使不便明言的意思得以畅达，使容易写得平淡的内容显得新鲜。他爱情诗中还善于化用神话志怪故事，点染意境气氛，深得李贺诗神奇中见真实的想象的本领。这些精湛的技巧在他七绝中也有很好的表现。但是，他用典也有很多晦涩难懂的地方。元好问《论诗绝句》说“诗家总爱西昆好，独恨无人作郑笺”是有根据的。

李商隐的诗歌，特别是他的爱情诗，对后代有很大的影响，从晚唐韩偓等人、宋初西昆派诗人，直到清代黄景仁、龚自珍等都在诗的风格上受过他消极或积极的影响。此外，唐宋婉约派词人，以及元明清许多爱情戏曲的作家，也都不断地向他学习。曾经和他齐名的温庭筠，诗的成就不及词高，留待“唐五代词”一章再来介绍。

授课人：萧涤非

第十七章 韦庄

晚唐农民大起义前后，还有一些沉湎于歌舞声色或隐遁于山水田间的诗人，韦庄、司空图就是这类诗人的代表。虽然深重的时代灾难，尖锐的社会矛盾，也不能不在他们的作品中有所反映，但他们对待矛盾的立场和态度，和皮日休等作家显然是有所不同的。

韦庄（836？—910），字端己，京兆杜陵（今陕西西安）人。乾宁元年进士，曾官右补阙，后入蜀为王建书记。唐亡，王建称帝，庄为宰相，死于蜀。

僖宗中和三年（883），他因为应科举，居京洛一带，目睹耳闻黄巢入长安前后的情事，写成了长篇叙事诗《秦妇吟》，诗中假托一个被起义军俘虏的妇女的自述，对进入长安的起义军加以诬蔑和嘲笑，对起义军所诛杀的公卿贵族则表示同情。但诗人即使站在维护腐朽唐王朝、仇恨起义军的立场上，他对官军的腐败和残暴的面目，也不能不深表愤慨。例如下一段：

> 路旁试问金天神，金天无语愁于人。……一从狂寇陷中国，天地晦冥风雨黑。案前神水咒不成，壁上阴兵驱不得。闲日徒歆奠飨恩，危时不助神通力。我今愧恧拙为神，且向山中深避匿。寰中箫管不曾闻，筵上牺牲无处觅。旋教魔鬼傍乡村，诛剥生灵过朝夕。妾闻此语愁更愁，天遣时灾非自由。神在山中犹避难，何须责望东诸侯？……

在长篇叙事中，突然插入这一段神怪的自白，显然是讽刺那些不敢和英勇的起义军交锋、却躲在深山诛剥普通百姓的官军。诗人还通过一位东畿老翁的哭诉，描绘了官军残酷搜刮人民的面目：

> 千间仓兮万斯箱，黄巢过后犹残半。自从洛下屯师旅，日夜巡兵入村坞。……入门下马若旋风，罄室倾囊如卷土。家财既尽骨肉离，今日残年一身苦。一身苦兮何足嗟，山中更有千万家。朝饥山草寻蓬子，夜宿霜中卧荻花。……

这些地方，客观上反映了历史现实的部分真相，具有一定的认识价值。这首叙事诗，长达一千三百六十八字，是现存唐诗中篇幅较长的诗篇。结构的完整严密，语言的生动流丽，都和白居易叙事诗有相似之处。韦庄其他诗，如《悯耕者》的“如今暴骨多于土，犹点乡兵作戍兵”；《睹军回戈》的“昨日屯军还夜遁，满车空载洛神归”：或沉痛地谴责不义的战争，或含蓄地讽刺官军掳掠妇女，都有一定的现实意义。后一诗可以和上引《秦妇吟》的片段互相映照。

韦庄现存的诗，绝大多数是怀慕承平繁华的往日生活，或抒发及时行乐的颓放心情。这些诗，绝大多数是采用近体形式，诗风有时近于轻浮，颇有形式主义倾向。只有几首绝句，艺术上较有成就。如：

晴烟漠漠柳毵毵，不那离情酒半酣。更把马鞭云外指，断肠春色在江南。

——《古离别》

江雨霏霏江草齐，六朝如梦鸟空啼。无情最是台城柳，依旧烟笼十里堤。

——《台城》

这里，无论是写离情，或写怀古，都流露出浓厚的凄惋感伤的末世情调。这是晚唐诗中普遍的情调。后一诗中，雨丝风片，满堤烟柳的景色和“六朝如梦”的怅惘心情交融在一起，更把这种情调表现得格外凄艳。韦庄也是著名词家，我们更可以看到他的词和他的近体诗情调的一致。

授课人：萧涤非

第十八章　温庭筠和花间派词人

中唐以后，文人写词的渐多，温庭筠是其中写词最多、对后人影响也最大的作家。

温庭筠（812？—870？），本名歧，字飞卿，太原祁（今山西祁县）人。他出身于没落贵族的家庭，长期出入歌楼妓馆，“能逐弦吹之音，为侧艳之词”（《旧唐书·本传》），为当时士大夫所不齿，终身困顿，到晚年才任方城尉和国子监助教。他的诗和李商隐齐名，但更多表现个人的沦落不偶，而较少伤时感事之作。就是他的爱情诗，虽文采绚烂，而雕琢过甚，带有浓厚的唯美主义倾向，实际是齐梁绮艳诗风在新的历史条件下的产物。温庭筠的诗虽不能和李商隐相比；由于他精通音律，熟悉词调，他在词创作的艺术成就上却在晚唐其他词人之上。温词现传六十多首，比之他的诗，这些词的题材更狭窄，绝大多数是描写妇女的容貌、服饰和情态的。如下面的《菩萨蛮》：

小山重叠金明灭，鬓云欲度香腮雪；懒起画蛾眉，弄妆梳洗迟。照花前后镜，花面交相映；新贴绣罗襦，双双金鹧鸪。

相传唐宣宗爱听《菩萨蛮》词，温庭筠为宰相令狐绹代写了好多首，这是其中的一首。他在词里把妇女的服饰写得如此华贵，容貌写得如此艳丽，体态写得如此娇弱，是为了适应那些唱词的宫妓的声口，也为了点缀当时没落王朝醉生梦死的生活。它上承南朝宫体的诗风，下替花间词人开了道路。从敦煌词里的十五首《菩萨蛮》看，题材相当广泛；可是在温庭筠以后，晚唐五代词人填这个调子的不少，风格上就一脉相传，离不了红香翠软那一套，可想见他影响的深远。

温庭筠的部分描写闺情的词，如《望江南》：

梳洗罢，独倚望江楼，过尽千帆皆不是，斜晖脉脉水悠悠，肠断白苹蘋洲。

又如《更漏子》：

玉炉香，红蜡泪，偏照画堂秋思。眉翠薄，鬓云残，夜长衾枕寒。梧桐树，三更雨，不道离情正苦。一叶叶，一声声，空阶滴到明。

表现妇女的离愁别恨相当动人。由于温庭筠在仕途上屡遭挫折，对于那些不幸妇女的处境还有所同情，通过这些不幸妇女的描绘就流露了他在统治集团里被排挤的心情。他在词的意境的创造上又有特殊成就，因此这些词在过去时代曾赢得某些不幸妇女和怀才不遇的文人的爱好。

温庭筠在创造词的意境上表现了杰出的才能。他善于选择富有特征的景物构成艺术境界，表现人物的情思。如“照花前后镜，花面交相映”是一个色彩鲜明的小镜头，它不仅衬托出人物的如花美貌，也暗示她的命薄如花。又如“斜晖脉脉水悠悠”的凄清景象，也暗示行人的悠悠不返，辜负了闺中人的脉脉多情。此外如“江上柳如烟，雁飞残月天”“杨柳又如丝，驿桥春雨时”等，是同样的例子。和上面的艺术特征相联系，他在表现上总是那么含蓄。这比较适合于篇幅短小的词调，也耐人寻味；但往往不够明朗，甚至词不达意。最后是字句的修饰和声律的谐协，加强了词的文采和声情。温庭筠在词艺术方面这些探索，有助于词的艺术特征的形成，对词的发展有一定的推动作用。但温词题材的偏于闺情，表现的伤于柔弱，词句的过于雕琢，也带给后来词人以消极的影响，所谓花间词派正是在这种影响下形成的。

五代时后蜀赵崇祚选录了温庭筠、皇甫松、韦庄等十八家的词为《花间集》，其中除温庭筠、皇甫松、孙光宪外，都是集中在西蜀的文人。他们在词风上大体一致，后世因称为花间词人。西蜀依恃山川的险固，受战祸较少，那些割据军阀和官僚地主就弦歌饮宴，昼夜不休。欧阳炯《花间集序》说：

> 杨柳大堤之句，乐府相传；芙蓉曲渚之篇，豪家自制。莫不争高门下，三千玳瑁之簪；竞富尊前，数十珊瑚之树。则有绮筵公子，绣幌佳人，递叶叶之花笺，文抽丽锦；举纤纤之玉指，拍按香檀。不无清绝之词，用助娇娆之态。自南朝之宫体，扇北里之娼风。何止言之不文，所谓秀而不实。

花间词人的作品就是在这样的社会风气和文艺风尚里产生的。陆游《花间集跋》说：“斯时天下岌岌，士大夫乃流宕至此。”是对他们的反现实主义创作倾向一针见血的批评。他们奉温庭筠为鼻祖，绝大多数作品都只能堆砌华艳的辞藻来形容妇女的服饰和体态，题材比温词更狭窄，内容也更空虚。在艺术上他们片面发展了温词雕琢字句的一面，而缺乏意境的创造。花间词人这种作风在词的发展史上形成一股浊流，一直影响到清代的常州词派。

花间词人里的韦庄，向来和温庭筠齐名。他的词稍有内容，风格上也较温词清新明朗。如《思帝乡》：

春日游，杏花吹满头，陌上谁家年少，足风流。妾拟将身嫁与，一生休。纵被无情弃，不能羞。

用白描的手法写出一个天真烂漫追逐爱情幸福的少女，比之其他花间词人作品里的妇女形象生动得多了。又如《女冠子》二首：

四月十七，正是去年今日，别君时。忍泪佯低面，含羞半敛眉。不知魂已断，空有梦相随。除却天边月，没人知。

昨夜夜半，枕上分明梦见，语多时。依旧桃花面，频低柳叶眉。半羞还半喜，欲去又依依。觉来知是梦，不胜悲。

这两首词通过别后梦中的一次会见，表现对前情的留恋和别后的凄凉。前词的全部内容实际只是后词写的梦中人的一番陈诉。它在构思布局上别具匠心，而语言浅白如话，可以同那些以词句雕琢为工的词家明显区别开来。值得注意的是韦庄词里还有部分直接抒写情怀的作品，如《菩萨蛮》：

人人尽说江南好，游人只合江南老。春水碧于天，画船听雨眠。炉边人似月，皓腕凝双雪。未老莫还乡，还乡须断肠。

韦庄共写了五首《菩萨蛮》，风格都相近。它上承白居易、刘禹锡的《忆江南》等作品，而下启南唐冯延巳、李煜等词家，可说是花间词里的别调。

除韦庄外，牛希济的《生查子》：

春山烟欲收，天澹星低小。残月脸边明，别泪临清晓。语已多，情未了，回首犹重道。——记得绿罗裙，处处怜芳草。

新月曲如眉，未有团圞意。红豆不堪看，满眼相思泪。终日劈桃瓤，人在心儿里；两朵隔墙花，早晚成连理。

饶有南朝乐府民歌情味。李旬的《南乡子》：

乘彩舫，过莲塘，棹歌惊起睡鸳鸯。带香游女偎伴笑，争窈窕，竞折团荷遮晚照。

相见处，晚晴天，刺桐花下越台前。暗里回眸深属意，遗双翠，骑象背人先过水。

把南国水乡风光和劳动妇女的生活气息带到词里来，给人以清新开朗的感觉。然而这些作品却正是那些用词来点缀纸醉金迷生活的人们所不能欣赏的；因此他们的成就在后来崇拜花间派的词家里反而没有得到继承。

授课人：萧涤非

第十九章　李煜及南唐其他词人

五代时期有几个跟花间词人同时而稍晚的词家，集中在当时南唐的首都金陵，这就是一般文学史家所称的南唐词人。重要作家有冯延巳、李璟和李煜，以李煜的成就为较高，影响也较大。

南唐在李昪统治时期曾经扩充国境到湖北、湖南和浙江的部分地区。金陵、扬州本来是长江下游最繁盛的都市，这时经济继续有所发展，中原人士有不少到这里来避乱，南唐的国君又都比较爱好文学，因此南唐的文化发展也比其他割据一方的国家强一些。陈世修在《阳春集序》中说：

> 金陵盛时，内外无事，朋僚亲旧或当宴集，多运藻思为乐府新词，俾歌者倚丝竹歌之，所以娱宾而遣兴也。

南唐词主要是在这种生活基础上产生的，它跟欧阳炯在《花间集序》里所描写的并没有什么两样。然而南唐在中主李璟的后期就面临周、宋的威胁，国势日弱，终至萎靡不振。这些没落小王朝的君臣，既不能励精图治，振作有为，即使还强欢作乐，苟且偷安，却不能不流露他们绝望的心情，这就构成了南唐词的感伤基调。它和那些依恃山川的险固而流宕忘返的西蜀词人的表现又稍有不同。

冯延巳（904—960），字正中，广陵（今江苏扬州）人，曾官至中主朝宰相。遗有《阳春集》，留词一百多首。其中《鹊踏枝》十几首向来认为最能代表他的成就。

> 谁道闲情抛掷久？每到春来，惆怅还依旧。日日花前常病酒，不辞镜里朱颜瘦。河畔青芜堤上柳，为问新愁，何事年年有？独立小桥风满袖，平林新月人归后。
>
> 几日行云何处去？忘了归来，不道春将暮。百草千花寒食路，香车系在谁家树？泪眼倚楼频独语，双燕飞来，陌上相逢否？撩乱春愁如柳絮，悠悠梦里无寻处。

这些词跟花间词人不同的地方是逐渐摆脱了对于妇女的容貌、服饰的描绘，而着力抒写人物内心无可排遣的哀愁。与此相联系，语言也比较清新流转，不像花间词人的雕琢、堆砌。“托儿女之辞，写君臣之事”，本来是封建历史时期诗人的传统手法之一，作者把词中人的“闲情”“春愁”写得这样缠绵悱恻，即隐约流露了他对南唐没落王朝的关心和忧伤。冯词这些内容和手法把从温庭筠以来的婉约词风更推前一步，并为后来的晏殊、欧阳修等所继承。

南唐中主李璟（916—961）即位初期还能承李昪的余威，扩展国土到福建，成为南方的大国。后期由于内外危机交迫，只得奉表称臣于周。他遗词四首，比较著名的是那首《摊破浣溪沙》。

菡萏香销翠叶残，西风愁起绿波间，还与韶光共憔悴，不堪看。细雨梦回鸡塞远，小楼吹彻玉笙寒。多少泪珠无限恨，倚阑干。

内容还是离愁别恨，但境界更阔大，感慨也更深沉了。从作品所流露的浓厚感伤情调看，当是他后期的作品。

李煜（937—978），字重光，他工书，善画，洞晓音律，具有多方面文艺才能。当九六一年他继中主即位的时候，宋已代周建国，南唐形势更岌岌可危。他在对宋委曲求全中过了十几年苟且偷安的生活，还纵情声色，侈陈游宴。南唐为宋所灭后，他被俘到汴京，过了二年多的囚徒生活，终于在九七八年的七夕，被宋太宗派人毒死。

李煜从南唐国主降为囚徒的巨大变化，明显地影响了他的创作，使他前后期的词呈现出不同的风貌。他前期有些词写他对宫廷豪华生活的迷恋，实际是南朝宫体和花间词风的继续。如下面这首《浣溪沙》：

红日已高三丈透，金炉次第添香兽，红锦地衣随步绉。佳人舞点金钗溜，酒恶时拈花蕊嗅，别殿遥闻箫鼓奏。

这些词尽管在人物、场景的描写上较花间词人有较大的艺术概括力量，但当南唐王朝进一步走向没落时，他还那样得意扬扬地写他日以继夜的酣歌狂舞生活，那是十足的亡国之音。当时南唐另一个头脑比较清醒的词人潘佑就曾讽刺他说："桃李不须夸烂漫，已输了春风一半。"（这是潘佑题红罗亭词残句，原见《鹤林玉露》。）可说是这个亡国之君精神面貌的最好写照。

在南唐内外危机深化的过程中，李煜逐渐也感觉到他无法摆脱的没落命运，因此在部分词里依然流露了沉重的哀愁。如《清平乐》：

别来春半，触目柔肠断。砌下落梅如雪乱，拂了一身还满。雁来音信无凭，路遥归梦难成。离恨恰如春草，更行更远还生。

这首词相传是他亡国前不久的作品，虽然还是伤离念别的传统题材；但从“拂了一身还满”的落花和“更行更远还生”的春草里已可以感觉到他心情的沉重。

南唐的亡国使他丢掉了小皇帝的宝座，也使他在词创作上获得了一些新的成就。这一段由南唐国主转变为囚徒的经历，使他不能不从醉生梦死的生活里清醒过来，面对残酷的现实，在词里倾泻他“日夕以眼泪洗面”的深哀巨痛，像下面这些词里所表现的：

春花秋月何时了，往事知多少？小楼昨夜又东风，故国不堪回首月明中！雕栏玉砌应犹在，只是朱颜改。问君能有许多愁？恰似一江春水向东流。

——《虞美人》

帘外雨潺潺，春意阑珊，罗衾不耐五更寒。梦里不知身是客，一饷贪欢。独自莫凭阑！无限江山，别时容易见时难。流水落花春去也，天上人间。

——《浪淘沙》

此外如《乌夜啼》《子夜歌》及另一首《浪淘沙》也都是这时期写的传诵人口之作。李煜在这些词里所念念不忘的“故国”“往事”实际只是一个“雕阑玉砌”里的小皇帝的生活，这种生活既是必然没落的，他本身的局限和当时的处境，也不可能使他看到任何更好的前途。这样，他就只能沉没在像一江春水似的长愁里而不能自拔。这些词在过去历史时期曾经感动过不少失去了自己美好生活的人们，却依然缺乏一种使人看到自己的前途而为之奋斗的力量，这是我国文学史上许多以感伤为其基调的诗人的共同特征，他们跟那些格调悲壮的诗人可以明显区别开来。

李煜在我国词史上的地位，更多地决定于他的艺术成就。这首先表现在他改变了晚唐五代以来词人通过一个妇女的不幸遭遇，无意流露或曲折表达自己心情的手法，而直接倾泻自己的深哀与剧痛。这就使词摆脱了长期在花间尊前曼声吟唱中所形成的传统风格，而成为诗人们可以多方面言怀述志的新诗体，对后来豪放派词家在艺术手法上有影响。和李词的直接抒情的特点相联系，他善于用白描的手法抒写他的生活感受，如“小楼昨夜又东风，故国不堪回首月明中”“梦里不知身是客，一晌贪欢”，都构成了画笔所不能到的意境，写出他国破家亡后的生活感受。他还善于用贴切的比喻将抽象的感情形象化，如“恰似一江春水向东流”“流水落花春去也”等句都是。语言也更明净、优美，接近口语，进一步摆脱花间词人镂金刻翠的作风。

李词这些艺术成就，不仅决定于他个人不平常的遭遇和在词创作上的努力，同时由于晚唐五代以来，一些词人在艺术上的不断探索，积累了丰富的创作经验，使他有可能在这基础上继续提高。这其间，西蜀韦庄早就在花间词派里独树一帜，而南唐的冯延巳、李璟更直接引导他向这方面前进。文人运用民间新诗体，怎样吸收前代诗人艺术上的成就，并适当改变传统题材、手法的局限，使它可以较自由地表情达意，需要一个艺术探索的过程。建安诗人之于五言诗，初盛唐诗人之于七言诗，南唐词人之于词，就这方面说，有其共同的意义；虽然他们作品的思想价值和对后人的影响并不一致。

授课人：萧涤非

第四部分

宋元诗词

词体演变 /　唐诗与宋诗的比较 /　柳永

苏轼 /　黄庭坚 /　周邦彦与大晟词人 /　李清照 /　陆游

杨万里与范成大 /　辛弃疾的词 /　姜夔与词的衰落

严羽与《沧浪诗话》/　文天祥

第一章 词体演变

唐词来源，或自大曲，或自杂曲子，或自民间小调，故欲明唐代词之源流，对唐之音乐背景不可不知也。宋代音乐发展之势已衰，其原因在疆土逼仄，对外交通线断绝，成闭关形势，域外文化无从输入，故在音乐方面仅靠旧乐之残调鳞爪维持场面而已。唐燕乐二十八调，宋初存十八调，后又减为十三调，而词调则较唐加多六七倍，与大曲亡佚之情况适相反，故宋词不能说与旧日音乐关系十分密切。宋词据研究大多为大曲之摘遍，故欲明宋词之发展演变，则不可不知宋大曲也。兹分二端说明于下：

（1）大曲演奏自始及终者谓之“排遍”，计凡六遍，即引子、歌头、散序、中序、催衮（近拍）、煞衮是也。宋大曲引子相当于唐之散序，演奏至歌头始歌，散序非唐之旧；催衮即快完成时节奏加快之谓也；煞衮即尾声。由排遍中摘取一支，以词填入而单独歌唱，词调由是增多，如常见之《清江引》《水调歌头》等；散序在词调中即称为序，如《莺啼序》《霓裳中序第一》等，故许多词调自其定名观之，即可知其来源；凡填词入近拍者曰近，如《好事近》《红林檎近》等。北宋晚年，大曲更少，人家宴会，多自曲中摘取枝节填词而歌，故词调叠有增加也。又词调在乐工手中，有急曲、慢曲二种，如《木兰花慢》《浪淘沙慢》等，其本身即为慢曲，至于北宋以后，有令、引、近、慢各种名称，成为词体篇幅大小之定名。此说法似与实际情况不合，盖词之发展为多元者也。

（2）叠词之形成，当亦由渐进而来，如《阳关曲》之二叠（叠第二句），即使同一曲调而有往复歌唱，乐工即在此叠中变换花样，如《忆江南》原为单支，至北宋乃变为双叠，乐工在换头变换花样，遂使词调加长，更演为三叠，由是词调因篇之增加而名目亦换，调名遂有增添，或添声减字以成变调，添声又谓之“摊破”，如《摊破浣溪沙》是也；减字如《减字木兰花》是也，均足以加多词调。又有犯调者，即将不同之词拼凑为一，如将半调《西江月》及半调《小重山》（在同一宫调内）拼成《江月晃重山》之新调；有将四调精华合并者如《六丑》；更有摘合八调者，如《八犯玉交枝》；此皆以旧调变换新调者也。有将一宫调换入他宫调内，其音变而取新名，如《鼓笛慢》翻入“越调”改名《水龙吟》，《永遇乐》原为《歇指调》，入“越调”改名《消息》。又有明写出“摘遍”者，如《泛清波摘遍》《薄媚摘遍》等，其来自大曲可知矣。南宋人解音律，而有自度腔之出现，凡此皆是词调多出的原因。又词之名作加多，人每喜以其中名句换去原有调名，如《念奴娇》之更名《酹江月》，盖取自东坡《赤壁怀古》之句也，此为词调加多之又一原因。

慢词原在民间流行，北宋名公每不及此，迨张（先）柳（永）之出，吸取民间歌调，开风气之先，慢词始流行于上层社会。故词体之演变，就体制言，北宋末已臻其极，就风格言，又当在南宋末矣。

授课人：罗庸

第二章 唐诗与宋诗的比较

1. 唐诗距离乐府歌曲的时代近，而且也有部分的诗是可以歌唱的。唐诗的声调铿锵响亮，或者婉转抑扬，具有音乐性。宋诗时代，词已发达，诗则脱离歌曲，近于散文的节奏。

2. 唐诗的色彩鲜明，辞藻华丽。形象明朗。宋诗避免绚丽的辞藻，归于平谈。形象同样明朗，但不是着色画，而是水墨画。

3. 唐诗以抒情为主，也有叙事歌曲，以激动人的感情。有强烈的感情，浪漫的情绪。宋诗多说理，词句平易而说理精辟，发人智慧。

4. 唐诗高超，题材不平凡。宋诗以平凡的日常生活为题材。

5. 唐诗尚多比兴，多寄托。兴寄深微，含蓄不尽，因而浑厚。宋诗说理曲折达意。高者沉潜深刻，浅者有太说尽之病，近于散文。

6. 唐诗深入浅出。作者有诗才，非关学力。宋诗多用典故，求其高雅脱俗，因此比较地难懂。

要之，宋诗继唐诗，要求创造性，不能不别求面目。唐宋诗品质不同，作者的思想感情和表现手法有不同之点，但也不能以严格的时代来分。杜甫诗已经多用典故，也多议论。但主要用散文风格作诗的是韩愈，摆脱滑熟的音调和美丽的辞藻的是孟东野（郊）。所以韩孟的诗就有宋诗的风格。而宋代的柯山、白石、九僧、四灵又近唐诗风格，故未可一概论。后来学诗的或学唐诗，或学宋诗，是风格的不同。元遗山《论诗绝句》云："奇外无奇更出奇，一波才动万波随。只知诗到苏黄尽，沧海横流却是谁？"照一般人的看法，诗的变化到苏黄算是尽了。这是指诗的表现手法，苏黄又与李杜不同。后人或学唐，或学宋，难以出奇制胜了。元明清三代的诗（不说词曲，专讲五七言诗），风格上没有多少变化，好像摹仿唐宋人的作品似的。说"尽"是指表现手法尽，并不是说题材穷尽。诗的题材当然是无穷的，因为社会在发展变化，人的思想感情也古今不同。

宋诗的风格在北宋时代已经形成，这是和古文运动分不开的。配合古文运动，宋人也以散文的思路作了诗。另外在宋代发展了词。那倒是以抒情为主，有强烈的感情的诗歌，配合着音乐歌唱。词有另外新鲜的通俗的语言，而它的思想感情却又接近了唐诗。

授课人：浦江清

第三章 柳永

词在北宋初，欧阳修与二晏并称欧晏，为第一期，继承着晚唐五代的传统，写小令而有所提高。

但其时民间俗曲又有发展，从小令发展成慢词，增添不少新鲜曲调，为歌妓们所传唱。慢词字数增多，普通是六十到一百字，也有一百以上的；节奏较慢，比小令更能铺叙描写。

第一个结合俗曲而创造新词大量制作慢词的是柳永。吴曾《能改斋漫录》：

> 词自南唐以来，但有小令，其慢词起自仁宗朝。中原息兵，汴京繁庶，歌台舞榭，竞睹新声。耆卿失意无聊，流连坊曲，遂尽收俚俗语言，编入词中，以便伎人传唱。一时动听，传播四方。其后东坡、少游、山谷辈相继有作，慢词遂盛。

柳永，初名三变，字耆卿，福建崇安人。生卒无考（约

990？—1050？)。久居汴京，“喜作小词，然薄于操行”。他过着放荡的生活，屡困场屋。有《鹤冲天》词：“黄金榜上，偶失龙头望。明代暂遗贤，如何向。未遂风云便，争不恣狂荡。何须论得丧。才子词人，自是白衣卿相。烟花巷陌，依约丹青屏障。幸有意中人，堪寻访。且恁偎红依翠，风流事、平生畅。青春都一晌。忍把浮名，换了浅斟低唱。”他的词不仅风格上脱却晏欧时期的以含蓄为高、短隽入胜，在内容上是淋漓尽致地写“羁旅悲怨之词，闺帷淫媟之语”(《宋六十名家词》)。因此曾被“务本向道”的宋仁宗斥为“浮华”。直到仁宗景祐元年（1034）方中进士，官屯田员外郎。因此有柳屯田的称号。

柳永词名甚高，他写的词，都是当时歌唱的民间俗曲。叶梦得《避暑录话》说他“为举子时，多游狭邪，善为歌词。教坊乐工每得新腔，必求永为辞，始行于世”。《古今诗话》载：

> 真州柳永少读书时，以无名“眉峰碧”词题壁，后悟作词章法，一妓向人道之。永曰：“某于此亦变化多方也。”然遂成屯田蹊径。

所以，柳永词可以称得上当行本色。张端义《贵耳集》说：“诗当学杜诗，词当学柳词；盖词本管弦冶荡之音。永所作，旖旎近情，尤使人易入也。”以至于“凡有井水饮处，即能歌柳词”。(《避暑录话》：“余仕丹徒，尝见一西夏归朝官云。”）潦倒、浪漫、饮酒、写词，柳永的一生，就是在这样的生活中过去的。他死之后，当时的人都很追念他：

> 柳耆卿风流俊迈，闻于一时。既死，葬于枣阳县花山。远

近之人，每遇清明日，多载酒肴饮于耆卿墓侧，谓之“吊柳会”。（《独醒杂志》）

仁宗尝曰：“此人任从风前月下，浅斟低唱，岂可令仕宦。”遂流落不偶，卒于襄阳。卒之日，家无余财，群妓合金葬之于南门外。每春月上冢，谓之“吊柳七”。（《方舆胜览》）

《避暑录话》谓柳永死在润州（今江苏丹徒）一僧寺，郡守求其后不得，乃为出钱葬之。

可见其影响之大。词人王观自名其集曰《冠柳》。后来王渔洋还有“残月晓风仙掌路，无人为吊柳屯田”之句。

柳永的词，用俗曲、俗语、俗字写当时城市居民的生活、思想，写飘泊的诗人的情绪，与肉体的追求，脱尽“花间”以来的习气。他的精神比“能逐弦吹之音，为侧艳之词”的温庭筠更为解放。当时有许多人都批评他的词俚俗、尘下、词格不高。

少游自会稽入都，见东坡。东坡曰：“不意别后，公却学柳七作词。”少游曰：“某虽无学，亦不如是。”东坡曰：“‘销魂当此际’，非柳七语乎？”（《高斋诗话》）

其实，虽然东坡反对柳词，但他还问人：“我词何如柳七？”（见《吹剑录》）

陈质斋评王观云：“逐客词格不高，以‘冠柳’自名，则可见矣。”此亦是对柳永的批评。

女词人李清照批评柳词“词语尘下”，后来黄花庵、孙敦立辈亦谓其“多近俚俗”“多杂以鄙语”。其实柳词的好处即在于俗，为词的当行本色。有创造力。

认真说，柳永创为慢词之后，一般人都渐渐向这条新路径走来。秦少游被东坡指出学柳的证据，只好不语。东坡事实上也佩服柳词，他读“霜风凄紧，关河冷落，残照当楼”等句，也惊赏其“不减唐人高处”而代为分辩其“非俗”。（《侯鲭录》）

柳永词的特色是：（1）皆能配合乐曲歌唱；（2）多慢词，为新兴的曲调；（3）不避俗言俗语；（4）表达市民阶层的思想感情。

柳永的词，大概分之可为三类。

第一类，以男女爱情为题材，写男女之情。柳词写爱情，沿着才子佳人式的传统，但所谓才子只如他那样的才子，也是浪子（狎客），佳人如汴京的名妓之类，因而变为商业化的市民的爱情。柳永写他们的欢爱、离别、盟誓，词虽俚俗，的确表现了当时市民的思想感情。柳永的词写欢爱少，写离别怀旧多。写欢爱不免腻俗，写离别比较深刻。虽然浪漫式的享乐式变态的爱情，决不是真爱情，也反映了那个社会的病态。同时这类的诗歌，实在也源于真正的民歌如南朝的子夜歌、读曲歌等，不过加上宋代都市社会的特色而已，也可以助长人的真挚的爱情的产生。他写盟誓的方面是成功的。例如，《玉女摇仙佩》歌颂女性的美色，比之神仙与名花。下半阕表达欢爱与盟誓，佳人才子，风流自责。“今生断不孤鸳被”，着重在一结爱情，永不抛弃。开《西厢记》《长生殿》等文学作品。又如《洞仙歌》：“断不等闲轻舍，鸳衾下，愿常恁好天良夜”，“况已结深深愿，愿人间天上暮云朝雨长相见”。《征部乐》：“待这回好好怜伊，更不轻离拆。”此类本非夫妇之情，为野鸳鸯所必需的。重情谊，责备负情，为女性爱情的保障，因而为女性所爱唱。既抛开后，则有悔恨，例如《忆帝京》：“系我一生心，负你千行泪。”还有虽相爱而无法相聚的，如《婆罗门令》：“彼此空有相怜意，未有相怜计。”皆曲折而能达。具体，生动；不抽象，不概念化。

前引《鹤冲天》，写他自己的浪漫生活，一半自叙，一半也劝普天下考不上进士的，教他们尽管风流玩赏，把功名看淡。这是反功利主义的。（例如《西厢记》中的张生就对于莺莺的追求十分热情，而把功名却看得不在乎，这也是多情才子派。）

第二类，写都市繁华生活，民间风俗，四时节令之曲。如《望海潮》：

> 东南形胜，三吴都会，钱塘自古繁华。烟柳画桥，风帘翠幕，参差十万人家。云树绕堤沙，怒涛卷霜雪，天堑无涯。市列珠玑，户盈罗绮，竞豪奢。重湖叠巘清嘉，有三秋桂子，十里荷花。羌管弄晴，菱歌泛夜，嬉嬉钓叟莲娃。千骑拥高牙，乘醉听箫鼓，吟赏烟霞。异日图将好景，归去凤池夸。

写钱塘杭州的繁华和风景，酣畅淋漓。“三秋桂子，十里荷花”为名句。相传宋金对峙时，金主完颜亮读到它，起进攻临安之野心。（《钱塘遗事》）写都市享乐生活的如《玉楼春》：“皇都今夕知何夕，特地风光盈绮陌。金丝玉管咽春空，蜡炬兰灯烧晓色。凤楼十二神仙宅，珠履三千鹓鹭客，金吾不禁六街游，狂杀云踪并雨迹。”柳永表现了北宋时代都市的物质生活和统治者荒淫生活以及文人妓女的浪漫生活，是有其现实意义的。不过作者自己沉溺在声色中，他不在暴露批判，而在留恋赞美，粉饰太平。

柳永词歌咏四时节令。如《二郎神》的咏七夕，以“愿天上人间，占得欢娱，年年今夜”作结，仍重在言情。境界极似后来《长生殿·密誓》折。又如他写都城元宵佳节的《倾杯乐》以“盈万井山呼鳌抃，愿岁岁天仗里常瞻凤辇”作结，非常庸俗，但只是词曲的陈套如此。教坊伎乐用于帝都节令喜庆不能不如此也，市井文艺和宫廷文艺合流。

柳词也有描写风景的，如《夜半乐》："泛画鹢、翩翩过南浦。望中酒旆闪闪，一簇烟村，数行霜树。残日下、渔人鸣榔归去。败荷零落，衰柳掩映。岸边两两三三，浣纱游女，避行客，含羞相笑语。"写初秋光景确很清幽细致。

第三类，写羁旅、行役、送别、怀人的感情。如《雨霖铃》：

> 寒蝉凄切，对长亭晚，骤雨初歇。都门帐饮无绪，留恋处，兰舟催发。执手相看泪眼，竟无语凝噎。念去去千里烟波，暮霭沉沉楚天阔。多情自古伤离别，更那堪、冷落清秋节！今宵酒醒何处？杨柳岸，晓风残月。此去经年，应是良辰好景虚设。便纵有千种风情，更与何人说？

写秋景送别，全首气氛均好，不但"今宵酒醒"二句千古传诵，即"念去去千里烟波，暮霭沉沉楚天阔"，阔大高远，亦自难及。再如《八声甘州》：

> 对潇潇暮雨洒江天，一番洗清秋。渐霜风凄紧，关河冷落，残照当楼。是处红衰翠减，苒苒物华休。惟有长江水，无语东流。
>
> 不忍登高临远，望故乡渺邈，归思难收。叹年来踪迹，何事苦淹留！想佳人、妆楼颙望，误几回、天际识归舟。争知我、倚栏干处，正恁凝愁！

这是一首登高望远思归之作。"霜风凄紧"三句与"唯有长江水，无语东流"均佳。后半阕设想佳人妆楼长望，有回旋照顾、两面相关之妙。另一首《卜算子慢》意境亦同。这些词，意境高雅，亦是文人词，而以铺叙见长。

历来对柳词评价不高，这是不公平的。他的词长于铺叙，描写具体，能表达男女心理，善于吸收俗语。他的词代表当时词家本色，不离曲艺情调，比艺人所作提高一步，大有影响于诸宫调及戏曲文学。（如董西厢、王西厢、元人杂剧曲调及南戏采柳永词不少。）他的词代表市民阶层的文艺，反映当时商业发达，都市繁华，市民的奢侈享乐生活，男女欢合离别的复杂变化与内心生活，代表词曲的基本情调。

对于柳词艺术，周介存说它“铺叙委婉，言近意远，森秀幽淡之趣在骨”。吴瞿安指出其缺点是“多直写，无比兴，亦无寄托。见眼中景色，即说意中人物，便觉率直无味。……且通体皆摹写艳情，追述别恨，见一斑已具全豹”。

柳永的词集名《乐章集》，毛氏《宋六十名家词》本和朱氏彊村丛书本最为完善。（《全宋词》卷 31—32，凡 210 首，附录 9 首）

授课人：浦江清

第四章 苏轼

苏轼的生平及其思想

苏轼（1036—1101），字子瞻，号东坡居士，谥文忠，四川眉山人。曾任礼部兼端明殿、翰林侍读两学士，为礼部尚书。有《东坡全集》一百十卷。

苏轼的高祖、曾祖皆不仕（世务农）。祖序，曾任大理评事。父洵，游学四方，为唐宋八大家之一。母程氏亲授以书。轼弟辙，亦以文学名。

苏轼八岁入小学，师道士张易简。

二十岁，游成都，谒成都尹、端明殿学士张安道（方平），为安道所赏识，荐举入京。

1057年（宋仁宗嘉祐二年）中进士，出欧阳修门下。时欧阳修为主考，梅圣俞同为考官。苏轼作《刑赏忠厚之至论》，欧阳修得东坡之文惊喜，欲取为第一人，又疑为门下曾子固之文，恐招物议，抑为第二。复以春秋对义第一，殿试，中进士乙科。欧阳修对梅圣俞说：此人文章将为天下第一。老夫当避此人，放出一头地。丁母忧，苏轼返乡。

1061，中制科，入三等，做大理评事，凤翔府签判。

1065，试秘阁，入三等，得入直史馆。不久，丁父忧，归蜀。

1069—1071，熙宁二年还朝。时王安石参政，始行新法，苏轼与之议论不合。王安石欲变科举，不以诗赋而以经义取士。上疑，使两制三馆议之。轼反对变革，上议谓“得人之道，在于知人，知人之法，在于责实”，不必“变今之礼，易今之俗”。轼献三言，谓陛下患求治太急，听言太广，进人太锐。神宗意有所悟。荆公之党不悦，命摄开封府推官，将困之以事。御史以杂事诬奏其过失，乃乞外任避之。

1072—1074，任杭州通判。

1075—1077，知密州。

1077—1079，知徐州。l077 年 8 月徐州水患，轼治水灾有功。

1079，移知湖州。是年秋，因所作《谢上表》其中有“愚不入时，难以追陪新进；老不生事，或能牧养小民”的话，夹带牢骚，中丞李定、御史何正臣、舒亶等以谤讪朝廷劾治其罪，逮赴御史台狱，穷治其诗文谤讪朝廷、非议新法之罪。在狱中关了八十多天，经朋友多方营救，至是午岁暮（丨二月_十九日）责授黄州团练副使。这就是“乌台诗案”。

1080—1084，在黄州。初居临皋亭，生活很苦。故人马正卿为请得郡之营地，使躬耕其中。其地名东坡，轼于东坡筑雪堂居之，因自号东坡居士。1082 年（壬戌），年四十七，两游赤壁作赋。

1084 量移汝州。又上表乞于常州居住。

1085，居常州，内复朝奉郎，知登州。又以礼部郎官召，除起居舍人。（时神宗死，赵煦〔哲宗〕立，太后高氏听政，起用司马光、吕公著等，罢新政。）

1086（哲宗元祐元年）—1088，翰林学士，知制诰，又除侍读。

1089，除龙图阁学士知杭州。七月到杭，去杭十七年而重来，备受人民欢迎，“江山故国，所至如归，父老遗民，与臣相向”（《杭州谢表》）。（此次乞外郡之原因，是受到赵廷之、王觌等之攻击。）

1089—1090，在杭州，筑苏公堤，兴水利。

1091年三月，召还，除翰林承旨。以旧职出知颍州。与赵德麟赈济颍饥民。

1092，在颍州，与赵德麟同治西湖。入为兵部尚书兼侍读。

1093，高后卒，哲宗亲政后，以端明殿学士、翰林侍读学士知定州。

从1085到1093，此七八年中为哲宗元祐朝，高氏听政时代，起用元老派人物，一反新政，是苏轼在官职上的上升时期，此后即为下降期。

1094（哲宗绍圣元年），上年高后卒，哲宗亲政，起复投机新政的章惇、吕惠卿官职。是年，以章惇为相，吕大防、范纯仁、苏辙、范祖禹均罢官。另一投机新政者曾布为翰林学士承旨。

轼贬官知英州，未到任，再贬宁远军节度副使惠州安置（今广东省惠阳县西）。

1095（年六十）—1097，在惠州，有和陶诗。

1097，责授琼州司马，昌化军安置（昌化军在今海南岛儋县）。遂寄家于惠州，独与幼子苏过渡海。（是年，追贬司马光、吕公著等官，流放吕大防、刘挚、范纯仁于岭南。）

1098—1100，在儋州。哲宗死，徽宗立，五月大赦，量移廉州，又移舒州节度副使，永州居住。不久，复朝奉郎，提举成都府玉局观，任便居住。

1101（徽宗建中靖国元年）年六十六岁。行至真州，瘴毒大作，病暴下。中止于常州，六月，上书请老，七月丁亥卒（七月廿八日）。

“其卒也，吴越之民相与哭于市，其君子相与吊于家。讣闻于四方，无贤愚皆咨嗟出涕。太学之士数百人相率饭僧惠林佛舍。”（《墓志铭》）

高宗朝，赠太师，谥文忠。

苏轼与欧阳修、王安石、曾巩等同为古文家，与他们不同的，他不完全是孔孟儒家思想，也接受了道家庄子的思想和佛学中的禅宗哲学思想。苏轼博极群书，有天才，有文学修养。他的思想不限一家，他融会贯通了各个学派、学说，而形成了自己的思想。

一、正统派的儒家思想

苏轼有儒家思想，这是当时一般读书人所共有的。

他的应试文《刑赏忠厚之至论》最早体现了这种思想。他推崇韩愈，在《潮州韩文公庙碑》一文中，比韩愈于孟子，认为韩愈是继承孟子精神的。苏轼是反对法家的，《商鞅论》拿儒家道理驳斥法家思想，反对商鞅变法。他认为商鞅变法，不顾人言，虽能骤至富强，亦以召怨天下，使其民知利而不知义，见刑而不见德。基于此，他也不赞成王安石变法，认为王安石的新法是接近法家精神的。王安石欲改革科举，罢诗赋，兴学校，轼谓诗赋可以得通才，学校未必得人才。熙宁四年（1071）他上《议学校贡举状》提出“得人之道，在于知人，知人之法，在于责实”，不必“变今之礼，易今之俗”。同年他在《上神宗皇帝书》中说：“臣之所欲言者三言而已，愿陛下结人心，厚风俗，存纪纲。”他希望神宗皇帝明白“人主所恃者，人心而已”。“国家之所以存在者，在道德之浅深，不在乎强与弱；历数之所以长短者，在风俗之薄厚，不在乎富与贫。”愿皇帝存纪纲，以防小人借台谏官之职而蒙蔽朝廷。他认为王安石新法主张理财非尧舜之道，他在《戏子由》诗中说“读书万卷不读律，致君尧舜知无术”，讽刺新法重法轻儒，认为法律不足以致君尧舜。他的这些主张是比较迂阔的，基本上是唯心论的。他出于欧阳修的门下，当然受其影响，但正统儒家思想，不如欧的浓厚。同时，他与二程不合，对二程的道学和理学也是反对的。

苏轼的政见不如王安石的激进，但也不像司马光一派的完全阻挠新政。他的办法是不必多所更改，如非推行新法不可，往往持因法以便民的态度。他主张宽政爱民，这虽然不能解决北宋的根本问题，但本着这种主张，他在地方官任上，确做了许多有利于人民的事。如，他在密州任上，赈济穷人，轻税宽盐禁，因为密州贫民是靠贩盐为生的。在徐州任上，保护冶铁业，以防盗贼，并亲自参加防御水灾，严格执行使富民不迁，饬令其共同防御自然灾害的政策。《九日黄楼作》一诗即述此事。同样在徐州任上，元丰二年（1079），上《乞医疗病囚状》，谓官吏不应坐视不救，让囚犯病死于狱。在杭州通判任上、湖州知州任上，多接近人民，就所见闻，作诗以讽。例如《山村五绝》之二云：

> 烟雨蒙蒙鸡犬声，有生何处不安生。
> 但令黄犊无人佩，布谷何劳也劝耕。

之三云：

老翁七十自腰镰，惭愧春山笋蕨甜。

岂是闻韶解忘味，迩来三月食无盐。

五绝中都有讽刺，本传所谓“以事不便民者不敢言，以诗托讽”也。而李定、舒亶遂锻炼之欲置之死地。他还有表达人民惨痛呼声的诗，如《吴中田妇叹》诗中说：

“汗流肩赪载入市，价贱乞与如糠粞。卖牛纳税拆屋炊，虑浅不及明年饥。官今要钱不要米，西北万里招羌儿。龚黄满朝人更苦，不如却作河伯妇。”

苏轼反对虐待人民，作为官员，他也自咎，在《戏子由》一诗有这样两句：

平生所惭今不耻，坐对疲氓更鞭棰。

自供云：“是时多徒配犯盐之人，例皆饥贫，言鞭棰此等贫民，轼平生所惭，今不复耻矣。以讥朝廷盐法太急也。”（周紫芝《乌台诗案》）苏轼处于矛盾痛苦的心境里，他主张宽政爱民，而政府苛税暴政。青苗、募役等法，在王安石的主张固好，但执行时也有变质，未必于人民有利。他多发牢骚，形于诗歌。乌台诗案由他到湖州所作《谢上表》中语而起。主要原因是他文名甚大，有群众基础，其文集已刊布，诗出亦传诵，遂为新党所忌，必欲置之死地，而加以讪谤君上的罪名。实则苏轼诗只言新法执行之弊，并无讥讽君上之意。言事者又欲其供出交通王诜等罪状，以使张方平、司马光、苏辙、李清臣、李常、黄庭坚等一网打尽。又举其《咏桧诗》以为目无君上。苏颂（子容）亦以事系台，其狱中诗有“遥怜北户吴兴守，诟辱通宵不忍闻”之句。其乌台诗案供状数万言，皆轼所自供自书。（按，朝廷先有讥讽诗文底稿，使轼一一招供。有不尽者，轼更思索补充。乌台诗案供状如此，不一而足，此不过一例耳。）

二、道家思想

苏轼受庄子哲学思想的影响很深。这种思想与他的文艺创作联系更密切，而成为其人生观的主要部分。他从小就喜欢《庄子》，他说：“吾昔有见，口未能言，今见此书，得吾心矣。”道家思想在他的人生观与日常生活上表现得很具体，尤其在政治上不得意时更为突出。他接受了庄子哲学思想中好的方面，形成了超然达观的人生观。他从杭州通判到胶西密州任知州。此时密州“岁比不登，盗贼满野，狱讼充斥；而斋厨索然，日食杞菊”。但苏轼不以为苦，自得其乐。筑超然台，并撰《超然台记》。他说：“凡物皆有可观。苟有可观，皆有可乐。”“人之所欲无穷，而物之可以足吾欲者有尽。”可乐的地方，不必专有，故要超然。人有情感，但不能溺于物欲。去除物欲，就能常得物之可乐。“以见余之无所往而不乐者，皆游于物之外也。”苏轼所谓超然的态度，就是“游于物外”。这种人生哲学是接近于庄子《逍遥游》中的思想的。虽然属于主观唯心论的范畴，但在困苦的情遇中积极、乐观，不悲观、沮丧。“游于物外”的超然思想要求一种自由的意志，要求思想上的解放，这也就形成了苏轼文学创作中豪放、旷达的风格。这种超然思想和达观主义是和他的生活有关的。他是官僚出身，爱护人民，但又不得意，综合这几个方面，在道家思想影响下就形成了超然的人生观。《赤壁赋》中，他要求解脱苦闷，“盖将自其变者而观之，则天地曾不能以一瞬”。宇宙万物是不断变化的；但是“自其不变者而观之，则物与我皆无尽也，而又何羡乎”！从无限宇宙的角度看，宇宙和人类都是无穷尽的，有什么可悲观的呢？苏轼就在这变与不变和物我不尽的形象描述中寄托了他的达观的人生态度。《宝绘堂记》中也说：“君子可以寓意于物，而不可以留意于物。”这种思想同样表现在《放鹤亭记》中。苏轼的诗词散文，具有如“行云流水”的自然奔放的风格，是和他的超脱不羁的性格，在苦闷矛盾中要求解放的思想一致的。

三、佛学思想

苏轼无书不读。和一般的古文家反对佛老不同，除吸收老庄哲学外，苏轼还喜欢读佛家的书。他好读佛经、内典，与有名的禅师交游。尤其熟读维摩法经。苏诗中往往用佛经典故、禅宗的“妙悟”。

苏轼博极群书，明白书理。他的世界观中有唯心的成分，也有唯物的成分。苏轼不是政治家，而是文学家和艺术家，同时也是一个思想家。儒学、道家、佛学熔为一炉，矛盾统一。不是一家，表现在各个不同方面。

苏轼的诗

谈到诗，一般人都推崇唐代，推崇李杜。我们说，唐代之后，李杜之后，也还有诗，有诗人。宋代的诗歌是有它的成就的。北宋的大诗人是苏轼，南宋的大诗人是陆游。

宋初，欧阳修、梅尧臣和王禹偁的诗，已开宋诗的新面貌。诗里有议论，有散文化的倾向，语言比较朴素。他们可以说是宋诗的先驱者。他们的诗和唐诗不同，但在风格上还接近唐代，由韩愈、白居易变来。真正能代表宋诗面貌的是苏轼。苏轼在诗歌方面超过了欧阳修，为北宋的代表性诗人，有特殊的成就。

苏轼的诗，数量多，超过了李白、杜甫，内容丰富，风格多变化，其题材丰富、广阔。有反映社会生活的诗，有描写山水、人物、动植物的诗，有朋友赠答、记述生活琐碎的诗。兼长古诗与律诗，也兼长描写、抒情、说理三方面的技巧。

反映人民生活和社会矛盾的诗，如作于湖州任上的《吴中田妇叹》。湖州本来物产丰富，但人民深受残酷的剥削，生活是很痛苦的。此年多雨，年收不好，“眼枯泪尽雨不尽，忍见黄穗卧青泥”。后来天晴了，能够有些收获，载米入城，而米贱，“汗流肩赪载入市，价贱乞与如糠粞”，不能不“卖牛纳税拆屋炊”，而“官今要钱不要米”。当时西北有战争，“西北万里招羌儿”，而朝廷上多酷吏，“龚黄满朝人更苦”。结句是“不如却作河伯妇”，田妇走投无路，只有投河自尽了。这首诗曲折地写出太湖流域农业生产力最高的地区农民的痛苦生活，和梅尧臣等的诗的作风相同。《戏子由》一诗，很深刻地述说做官之人和人民对立的苦衷，诉说他做官鞭棰小民的自疚。《山村五绝》讽刺盐法与朝廷新法在执行中的为民之害。原有五首，其中三首讽刺时政。第一首说盐法太严，使民铤而走险，结伙伴，贩私盐，持刀械，与官为敌；第二首说官盐太贵，使民吃不起盐；第三首说放青苗钱农民不得实惠，而农民常因事进城，小孩们也常住城中，荒了农事。苏辙为苏轼写的《墓志铭》中说："见事有不便于民者，不敢言……托事以讽，庶几有补于国。"这类便是"托事以讽"的例证，都有现实意义的。这与白居易的讽谕诗同一作用，但苏轼这类诗歌并不多。

《于潜女》是一首人物描写的诗，写农村妇女之美，非常生动可爱。

苏轼在黄州东坡，曾躬耕其中，垦辟之劳，筋力殆尽。曾作《东坡八首》，又种蜀中元修菜种子于东坡，作《元修菜》诗。在儋耳时有《籴米》诗："不缘耕樵得，饱食殊少味。再拜诸邦君，愿受一廛地。知非笑昨梦，食力免内愧。"

以上诗均可表现他热爱人民、重视和关怀劳动人民、自己亦爱好劳动的思想感情。

其次，是他的山水诗。苏轼喜欢自然，他热爱祖国各个地方的山川、人物、风俗，随遇而安。描写山川风景，尤为其特长。有许多自然奔放的山水记游诗，如《游金山寺》《游白水山》《百步洪二首》《游径山》《出峡》《巫山》等。苏轼山水诗的特色，是在诗中写人物，发议论，是写山水的动态（王维的山水诗写山水的静境）。他每到一个地方，就爱上这个地方，他爱自己的故乡四川，也爱他到过的杭州、颍州、黄州、惠州、琼州的儋耳。《游金山寺》，写长江边的落日与黄昏景物。《望湖楼醉书五绝》写西湖边的风景、物产、"游女"、"吴儿"，极其美好，令人神往。他贬官到儋耳。那里的生活很苦，还以得见海岛风光为幸。他在赦回渡海时还写诗道："九死南荒吾不恨，兹游奇绝冠平生。"（《六月二十日夜渡海》）可以见出他的达观的人生观，亦可见出他对自然山川的喜爱。苏轼并非单爱自然景物，且爱乡土人物。在儋耳时亦与黎族百姓来往。有《被酒独行，遍至子云、威、徽、先觉四黎之舍三首》。此外，夜中闻邻家子弟读书声，引起他极大的兴趣，特地去看视，极为欣喜，作诗记之（《迁居之夕闻邻舍儿诵书欣然而作》）。

苏轼对于草木禽兽也是喜好的，还有许多有关饮食的诗（如饮茶诗、豆粥诗等）。足见他对生活强烈的爱。不是消极厌世，而是乐观爱物的。

苏轼笃于友情，尤其对于子由，兄弟之爱最深，他有“我年二十无朋俦，当时四海一子由”之句。和子由在一起时，常常作诗，表示他们的归楫之愿。但因宦游，他们之间是会少离多，以不得早偿归田之约为憾。每见面必留连数日，别后则随时书诗酬答，永无间断。苏轼于与子由诗中最亲切倾诉他的衷怀。此外，苏轼笃于交游，对长辈如欧阳公、张方平始终敬仰。其友好有孙觉、王巩、文同、王晋卿、赵德麟、李常、黄庭坚、秦观等，常酬答作诗，诙谐说理，如谈吐然。

苏轼爱好艺术，他自己工书画，有许多题画诗，如《书王定国所藏烟江叠嶂图》，是一篇自然奔放的七古名作。（此画为苏轼友人王晋卿所作。）又如为名僧惠崇的春江晚景图的题诗《惠崇春江晚景二首》之一，“竹外桃花三两枝，春江水暖鸭先知，蒌蒿满地芦芽短，正是河豚欲上时”亦是名篇。韩幹善画马，文同善画竹，他也有题诗。他精通艺术理论，有许多吟咏吴道子画的诗，对王维、吴道子的画有精辟的评赞。

历来对苏诗评家众多。如沈德潜云：“苏子瞻胸有洪炉，金银铅锡，皆归熔铸；其笔之超旷，等于天马脱羁，飞仙游戏，穷极变幻，而适如意中所欲出，韩文公后，又开辟一境界也。”（《说诗晬语》卷下）

赵翼云："大概才思横溢，触处生春，胸中书卷繁富，又足以供其左旋右抽，无不如志。其尤不可及者，天生健笔一枝，爽如哀梨，快如并剪，有必达之隐，无难显之情：此所以继李、杜后为一大家也。"(《瓯北诗话》卷五)

结合两家的评论，我们来分析一下苏诗的特点：

一、题材的丰富。苏轼博学多能，他代表他的时代文学修养极高的文人。于经史子集、释道经典，无所不窥，加以到处宦游，生活经验丰富，所以他的诗也包罗万象，内容丰富。山川名胜、草木鸟兽，都有题咏，为李杜以后的一大家。沈德潜所谓"金银铅锡，皆归熔铸"是也。题材和博物知识只是原料，"熔铸"是艺术的处理。他以诗人的观点、诗人的感受了解和表现世界与人生。

二、能达。苏轼以为文学要"达"。他说："孔子曰：'言之不文，行而不远。'又曰：'辞，达而已矣。'夫言止于达意，即疑若不文，是大不然。求物之妙，如系风捕影；能使是物了然于心者，盖千万人而不能一遇也，而况能使了然于口与手者乎！是之谓辞达。辞至于能达，则文不可胜用矣。"(《答谢民师书》）苏轼诗歌纵横曲折，无不能达。正如赵翼谓"天生健笔一枝，爽如哀梨，快如并剪，有必达之隐，无难显之情。"就是说他的诗能够爽快达意，达他人所不能达者。苏轼云："某平生无快意事，唯作文章。意之所到则笔力曲折，无不尽意，自谓世间乐事，无逾此者。"(何薳《春渚记闻》所引）东坡虽然在说他的文，也可以论到他的诗。他的诗也是笔力曲折，无不尽意，大概以散文的风格写诗。用散文的做法写诗，是宋诗的一个特点。这个特点远从韩愈开始，配合古文运动的发展延续下来。所以宋诗多议论、多说理。苏诗以说理、议论畅达见长。不过诗到底和散文不同，散文纯用论辩逻辑达意，而诗之达在"求物之妙，如系风捕影"。并不只是形似，而是要表达出其精神实质，所以他咏吟山水、人物，都能表现出神韵与动态。他以为最善者能体贴物情，畅达物情，如“竹外桃花三两枝，春江水暖鸭先知”，寥寥数字，生动有致，可谓善于体贴物情，是一种达。“三过门间老病死，一弹指顷去来今”，十四字达尽感慨之情，深入浅出。“有如兔走鹰隼落，骏马下注千丈坡”，借用修辞手段写水一泻千里奔放之势，也是一种达。达不只是达意，不但在说理方面。在抒情、描写方面都求达，即是表现力。即以语言作为工具而表现物象、表现情绪、表现思想的意思。

三、多妙悟。苏轼诗多妙悟，含哲理，有理趣。他以诗人的眼光、诗人的感受能力观察世界，了解人生生活，有许多妙悟。例如：“横看成岭侧成峰，远近高低各不同。不识庐山真面目，只缘身在此山中。”（《题西林壁》）在山景的形象描绘中寄寓着耐人寻味的理趣，实精辟妙悟之言。“人生到处知何似，应似飞鸿踏雪泥；泥上偶然留指爪，鸿飞那复计东西。”（《和子由渑池怀旧》）以鸿飞来比人生之际遇，这就并非诉诸感情，而是托于哲理了。苏轼主张自我解放，游于物外。他对于艺术包括诗的见解，不以求形似为满足，而要“得自然之数，不差毫末，出新意于法度之中，寄妙理于豪放之外”。他推崇吴道子，更赞扬“摩诘得之于象外”。得于象外，便能够自由解放。沈氏所谓“等于天马脱羁，飞仙游戏”，即是诗意不受题材拘束，能求得象外的真理，而妙悟也须如此。宋诗使人悟理，唐诗动人感情。我们读苏诗，获得许多智慧。“自言静中阅世俗，有如不饮观酒狂。”“吾虽不善书，晓书莫如我。苟能通其意，常谓不学可。”凡此均似得道言者，其所谓道，即象外、物外，超旷之道，亦即庄子之道。而此道与诗相通，与书画艺术亦相通也。

苏轼观物之妙，求物之妙，于日常现实生活的小事物中，发挥其人生哲学，于诗中往往发出其对事物的妙悟，也就是深微的理解。苏诗亦多议论，并不干枯，而是高超旷达的。他用艺术家的态度，爱好人生，摆脱功名富贵的追求，引导读者爱好自然与艺术。

四、善比喻。苏诗长于比喻，且立意新奇，不落前人窠臼。前述《题西林壁》以观庐山整体设喻，寓发新意。《和子由渑池怀旧》以“雪泥鸿爪”喻人生境遇，已成千古绝唱。苏轼有许多写西湖诗作，如“欲把西湖比西子，淡妆浓抹总相宜”，十分通俗、亲切，千百年来成为吟西湖的定评之作，再如“春风如系马，未动意先骋。西湖忽破碎，鸟落鱼动镜”“微风万顷靴纹细，断霞半空鱼尾赤”“船上看山如走马，倏忽过去数百群”“岭上晴云披絮帽，树头初日挂铜钲”。有静看，有动观，山如马，湖如镜，晴云如絮帽，初日如铜锣，喻意贴切，栩栩如生。再看《百步洪》诗中“长洪斗落生跳坡，轻舟南下如投梭。水师绝叫凫雁起，乱石一线争蹉磨。有如兔走鹰隼落，骏马下注千丈坡。断弦离柱箭脱手，飞电过隙珠翻荷”。诗中一连串的生动比喻也令人赞叹不已。

五、诙谐。有人说苏轼“嬉笑怒骂皆成文章”。苏轼的人生观是达观主义的，他襟怀旷达，写起诗来“触处生春”，妙语诙谐。石苍舒喜欢写字，筑醉墨堂，日夕学书，草书颇有成就，请苏轼作诗论书法。苏轼送他诗曰：“人生识字忧患始，姓名粗记可以休。”借项梁告诫项羽书不足学的故事幽默地开了头，诗结尾说“不须临池更苦学，完取绢素充衾裯”。又很风趣地说，不须像张芝那样在绢帛上苦练书法，可以用绢来作被褥。苏轼以花甲之年谪居海南之儋耳，难得肉食，人很清瘦，得知同遭贬谪的弟弟人也很瘦，于是作《闻子由瘦》一诗云：“海康别驾复何为？帽宽带落惊童仆。相看会作两臞仙，还乡足可骑黄鹄。”达观坦然，机趣横生。

六、多用典故。苏轼读书极博，作诗“我诗写我口”，譬如说话一样。因其书卷功夫深，谈吐自雅，多用典故，长人知识。苏轼博学多才，历史掌故、博物知识在诗中运用自如，有书卷气，正如赵翼所谓“胸中书卷繁富，又足以供其左旋右抽，无不如志”。

宋人多读书，因此作诗善用典故，而摆脱声色，即宋诗比唐诗朴素，不尚声调铿锵与对偶工整、色彩绚烂的风格，同时却以书史典故充实其间，使不浅俗。苏黄此类作风尤甚。

东坡不能饮酒，所以和李白的醉酒高歌不同，和陶渊明也不一样。同时因为多谈时事怕遭祸，所以他的诗与杜甫的又不同。没有杜甫结合时代大事的忧愤牢骚，也没有李白那样放浪。他的诗在平凡的生活里，触发许多人生的智慧，切合人情，此所以对于后人的影响特大。

苏诗也有缺点：一、说意太尽，缺乏含蓄蕴藉之致（太求达意）；二、议论多，诉诸理智，则感情不足；三、用典太多；四、多步韵诗，连篇累牍，太轻易。有佳句，不能全篇都好。

苏轼的词

词最初只是小曲，写男女爱情，写相思、别离或幽会，写都市的繁华、风景的秀美和民间的习俗，是用于浅斟低唱。苏轼推动了词的发展，扩大了词的范围。他以古文的笔调来写诗，又以写诗的笔调来写词，扩大了词的题材和意境。苏轼的词无所不写，吊古伤时，悼亡送别，说理咏史，山水田园或自伤身世，内容广泛，一扫艳词柔靡之陋。东坡居士词，“横放杰出，自是曲子中缚不住者”（晁无咎语）。当然他的词也可以歌唱，因为他无论写小令、长调都合于音律的，不过也可以不必歌唱的。他只是利用长短句法的流动变化的形式来写抒情诗罢了。这又表现了苏轼的自由解放的性格。我们可以说他的词是脱离音乐的解放诗。

当时，柳永的词是当行本色，婉约而纤丽，苏轼写的则是怀古之类的“大江东去”，豪放得使人有“天风海雨逼人”之感（陆放翁语）。《吹剑录》云：

> 东坡在玉堂日，有幕士善歌，因问：“我词何如柳七？”对曰：“柳郎中词只合十七八女郎，执红牙板，歌‘杨柳岸，晓风残月’。学士词须关西大汉，铜琵琶，铁绰板，唱‘大江东去’。”东坡为之绝倒。

这里可以看出苏词、柳词的不同之处。苏轼写词“无意不可入，无事不可言”。他的词从思想内容到艺术风格都发生了变革，开创了一个词派，称为豪放派，与婉约派相对。

最能代表苏轼词作的是《水调歌头》“明月几时有”和《念奴娇·赤壁怀古》。先看《水调歌头》：

> 丙辰中秋，欢饮达旦，大醉。作此篇，兼怀子由。
>
> 明月几时有，把酒问青天，不知天上宫阙，今夕是何年。我欲乘风归去，又恐琼楼玉宇，高处不胜寒。起舞弄清影，何似在人间。
>
> 转朱阁，低绮户，照无眠。不应有恨，何事长向别时圆。人有悲欢离合，月有阴晴圆缺，此事古难全。但愿人长久，千里共婵娟。

写月夜醉后的心情。由月的神话故事，幻想乘风归去，自比如李白之为谪仙人。先是有感觉人生苦闷渴求解放的心怀。此后转到“又恐琼楼玉宇，高处不胜寒”，不若留在人间，表示对于人生的依恋，热爱此生，并不羡慕神仙，脱离现实。（亦比《赤壁赋》中的思想）下半阕咏月，从月的阴晴圆缺，比人生的悲欢离合，而以此事古难全为安慰。通彻于物理人情，然后得到超然的旷达的情怀。最后表示兄弟的永久怀念，互祝健康，“千里共婵娟”。此篇是对月怀人的最佳之作。曲折奔放，说理抒情兼胜。再看下一首：

念奴娇　赤壁怀古

大江东去，浪淘尽、千古风流人物。故垒西边，人道是、三国周郎赤壁。乱石崩云，惊涛裂岸，卷起千堆雪。江山如画，一时多少豪杰！

遥想公瑾当年，小乔初嫁了，雄姿英发。羽扇纶巾，谈笑间、樯橹灰飞烟灭。故国神游，多情应笑我，早生华发。人间如梦，一尊还酹江月。

《念奴娇》一词，同《赤壁赋》。开头“大江东去，浪淘尽、千古风流人物”，豪放之至。（关汉卿《单刀会》曾采用其词句）“乱石崩云”五句，把长江风景概括写出，气势浩瀚。接着由怀古而思今，思古人而不见，叹今吾之易老。山川地理、历史人物、个人感想都融合在此篇中。吊古豪情逸致，一洗浅斟低唱脂粉气之陋。此类胸襟，非柳耆卿所能作。在这词里突出表现了东坡自己的形象，伟大的诗人的形象。

此二词，均接近于李白的诗。

人民热爱李白那样的诗人，同样也热爱苏轼那样的诗人。积极的浪漫主义是他们共同的特点。苏轼与李白不同的，李白有求仙思想，有建功立业、功成身退的思想；苏轼则不同，在诗词中处处表现其受仕宦的羁绊，而要求在苦闷中求解放耳。《临江仙·夜归临皋》词中云："长恨此身非我有，何时忘却营营。夜阑风静縠纹平。小舟从此逝，江海寄余生。"期待解脱获得精神自由是何等迫切。

苏轼词气韵沉雄豪放，突破了"花间派"的表现形式，也突破了它的描写内容。所以，有人说他的词"一洗绮罗香泽之态，摆脱绸缪宛转之度，使人登高望远，举首高歌，而逸怀浩气，超然乎尘垢之外。于是《花间》为皂隶，而耆卿为舆台矣"(胡寅《题酒边词》)。但也因此被目为"别格",《四库提要》说：

> 词自晚唐五代以来，以清切婉丽为宗，至柳永而一变，如诗家之有白居易；至苏轼而一变，如诗家之有韩愈，遂开南宋辛弃疾等一派。寻源溯流，不能不谓之别格；然谓之不工则不可。

李清照批评苏词为"句读不葺之诗"。连出自苏门的陈师道也谓"子瞻以诗为词，如教坊雷大使子舞，虽极天下之工，要非本色。"(《后山诗话》)此局限于词为音乐小曲的词律派的见解，非笃论也。

但东坡词亦非一味豪放，也有极细腻、婉约的词。如《水龙吟·次韵章质夫杨花词》：

> 似花还似非花，也无人惜从教坠。抛家傍路，思量却是、无情有思。萦损柔肠，困酣娇眼，欲开还闭。梦随风万里，寻郎去

处，又还被莺呼起。

不恨此花飞尽，恨西园、落红难缀。晓来雨过，遗踪何在？一池萍碎。春色三分，二分尘土，一分流水。细看来，不是杨花，点点是离人泪。

前半阕非常工细，后半阕大方、概括，仍细致。“春色三分，二分尘土，一分流水。细看来，不是杨花，点点是离人泪。”声韵谐婉，凄婉动人。比章质夫原作还好。对比之下，原作反显得有“线绣工夫”(《曲洧旧闻》)，所以，王国维《人间词话》说：“东坡《水龙吟》咏杨花，和韵而似原唱。章质夫词，原唱而似和韵。才之不可强也如是！”此外，还有《洞仙歌》《贺新郎》。前者据苏轼自序，是他早年闻一老尼诵孟昶与花蕊夫人避暑于摩诃池上所作词二句，因足成之。“绣帘开，一点明月窥人；人未寝，攲枕钗横鬓乱。”亦旖旎风光之至。(关于此词，可参考《阳春白雪》《乐府余论》《墨庄后录》《词综》诸书。)《贺新郎》“乳燕飞华屋”写闺情。前半阕写夏景，后半阕咏榴花，借以表达美人迟暮之感，亦细致。(《古今诗话》谓此词是苏轼为官伎解围之作，《苕溪渔隐丛话》力驳其非。) 此皆词的传统内容，而稍稍提高它的本质，大方浑厚，不伤纤巧。在这些词中也见到他的自然不羁的风格。

苏词除豪放外，又见清新。如《江城子》“天涯流落思无穷”首；《蝶恋花》“花褪残红青杏小”“簌簌无风花自亸”；《卜算子》咏雁，比兴深微，境界很高。

写到农民生活的，有几首《浣溪沙》“麻叶层层檾叶光”“簌簌衣巾落枣花”等，清新优美，情景交融。

怀念欧阳修的，有《醉翁操》(琴曲)，悼念他的妻子的，有《江城子》“十年生死两茫茫”，而寄怀子由的，还有不少首词，都是情感真挚的抒情小曲。

苏轼于词中不用典故。纯粹抒情，比他的诗更能深入浅出，容易理解与欣赏。

苏轼开创了豪放词派，他的词影响了南宋的爱国词人辛弃疾，两人并称为苏辛。

苏轼的词集叫《东坡词》，有《宋六十名家词》本一卷；又名《东坡乐府》，有《四印斋所刻词》本二卷及《彊村丛书》本三卷。

苏轼的成就与地位

苏轼是多方面的文学家，他的天才，好像无所不包。在散文方面，他是有名的古文家，在诗、词上也有特殊的成就。

他的散文以议论文居多，似汉代贾谊的政论、唐代陆贽的奏章，其针对时政弊病的政论文章议论透辟，文笔纵横。他的古文虽受韩愈、欧阳修影响，但无论从思想内容或写作手法上看，都与韩、欧有所不同。韩、欧是正统的儒家思想，讲孔孟之道，把道统和文统结合起来，合而为一。苏轼则不然，并不拘束于儒家思想，并不是文统与道统合一论者。他不完全受儒家思想影响，还有道家的庄子思想。庄子思想在他的抒情散文中表现尤为显著。他的散文是思想与艺术结合的，是文学作品，而不是传道统的工具。因而超然、旷达，有自然奔放的风格。

在诗的方面，由于他博极群书，通达人情物理，因而他的诗有广泛的题材和丰富的内容。出入于李、杜、韩、白、陶渊明诸大家，而自成一体。苏轼的诗，代表宋诗的最高成就。

在词的方面，苏轼把词从浅斟低唱的、柔靡颓废的传统里解放出来。题材更多，内容更广，意境更高。他使词的意境更接近于诗。

苏轼在当时继欧阳修之后成为文坛领袖，而声名更高于欧阳修。他们的思想、学问亦有所不同。欧阳修有儒家的正统思想，往往有宣扬王化，替封建朝廷说话的地方。欧阳修是深受儒家哲学影响的文学家，同时也是一位史学家。苏轼不同，他把文学与道统分开，而与艺术结合，他抱有爱好艺术享受以解脱政治苦闷的态度，不宣扬王化，并不处处表现他的士大夫的身份，接近于一般人民的思想。

苏轼虽然屡遭贬斥，但当时社会声望极高。在他生前即有文集刊行。每有创作即为人所传诵。辽国使臣到宋国来，常常问及苏轼。苏轼为馆伴使，辽使臣诵其文章。他的文章除流传辽国外，还传到高丽。苏辙诗《神水馆寄子瞻兄》说："谁将家集过幽都，每被行人问大苏。莫把文章动蛮貊，恐妨谈笑卧江湖。"苏轼没有做过大官，一生不得志，犹如唐代李太白，却备受当时人们的推崇、景仰和爱戴。到南宋时期，苏轼的名望更高。苏轼的诗文，常被通俗小说引用。东坡居士在民间的知名度和通俗作品中地位，不亚于唐诗人李白。

当时，围绕在苏轼周围的文人很多，有他的弟弟苏辙，中表文同，有名的苏门四学士——黄庭坚、秦观、张耒、晁补之，加上陈师道、李廌，又称苏门六君子，成为一个文人集团，好比围绕欧阳修的有梅、苏（舜钦）、曾、三苏等一样。苏轼的影响及于南宋，在词的方面，有张孝祥、辛弃疾，散文方面有陈亮、叶适，诗的方面，南宋末的文天祥，一方面受杜甫的影响，另一方面也受苏轼的影响。文天祥推崇苏轼，在狱中犹有题《赤壁赋》之作。苏轼的影响也及于金的蔡松年和元好问。他的诗一直到了清代还有人模仿。他对俗文学也有影响，小说戏曲中多引其诗词。

在中国诗史上，屈原、陶渊明、李白、杜甫之外，对于中国诗的影响最大者，当推苏轼。

授课人：浦江清

第五章 黄庭坚

黄庭坚（1045—1105），江西分宁人。字鲁直，尝游潜水山谷寺，乐其林泉之胜，自号山谷道人。又过涪州，又号涪翁。进士出身，做过江西太和知县，后移监德州德平镇。后直史局为起居舍人。宋徽宗时点贬元祐党人，被贬为涪州别驾，安置黔州（今四川彭水县），后又移戎州（四川宜宾东北），最后贬到宜州（广西宜山县）并卒于宜州。年六十一岁。

苏轼很推崇他，说他的诗“超逸绝尘，独立万物之表，世久无此作”。推崇得有些过分。黄庭坚自谦，以为不如苏轼：“我诗如曹郐，浅陋不成邦。公如大国楚，吞五湖三江。”他为诗文，力避浅俗，追求高古。后人讲宋诗，往往苏黄并称。“蜀江西君子以庭坚配轼，故称苏黄。”（见庭坚《本传》）

黄庭坚的诗，无论在内容的丰富和形式的完美上，都远不如苏轼，题材也不及苏诗广。山谷诗工力深，他长于五古与七律。刻意学古，去陈反俗，好奇尚硬。律诗喜用拗体，有特殊的风格。他又有“脱胎换骨”的艺术手腕。他说：“不易其意而造其语，谓之换骨法；窥入其意而形容之，谓之夺胎法。”（惠洪《冷斋夜话》）换骨是意同语异，用前人的诗意，再用自己的言语出之；脱胎是因前人的诗意而更深刻化，造成自己的意境。总之是在摹拟中求创造，推陈出新。

黄庭坚有《登快阁》一诗，是诗人做太和县知县时所作：

> 痴儿了却公家事，快阁东西倚晚晴。
> 落木千山天远大，澄江一道月分明。
> 朱弦已为佳人绝，青眼聊因美酒横。
> 万里归船弄长笛，此心吾与白鸥盟。

诗人以痴儿自比。《晋书·傅咸传》云：“生子痴，了官事，官事未易了也，了事正作痴，复为快耳。”柳子厚有“木落寒山静，江空秋月明”的诗句，“落木”句系变化而来。“朱弦已为佳人绝”，用钟子期伯牙事，不知谓谁。

黄庭坚《送王郎》一诗作于元丰七年（1084）。王郎，王世弼，山谷之妹婿。诗中云：“江山万里俱头白，骨肉十年终眼青。”《山谷诗集注》说：“山谷此对，极有妙处，前辈多使之。老杜云：‘别来头并白，相对眼终青。’东坡云：‘读书头欲白，相对眼终青。’又曰：‘身更万事已头白，相对百年终眼青。’又曰：‘看镜白头知我老，平生青眼为君明。’又曰：‘故人相见尚青眼，新贵如今多白头。’又曰：‘江山万里将白头，骨肉十年终眼青。’其用‘青眼’对‘白头’，非一，而工拙各有异耳。”后有“炒沙作糜终不饱”一句，《山谷诗集注》引《楞严经》曰：“若不断婬修禅定者如蒸砂石欲成其饭，经百千劫只名热砂。何以故？此非饭，本砂石成。”不甚贴切。“要须心地收汗马”一句，《集注》“谓道义战胜胸中开明，乃晓然见圣贤用心处。”按：此处疑即孟子求放心之意。“有弟有弟力持家”一句，疑此处弟乃女弟之意，即山谷之妹、王郎之妻也。元丰八年，山谷有《寄黄几复》一首：

> 我居北海君南海，寄雁传书谢不能。
> 桃李春风一杯酒，江湖夜雨十年灯。
> 持家但有四立壁，治病不蕲三折肱。
> 想得读书头已白，隔溪猿声瘴溪藤。

此诗元注乙丑年德平镇作。山谷元丰六年癸亥自太和移监德州德平镇。“我居北海君南海”二句，《山谷诗集注》云：“山谷尝有跋云，‘几复在广州四会，予在德州德平镇，皆海滨也’。……《左传》曰：‘君处北海，寡人处南海，惟是风马牛不相及也。’刘禹锡诗：‘谪在三湘最远州，边鸿不到水南流。’”“桃李春风一杯酒，江湖夜雨十年灯。”《山谷诗集注》云：“两句皆记忆往时游居之乐。今既十年矣。《晋书·张翰传》曰：‘使我有身后名，不如即时一杯酒。’”“持家但有四立壁，治病不蕲三折肱。”《山谷诗集注》云：“《汉书·司马相如传》曰：‘家徒四壁立。’《左传》齐高彊曰：‘三折肱知为良医。此借用言其谙练世故，不待困而后知也。’”

载于《山谷诗集注》卷四之《奉和文潜赠无咎，篇末多以见及，以既见君子云胡不喜为韵》八首工力遒劲，可为代表作。

朱弁《风月堂诗话》云：山谷以昆体工夫，造少陵境界。

魏泰中说：黄庭坚喜作诗得名，好用南朝人语，专求古人未使之事，又一二奇字，缀葺而成诗。

吕居仁云：读东坡诗，如读《庄子》，令人意思宽大，敢作；读鲁直诗如读《左传》，使人入法度，不敢容易。

山谷好用他人所未使之事，找寻僻典，其结果他的诗意境很新，而不免有艰深之病。与苏轼的不同：山谷诗高古艰深，苏轼诗平易自然；山谷近杜韩，苏轼近韩白（兼容李杜），山谷深，苏轼大；山谷讲究结构章法，苏轼自由奔放。

苏轼不仅推崇山谷，也偶效其体作诗。其《送杨孟容》诗云：

> 我家峨眉阴，与子同一邦。相望六十里，共饮玻璃江。江山不违人，遍满千家窗。但苦窗中人，寸心不自降。子归治小国，洪钟噎微撞。我留侍玉堂，弱步欹丰扛。后生多高才，名与黄童双。不肯入州府，故人余老庞。殷勤与问讯，爱惜双眉厖。何以待我归，寒醅发春缸。

山谷云："子瞻诗句妙一世，乃云效庭坚体，盖退之戏效孟郊、樊宗师之比，以文滑稽耳。恐后生不解，故次韵道之。"诗曰：

> 我诗如曹郐，浅陋不成邦。公如大国楚，吞五湖三江。赤壁风月笛，玉堂云雾窗。句法提一律，坚城守我降。枯松倒涧壑，波涛所舂撞。黄牛挽不前，公乃独力扛。诸人方嗤点，渠非晁张双。但怀相识察，床下拜老庞。小儿未可知，客或许敦厖。诚堪婿阿巽，买红缠酒缸。

秦观对黄庭坚诗也颇称赞。山谷编所作诗，自名以《蕉尾》《弊帚》。少游云："每览此编，辄怅然终日，殆忘食事，邈然有二汉之风。今交游中以文墨称者，未见其比。所谓珠玉在旁，觉我形秽也。"(《王直方诗话》)

唯山谷诗有极大的影响，开江西诗派。江西诗派之名，起于南宋。吕本中作“江西诗社宗派图”，列了陈师道、潘大临、谢逸、僧祖可、韩驹等廿五人，其中绝大多数是江西人。谓其诗均出于山谷，以山谷为祖师，老杜为远祖。江西诗派诗人的诗风古硬，讲求炼字、工整，他们反对西昆体，但矫枉过正。江西派诗人以陈师道（1053—1101）和谢逸（？—1112）较有名。

清末民初陈三立（《散原精舍诗》）为江西诗派之末裔。

黄庭坚、陈师道的诗，本来有其好处，也有名句。但爱用僻典和拗律。

黄庭坚也写词，有《山谷词》一卷。但他主要是诗人。

授课人：浦江清

第六章 周邦彦与大晟词人

苏轼去世之后，代表词而又有相当成就的作家是周邦彦。周邦彦（1057—1121）字美成，自号清真居士，钱塘（杭州）人。他在宋神宗元丰年间曾献《汴都赋》，颇有文才。在宋徽宗朝，提举大晟府。也曾出外任州县官，卒于处州。词作极多，词集名《清真词》，一名《片玉词》。

大晟府是教坊音乐机构，研究古代音乐，定律吕，并搜集俗乐，制定新曲。周邦彦通晓乐律，并且文辞很美。他写了许多词，也制作了许多新的曲子——长调。这些新的曲子大部分就宫廷音乐加以改编、发展，如《兰陵王》《六丑》等。他按照这些曲调来填词，语言典雅，音调和谐。

《清真词》的内容与柳永词相仿佛，以爱情、别离、怀人、春夏秋冬四时节令、吟物为题材。善作长调，曲折铺叙。声调谐和而沉着大方。讲究作词的法度。不但讲究平仄，并且讲究四声去上，一字不苟。每出一章，往往填词者奉为典范。填词家评其“下字运意，皆有法度”(沈伯时《乐府指迷》)。又谓美成词“浑厚和雅，善于融化诗句”(张炎《词源》)。其所谓“诗句”，指唐人诗。周邦彦词词句工稳、清丽，声调流美，运意曲折、沉着。

向来把周邦彦词奉为词家正宗，这是讲究格律一派的看法。选本如《草堂诗余》等选周词甚多。王国维有《清真先生遗事》。周邦彦词，以思想内容而论，出于苏辛派之下，已开词匠作风；不如柳永的自由浪漫，而是典雅派；不如苏轼的豪放，而是凝重的气息。

周邦彦词影响了南宋词家，如梦窗(吴文英)等。南宋以后都奉之为作词的最高标准。词作都在细细考究平仄四声、乐律曲谱，不重内容、思想，只在格律词句上下功夫。这是周词的坏影响。前人对周词评价太高，有人比之为词中杜甫，尤其不恰当。

同为大晟词人的，有晁端礼与万俟咏，多节令与应制之作，是宫廷派词人、御用词人，其粉饰太平的作品毫无价值，毫无生气。

授课人：浦江清

第七章　李清照

李清照（1082—1140？），济南（今属山东）人，自号易安居士，是北宋末年文学修养最高的女作家。能词，能诗，也能作古文和骈文。父亲李格非，是有名的古文家，母亲是状元王拱辰的孙女，亦善文，她从小就生活在一个文学气氛很浓的环境里。

李清照年十八嫁赵明诚（太学生，山东诸城人），赵父挺之也是文人，官位很高。夫妇二人感情相得，时游相国寺，市碑帖。其时家境不甚宽裕，节衣缩食，市书籍碑帖，研究金石历史。明诚亦有文才，但诗词不如清照，清照曾于重阳日作《醉花阴》词，明诚亦为数十首，以示客，客称其中三句绝佳，正清照所作也。其后，赵挺之为宰相，排斥元祐党人，格非以党籍罢，清照上诗挺之，有"何况人间父子情"之句，颇为哀怨。明诚后屏居乡里十年，二人同做抄书、校勘金石工作。后明诚赴青州、莱州做官。靖康之变，明诚奔母丧于金陵。其年十二月，金人陷青州，十余屋书籍被焚毁，仅携出于金陵之书物尚存。建炎二年（1128），明诚为江宁府，清照亦在江宁。常值天大雪，顶笠披蓑，循城远览，作诗词，邀明诚赓和。翌年明诚罢官，将赴江西，起湖州，诏赴行在，清照居池阳，与之别。明诚赴行在（建康），病卒（1129）。时清照年四十八。为文祭之，中有“白日正中，叹庞翁之机敏。坚城自堕，怜杞妇之悲深”之句。葬明诚讫，清照欲赴洪州，因张飞卿玉壶事被谤，赴越州行在。（金人破洪州，书物散失。）清照赴台州、衢州，最后定居杭州。

约在1134年顷，作《〈金石录〉后序》，时年五十二三。明诚《金石录》一书为宋代学术界之名著，《后序》详记夫妇二人早年之生活嗜好，及后遭逢离乱，金石书画由聚而散之情形，不胜死生新旧之感，一文情并茂之佳作也。赵李事迹，《宋史》失之简略，赖此文而传，可以当一篇合传读，故此文体例虽属于序跋类，以内容而论，亦同自叙文。清照本长于四六，此文却用散笔，自叙经历，随笔题写，其晚景凄苦郁闷，非为文而造情者，故不求其工而文自工也。

清照代表北宋时期文学修养最高的妇女，为中国文学史上有名的女作家，可比班昭、左芬一流人物。虽以词著名，亦善诗、四六、古文，惜其四六与诗皆散失，零篇断句见于宋人书籍中，有《浯溪中兴颂碑和张文潜》诗等。见清人俞正燮所辑《易安居士事辑》一文（见其《癸巳类稿》）及四印斋《漱玉词》的附录。

李清照有《词论》，见《苕溪渔隐丛话》一书，她说：

> 逮至本朝，礼乐文武大备，又涵养百余年，始有柳屯田永者，变旧声，作新声，出《乐章集》，大得声称于世，虽协音律，而词语尘下。又有张子野、宋子京兄弟、沈唐、元绛、晁次膺辈继出，虽时时有妙语，而破碎何足名家。至晏元献、欧阳永

> 叔、苏子瞻，学际天人，作为小歌词，直如酌蠡水于大海，然皆句读不葺之诗尔，又往往不协音律者。……王介甫、曾子固，文章似西汉，若作一小歌词，则人必绝倒，不可读也。乃知词别是一家，知之者少。后晏叔原、贺方回、秦少游、黄鲁直出，始能知之。又晏苦无铺叙，贺苦少典重，秦即专主情致而少故实，譬如贫家美女，虽极研丽丰逸，而终乏富贵态。黄即尚故实而多疵病，譬如良玉有瑕，价自减半矣。

她对名家都有所批评，非常中肯。她重视音律，要求词音调好，内容新。她作词，能兼众家之长，用浅俗之语，发清新之思。与苏轼的“达”“畅”相同。她的词有生活内容，有真感情。她久经丧乱，在她的词中反映了南渡前后一般人民的痛苦流亡的生活。她的代表作有《如梦令》“昨夜雨疏风骤”、《一剪梅》“红藕香残玉簟秋”、《声声慢》“寻寻觅觅”、《醉花阴》“薄雾浓云愁永昼”等。《声声慢》写秋日黄昏时的孤寂，感情深沉，明白晓畅，近于豪放。《醉花阴》写重九，最后三句“莫道不销魂，帘卷西风，人比黄花瘦”为人们广泛传诵。清照晚年在杭忆旧之作有《永遇乐》，颇为凄婉：

> 落日镕金，暮云合璧，人在何处？染柳烟浓，吹梅笛怨，春意知几许！元宵佳节，融和天气，次第岂无风雨？来相召，香车宝马，谢他酒朋诗侣。
>
> 中州盛日，闺门多暇，记得偏重三五。铺翠冠儿，撚金雪柳，簇带争济楚。如今憔悴，风鬟雾鬓，怕见夜间出去。不如向帘儿底下，听人笑语。

此词下半阕是怀念中州元宵佳节盛况，叹中州沦陷，遭遇乱离，写个人晚年凄寂心境。写东都的旧日繁华，其间包含有一定的爱国情绪。

清照词甚少标题，难于编年。此首可知为晚年作品，其他不易确定。

宋代女词人，在北宋有曾布妻魏夫人，在南宋有朱淑真（有《断肠词》）。以清照词作最多，成就亦最高。

在文学史上的女作家有班昭、蔡琰、左芬、鲍令晖、薛涛等（唐以前），宋以后有弹词、戏曲作家数人。诗文词作者虽众，杰出者不多。

关于李清照生年（1082），依俞正燮元符二年年十八之论。刘大杰《中国文学发展史》为1081年。另据《〈金石录〉后序》中“陆机作赋”二句之解释，建中辛巳（1101），如此年清照十八岁，则生于1084年。

授课人：浦江清

第八章 陆游

陆游的生平

陆游（1125—1210），字务观，号放翁，祖籍越州山阴（今浙江绍兴）。南宋代表性诗人，也是我国第十二世纪之代表诗人（前一世纪以苏轼为代表）。陆游比辛弃疾大十五岁。他二三岁时，即遭遇靖康之变。生于忧患，死于忧患，终身不忘恢复中原。为爱国诗人的代表。有《剑南诗稿》（诗九千余首）、《放翁词》（均收《四部备要》本）及《渭南文集》（收《四部丛刊》本）。

陆游生平，分四个阶段叙述。

（1）1125—1157：青年时期

祖父陆佃，有名的语言文字学家；父陆宰，也是一位文人，以直秘阁的职衔，做着权发遣淮南计度转运副使公事。其家居河南荥阳。陆游生于淮上，未满三岁，东京沦陷。其家人避难南下，先至寿春，后回山阴，又迁东阳居三年，最后定居山阴。陆游幼年，在东阳及山阴度过。生长于文学家庭，又接触其父执辈谈中原乱离，濡染爱国思想，十二岁即能诗文。十三岁，喜读陶渊明诗。十六岁，至临安。十七八岁，始学作诗，读王维诗最熟。十九岁，又至临安，试南省。

十八九岁，娶表妹唐琬为妻，感情甚笃。而唐氏不得于其姑，唐氏出而另居，陆游时往，终于为其母所恶，离异。唐氏改嫁宗室赵士程（同郡人）。游春日出游相遇于禹迹寺南之沈园。唐以语赵，遣致酒肴，游为赋《钗头凤》词：

红酥手，黄縢酒，满城春色宫墙柳。东风恶，欢情薄。一怀愁绪，几年离索。错！错！错！

春如旧，人空瘦，泪痕红浥鲛绡透。桃花落，闲池阁。山盟虽在，锦书难托。莫！莫！莫！

是年为1155年，陆游年三十一岁，时已续娶王氏。

游以荫补登仕郎，二十九岁赴锁厅试，陈阜卿为考试官，得其卷，大异之，擢置第一。时秦桧孙埙以右文殿修撰来就试，欲列首荐不得，桧深衔之。三十岁（1154）试礼部，主者复置游于前列，为秦桧所黜。（先荐送第一，秦桧孙埙居次，遂为桧所抑。又说陆游论中主恢复，故为桧所忌。）未中进士，下第还乡。

1155年11月，作为江西派诗人之一的曾几做提点浙东刑狱。陆游从他游。1156年曾几改知台州，遂别。此两年陆游作诗必受曾几影响。后人谓陆游诗出江西诗派者以此。

（2）1158—1169：为出仕时期。

秦桧已死。陆游除右迪功郎，福州宁德县主簿。后至临安，除敕令所删定官。1162 年，孝宗即位，除枢密院编修官，以史浩、黄祖舜荐孝宗召见，赐进士出身。翌年，为镇江府通判。1163—1165 年，张浚督师图恢复，陆游支持张浚之北伐计划，并与其子张栻（敬夫）友善。张浚北伐军初节节胜利，李显忠屡败金人。其后，诸将不和，李显忠被迫退军，致有符离之败。于是和议派又抬头，孝宗气馁，订了屈辱的龙兴和议。

陆游离镇江任改任隆兴军府通判（隆兴今南昌县）。言者劾公"交结台谏，鼓唱是非，力说张浚用兵"，免官。归山阴，卜居镜湖。"忆自南昌返故乡，移家来就镜湖凉。""囊得京口俸，始卜湖边居。屋才十余间，岁久亦倍初。"这些诗句是此时生活的写照。

1169 年，陆游以左奉仪郎通判夔州军州事，以病未行，明年遂起程西行。

（3）1170—1178：此八九年在蜀中。

1170 年夏，由山阴出发，由长江入蜀，冬天到了夔州。旅途见闻，作《入蜀记》。1172 年，枢密使王炎宣抚四川，驻汉中，辟陆游入幕府，为干办公事兼检法官。汉中，今陕西南郑县，近大散关，亦近宋金边界交界处。"四十从戎驻南郑，酣宴军中夜连日"，此处逼近敌人，时有立功的愿望。过着豪迈的生活，曾猎虎。

留王炎幕时间不长（三月至十一月），改除成都府安抚司参议官，从汉中入成都，有"此身合是诗人未？细雨骑驴入剑门"（《剑门道中遇微雨》）之句。此后，通判蜀州，摄嘉州，往来蜀州嘉州间。1175 年六月，范成大为四川制置使，帅蜀中，与陆游为文字交，不以幕僚待之。1176 年，以所谓“燕饮颓放”去官，自此，陆游自号放翁。仍居成都。1177 年，范成大离蜀还朝，而陆游仍留成都。1178 年被召东归，秋到临安，除福建常平茶盐事，暂归山阴故居。是年，范成大参知政事。

（4）1179—1210：三十年，五十余至八十余岁。

陆游自蜀还乡。1179 年，五十五岁，在建安，游武夷山。秋冬间改除江南西路常平茶盐公事，十二月到江西，治抚州。1180 年在抚州，五月十一日夜且半，梦随大驾亲征，尽复汉唐故地，见城邑人物繁丽，云：西凉府也。喜甚，马上作长句，未终篇而觉，乃足成之。诗有“熊罴百万从銮驾，故地不劳传檄下。筑城绝塞进新图，排仗行宫宣大赦。冈峦极目汉山川，文书初用淳熙年。驾前六军错锦绣，秋风鼓角声满天”等句。冬，召赴行在。1182—1185，在家乡。1186，年六十二，权知严州。第二年刊《剑南诗稿》，凡二千五百余首。于严州郡治。1189 在都下，寓砖街巷街南小宅。光宗即位，除朝议大夫、礼部郎中，兼实录院检讨官。十二月被劾去官出都。在乡闲居十余年。1192（年六十八）过禹迹寺南沈氏园，有“林亭感旧空回首”之句，1199（年七十五）又作《沈园》二绝，悼念唐氏，有“梦断香消四十年”之句。1202 年，宋宁宗朝，韩侂胄执政，图北伐，起用若干老人如陆游、辛弃疾等以图众望。陆游入都为实录院修撰，同修国史，翌年除宝谟阁待制。1203 年，乞致仕，五月出都。韩侂胄议伐金及伐金失败，陆游已还乡，但

1209 年仍被劾落宝谟阁待制职。

1206 年冬，子遹为其编诗续稿，成四十八卷，每卷约百首。

1210 年，年八十六，卒。《宋史》谓卒于嘉定二年（己巳），八十五岁，实未审。据钱竹汀年谱考定，应卒于宋宁宗嘉定三年（庚午），年八十六。有《示儿》诗："死去元知万事空，但悲不见九州同。王师北定中原日，家祭无忘告乃翁。"

陆游的诗词

陆游在十二三岁时就能写诗文，二十岁前喜欢陶渊明、王维的诗。1155 年曾几提点浙东刑狱，游曾从其游。曾几为江西诗派诗人，因此人或谓陆游亦出于江西诗派。实则不然。陆游的诗作是兼各名家之长，豪放而畅达。早期虽受到一点影响，但陆游的诗和江西诗派是不同的。入蜀以后，眼界扩大，创作成熟，接近杜甫风格。《九月一日夜读诗稿有感走笔作歌》云：

> 我昔学诗未有得，残余未免从人乞。力孱气馁心自知，妄取虚名有惭色。四十从戎驻南郑，酣宴军中夜连日。打球筑场一千步，阅马列厩三万匹。华灯纵博声满楼，宝钗艳舞光照席；琵琶弦急冰雹乱，羯鼓手匀风雨疾。诗家三昧忽见前，屈贾在眼元历历。天机云锦用在我，剪裁妙处非刀尺。世间才杰固不乏，秋毫未合天地隔。放翁老死何足论，广陵散绝还堪惜。

自述其诗由于军戎生活的豪放跌宕，自言有独到处（散绝堪惜）。

放翁诗在宋诗中，出苏黄之外，最近杜甫。由于时代背景及在蜀中八九年之生活，其遇王炎、范成大颇似杜甫之遇严武。所不同者，杜甫有出入贼中一段生活，亲身经历战争，并且看到唐室恢复。陆游处于敌我对峙之环境中，一直在鼓吹反攻，抱着杀敌、恢复统一和平的愿望而达不到，常致悲愤与慨叹。

陆游诗中一直贯穿着爱国主义思想。陆游为南宋代表诗人，主要是能反映南宋时代的社会现实，在诗歌中抒发爱国家、爱人民的感情。他是自始至终念念不忘恢复中原、收复失地的歌唱者。他有这种精神，是由于他一生下来就遭逢战乱。他虽然籍贯在山阴，可是祖父、父亲都生活在中州，而是在战乱时被迫迁到南方的。他在《三山杜门作歌》（之一）诗中写道：

我生学步逢丧乱，家在中原厌奔窜。
淮边夜闻贼马嘶，跳去不待鸡号旦。
人怀一饼草间伏，往往经旬不炊爨。
呜呼乱定百口俱得全，孰为此者宁非天？

后来随着年龄阅历的增长，爱国主义思想日益深厚。他的强烈的爱国思想最充分地表现在他的诗中。

陆游念念不忘中原的人民，他觉得中国应该是统一的："四海一家天历数，两河百郡宋山川。"（《感愤》）每当冬尽春来的时候，他就遥望着北方辽阔的原野：

京洛雪消春又动，永昌陵上草芊芊。（《感愤》）

他常常幻想着有一天能够击败金人，恢复中原的疆土：

三更穷虏送降款，天明积甲如丘陵。
中华初识汗血马，东夷再贡霜毛鹰。
群阴伏，太阳升。胡无人，宋中兴！

——《胡无人》

他在战乱连年的时候看到小孩子学写字读书，儿女骨肉之情使他想到中国统一后的和平生活：“从今父子见太平，花间饮水勿饮酒。”(《喜小儿辈到行在》)

诗人陆游怀抱着国家统一的希望，且强烈地表达了以身许国、建立功勋的愿望：“呜呼，楚虽三户能亡秦，岂有堂堂中国空无人！”(《金错刀行》)感激豪宕，具有胜利的信心，非常乐观。

但是，南宋统治者只苟安于小朝廷的享乐，根本没有想到要收复失地，陆游沉痛地说道：“遗民泪尽胡尘里，南望王师又一年！”(《秋夜将晓，出篱门迎凉有感》)尤其是中晚年的时候，看的事情多了，更引起他的悲愤：

“青山不减年年恨，白发无端日日生。”(《塔子矶》)

“丈夫五十功未立，提刀独立顾八荒。”(《金错刀行》)

“刘琨死后无奇士，独听荒鸡泪满衣！”(《夜归偶怀故人独孤景略》)

“塞上长城空自许，镜中衰鬓已先斑。”(《书愤》)

这些诗句充分表明了一个爱国志士抑郁悲愤的心情。同时，陆游更是有战斗性的，他写了很多讽刺诗，对苟安现状、不思进取的上层人士极为愤慨，《前有樽酒行》中云：

绿酒盎盎盈芳樽，清歌袅袅留行云。

美人千金织宝裙，水沉龙脑作燎焚。

……

诸人但欲口击贼，茫茫九原谁可作！

鞭挞了苟安享乐的士大夫，诗人接着写道：

丈夫可为酒色死？战场横尸胜床笫。

华堂乐饮自有时，少待擒胡献天子。

陆游对南宋统治者不思北伐、苟且偷安也表达了失望和愤慨之情，如《醉歌》：

学剑四十年，虏血未染锷。

不得为长虹，万丈扫寥廓；

又不为疾风，六月送飞雹。

战马死槽枥，公卿守和约，

穷边指淮淝，异域视京雒。

及到“如今老且病，鬓秃牙齿落”。真是“仰天少吐气，饿死实差乐”了。

但是，陆游的愿望并没有实现，眼前祖国分裂，北中国人民遭受金统治者的残酷迫害，眼见耽误了岁月，他写下了许多愤慨、悲叹的诗：“容身有禄愧满颜，灭贼无期泪横臆。”(《晓叹》)“诸公尚守和亲策，志士虚捐少壮年！”(《感愤》)真切于他的时代，极可感人。此外，像《寒夜歌》《陇头水》《书愤》《追感往事》等都属于这一类诗歌。

陆游的爱国心始终未衰，直到临死，还写下了《示儿》诗，嘱咐子女“王师北定中原日，家祭无忘告乃翁”。

深厚的爱国主义思想是陆游诗歌的基础。

其次，陆游的诗有许多是反映社会和农民生活的。

陆游曾长期生活在农村，他向往着纯朴的农家生活，他写出了农家生活的健康和可爱，这方面的诗歌很富有人情味，如：

莫笑农家腊酒浑，丰年留客足鸡豚。
山重水复疑无路，柳暗花明又一村。
箫鼓追随春社近，衣冠简朴古风存。
从今若许闲乘月，拄杖无时夜叩门。

——《游山西村》

募沟上阪到山家，牧竖麐门两髻丫。
蒴火正红煨芋熟，岂知新贵筑堤沙？

——《夜投山家》

这些诗的风格很像陶渊明。但他同时也注意到农家疾苦，同情农民的痛苦遭遇，抗议官家对农民的过分剥削，表现了他的人道主义思想。《农家叹》《十月二十八日夜风雨大作》《书叹》等诗写农民的痛苦。税收迫得他们不能生存：“门前谁剥啄？县吏征租声。一身入县庭，日夜穷笞榜。人孰不惮死？自计无由生。”（《农家叹》）水灾害得他们不能收获：“岂惟涨沟溪，势已卷平陆。辛勤艺宿麦，所望明年熟。一饱正自艰，五穷故相逐。南邻更可念，布被冬未赎，明朝甑复空，母子相持哭！”（《十月二十八日夜风雨大作》）农民受尽残酷的剥削，“有司或苛取，兼并亦豪夺”，诗人很愤慨地说：“政本在

养民，此论岂迂阔？”（《书叹》）

再次，陆游亦有写与朋友交往的诗，如《送辛幼安殿撰造朝》，可以看出二人交情甚笃。还有诗表现他在婚姻方面的不幸，对真挚爱情的怀念，饱含着诗人的血泪。三十岁时一个偶然的机会在沈园与唐琬相遇，写下了充满怀念、悔恨的《钗头凤》，四十多年以后，还凄惨地回忆起来：

> 城上斜阳画角哀，沈园非复旧池台。
> 伤心桥下春波绿，曾是惊鸿照影来！
>
> ——《沈园》其一

陆游的词称《放翁词》。（收于《宋六十名家词》，又见于《四部备要》。）他的词多，风格多变化。最有名的是为唐琬而作的《钗头凤》。此词就形式来讲，相当难填，但诗人做得很成功，从词中可以感受到诗人深挚的感情。《汉宫秋》是英雄的歌唱：

> 羽箭雕弓，忆呼鹰古垒，截虎平川。吹笳暮归野帐，雪压青毡。淋漓醉墨，看龙蛇、飞落蛮笺。人误许，诗情将略，一时才气超然。
>
> 何事又作南来，看重阳药市，元夕灯山。花时万人乐处，欹帽垂鞭。闻歌感旧，尚时时、流涕尊前。君记取：封侯事在，功名不信由天。

代表诗人词的豪放雄壮的一面，与辛弃疾词相近。最后两句，并非诗人热心功名富贵，而是要为国家出力，恢复中原。

陆游的一些小令也颇豪壮，写山水的词则很清新。然而词不是他的主要成就，不能和辛弃疾相比。他的主要成就是诗。

陆游的著作很丰富。他有许多散文。《南唐书》是历史著作。《入蜀记》是日记体的笔记，记入蜀的旅程经历，有文学价值，也有史料价值。还有《老学庵笔记》也是杂记。散见的其他文章收入《渭南文集》，文学意味不及他的杂记。其中《书巢记》写其耽书之癖，他住的地方“俯仰四顾，无非书者”，他自己“饮食起居，疾痛呻吟，悲忧愤叹，未尝不与书俱”。有时“间有意欲起，而乱书围之如积槁枝，或至不得行”。因自名之曰“书巢”。《居室记》讲养生之道，他如何饮食起居。他家里的人从曾祖起年皆不满花甲，而他“幸及七十有六，耳目手足未废，可谓过其分矣。然自计平昔于方外养生之说初无所闻，意者日用亦或默与养生者合”。《东篱记》讲他种花，自己掇臭撷玩，朝灌暮锄，“考《本草》以见其性质，探《离骚》以得其族类……间亦吟讽为长谣短章，楚调唐律。”《烟艇记》讲他“得屋二楹，甚隘而深，若小舟然，名之曰‘烟艇’”，以寄其“江湖之思”，“意者使吾胸中浩然廓然纳烟云日月之伟观，揽雷霆风雨之奇变，虽坐容膝之室，而常若顺流放棹，瞬息千里者，则安知此室果非烟艇也哉！”此外，《东屯高斋记》是为夔州李氏居杜甫故居高斋而作，感叹杜甫“身愈老命愈大谬，坎壈且死”，羡慕李氏“无少陵之忧，而有其高”，自嗟“仕不能无愧于义，退又无地可耕”。这些皆是富有情致的小品文。

授课人：浦江清

第九章 杨万里与范成大

杨万里（1124—1206），字廷秀，号诚斋，吉水（今属江西）人，1154 年中进士。是当时的一位大诗人。南宋的诗人向来标尤、杨、范、陆四大家，即尤袤（延之）、杨万里（廷秀）、范成大（致能）、陆游（务观）。尤袤是南宋初期有名的诗人，有《梁溪集》，诗佚，流传下来的少数诗篇都较一般。藏书甚富。尤杨范陆都曾学诗于曾几（茶山），受过江西诗派的影响，后来都抛弃了江西诗派的习气。

杨万里的诗和散文都写得很好，尤以诗著名。杨万里的诗有两万余首之多，现存四千多首。《诚斋全集》中包括《江湖集》《荆溪集》等九集，每集代表一个时期。

杨万里是道学家，通经学，重名节，人品极高。据说南宋宰相韩侂胄造南园，请杨万里作一记文，杨万里看不起韩侂胄的为人，就拒绝他说："头可断，记不可得！"一时间人们很佩服他的品格。后他竟因闻侂胄当权而忧卒。

杨万里的诗很有风趣。他作诗不避俗言俗语，这一点是受黄山谷的影响。黄山谷曾用俗为雅，杨万里也是如此，他把一般人的口语经过提炼吸收到诗中来，就显得清新自然；他的诗又一特点是很恢谐幽默，反映生活的另一方面，能达人之所不能达，又没有什么做作。因此，他虽然自江西派入，但仍能独自一体。他在《荆溪集自序》里说："予之诗，始学江西诸君子，既又学后山五字律，既又学半山老人七字绝句，晚乃学绝句于唐人。……戊戌……作诗，忽若有悟，于是辞谢唐人及王、陈、江西诸君子皆不敢学，而后欣如也。"他融会诸家而独创一体，即"诚斋体"，并因此开创了自己的独特风格。如：

梅子流酸软齿牙，芭蕉分绿与窗纱。
日长睡起无情思，闲看儿童捉柳花。

——《闲居初夏午睡起》

田夫抛秧田妇接，小儿拔秧大儿插。
笠是兜鍪蓑是甲，雨从头上湿到胛。

——《插秧歌》

写得自然而有风趣。其他像"低低檐人低低树，小小盆成小小花""正入万山圈子里，一山放出一山拦"，都以白话入诗。

范成大（1126—1193）字致能，号石湖居士，吴郡人。与范仲淹同乡，比陆游小一岁，也是1154年的进士。他的官职很高，屡次出使金国，做过宣抚使，做过参知政事。晚年隐居于石湖（太湖与吴江之间）。有《石湖诗集》，又有《石湖词》。

范成大与陆游是知交，政治才能很高，但同样未被重用。他的诗亦从江西诗派入而变化，成一大家。风格清新，以写山水最著名。他到过四川，写了许多咏山水和长江的诗，田园诗方面有著名的

《四时田园杂兴六十首》。

他的山水田园诗很像陶渊明、谢灵运的诗，但并不摹袭陶谢，而又有自己的面貌，多用七言绝句写出。其代表作《田园杂兴六十首》虽没有像陶诗那样深入和亲切，虽然对农村生活有一定的隔膜，但还是有认识和感受的，因此也能写出农家欢乐和愁苦：

梅子金黄杏子肥，麦花雪白菜花稀。
日长篱落无人过，唯有蜻蜓蛱蝶飞。

昼出耘田夜绩麻，村庄儿女各当家。
童孙未解供耕织，也傍桑阴学种瓜。

采菱辛苦废犁锄，血指流丹鬼质枯。
无力买田聊种水，近来湖面亦收租！

——以上《田园杂兴》

范成大的山水诗如《瞿唐行》，很新奇。

杨万里和范成大两人的诗接近自然，比较清新，是他们的优点，但不如陆游那样充满爱国情怀。

南宋诗人都有他们的政治生活，他们属于比较进步的阶层，有爱国思想，但都不得志，愿望不能实现。他们的诗歌，一部分表现他们的爱国思想，如陆游的诗，一部分表现为对田园山水的爱好，如杨万里、范大成的诗。

授课人：浦江清

第十章 辛弃疾的词

辛弃疾的诗和散文留下的不多，他主要是词人。他的词的创作极为丰富，有六百多首，是古今词人中最丰富多产的。他的词集叫《稼轩长短句》（四印斋所刻词本）或《稼轩词》（《宋六十名家词》）。

辛弃疾平生“以气节自娱，以功业自许”（范开语）。但他的理想并未实现。他的满腔爱国热情无法吐泄，于是悲歌慷慨的心情在词中得到了最为充分的表现。他的词就是他的抱负和纵横的才气在他当时最流行的文艺形式中的表现。

辛弃疾进一步发展了苏轼所开拓的词的境界，题材极广阔，有抒情，有说理，有怀古，有伤时。笔调是多方面的，无意不可入，无事不可言。悲愤、牢骚，嬉笑怒骂，皆可入词。

稼轩词豪放雄壮，充满爱国思想，有英雄气概，和放翁诗近似，而痛快淋漓，又过于苏轼。辛弃疾“舟次扬州”，回忆当年在此参加抗敌事业的轩昂气概：

落日塞尘起，胡骑猎清秋。汉家组练十万，列舰耸层楼。谁道投鞭飞渡，忆昔鸣髇血污，风雨佛狸愁。季子正年少，匹马黑貂裘。

——《水调歌头》

披貂裘，骑骏马，目睹打败完颜亮的南宋军队军容大盛，辛弃疾对中兴充满希望。而当他回忆年轻时骤马驰金营于数万敌军中生擒叛徒的情景，更是豪情满怀：

壮岁旌旗拥万夫，锦襜突骑渡江初。燕兵夜娖银胡䩮，汉箭朝飞金仆姑。

——《鹧鸪天》

但是壮志难酬，所以辛词更多的则是表现磊落抑塞之气：

更能消几番风雨，匆匆春又归去。惜春长怕花开早，何况落红无数。春且住，见说道、天涯芳草无归路。怨春不语，算只有殷勤、画檐蛛网，尽日惹飞絮。

长门事，准拟佳期又误。蛾眉曾有人妒。千金纵买相如赋，脉脉此情谁诉？君莫舞，君不见玉环飞燕皆尘土。闲愁最苦。休去倚危栏，斜阳正在，烟柳断肠处。

——《摸鱼儿》

国难当头，报国无门，不免发出“烟柳断肠”的哀怨。陈廷焯《白雨斋词话》评曰：“词意殊怨，然姿态飞动，极沉郁顿挫之致。起处‘更能消’三字是从千回万转后倒折出来，真是有力如虎。”梁启超评云："回肠荡气，至于此极。前无古人，后无来者。"(《艺蘅馆词选》）据罗大经《鹤林玉露》说：宋孝宗看了这首词，虽然没有加罪于辛弃疾，但很不高兴。作为爱国志士，忧怀国事的哀愁，无处倾诉，只有借词宣泄出来。"江南游子，把吴钩看了，栏干拍遍，无人会，登临意。"(《水龙吟》）"郁孤台下清江水，中间多少行人泪！西北望长安，可怜无数山。青山遮不住，毕竟东流去。江晚正愁予，山深闻鹧鸪。"(《菩萨蛮》）前词写英雄无用武之地，直抒胸臆；后词"惜水怨山"(周济《宋四家词选》)，登台远望，北方山河，仍在敌手，只有借鹧鸪鸣声来抒发自己羁留后方、壮志未酬的抑塞苦闷心情了。

在辛弃疾笔下，壮志未酬的愤懑之情也能表现在别词里：

绿树听鹈鴂，更那堪、鹧鸪声住，杜鹃声切！啼到春归无寻处，苦恨芳菲都歇。算未抵人间离别：马上琵琶关塞黑，更长门、翠辇辞金阙。看燕燕，送归妾。

将军百战声名裂，向河梁、回头万里，故人长绝。易水萧萧西风冷，满座衣冠似雪，正壮士悲歌未彻。啼鸟还知如许恨，料不啼清泪长啼血。谁共我，醉明月？

——《贺新郎》

辛茂嘉是弃疾族弟，因事贬官桂林，辛弃疾写了这首在辛词中很著名的《贺新郎·送茂嘉十二弟》。词与柳永别词风格大不同。连用若干离别典故，竟似一篇小别赋，而以"啼鸟还知如许恨，料不啼清泪长啼血"收住。他把兄弟别情放在家国兴亡的大背景下来写，借历代英雄美女去国辞乡的恨事，来抒发山河破碎、同胞生离死别的悲情。梁启超指出："算未抵人间离别"句"为全首筋节"(《艺蘅馆词选》)。这是切中肯綮的评论。陈廷焯评曰:“稼轩词自以《贺新郎》一篇为冠。沉郁苍凉,跳跃动荡,古今无此笔力。”(《白雨斋词话》)王国维的《人间词话》说:“稼轩《贺新郎·送茂嘉十二弟》,章法绝妙,且语语有境界,此能品而几于神者。然非有意为之,故后人不能学也。”

辛弃疾继承了苏轼的豪放一派。不过苏轼的豪放,在思想上是超旷的,类似陶渊明、李白;而辛弃疾的豪放,风格上是雄浑而壮伟,同时沉郁而悲愤。这是辛弃疾所处的时代和他的遭遇所决定的。他有些像词中的杜甫。

当然,稼轩词也有清新的一面。他的才能是多方面的。他不但善于写回肠荡气、慷慨激昂的壮词,还能写情致缠绵、秾丽绵密的婉词。著名的《祝英台近》就是这方面的代表:

> 宝钗分,桃叶渡,烟柳暗南浦。怕上层楼,十日九风雨。断肠片片飞红,都无人管,更谁劝、啼莺声住?
>
> 鬓边觑,试把花卜归期,才簪又重数。罗帐灯昏,哽咽梦中语:“是他春带愁来,春归何处,却不解、带将愁去。”

深闺女子的相思之情写得细腻传神,温婉清丽,与稼轩大部分词词风迥异。沈谦在他的《填词杂说》里说:“稼轩词以激扬奋厉为工;至‘宝钗分,桃叶渡’一曲,昵狎温柔,魂销意尽,词人伎俩,真不可测。”这其实正说明辛词风格是多样化的。更可喜的是,在十年退隐的日子里,辛弃疾和农民有了亲密的交往,了解了农民朴素的生活,情感和农民接近了,写了不少清新自然、富有情致的农家生活的词:

茅檐低小，溪上青青草。醉里吴音相媚好，白发谁家翁媪？大儿锄豆溪东，中儿正织鸡笼，最喜小儿无赖，溪头卧剥莲蓬。

——《清平乐》

一幅农家生活画图。此外，像“东家娶妇，西家归女，灯火门前笑语。酿成千顷稻花香，夜夜费、一天风露”(《鹊桥仙》)，“父老争言雨水匀，眉头不似去年颦”(《浣溪沙》)反映了农村温厚的风俗，也分担了农民的欢愁。

辛弃疾善于从前人典籍中学习语言，融入自己词中。如《踏莎行》的：

衡门之下可栖迟，日之夕矣牛羊下。

是《诗经》的句子：“衡门之下，可以栖迟”“日之夕矣，牛羊下括”。又如《水调歌头》：

余既滋兰之九畹，又树蕙之百亩，秋菊可餐英。

是《离骚》的句子。《水龙吟》：

人不堪忧，一瓢自乐，贤哉回也！料当年曾问：饭蔬饮水，何为是栖栖者？

是《论语》的句子。《哨遍·秋水观》全是《庄子》的语句。

苏东坡用诗的笔调来写抒情的词，辛弃疾则用的是散文笔调，加入说理部分，更把词扩大了。他才气横溢，无所不可，这也是词的解放。词就代表辛弃疾的谈吐。

辛词爱用典故，这是前人所极少的，所以有“掉书袋”之讥。用典故自然在旁人理解上增加一些困难，但它可以增加词的表现力。

对辛词的评价，从前不算高，苏辛词是被看作别派的，这是由于囿于词以婉约为宗的说法。其实辛弃疾的成就是很大的，他集词之大成，把词发展到最高峰。他的词是爱国主义的。

辛弃疾的遭遇局限了他，他的词对于生活的反映，不能写得更直接、更明显、更广泛、更丰富，而且用文言、用典故，不能很好结合口语，宜朗诵，不宜歌唱。

辛弃疾的朋友陈亮和刘过的词，风格上都和他相近。陈亮主要是哲学家和政论家，刘过有《龙洲词》，才气不及辛弃疾。

授课人：浦江清

第十一章 姜夔与词的衰落

辛弃疾的词已达到词的高峰，有各方面的题材。但向来论词的认为是词的别派。一般讲求音律与格调的词人，还走着周邦彦的道路，而继续有所发展，姜夔为代表。

姜夔（1155—1235），字尧章，鄱阳人。后来寓居吴兴，与白石洞天为邻，号白石道人。其词集名《白石道人歌曲》。布衣终身，未仕，与范成大为友。为人清洁高雅，能诗词。白石诗有唐人风格，尤善于七绝；词更著名，为南宋名家。精于音律，研究古乐，尝进《古乐议》与《琴瑟考古图》，欲兴古乐，但不为朝廷所重视。亦善书法，有临王羲之禊帖，又研究金石。

白石词继承前人音调外，尚有“自度曲”，皆有旁谱，为今日研究词的歌唱法与音律的可贵的材料。

白石词的特点是：（一）他本人精于音乐，讲究黄钟大吕等古乐，乐律水平很高，且有很多“自度曲”，如〔暗香〕〔疏影〕〔扬州慢〕等二十多种曲调，自吹自唱，非常高雅。他曾有诗云：“自作新词韵最娇，小红低唱我吹箫。曲终过尽松陵路，回首烟波十四桥。”(《过垂虹》)风度如晋宋间人。这种隐士派的作风，脱离政治，亦当时政治混浊所造成。他与范成大为友，而终身布衣。如以范比王维，白石颇似孟浩然。(二)词有唐音，富有抒情诗风味，很清新。

姜夔有代表性的词有《扬州慢》《暗香》《疏影》等，皆自度曲。其《扬州慢》云：

> 淮左名都，竹西佳处，解鞍少驻初程。过春风十里，尽荠麦青青，自胡马、窥江去后，废池乔木，犹厌言兵。渐黄昏，清角吹寒，都在空城。
>
> 杜郎俊赏，算而今、重到须惊。纵豆蔻词工，青楼梦好，难赋深情。二十四桥仍在，波心荡、冷月无声。念桥边红药，年年知为谁生！

描写了战乱后扬州的凄凉景象。《暗香》《疏影》皆咏梅花，为范石湖而作。清隽高雅，唯多用暗典不易理解。其《齐天乐》咏蟋蟀一首，亦善于铺叙。白石善于作词题，短短数句，颇有情致。

姜夔的词，属于古典的格律派，继承周邦彦作风。同时，由于他的孤高情性，他的词往往选字炼句太过，气魄不大。赵子固说：“白石，词家之申韩也。”周济说：“白石局促，故才小。”(《介存斋论词杂著》)都切中他的要害。姜夔词用典多，有的极暗，不易理解。王国维觉其形象不明朗，“虽格调高绝，然如雾里看花，终隔一层”(《人间词话》)。

此后词人继清真、白石一派者有史达祖(《梅溪词》)、吴文英(《梦窗词》)。吴文英(1205—1270)，浙江四明人，《梦窗甲乙丙丁稿》有词三百余首。与辛弃疾词相反，协律、用典、咏物、修辞的作风，在梦窗词中特为强度的表现。有人认为“求词于我宋，前有清真，后有梦窗”。而张炎则评为“如七宝楼台，眩人眼目，碎拆下来，不成片段”(《词源》)。这是说梦窗词是堆砌的，没有完整的境界，只有片段的美丽。唯梦窗词却有巨大的影响，直到清末词人。

吴文英之后，宋亡前夕，词人还有蒋捷，有《竹山词》；周密（1222—1308），有《草窗词》；王沂孙（1240—1290），有《碧山乐府》；张炎（1248—1320？），功臣张浚之后，有《玉田词》(又名《山中白云词》)。这四位都是宋末词人。讲求音律，处在宋末，经亡国之痛，词多凄苦之音，亦多寄托。《玉田词》较为空灵，以浪漫自由的精神入于古典格律，表现的手法由意象与白描到深密的刻画字句。然而颇多凄苦之音，像秋风吹过的野草一样。张炎的《词源》一书总论词的作法与音律等，为较为系统的词话。张炎结束了宋词。

后人论词，谓北宋词高，南宋词深。盖北宋多以诗人作词，或者结合通俗歌曲，意境广阔，故“高”；南宋如姜夔以后专精于词，境界较狭，而刻画字句，尚寄托，故“深”。词本是俗文学，最初是和人民歌唱结合在一起，反映的也是一般人民大众的思想感情，因此就显得清新、健康、活泼。但北宋以后，渐渐讲究典雅，天地也渐渐小起来。这种倾向，晏欧已开其端，柳永、苏轼稍有解放，到了周邦彦，词就充分成熟，同时也完全脱离民间歌唱。士大夫自己作曲，成为个人吟咏，又刻意专创造词的特有境界，走上了狭隘的路子。词既不结合于通俗歌曲，又不用诗的作法，写的是身边琐事，词句又高深，成为专家所懂得的东西，发展过度，便走上衰落的道路了。

授课人：浦江清

第十二章 严羽与《沧浪诗话》

南宋初年，流行以山谷为宗匠的江西诗派。陆、杨、范三家从江西派出，扩大诗的内容，渐渐取法唐人。姜夔亦宗唐人风格。与姜夔同时，又有“永嘉四灵”：徐照（灵晖）、徐玑（灵渊）、翁卷（灵舒）、赵师秀（灵秀），均叶适（水心）门人。为诗宗法贾岛、姚合及晚唐诗，刻意雕琢，取径甚狭，反对说理用典，而清瘦、破碎。又有刘克庄（后村）及江湖诗派，也都和江西诗派不同。江西诗派主张诗法，追求格律，以新奇为高，可以说是宋诗特点的极端表现。到了严羽，他大力反对江西诗派，也反对“四灵”派与江湖派，他推崇唐诗。他论诗从建安时代的诗人起，直到宋代的苏黄。

严羽是姜夔与文天祥之间的人，生平不详。他的诗不很高明，他主要是因《沧浪诗话》而知名。在宋代有很多诗话，北宋的欧阳修、苏轼、陈后山等都有诗话，南宋胡仔有《苕溪渔隐丛话》，讲诗也讲词，是研究宋代诗词的重要材料，但它零碎而不系统。在宋代的诗话中，严羽的《沧浪诗话》是有中心主张的。

《沧浪诗话》篇幅不多，分五部分：诗辨、诗体、诗法、诗评、诗证。主要是第一部分“诗辨”，提出有关诗的理论，以宗盛唐、主妙悟为主要论点，实是变革恢复唐人风格的一种主张，有它的进步之点。严羽反对以议论为诗，反对在诗中滥用典故，他主张以盛唐为宗，学李白、杜甫，主张妙悟，以为“诗有别材，非关学也”。

第一，他认为“学诗者以识为主：入门须正，立志须高；以汉魏晋盛唐为师，不作开元天宝以下人物”。先须熟读楚骚、汉魏五言、李杜二集，其次是晚唐、苏黄，取而熟参之。他主张学诗要从高处入手，反对当时以近代诗人为宗。他要求取乎法上，而不要取乎法下，这是重视古典文学的古典主义。

第二，他提出“论诗如论禅”，“大抵禅道惟在妙悟，诗道亦在妙悟”。他认为汉魏晋盛唐诗，好比上乘禅，以后的诗是下乘禅。要学上乘禅，学禅要妙悟，学诗也要妙悟。他说：“且孟襄阳学力下韩退之远甚，而其诗独出退之之上者，一味妙悟而已。”“然悟有深浅，有分限，有透彻之悟，有但得一知半解之悟。汉魏尚矣，不假悟也。谢灵运至盛唐诸公，透彻之悟也。他虽有悟者，皆非第一义也。”这里，他明确指出孟浩然的学问不及韩愈而诗比韩愈好，这就是妙悟之故。妙悟，最好是彻底的悟，如李白、杜甫，其他的人不过是一知半解的悟罢了。他说：“诗之极致有一，曰入神。诗而入神，至矣，尽矣，蔑以加矣！惟李杜得之。他人得之盖寡也。”

第三，他提出“诗者，吟咏情性也”。他说：“诗有别材，非关书也；诗有别趣，非关理也。然非多读书，多穷理，则不能极其至。所谓不涉理路，不落言筌者，上也。”这样，他反对宋人好用典故，好发议论之弊。他反对“以文字为诗，以才学为诗，以议论为诗”。他认为诗要有一唱三叹之妙，俾韵味无穷。唐人诗有之。他说：“盛唐诸人唯在兴趣，羚羊挂角，无迹可求。故其妙处透彻玲珑，不可凑泊，如空中之音，相中之色，水中之月，镜中之象，言有尽而意无穷。”兴者，比兴也；趣者，意味也。这是针对当时诗的散文化倾向而发的。当时作诗，不是像做文章那样汩汩而出，便是支离破碎，只有一二佳句罢了。兴趣之说，是严羽论诗的中心主张，虽有唯心之处，但其正确的地方在于重形象，严羽主张诗要有形象。

宋诗变革唐诗，有特殊的风格，久而流弊，严羽力主盛唐，以矫此弊。虽尚有取于苏黄，实则反对苏黄以来的诗风。《沧浪诗话》是较有系统的诗话，是有主张的。他的影响很大，开“神韵”论诗的一派。从严羽开始，以后诗话就有了神韵派，如清代王世贞的“神韵说”；也有了摹拟盛唐的一派。严羽以禅论诗，基本理论是唯心的，有所见，而未全正确。

《沧浪诗话》的主要缺点，是没有讨论到诗歌的题材与内容，没有重新提出白居易的“诗歌合为事而作”，不谈诗歌与政治社会的关系。换言之，即没有提出诗要有现实的内容。完全着重在诗歌的艺术性，这怎样能够做好诗；着重在诗的面貌与风格；光论那一代的诗是上品，要求取法于上，没有能够分析那些大作家所以成为大作家的原因，而教人家用参禅的方法去参。这是根据唯心论的哲学而创造的唯心论的艺术论。这样开出神韵派的诗歌理论，流弊所及，也开了专门模糊影响一味摹拟盛唐的诗派。

授课人：浦江清

第十三章 文天祥

文天祥是民族英雄，他的忠贞不屈的人格历代受到尊敬。

文天祥（1236—1282），字履善，一字宋瑞，号文山，江西吉安人。1256年（理宗朝）二十一岁时中进士第一（状元）。当时国势日衰，蒙古军南侵，宦官董宋臣力主迁都，文天祥上书议斩宋臣，不报。以后又为宰相贾似道所抑，致仕家居。当南宋末年、蒙古兵南侵时，文天祥在江西赣州举义兵勤王，他全家均参加义军；至临安；向朝廷提出许多防卫策略，不为宋帝所采纳。他被命带兵去守平江（苏州），后平江失守，他退守余杭。未几，元军兵临临安，宋朝廷已和元丞相伯颜议降，文天祥被派与伯颜谈判，天祥"抗论皋亭山"，他凛然不屈，为蒙古人拘而北去，至镇江北而逃脱。此时，恭帝已降元，文天祥乃入福建。1276年，奉益王赵昰即位于福州（改元景炎，是为景炎帝），文天祥任右丞相。天祥转战闽赣粤，屡抗元兵。1278年，战败被执北去，拘于燕京。天祥负忠义名，元人数欲降之，天祥不屈，拘四年，至元十九年十二月，被元统治者杀害。丈天祥为抵抗元蒙入侵的英雄代表人物，被杀之日，人民痛哭不止。

文天祥生于宋理宗端平三年，丙申岁五月二日，卒于壬午岁十二月初九日。（受刑于燕市。）年四十七。其衣带中有赞云："孔曰成仁，孟曰取义，惟其义尽，所以仁至。读圣贤书，所学何事，而今而后，庶几无愧。"

文天祥能为古文和诗。诗以杜甫为宗尚。《文山全集》二十卷，有《四部丛刊》影印乌程许氏藏明刊本。

卷一、二，诗，附乐府一首，《齐天乐》二首。

卷三至卷十二，文：对策，表笺，书启，记，序，题跋，说，行状，墓志铭，祭文，判词等。

以上十二卷均称文集。

卷十三，《指南录》。

卷十四，《指南后录》。

卷十五，《吟啸集》。

卷十六，《集杜诗》。

以上四卷皆抗元蒙艰苦奋斗及入狱后所作诗，为记事感愤之篇。

卷十七，《纪年录》，正文是文公狱中手书，自订年谱性质，注疏取他人传记材料。

卷十八，拾遗。

卷十九、二十，附录：《宋史》本传及刘、胡、邓三家《文丞相传》本文，及元明人所作祭文、序跋之类。

《指南录》有《自序》及《后序》二篇冠首。《自序》作于德祐二年（1276），《后序》作于景炎元年，亦即德祐二年更五月之改元（1276），同年作。《指南录》诗自德祐元年年终，帝召文天祥自平江入都（临安）起，德祐二年即至皋亭山虏营见伯颜办交涉（帝所派遣议和之举），被虏扣留不遣，被迫北去。至镇江，与杜浒以下十一人夜走真州，逃脱。欲号召江淮，为人托辞谢客。至扬州，不得入。趋高邮，迷失道。为北路追逼，缚去一人，杀伤一人。天祥匿竹林中，未为所获，至高邮下船，历泰州、通州，遵海而南，至台州、温州。五月朔，景炎帝立于福安，召赴行在。

《指南录》诗又分四卷，皆此时期记事之作。诗体不一，七绝居多，各诗以散文记事为序于前。同日记之作法。内中《高沙道中》一篇最长，五古体，有八百余字，且有长序。即记赴高邮道中，为北骑所搜索，避竹林中，从者有死伤，天祥危而后脱，所叙甚祥。《序》有云："痛定思痛，其涕如雨。"诗有云："稽首望南拜，著此泣血篇。"

《指南后录》则自《过零丁洋》一诗起。盖自1278年（景炎三年）在潮阳、海丰道中，为虏骑追及，被执。见张弘范（元军元帅），抗节不屈，弘范待以客礼。1279年，挟之北去（时景炎帝死，宋亡）。从广州、南安、赣州、吉州、隆兴至建康。囚邸中。1279年8月，北行渡江，过扬州、徐州、东平府、河间，至燕。遂入狱。自己卯（1279）入狱至壬午（1282）被杀，前后在狱中跨四个年头。《指南后录》诗自1278年至1282年壬午。其中在燕狱中诗居多。有《六歌》，仿杜甫《同谷七歌》，悲念妻、妹、女、子、妾及自己，六首。齐鲁间作。有《胡笳十八拍》，皆集杜诗成篇。庚辰（1280）中秋日，汪水云（元量）来囚所慰之，援琴鼓《胡笳十八拍》，琴罢，索其赋诗。仓卒未就。十月中复来，天祥乃集杜诗成拍，与水云共商酌之。集杜甚工切，可见他对杜诗用功之深。当然，杜甫的爱国主义思想和崇高品格也影响了他。

其七律《过零丁洋》有"人生自古谁无死，留取丹心照汗青"的千古名句。元丞相伯颜读到此诗也为之感动。

有《正气歌》可为此集之代表作：

> 天地有正气，杂然赋流形，下则为河岳，上则为日星，于人曰“浩然”，沛乎塞苍冥。皇路当清夷，含和吐明庭，时穷节乃现，一一垂丹青：在齐太史简，在晋董狐笔，在秦张良椎，在汉苏武节；为严将军头，为嵇侍中血，为张睢阳齿，为颜常山舌；或为辽乐帽，清操厉冰雪；或为《出师表》，鬼神泣壮烈；或为渡江楫，慷慨吞胡羯；或为击贼笏，逆竖头破裂。是气所旁薄，凛烈千古存。其当贯日月，生死安足论！地维赖以立，天柱赖以尊。三纲实系命，道义为之根。嗟余遘阳九，隶也实不力。楚囚缨其冠，传车送穷北。鼎镬甘如饴，求之不可得。阴房阒鬼火，春院闷天黑。牛骥同一皂，鸡栖凤凰食。一朝蒙雾露，分作沟中瘠。如此再寒暑，百沴自辟易。哀哉沮洳场，为我安乐国。岂有他缪巧，阴阳不能贼！顾此耿耿存，仰视浮云白。悠悠我心悲，苍天曷有极？哲人日已远，典型在夙昔。风檐展书读，古道照颜色。

镕铸日月山河的是浩然正气，支撑乱世英雄精神的也是浩然正气，它是人类的最高道德。诗后半部分为自叙，明自己生遭时代不幸、愿忠贞不屈而死、以保全天地间浩然正气之志。

《指南录》有《无锡》诗（过无锡时所作），末云：“英雄未死心为碎，父老相逢鼻欲辛。夜读程婴存赵事，一回惆怅一沾巾。”足见《赵氏孤儿》故事的进步作用。

《指南后录》有《读〈赤壁赋〉前后二首》云：“昔年仙子谪黄州，赤壁矶头汗漫游。今古兴亡真过影，乾坤俯仰一虚舟。人间忧患何曾少，天上风流更有不。我亦洞箫吹一曲，不知身世是蜉蟒。”“一笑沧波浩浩流，只鸡斗酒更扁舟。八龙写作诗中案，孤鹤来为梦里游。杨柳远烟连北府，芦花新月对南楼。玉仙来往清风夜，还识江山似旧不？”足见东坡在宋人心目中自占高位，文山亦以坡仙目之也。

坚强、伟大的人格贯注在文天祥的诗歌之中，它永远是祖国人民最可宝贵的文学遗产。

文天祥有词作，如《齐天乐》《满江红》等。

文天祥亦有散文，且具多种体裁，以《指南录后序》最著名。

授课人：浦江清

第五部分

明清诗词

王冕和高启的诗歌／　台阁体和茶陵诗派

顾炎武和归庄／　纳兰性德／　神韵派、格调派、性灵派

第一章 王冕和高启的诗歌

元代的文风很衰敝，一方面是统治者对知识分子思想的严厉控制，一方面是由于许多士大夫软弱、无耻，写不出好诗和散文来。到了元明之际，才有一些与人民接近的隐士，他们思想上表现了对现实政治的不满，在一定程度上同情人民的生活，产生出比较好的作品来。在古文方面有刘基、宋濂等人，诗歌方面有王冕和高启。

王冕，浙江诸暨人。童年时很穷，曾为人放牛，但很爱读书，“父命牧牛陇上，窃入学舍，听诸生诵书。听已，辄默记。”母思还故里，冕买白牛驾母车，自被古冠服随车后，乡里小儿，竞遮道讪笑。著作郎李孝光欲荐之为官，冕骂曰：“吾有田可耕，有书可读，肯朝夕抱案立庭下备奴使哉?”北游燕都。后携孥隐于九里山，自己耕种。善画梅。皇帝取婺州，将攻越，物色得冕。置幕府，授以咨议参军。一夕，以病死。冕状貌魁伟，磊落有大志，不得少试以死，君子惜之。

王冕的诗学杜甫，沉郁顿挫。他接近人民生活，知道民间疾苦，不满于元代现实社会，在诗歌中反映了人民的生活和痛苦，同情人民，对官吏给以强烈鞭挞。他的诗歌是元末农民起义时人民情绪的深刻反映。诗的艺术性也较强，不像元代一般诗歌流于纤弱秾艳，而是雄壮阔大，对生活表现得很真切。如《伤亭户》写盐民的痛苦，为官税所逼，上吊而死，情景很凄惨，很有杜甫“三吏三别”的风味。《冀州道中》流露出浓厚的人道主义精神。《虾蟆山》有强烈的讽刺性：“如今虾蟆处处有，天官何不夷其族？”“黄童白叟相引悲，田中更有蝌蚪儿。”《秋夜雨》像杜甫的《茅屋为秋风所破歌》，《悲苦行》像杜甫的《兵车行》。

元末明初时最大的、最杰出的诗人是高启。高启（1336—1374），字季迪，江苏吴县长洲人。他生长在元末农民起义大动乱的时代。元末张士诚据吴，他依外家居吴淞之青丘，因自号青丘子。张士诚部下有个叫饶介的，很赏识他，高启对饶介也有知遇之感。但始终未出仕于张士诚。洪武初，朱元璋征召其修《元史》，授翰林院国史编修，寻擢户部侍郎，固辞，放还田里，授书自给。苏州知府魏观亦爱诗，为移其家城中，旦夕延见，诗文酬答甚欢。观以改修府治获罪被诛，高启曾为观撰府治《上梁文》，帝见之大怒，并逮至京，腰斩于市，年仅三十九岁。今无《上梁文》，但有《上梁诗》，也没什么可罪至死的问题。有说因《宫女图》诗致死的，似乎对后宫有所讽刺。但这诗的意思亦不很明确，无法证实。《明史·高启传》载：“启尝赋诗，有所讽刺，帝嗛之未发也。”朱元璋早已对他不满，这次只是借口而已。高青丘的诗作现存二千余首，今集中殊不见有何露骨的讽刺朝廷语。要读的话，可以看清人金坛辑注的《青丘诗集注》，有《四库备要》本。高启诗集曾被列为禁书，因此散佚的很多。《儒林外史》三十五回便写了庄绍光在元武湖，官兵来抓他的朋友卢信侯，因为他藏有《高青丘文集》。

高启是明代最大的诗人之一，在中国古代诗人中，也应占一个重要的位置。以前的人不喜欢明诗，把高诗也淹没了，这是不对的。

高启是一位少年天才，才情很高。他的诗像李白，带有狂士的色彩。他说："不肯折腰为五斗米，不肯掉舌下七十城。"(《青丘子歌》）以陶潜、鲁仲连自况。启为诗人，极为傲世。其诗集中，流露出对统治者始终对立的情感。

他的诗反映元明之际的战乱，人民生活的痛苦，官税的逼迫。如"猛虎虽猛犹可喜，横行只在深山里"(《猛虎行》)。他的《筑城词》说："去年筑城卒，霜压城下骨。今年筑城卒，汗洒城下尘。大家举杵莫住手，城高不用官军守。"这诗是讽刺张士诚拉浙西民夫筑杭州城的。再看一首《牧牛词》：

> 尔牛角弯环，我牛尾秃速，共拈短笛与长鞭，南陇东冈去相逐。日斜草远牛行迟，牛劳牛饥唯我知。牛上唱歌牛下坐，夜归还向牛边卧。长年牧牛百不忧，但恐输租卖我牛。

"输租卖我牛"反映出租税剥削的残酷。

高启诗暴露了统治者残暴，并且指明了达官贵族生活的无常，如《废宅行》。《卖花词》中"买花朱门几回改，不如担上花长在"，也是一种鲜明的对比。

他在农村住得很长久，因此他的诗真切地描写了人民的劳动生活。他以清新自然的抒情诗的笔调描绘了人民平凡素朴而又美好的劳动。如《采茶词》《牧牛词》《养蚕词》《伐木词》《打麦词》等。且看《养蚕词》：

> 东家西家罢来往，晴日深窗风雨响。三眠蚕起食叶多，陌头

桑树空枝柯。新妇守箔女执筐，头发不梳一月忙。三姑祭后今年好，满簇如云茧成早。檐前缫车急作丝，又是夏税相催时。

再看一首《采茶词》：

云过溪山碧云暖，幽丛半吐枪旗短。银钗女儿相应歌，筐中摘得谁最多。归来清香犹在手，高品先将呈太守。竹笼新焙未得尝，笼盛贩与湖南商。山家不解种禾黍，衣食年年在春雨。

山村妇女养蚕、采茶劳动繁忙而又有生趣。诗情画意的描写中也透露出对“夏税相催”和“高品先将呈太守”的担忧和不满。这些诗也让我们看到，在浊恶的社会环境中，诗人倾心于纯朴的乡村生活，这种心境是可以理解的。这也是他的诗歌思想性所体现的一个方面。

高启诗的另一方面是对于家人骨肉之情的描写。即使在朝做官时，他也不愿被名教（忠孝等）所束缚，而把家人的亲情放在君臣之上，颠倒了封建伦理秩序。如他的《梦姊》《喜家人至京》《客中忆二女》《客越夜得家书》等。

高启对于前人诗歌的学习，《四库提要》说：“其于诗拟汉魏似汉魏，拟六朝似六朝，拟唐似唐，拟宋似宋，凡古人之所长，无不兼之。振元末纤秾、缛丽之习，而返之于古，启实为有力。然行世太早，殒折太速，未能镕铸变化，自为一家。……特其摹仿古调之中，自有精神意象存乎其间。”

汪瑞明《三十家诗选》称高启“众长咸备，学无常师”。

高启诗能兼收众长，虽未及镕铸，然“自有精神意象存乎其间”，还是有较高艺术性的。各种体裁都能写，且都取得艺术成就。在诗歌的形象化、通俗化方面，特点也很突出。因此，王达《听雨楼诸贤记》中评价道：“季迪诗得唐人体裁，语精而意圆，句稳而情畅，虽前辈有所不及焉。”

高启也学习民歌，他写的《竹枝歌》也颇有情趣：

> 蜀山消雪蜀江深，郎来妾去斗歌吟。
> 峡中自古多情地，楚王神女在山阴。
> 江水出峡过夔州，长流直到东海头。
> 郎行若有思家日，应教江水复西流。

黄宗羲说：“有明文莫盛于国初。……当大乱之后，士皆无意于功名，埋身读书，而光气卒不可掩。”(《明文案序》）陈田《明诗纪事叙》也说：“且明初诗家，各抒心得，隽旨名篇，自在流出。无前后七子相矜相轧之习。”

这有助于我们理解明初诗文的现实主义精神。

授课人：浦江清

第二章 台阁体和茶陵诗派

明朝从成祖永乐到宪宗成化（1403—1487）的八十年间，政治比较平稳，经济也在恢复时期，称为“盛世”。没有优秀的文学作品，所谓“台阁体”的诗文，盛行一时，他们的文风是雍容平易。

台阁体的代表作家是“三杨”：杨士奇（1365—1444）、杨荣（1371—1440）、杨溥（1372 — 1446），都是大官。三杨并称，杨士奇的文章较优。仁宗极喜欢欧阳修的文章，杨士奇的文章亦平正纡余，得其仿佛。《四库提要》说，“其文虽乏新裁而不失古格”。台阁体的文章有福泽富贵之气，是官僚士大夫粉饰太平的文学。平正有余而精劲不足，肤廓冗长，平庸空泛。这也因为永乐时有文字狱，士大夫不敢做有风骨的文章。

台阁体的文章千篇一律，陈陈相因，于是有人起而反对。从成化到弘治正德年间有茶陵诗派兴起。

茶陵诗派的领袖是李东阳（1447—1516），字宾之，号西涯，湖南茶陵人。官至谨身殿大学士，有《怀麓堂集》一百卷。他在孝宗朝，参预机务，多所匡正。立朝五十年，清节不渝，高才绝识，独步一时，奖掖后进，天下翕然宗之，称“茶陵诗派”。明兴以来，宰臣以文章领袖者，杨士奇之后，一人而已。然他和刘瑾同朝，颇为时人所责难，他的门生罗玘甚至寄书相责，请削门生之籍。

他反对台阁体，主张复古，他的一些比较好的诗文尚雄浑有力，但大部分流于平庸肤廓。反对台阁体是好的，但是以形式主义反对形式主义，没有生活，创作没有基础，内容仍然是空洞的。

他有《怀麓堂诗话》，是他的文学批评作品。论诗主张法度音调。虽然反对摹拟，但他的创作实践仍然是摹拟古人，没有什么创造。他的文学批评的主张，对前后七子很有影响。王世贞说：“东阳之与李、何，犹陈涉之启汉高矣。”

属于茶陵诗派的有二人可提，王鏊与马中锡。皆以散文为胜。王鏊有寓言，马中锡有《中山狼传》。

授课人：浦江清

第三章 顾炎武和归庄

顾炎武不单是热烈的爱国主义者和积极的社会活动家，不单是一个把书本知识联系现实政治的学者，同时还是一位优秀的诗人。

顾炎武很重视诗歌的政治作用。白居易说："文章合为时而著，歌诗合为事而作。"他认为"可谓知立言之旨"(《日知录·作诗识》)。他又说："近代文章之病，全在摹拟，即使逼肖古人，已非极诣，况遗其神理而得其皮毛者乎！"(《日知录·文人模仿之病》)因此，他主张诗应该有思想内容，贵独创，"诗以义为之，音从之"(《日知录·诗有无韵之句》)。这一点，他和公安派不同，公安派只主性灵，最后走向趣味，而顾炎武认为诗的"义"应是"天下兴亡，匹夫有责"。

他作诗的原则就是这样，而他的诗歌是实践了他的原则的。他反对以文辞欺人。其诗受杜甫、陆游影响最深。他的诗的现实性表现在：(1)描写起义和反清的事；(2)反映农村情况；(3)发表他自己的政治和经济的主张，有议论；(4)以诗明志，以示不屈忠贞之节。他的一部分诗歌直接描写了反清的斗争，有名的就是《秋山》二首。这两首诗写的是昆山的战事。战斗很激烈，“秋山复秋山，秋雨连山殷”。接着描绘战士们的抗敌义愤和英勇牺牲，“旌旗埋地中，梯冲舞城端”。虽然失败了，但复仇的种子不会死亡的，“楚人固焚麇，庶几歆旧祀。勾践栖山中，国人能致死。叹息思古人，存亡自今始。”诗中也写了清兵对江南人民的残杀和掠夺，“可怜壮哉县，一旦生荆杞。归元贤大夫，断脰良家子”，“北去三百舸，舸舸好红颜。吴口拥橐驼，鸣笳入燕关”。

顾炎武更多地写自己对故国的怀念和自己对反抗斗争的坚持。如“中年早已伤哀乐，死日方能定是非”。他在山西和傅山相见，在《又酬傅处士次韵》一诗中有“苍龙日暮还行雨，老树春深更著花”的诗句，足见其虽暮年仍壮心不已。他在北方奔走，并不感到疲累和厌倦，更没有悲观绝望，他说：“远路不须愁日暮，老年终自望河清。”

顾炎武的诗雄劲有力，在当时诗界别有风格。沈德潜称其诗“风霜之气，松柏之质，两者兼有”(《明诗别裁》)。其诗以古体最好，魏源学他的诗。

归庄（1613—1673），一名祚明，字玄恭，江苏昆山人，归有光之曾孙。是顾炎武的同里好友。明末“复社”成员。当时归、顾在复社时，人以奇怪目之，故后即称“归奇顾怪”。因其重实践、反空谈，有唯物思想，接近劳动者，且博学，是正派知识分子，所以在当时被视为特殊人物。当时复社文人不免尚空谈，重实践的归、顾被视为奇怪人物是必然的。归庄的诗文留存不多，但都有思想内容，很有气节的。他对于大地主、大富翁、帮闲文人、虚伪的道学家都予以揭露和驳斥。汪琬（尧峰）学究气（程朱理学之伪者）很重，归庄文集中有二封《与汪苕文书》，极尖锐地骂他。季沧苇是当时极富之人，为富不仁，归庄在《与季沧苇书》中痛骂之。

清兵南下，归庄曾参加抗清义军。明亡后，与妻子隐居。归庄夫妇晚年居于祖坟旁土屋中，有联云：“妻太聪明夫太怪，人何寥落鬼何多。”他的诗如《卜居》反映了作者亡国之痛，“环顾六合内，踯躅将安归”。另一首《万古愁》极为痛快，甚至骂孔子为万古罪人。但他对于明末的农民起义认识不清，认为明亡于“流寇”，此其缺点。

授课人：浦江清

第四章 纳兰性德

纳兰性德（1654—1685），原名成德，因避东宫讳，改名性德，字容若。满洲正黄旗人。父明珠，大学士、太傅。纳兰性德是长子，生于顺治十一年（1654），卒于康熙二十四年（1685），死年三十一岁。性薄荣利，闭门却扫，萧然若寒素。孝亲友弟，尤具至性。康熙十五年进士，后为一等侍卫，随驾扈往各地。

性德是清初负有盛名的满族大词人，有《饮水词》。

陈其年（迦陵）曰："《饮水词》哀感顽艳，得南唐二主之遗。"

王国维《人间词话》云："'明月照积雪''大江流日夜''中天悬明月''黄（当作"长"）河落日圆'，此种境界，可谓千古壮观。求之于词，唯纳兰容若塞上之作，如《长相思》之'夜深千帐灯'，《如梦令》之'万帐穹庐人醉，星影摇摇欲坠'差近之。"

词在五代、两宋最发达。后来虽有作者，大多倚声缀句，没有什么内容。到了纳兰容若，才又放光芒。中国的词，在纳兰手中，光荣地结束了。

一般批评家评论他的词，认为有内容有感情，字句清新。但光是这样是远不够的。有的说纳兰天真，这有点近似，但也不具体。

我们认为，纳兰出身在一个贵族家庭，物质生活是毫无缺憾的。他尽可以像其他很多贵公子那样过一生豪华奢侈的生活，或者做一个风雅的才子、名士。但纳兰并不然。他幼年聪明，读过很多书。长大后，生活在这样一个家庭，封建礼教的力量非常强大，后来他又做皇帝的侍卫，来往于驾扈之间。他的像赤子那样的天真之情与封建礼教是不相容的。他二十几岁时，感情很好的新婚妻子又忽然死去，这使他很难过。他写道："最忆相看，娇讹道字，手剪银镫自泼茶。今已矣！便帐中重见，那似伊家。"(《沁园春》）他的情感一直很孤独凄凉，同时更主要的，是他的生命力白白地在豪华的但毫无意义的生活中浪费掉了，对他而言，这是最为苦闷的。他感到生活毫无意义、非常无聊，他曾写道："不知何事萦怀抱，醒也无聊，醉也无聊。"(《采桑子》）

纳兰性德词中充满矛盾，天真的性灵与礼法的矛盾；精神与物质不调谐。他有理想，也追求理想，造成理想与生命力白白浪费的矛盾。他感到这样的生活，这样的环境，很空虚，有缺陷，而不知缺陷在什么地方，因此，在词中造成了凄凉、感伤的风格（有人疑心《红楼梦》中的宝玉是纳兰，因为所反映的思想感情相似。实则都反映封建统治末期的内部矛盾）。可以肯定的是，纳兰性德的词比之王士禛、沈德潜等毫无现实感的作品要高。

纳兰性德的小令写得较好。

从清初知识分子的状况中可以反映出盛世危机。

所谓康雍乾盛世时期，农业经济得到恢复发展，大都市和一般城市繁荣起来，但同时，地主阶级加强剥削，封建势力压抑着资本主义萌芽的生长。政府的政令统一是高压的政治手腕造成的，对反满思想实施镇压、予以压制。所谓康雍乾盛世是暂时的安乐，统治阶级腐朽享乐到了极点，阶级矛盾一触即发。纳兰性德可以作为知识分子享受富贵生活的代表。相反的，作为贫寒的知识分子的代表人物却是另一番景象了。比如黄景仁（1749—1783），字汉镛，一字仲则，江苏武进人。一生贫苦，有肺疾。爱情上没有成功，据说他很爱表妹，而未能成婚。他生当太平盛世而极为贫穷，“全家都在风声里，九月衣裳未剪裁”。他有孤寂之感，“有酒有花翻寂寞，不风不雨倍凄凉”。他深切地感受到世态炎凉，诗中充满凄凉和哀怨。

黄景仁与纳兰性德的生活如天渊之隔，而皆为多愁善感，此其一；皆珍重友谊，此其二；他们的作品中都有丰富的感情、天真的语言，不大用典。从他们身上皆能反映盛世的危机。

黄景仁有《两当轩集》。诗集中多无题诗、绮情诗。

此外，纳兰之友，有顾贞观（1637—1714），字远平，又字华峰，号梁汾。江苏无锡人。与纳兰性德有共同之处，他属于纳兰一派，皆真性情。其《金缕曲》二首寄吴汉槎，以词代书，真切感人。

授课人：浦江清

第五章 神韵派、格调派、性灵派

清代诗歌，除清初吴伟业外，其余诸大家实并不很高。作诗抽去内容，专重技巧，走向形式主义。有宗唐者，有宗宋者，并且很突出地表现士大夫思想，脱离现实。

其时诗派分为三派，有神韵派、格调派、性灵派。格调派内尚有肌理派。

神韵派的代表者为王士禛。王士禛（1634—1711），字贻上，号阮亭，又号渔洋山人。山东新城（今桓台县）人。

王渔洋主神韵成为一个诗歌宗派。所谓神韵，追求象外之音，意外之神，味在酸咸之外。以空灵、平淡、清新为好。作诗要求虚无缥渺，境界在天际楼阁。他主张“伫兴而就”，在《渔洋诗话》中说：“王士源序孟浩然诗云：‘每有制作，伫兴而就。’余平生服膺此言。”以此，他认为诗歌创作要兴来便作，意尽便止。他赞许王维“万壑树参天，千山响杜鹃。山中一夜雨，树梢百重泉”一诗为“兴来神来，天然入妙”的好诗。王渔洋把其“兴会神到”之说延伸到谈创作的灵感、构思之妙，说“当其兴到，雪与芭蕉，不妨合绘”。还说“世谓王右丞画雪中芭蕉，其诗亦然。如‘九江枫树几回春，一片扬州五湖白’。下连用兰陵镇、富春郭、石头城诸地名，皆寥远不相属。大抵古人诗画，只取兴会神到，若刻舟缘木求之，失其指矣”。

当然，王渔洋的理论主张，完全脱离现实，是主观唯心论的文艺观点。神韵论以唯心论的理论为基础，抹杀了阶级社会中的不平。

渔洋宗唐诗。以渔洋诗集观之，有些绝句及描写景物者，还有些佳作。此外实无足观。读其诗者，有空寂之感。

格调派，以沈德潜为主要代表人物。沈德潜（1674—1769），字确士，号归愚，江苏长洲（今江苏苏州）人。

格调之说，由来已久。所谓格调，是在提倡体正格高、声雄调雅的艺术风格。沈归愚主格调，是强调传统儒家思想对文学的规范。

他主张摹古为主，以风雅为正。认为仅学唐诗“守乎唐而不能上穷其源”，于是沿流讨源，“渐窥《风》《雅》之遗意”，“仰溯《风》《雅》，诗道始尊”，也就是找到诗教的本原。他强调儒家温柔敦厚、怨而不怒的传统诗教，说“温柔敦厚，斯为极则”。诗可以婉转陈词，不得过甚，也不能过露。他遵从儒家传统比兴手法，主张诗重比兴，但也必须从风教出发。他说：“事难显陈，理难言罄，每托物连类以形之。郁情欲抒，天机随触，每借物引怀以抒之。比兴互陈，反复唱叹，而中藏之欢愉惨戚隐约欲传，其言浅，其情深也。”是之谓“比兴互陈”之重要，他又说：“诗之为道，可以理性情、善伦物、感鬼神、设教邦国、应对诸侯，用如此之重也。秦汉以来，乐府代兴，六代继之，流衍靡曼。至有唐而声律日工，托兴渐失，徒视为嘲风雪、弄花草、游历燕衎之具，而‘诗教’远矣。”教化是诗道之根本，“托兴”是“诗教”的重要手段，“托兴渐失”

就造成了"'诗教'远矣"的后果。沈归愚说"诗贵性情，亦须论法"。固任天机，须合乎仁义。所谓仁义，实是儒家的封建道德标准。其实即必须符合于统治阶级的利益。"思无邪"，邪则叛逆。

格调派论诗从儒家传统诗教出发，从格调派看，诗与程朱理学也就有密切关系。他们是用诗来阐发程朱理学。

他们不反对明代的前后七子。

性灵派有赵执信、赵翼、袁枚。以袁枚理论最多，而赵执信亦讲技巧，有《声调谱》。

赵执信（1662—1744），字伸符，号秋谷。山东益都人。有《饴山堂集》等。

赵翼（1727—1814），字云松，号瓯北，江苏阳湖（今江苏武进）人。有《瓯北诗集》《瓯北诗话》等。

袁枚（1716—1797），字子才，号简斋，晚号随园老人。浙江杭州人。有《小仓山房诗文集》《随园诗话》等。

清诗的性灵派可以联系到晚明的公安派、竟陵派，其思想理论体系是相同的。袁枚在《随园诗话》里说："凡诗之传者，都是性灵。"他们认为诗可以达不可已之情。袁枚在《答兰垞论诗书》中更申说了其主张："诗者各人之性情耳，与唐、宋无与也。若拘拘焉持唐、宋以相敌，是子之胸中，有已亡之国号，而无自得之性情，于诗之本旨已失矣。"

他们批评了神韵派和格调派，谓"貌袭盛唐，皮传残宋"。袁枚在《随园诗话》里主性情而批评了主神韵的王士禛："阮亭主修饰，不主性情。观其到一处必有诗，诗中必用典，可以想见其喜怒哀乐之不真矣。"同样的，在《随园诗话》里也批评了格调派。他说："杨诚斋曰：'从来天分低拙之人，好谈格调，而不解风趣。何也？格调是空架子，有腔口易描；风趣专写性灵，非天才不办。'余深爱其言。须知有性情，便有格律；格律不在性情外。”而对于沈德潜的温柔敦厚的诗教说，袁枚在《答沈大宗伯论诗书》中作了抨击：“至所云：诗贵温柔，不可说尽，又必关系人伦日用。此数语有褒衣大袑气象，仆口不敢非先生，而心不敢是先生。何也？孔子之言，戴经不足据也，惟《论语》为足据。子曰‘可以兴，可以群’，此指含蓄者言之，如《柏舟》《中谷》是也。曰‘可以观，可以怨’，此指说尽者言之，如‘艳妻煽方处’‘投畀豺虎’之类是也。曰‘迩之事父，远之事君’，此诗之有关系者也。曰：‘多识于鸟兽草木之名’，此诗之无关系者也。仆读诗常折衷于孔子，故持论不得不小异于先生，计必不以为僭。”

袁枚当时为一般人所非议，目袁枚等为斯文走狗。性灵派主性情、注重情感真实，似为进步，唯已属公安、竟陵之末流了。

性灵派诗人有其优点：（1）语言接近口语；（2）不受格调约束。

袁枚诗流于浮滑、纤佻，格不高。因为其缺乏生活实践，内容空虚。此派中赵翼诗较佳。他是历史家，有眼光，有见解，同时，对于新事物有敏感（例如，《听教堂弹风琴》诗、《眼镜》诗等）。有一定现实性。

授课人：浦江清

[全书完]

西南联大诗词课

出版监制 _ 吴高林　　装帧设计 _ 人马艺术设计·储平
产品经理 _ 于志远　　执行印制 _ 赵　明　赵　聪
特约编辑 _ 王　静　　营销编辑 _ 肖　瑶

图书在版编目（CIP）数据

西南联大诗词课 / 闻一多等著. -- 北京 : 北京联合出版公司, 2023.4

ISBN 978-7-5596-6685-7

Ⅰ. ①西… Ⅱ. ①闻… Ⅲ. ①诗词 - 诗歌欣赏 - 中国 Ⅳ. ①I207.2

中国国家版本馆CIP数据核字（2023）第031452号

西南联大诗词课

作　　者：闻一多　等
出 品 人：赵红仕
特约编辑：王　静
内文排版：山　吹
产品经理：于志远
责任编辑：牛炜征
出版监制：吴高林
装帧设计：人马艺术设计·储平

北京联合出版公司出版
（北京市西城区德外大街83号楼9层　100088）
北京联合天畅文化传播公司发行
捷鹰印刷（天津）有限公司印刷　新华书店经销
字数 284千字　787毫米×1092毫米　1/32　11.75印张
2023年4月第1版　2023年4月第1次印刷
ISBN 978-7-5596-6685-7
定价：68.00元